La nuit du solstice

DU MÊME AUTEUR CHEZ MIRA

L'énigme de Cold Spring
Piège invisible
La dernière preuve
Le voile noir

CARLA NEGGERS

La nuit du solstice

Roman

MIRA

Titre original :
THE ANGEL
publié par MIRA®

Traduction de l'américain par VALÉRY LAMEIGNÈRE

Mira® est une marque déposée par le groupe Harlequin

Photos de couverture
Paysage : © PAUL WAKEFIELD / GETTY IMAGES
Lune & ciel : © CREASOURCE / MASTERFILE

83-85 boulevard Vincent-Auriol 75646 PARIS CEDEX 13.
www.harlequin.fr
ISBN 978-2-2808-5143-5 — ISSN 1765-7792

Prologue

Trente ans plus tôt, dans les quartiers sud de Boston
Un 12 juillet à 14 heures

Sur la plage, un ruban de plastique jaune entourait la scène de crime, plongeant jusque dans la marée montante d'où avait émergé le corps martyrisé d'une jeune fille de dix-neuf ans, Deirdre McCarthy. Bob O'Reilly n'arrivait pas à détacher ses yeux de l'eau qui venait lécher le sable brun, là où un promeneur avait fait la macabre découverte.

Patsy McCarthy non plus. La mère de Deirdre se tenait au côté de Bob sous le soleil brûlant de l'été. C'était elle qui avait insisté pour venir ici. Bob y était opposé, mais il n'avait pas voulu la laisser seule.

— Deirdre était un ange…

— Oui, madame McCarthy. Deirdre était une jeune fille merveilleuse.

Trente-deux degrés à l'ombre, et Patsy frissonnait dans son pull bleu pâle. Elle avait perdu du poids, après ce jour où sa fille n'était pas rentrée à la maison. D'ordinaire, Deirdre revenait aussitôt terminé son service à l'hôpital, où elle travaillait en tant qu'aide-soignante. Mais cette fois-ci, Patsy l'avait attendue en vain toute la soirée, puis toute la nuit. Quand, au matin, elle avait signalé sa disparition, la police n'avait pas fait grand cas de son inquiétude. Pour eux, il s'agissait simplement d'une fille des quartiers sud qui avait mal tourné. Une de plus. Mais Patsy avait insisté auprès des enquêteurs : ce n'était pas le genre de Deirdre.

Elle avait disparu la nuit du solstice d'été. Le jour le plus long de l'année.

« Comme par hasard… », songea Bob.

Les yeux de Patsy, d'un bleu aussi limpide que le ciel de ce bel après-midi, se levèrent vers l'horizon. On aurait dit qu'elle cherchait à distinguer les contours de son île natale, comme si seule l'Irlande pouvait lui apporter la force nécessaire pour surmonter cette épreuve. Elle avait quitté la côte sud-ouest de son pays quatre décennies plus tôt, à l'âge de neuf ans, et n'y était jamais retournée depuis. Elle adorait raconter des histoires sur son enfance irlandaise, sur le modeste cottage sans chauffage ni eau courante où elle avait vu le jour, sur la façon dont elle avait appris à faire son fameux pain complet dans un four d'extérieur.

Oui, elle avait un vrai don de conteuse, et Bob se demandait si elle parviendrait un jour à trouver les mots pour raconter cette histoire. L'histoire de sa fille enlevée, violée, torturée et assassinée.

Les détails de l'affaire n'avaient pas encore été rendus publics, mais Bob — fils d'un policier de Boston — avait entendu des rumeurs qui faisaient froid dans le dos. Des rumeurs évoquant des actes d'une violence et d'une perversité inouïes. Il avait vingt ans et comptait devenir inspecteur de police, ce qui signifiait qu'il aurait un jour à s'immerger lui-même dans ce genre de détails sordides. Il espérait seulement ne jamais avoir affaire à une victime qu'il connaissait. Deirdre et lui avaient appris à faire du roller ensemble et s'étaient donné leurs premiers baisers sur la bouche, juste pour voir ce que ça faisait…

— Toute la nuit, j'ai entendu les hurlements d'une fée banshee, dit Patsy d'une voix douce. Je ne saurais dire si je crois ou non aux fées, mais je sais que je n'ai pas rêvé. On m'a toujours appris que les cris déchirants d'une banshee annoncent la mort d'un membre de votre famille. Je savais qu'on retrouverait le corps de Deirdre aujourd'hui.

Ces mots firent frissonner Bob. Il croisa les bras et rentra la tête dans les épaules. Un pompier à la retraite avait découvert le cadavre de la jeune femme alors qu'il promenait son chien au petit matin. Les policiers étaient venus et déjà repartis. Ils avaient fait leur travail, sans zèle mais plutôt efficacement, si l'on considérait le taux de criminalité qui montait en flèche depuis quelques années à Boston. A présent, ils avaient un tueur de plus à débusquer.

Malgré les bruits de la ville derrière eux, le vrombissement des bateaux à moteur qui fendaient le fleuve et les avions décollant de l'aéroport de Logan, Bob parvenait à entendre le clapotis de l'eau sur la grève. De toute sa vie, jamais il ne s'était senti aussi seul et démuni.

— Deirdre Ita McCarthy, dit Patsy.

A son tour, elle croisa les bras sur sa poitrine comme si elle avait froid.

— C'est le prénom d'une sainte irlandaise, tu sais. Sainte Ita s'appelait d'abord Deirdre, avant de prononcer ses vœux et de devenir religieuse. Ita signifie « Qui a soif de l'amour divin ».

Patsy était profondément croyante, mais Bob avait cessé de se rendre à la messe tous les dimanches le jour où sa mère lui avait laissé décider s'il souhaitait ou non y aller. Ainsi, depuis quatre ans, il ne s'était guère assis sur les bancs d'une église. Mais il comptait bien y retourner pour l'enterrement de son amie.

— Je n'ai jamais été très calé en ce qui concerne les saints, dit-il en s'efforçant de sourire. Pas même les saints irlandais.

— Saint Patrick, sainte Brigide et sainte Ita sont les plus anciens saints celtiques. Sainte Ita avait le don de prophétie. Les anges l'ont accompagnée tout au long de sa vie. Tu crois aux anges, Bob ?

— Je ne me suis jamais posé la question.

— Eh bien moi, j'y crois, murmura Patsy. Je crois aux anges.

Elle pouvait dire qu'elle entendait les chants funèbres d'une banshee, et affirmer cinq minutes plus tard qu'elle croyait aux anges de Dieu. Mais tant mieux si ces croyances, contradictoires en apparence, pouvaient la soulager de sa peine…, songea Bob. Il ne savait que lui répondre au sujet des fées, des anges ou de quoi que ce soit d'autre. Le mari de Patsy avait succombé à une crise cardiaque quatre ans plus tôt, et voilà qu'une nouvelle épreuve, sans doute plus cruelle encore, venait assombrir sa vie.

— La police retrouvera celui qui nous a volé Deirdre, dit-il d'une voix étranglée.

— Non. Ils ne le retrouveront pas. Ils en sont incapables, Bob.

Les yeux de Patsy se posèrent sur le ruban de plastique jaune dont une partie flottait à présent à la surface de l'eau.

— Les policiers ne sont que des êtres humains, après tout.

— Ils le traqueront sans répit, madame McCarthy. Et ils finiront par le coincer.

— Ce n'est pas un homme qui a pris ma fille. C'est le diable en personne.

— Peu importe. S'il le faut, la police le traquera jusqu'en enfer. Et s'ils échouent malgré tout, alors je m'en chargerai moi-même.

— Non, Bob… Deirdre n'aurait pas voulu que tu sacrifies ton âme pour lui rendre justice. Elle a rejoint les siens, à présent. Je sais qu'elle est en paix parmi les autres anges.

Bob comprit alors qu'en évoquant le diable, Patsy n'avait pas utilisé une image. Elle avait vraiment parlé de Satan. L'image de Deirdre, avec ses cheveux blonds et ses yeux bleus, sa peau laiteuse et son sourire innocent, s'imposa à lui. Elle était la gentillesse, la douceur mêmes. Diable ou pas, jamais elle n'aurait pu se défendre contre quelqu'un qui lui voulait du mal.

Elle allait lui manquer. Oui, aussi longtemps qu'il vivrait, Deirdre allait lui manquer.

Il s'efforça de refouler ses émotions. C'était quelque chose qu'il devrait s'entraîner à faire, s'il voulait devenir inspecteur de police. Pour mettre la main sur le genre d'ordure qui avait tué Deirdre, il fallait être capable de conserver sa lucidité, apprendre à rester maître de soi en toute circonstance.

— Il ne faut pas que ce sale type s'en prenne à quelqu'un d'autre, dit-il.

— Tu as raison, dit Patsy en quittant l'eau des yeux pour se tourner vers lui. Mais il existe d'autres façons de combattre le diable.

Deux heures plus tard, Bob trouva sa sœur Eileen en train de dire son rosaire à l'ombre d'un immense chêne du campus. Elle venait tout juste de commencer un stage rémunéré au Boston College.

— J'ignorais que tu avais encore un chapelet, dit-il en s'approchant du banc.

— Moi aussi. Je l'ai trouvé par hasard ce matin dans une vieille boîte à bijoux.

Elle chuchotait presque en roulant les grains nacrés entre ses doigts.

— Ça faisait des années que je n'avais pas récité mon rosaire. Je pensais ne plus m'en souvenir, mais ça m'est revenu sur-le-champ.

Bob s'assit à côté d'elle. Sa sœur était la grosse tête de la famille. Elle était revenue deux jours plus tôt d'Irlande où elle avait suivi un programme d'été à l'université de Dublin. Personne ne l'avait appelée pour la prévenir de la disparition de Deirdre. A quoi cela aurait-il servi ? Cela n'aurait fait que gâcher le bon moment qu'elle passait sûrement en Irlande. Et puis, tous espéraient que Deirdre réapparaîtrait, saine et sauve, avant le retour d'Eileen à Boston.

Quand les O'Reilly avaient appris la découverte du corps de Deirdre, Eileen n'avait montré aucune émotion. Quelques minutes après l'annonce de cette terrible nouvelle, elle était partie travailler comme si de rien n'était.

— Je reviens du front de mer, dit Bob. J'y ai accompagné Mme McCarthy.

Bob vit sa sœur se raidir, comme si ses mots lui faisaient l'effet d'un coup, et il décida de ne pas en dire davantage.

Contrairement aux siens, les cheveux d'Eileen étaient plus blonds que roux, et elle avait plus de taches de rousseur que lui. Elle ne s'était jamais considérée comme une fille très séduisante, mais elle se jugeait toujours avec sévérité. Et cela ne se limitait pas à son aspect physique. Rien, chez elle, ne trouvait grâce à ses yeux.

— La police ne peut plus rien faire, maintenant, murmura-t-elle en levant les yeux vers son frère aîné.

— Ils peuvent retrouver l'assassin de Deirdre. Lui faire payer son crime et l'empêcher de recommencer.

— Peut-être, mais ils ne peuvent pas nous la rendre.

La main gauche d'Eileen tremblait. Mais la droite, qui tenait le chapelet, restait stable. Bob remarqua sa pâleur, comme si elle était sur le point de se trouver mal. Sa sœur, intelligente et travailleuse, avait de nombreux projets pour son avenir. Mais revenir d'Irlande pour apprendre la disparition de Deirdre avait replongé Eileen dans le monde qu'elle s'efforçait de fuir.

Et maintenant, Deirdre était morte.

Les doigts d'Eileen glissèrent machinalement vers le grain suivant, et Bob vit ses lèvres remuer tandis qu'elle récitait le « Je vous salue Marie ».

Il attendit qu'elle égrène entièrement son chapelet et le range dans sa bourse en velours bleu marine. Elle serra celle-ci dans son poing et se redressa contre le dossier du banc.

Ils observèrent en silence un écureuil qui escaladait le tronc d'un érable.

— Je suis enceinte, dit Eileen sans regarder son frère.

C'était bien la dernière chose à laquelle Bob s'attendait. Ses parents allaient être terriblement choqués d'apprendre ça… Lui-même l'était. D'autant que personne ne lui connaissait de petit ami.

Il se fit violence pour ne pas tourner les talons et se mettre à courir. A cet instant, il n'avait qu'une envie : mettre le plus de distance possible entre lui et Boston, fuir les semaines et les mois à venir ; le chagrin de Patsy dans la maison voisine, l'enquête de la police, le ventre d'Eileen qui allait s'arrondir sous l'œil horrifié de ses parents… Mon Dieu… Qu'allait-elle faire de ce bébé ?

Et le père ? Qui diable était le père de cet enfant ?

Bob serra les poings. Il était jeune. Il avait la vie devant lui. Pourquoi rester à Boston et se laisser écraser sous le poids de tous ces malheurs ? Il pouvait s'établir n'importe où. A Miami ou à New York, par exemple, où la police avait toujours besoin d'inspecteurs intègres et motivés.

Et pourquoi pas à Hawaii ? songea-t-il. Il devait faire bon vivre à Honolulu.

— Tu es enceinte depuis combien de temps ?

— Pas longtemps. Je n'ai pas encore fait le test de grossesse, mais je n'ai aucun doute sur le résultat.

— Eileen…

Bob posa les yeux sur sa petite sœur, mais elle détourna le regard.

— Que s'est-il passé en Irlande ?

Au lieu de répondre, elle bondit sur ses pieds et s'éloigna d'un pas rapide, en direction du bâtiment couvert de lierre où elle travaillait.

Bob resta assis sur le banc, la gorge serrée.

Une semaine plus tard, la police de Boston reçut une série d'appels concernant un homme qui venait d'être aperçu se jetant à l'eau depuis un voilier dans le port de Boston.

Une torche vivante.

Le temps qu'un bateau de plaisance se porte à son secours, il était déjà mort.

Il ne fallut que quelques heures aux policiers pour identifier Stuart Fuller, un ouvrier qui travaillait sur des chantiers de terrassement et louait un petit appartement sous les toits, à quelques dizaines de mètres de la maison où Deirdre McCarthy vivait avec sa mère. Les enquêteurs y découvrirent des éléments le liant au meurtre de Deirdre, tous plus accablants les uns que les autres.

Ils avaient trouvé leur diable.

L'autopsie avait conclu à une mort par noyade, mais Fuller n'aurait de toute façon pas survécu à ses brûlures s'il était resté à bord de son bateau.

Ce soir-là, Bob avait rejoint Patsy sous la véranda de sa maison. La large rambarde de bois accueillait une vingtaine de figurines alignées avec soin. Des anges, exclusivement. Malgré la chaleur de l'été qui se prolongeait tard dans la nuit, Patsy portait un pull en laine rose, comme si elle ne croyait plus à la possibilité de se réchauffer un jour.

— Deirdre collectionnait les anges, dit-elle.

— Je sais. On n'avait pas besoin de se creuser la tête quand on voulait lui faire un cadeau.

Bob désigna du doigt un ange de verre coloré.

— Je lui ai acheté celui-là pour ses seize ans. Je l'avais trouvé à Cape Cod, lors d'une sortie scolaire.

— Il est vraiment superbe, Bob. Je sais qu'elle l'aimait beaucoup.

La gorge du jeune homme se serra.

— Madame McCarthy…

— La police est venue me voir ce matin. Ils m'ont mise au courant, pour Stuart Fuller. Ils m'ont demandé si je le connaissais.

— Et vous le connaissiez ?

— Pas que je me souvienne. Il se peut que je l'aie croisé dans le quartier.

Ses yeux se plissèrent légèrement.

— A l'église, sans doute. Le diable est toujours attiré par le bien.

Bob l'observa un moment en silence tandis qu'elle nettoyait une figurine en porcelaine à l'aide d'un linge humide. L'ange tenait une petite harpe irlandaise sous le bras. De toute la collection de Deirdre, cette statuette était probablement celle qui avait le plus de valeur. C'était aussi l'une de ses préférées. Mais Deirdre aimait toutes sortes d'anges, des plus simples aux plus ouvragés, des plus précieux aux plus kitsch, qu'on trouvait pour une bouchée de pain dans les stations-service ou les brocantes. Bob se souvenait qu'elle projetait d'acheter une vitrine pour les exposer tous dans sa chambre.

— Madame McCarthy… La police vous a dit comment Fuller est mort ?

Elle ne sembla pas l'entendre.

— Je voudrais te raconter une histoire, Bob.

Il ne se sentait pas vraiment la patience d'écouter une de ses histoires.

— Laquelle ?

— Une que tu ne connais pas encore.

Elle leva la figurine rutilante sous la lumière et la fit tourner dans sa main pour l'inspecter sous tous les angles.

— Mon grand-père est le premier à me l'avoir racontée quand je n'étais encore qu'une petite Irlandaise de cinq ou six ans. C'était un merveilleux conteur, tu sais.

— Je n'en doute pas, mais…

— C'est l'histoire de trois frères qui se disputent avec des fées pour la possession d'une antique statuette en pierre.

Une lueur presque heureuse éclaira un instant son regard.

— Bien sûr, il s'agit d'une statuette représentant un ange. Deirdre adorait cette histoire.

— Alors elle n'est pas triste, dit Bob. Deirdre n'aimait pas les histoires déprimantes.

— C'est vrai qu'elle ne les aimait pas…, murmura Patsy, l'air songeur. Viens, mon garçon, dit-elle en retrouvant un peu d'allant. Je vais nous réchauffer un morceau de pain complet qu'on mangera avec du thé. Tu as déjà goûté mon pain complet, n'est-ce pas ? Je tiens la recette de ma mère. Il est de ce matin. Savais-tu ce que mon père disait toujours ?

Bob le savait, mais il se contenta de la regarder en silence, un faible sourire sur les lèvres.

— Il disait que maman faisait le meilleur pain complet de tout l'ouest de Cork.

Bob n'eut d'autre choix que de suivre Patsy dans sa petite cuisine et de l'aider à faire le thé. Combien de fois Eileen, Deirdre et lui s'étaient assis là, à écouter Patsy leur raconter de vieilles légendes irlandaises ?

Elle le rejoignit autour de la table, le pain tout chaud posé sur une assiette. Ses joues se colorèrent tandis qu'elle en tranchait un petit morceau qu'elle se mit à beurrer.

— Il était une fois trois frères qui vivaient sur la côte sud-ouest de l'Irlande, commença-t-elle en retrouvant l'accent si particulier de son pays natal. Un fermier, un moine ermite et un bon à rien qui était, bien entendu, celui que tout le monde préférait…

Bob trempa les lèvres dans son thé, puis croqua un morceau de pain. Comme la pièce semblait vide sans Deirdre…, songea-t-il en ravalant ses larmes, tandis que Patsy poursuivait son récit.

1.

De nos jours
Près de Mount Monadnock
Au sud du New Hampshire
Le 17 juin à 16 heures

Keira Sullivan chassa un moustique de la main en se demandant si ceux qu'on trouvait au pays de ses ancêtres étaient aussi tenaces que celui-ci. Elle serait bientôt fixée à ce sujet, songea-t-elle en suivant le chemin qui menait au chalet de sa mère, niché au cœur d'une forêt, au sud du New Hampshire. Demain soir, elle s'envolerait pour la côte sud-ouest de l'Irlande, où elle comptait marcher sur les traces d'une vieille légende dont le personnage central était un antique ange de pierre.

En attendant, elle devait rendre visite à sa mère, puis retourner à Boston dans la soirée pour assister à une réception. Mais comme elle avait hâte de pousser la porte du cottage qu'elle avait loué en Irlande ! Comme elle avait hâte de s'y retrouver seule avec son matériel de dessin et de peinture ! Sans oublier son ordinateur portable, son appareil photo et ses chaussures de randonnée…

Durant les six semaines à venir, elle aurait tout le loisir de penser, rêver, dessiner, peindre, marcher… Et peut-être même de faire la paix avec son passé.

Ou, plus exactement, avec le passé de sa mère.

La sombre silhouette du chalet apparut au détour du chemin, perché sur une colline verdoyante qui surplombait un ruisseau. Keira entendait déjà le bruit de l'eau dégringolant dans son lit pierreux. Plus elle s'approchait de la maison de sa mère, plus l'air se rafraîchissait. Des oiseaux voletaient en gazouillant autour d'elle, sans doute des mésanges. Sa mère aurait été capable de préciser de quelle espèce il s'agissait et de fournir son nom latin.

Le bourdonnement nerveux du moustique à proximité de son oreille lui fit rentrer la tête dans les épaules. L'insecte avait jeté son dévolu sur elle dans le cul-de-sac terreux où elle avait abandonné sa voiture, et l'avait accompagnée tout le long du chemin qui s'avançait loin dans les bois. Elle se trouvait à moins de deux heures de Boston, mais elle avait le sentiment d'être sur une autre planète, ses cheveux collés par la transpiration et le bas des jambes maculé de boue. Pourquoi avait-elle mis un short ? Si ce maudit moustique s'avisait d'appeler du renfort, elle ne donnait pas cher de sa peau piquée de taches de rousseur.

Elle resta un moment debout sur le rocher gris et plat qui servait de perron, à l'arrière du chalet. Sa mère avait construit elle-même son logis en se servant du bois qu'elle avait sous la main, refusant l'aide des amis et de la famille. Elle n'avait engagé des gars du coin qu'en toute dernière extrémité, quand vraiment la tâche s'était révélée trop ardue pour une femme seule.

La modeste habitation était dépourvue de chauffage central, d'électricité et d'eau courante. Sa mère ne possédait ni téléphone, ni radio ni télévision, et elle n'avait pas même d'adresse postale où aller récupérer son courrier. Et, bien entendu, son seul moyen de transport était la marche à pied.

L'hiver pouvait être rude, dans la région, et les nuits glaciales devaient être à la limite du supportable, dans de telles conditions. Mais Keira savait qu'elle n'entendrait jamais sa mère se plaindre. Personne ne lui avait imposé cette vie d'ascète. C'était son choix, et elle semblait l'assumer parfaitement.

Keira jeta un œil à travers le panneau anti-moustiques qui faisait office de porte pendant les saisons chaudes, son fin grillage laissant passer l'air mais pas les insectes. Dieu merci, songea-t-elle en chassant pour la énième fois le moustique de la main, l'existence choisie par sa mère n'excluait pas l'utilisation de tels accessoires. Il était temps de dire au revoir à son insupportable compagnon de route.

— Maman ? C'est moi, Keira.

Comme si sa mère avait un autre enfant… Comme si se retirer du monde lui avait fait oublier le prénom de sa fille unique… La dernière visite de Keira remontait à quelques semaines, mais elle n'était pas restée longtemps. Il fallait dire qu'elles avaient passé peu de temps ensemble au cours de ces dernières années, et encore moins au cours des derniers dix-huit mois, depuis qu'Eileen avait décidé de s'isoler au fond des bois dans le plus parfait dénuement.

Elle avait toujours été profondément croyante, et Keira respectait cela. Mais elle ne parvenait pas à accepter le nouveau choix de vie de sa mère. Pour elle, ce n'était plus de la dévotion ; c'était de la folie.

— Keira ! s'écria Eileen d'un ton enjoué. Entre, entre… Je suis dans la pièce de devant. Laisse tes chaussures sur le palier, si ça ne t'ennuie pas.

Keira retira ses chaussures de randonnée et pénétra dans la cuisine, si on pouvait appeler cela une cuisine. Quelques placards rustiques étaient fixés aux murs où pendaient, accrochés à de simples clous, des ustensiles de base récupérés çà et là, principalement dans des vide-greniers. Son prêtre l'avait difficilement convaincue de s'équiper d'un réfrigérateur à gaz, et il essayait à présent de lui faire acheter une cuisinière qui fonctionnerait de la même manière. Mais elle ne voulait rien entendre pour le moment. Pas question non plus d'installer une pompe reliée au ruisseau pour avoir au moins de l'eau froide dans le chalet. Sauf quand il gelait, la mère de Keira ne voyait pas d'inconvénient à aller la chercher avec un seau. Au contraire, disait-elle, ça lui faisait faire un peu d'exercice.

Avoir le dernier mot avec Eileen O'Reilly n'avait jamais été une mince affaire.

Keira traversa le plancher composé de panneaux de pin brut en direction de la pièce principale. Sa mère, habillée d'une ample chemise et d'un pantalon de survêtement, se leva du tronc d'arbre qui lui servait de tabouret. Devant elle, une planche de bois posée sur des tréteaux faisait office de table de travail. Ses cheveux grisonnants étaient coupés grossièrement, à la manière d'une nonne. Pourtant, malgré la vie religieuse qu'elle menait désormais, Eileen O'Reilly n'avait pas prononcé ses vœux.

— Je suis heureuse que tu sois là, Keira.

— Moi aussi, maman.

Keira était sincère, mais elle regrettait d'être obligée de venir dans ce trou perdu pour voir sa mère, qui refusait de se rendre à Boston.

— Je trouve ton chalet très agréable, dit-elle encore. Je m'y sens bien, tu sais.

— Moi aussi, Keira. C'est chez moi, maintenant.

Eileen se rassit sur le tronc d'arbre. Derrière elle, une fenêtre ouverte donnait sur le ruisseau en contrebas. Keira était sensible à la beauté des lieux, mais elle ne comprenait pas qu'on puisse vivre dans une telle solitude. Elle aussi appréciait d'être seule de temps à autre. Mais de là à renoncer à toute vie sociale…

Une bourrasque de vent fit danser une sapinette proche de la fenêtre, envoyant un courant d'air chaud dans le chalet. A l'exception d'un crucifix de bois, les murs en rondins de la pièce principale étaient dépourvus de toute décoration. En plus du tabouret et de la table sur tréteaux, le mobilier se composait d'un lit en fer muni d'un fin matelas, d'un fauteuil à bascule et d'une étroite commode. Le petit poêle à bois était la seule source de chaleur dont disposait le chalet, servant à la fois de chauffage et de table de cuisson. Sa mère débitait elle-même les bûches qui servaient à l'alimenter.

Le terrain appartenait à un couple de Boston qui avait construit une maison de vacances à l'autre bout du chemin emprunté par Keira pour venir jusqu'ici. Keira leur en voulait un peu, les considérant en partie comme responsables de la décision de sa mère de se retirer du monde.

En lui offrant de choisir un endroit où édifier son chalet, ils lui avaient permis de mettre son projet à exécution.

Plus d'un an qu'elle habitait là, songea Keira. Plus d'un an, et elle semblait toujours aussi satisfaite de son choix.

— Laisse-moi te regarder, dit Eileen en lui prenant les mains avec un doux sourire. Je suis vraiment heureuse de te voir.

— Je ne voulais pas te déranger dans ton travail.

— Oh, ne t'en fais pas pour ça…

Une grande feuille de papier à dessin bon marché couvrait une bonne partie de la table de travail. Avant de choisir cette vie austère et retirée, Eileen O'Reilly habitait dans une ville du sud du New Hampshire, où elle s'était établie avec sa fille. Là-bas, les gens la connaissaient comme une veuve courageuse, propriétaire d'un magasin spécialisé dans le matériel de dessin et de peinture. Au fil des ans, elle était devenue experte en calligraphie et en dorure, pratiques complexes qui demandaient une grande concentration. Elle arrondissait alors ses fins de mois en restaurant des cadres de miroirs et de tableaux, créant à l'occasion des faire-part sophistiqués pour les mariages ou les naissances. A présent, elle se servait de son savoir-faire pour pratiquer l'art presque oublié de l'enluminure. Le même couple qui l'avait laissée construire le chalet sur leur terrain lui avait trouvé un client qui la rémunérait pour illustrer un vieux manuscrit composé d'extraits choisis de la Bible. L'homme avait seulement sélectionné les passages qu'il souhaitait mettre en valeur et lui avait demandé de faire appel à sa sensibilité celtique dans la composition des motifs. A part ça, Eileen avait carte blanche.

Il s'agissait d'un travail ardu et minutieux qu'on ne pouvait mener à bien qu'avec une solide technique et une grande imagination. Elle avait tout son matériel à portée de main : brosses et pinceaux ; palettes, coussins et couteaux à dorer ; brunissoirs à pointe d'agate, ors et pigments. Et bien d'autres accessoires encore que Keira n'aurait su nommer.

— Tu es en train de composer ton propre Livre de Kells, dit Keira avec un sourire.

Sa mère secoua la tête en souriant à son tour.

— Comme tu y vas ! Le Livre de Kells est un véritable chef-d'œuvre du christianisme irlandais. Ses enluminures colorées en font l'un des plus remarquables vestiges de l'art religieux médiéval. On dit parfois que seuls des anges ont pu effectuer un travail aussi extraordinaire. Je fais de mon mieux, mais je ne suis qu'un être humain, ajouta-t-elle sans fausse modestie.

Une nouvelle bourrasque agita les arbres perchés sur la petite colline. L'orage approchait, un front froid sur le point de faire exploser l'humidité qui s'était installée depuis une semaine sur la Nouvelle-Angleterre. Keira voulait regagner sa voiture avant que la pluie ne se mette à tomber.

— Tu as eu l'occasion de voir le Livre de Kells, quand tu as étudié au Trinity College de Dublin ?

— Oui, j'ai eu cette chance.

Sa mère parlait d'un ton distant, maîtrisé. Mais son regard se fit songeur tandis qu'il se posait sur la grande feuille de papier vierge, comme s'il s'agissait du manuscrit millénaire.

— Ce fut un moment inoubliable, ajouta-t-elle avant de se tourner vers sa fille. Inutile de te préciser que mon travail est infiniment plus simple.

— Je suis sûre que le résultat sera magnifique, dit Keira.

— Merci de ta confiance. Le Livre de Kells contient essentiellement les quatre Evangiles du Nouveau Testament. Pour ma part, j'ai commencé avec Adam et Eve.

Une lueur malicieuse éclaira soudain l'étonnant bleu des yeux d'Eileen.

— Je ne me suis pas encore décidée sur le choix du serpent, dit-elle.

Keira avait noté une série de croquis au crayon de papier scotchés sur la planche de bois.

— Ces bestioles n'ont pas l'air commode, dit-elle en désignant les dessins. Ça ne te rend pas nerveuse de rester seule au fond des bois, entourée de reptiles et d'éclairs menaçants ?

— Où vois-tu des éclairs menaçants ? demanda sa mère en riant. Quoique…

Elle resta un instant pensive, les yeux dans le vide.

— Tu m'as peut-être donné une idée, Keira, reprit-elle finalement. La foudre s'abattant dans le jardin d'Eden pourrait représenter la colère divine, qu'en dis-tu ?

Keira se détendit un peu. Presque aussitôt après s'être installée à Boston, en janvier dernier — elle arrivait de San Diego, où elle avait vécu quelques mois —, elle s'était rendue dans la forêt en espérant trouver sa mère vivante et à peu près saine d'esprit. Il y avait alors tant de neige qu'elle avait dû chausser des raquettes pour parvenir jusqu'au chalet. Mais elle avait été récompensée de ses efforts : le ton chaleureux d'Eileen l'avait vite rassurée, tout comme le chili con carne qui mijotait sur le poêle à bois, créant une atmosphère douillette dans le chalet au décor pourtant si spartiate. Et puis sa mère semblait sereine, satisfaite de sa vie routinière, partagée entre travail et prières. Keira avait pensé qu'emménager à Boston leur permettrait de se voir plus souvent. Mais il n'en avait rien été. A ce compte-là, elle aurait aussi bien pu rester à San Diego, ou partir vivre à Miami, à Tahiti, au Mozambique… Ou en Irlande, songea-t-elle. La terre de ses ancêtres.

Le pays de son père.

L'humeur sociable de sa mère ne dura pas, et la lueur amusée de son regard céda vite le pas à l'expression neutre qu'elle arborait le plus souvent. Sans doute voulait-elle ainsi donner le sentiment d'une paix intérieure, comme si elle était définitivement affranchie du besoin de représentation et des passions fugaces qui agitaient ceux qui vivent en société. Et sa fille représentait à ce moment-là le monde superficiel dont elle s'était retirée. Du moins était-ce ainsi que le comprenait Keira.

Elle essaya de ne pas en prendre ombrage.

— Je suis venue te dire au revoir, maman. Je pars demain pour l'Irlande. Je compte y rester six semaines.

— Six semaines ? Tu ne trouves pas que ça fait un peu long ?

— Je vais faire quelque chose de différent, cette fois-ci. J'ai loué un cottage sur la péninsule de Beara.

Sa mère détourna le visage pour regarder au-dehors, en direction de son potager. Il était clôturé pour empêcher les cerfs — et Dieu sait quels autres animaux — de venir se servir.

Après quelques secondes de silence, elle poussa un petit soupir.

— Décidément, tu ne peux pas tenir en place.

Ce n'était pas faux, songea Keira. Enfant, elle parcourait les bois avec un carnet à dessins et des crayons de couleur. A l'université, elle saisissait toutes les occasions de voyager : un jour, elle faisait du camping sauvage avec une bande de copains dans le parc national de Yosemite, un autre, elle sautait sur un chalutier avec un petit ami qui ne fut petit ami que le temps de la croisière, un autre encore, elle s'envolait pour Paris sans un sou en poche et y restait l'été entier. Une fois ses études terminées, elle avait tâtonné dans le monde du travail avant de revenir à ses premières amours : le dessin, la peinture et le folklore irlandais. Elle était parvenue à faire un métier de ces trois passions et à en vivre plus que décemment. Aujourd'hui, Keira Sullivan était connue pour ses illustrations de poèmes et de contes folkloriques. Elle adorait son travail et la liberté de mouvement qu'il lui donnait. Pour quelqu'un qui avait la bougeotte, pouvoir travailler où bon lui semblait était un avantage considérable.

— La dernière fois que je suis venue te voir, je t'ai parlé d'un projet qui me tient à cœur, dit-elle. Je ne sais pas si tu t'en souviens, mais je travaille avec un universitaire qui organise une conférence sur le folklore irlandais prévue pour le printemps prochain. Elle se déroulera en deux parties : une à Boston et une à Cork.

— Oui, je m'en souviens, dit Eileen.

— On traitera notamment des immigrants irlandais venus s'installer aux Etats-Unis au vingtième siècle. Je travaille sur cette partie et j'ai décidé de réunir et d'illustrer une collection des contes et légendes qu'ils ont emportés avec eux de l'autre côté de l'océan. J'ai déjà sélectionné une histoire merveilleuse que mamie m'a racontée avant de mourir. Elle était née à l'ouest de Cork…

— Je sais. Keira…

Une ombre triste voila le regard de sa mère.

— Qu'est-ce qui ne va pas ? demanda Keira avec un peu d'impatience. Ce ne sera pas la première fois que je vais en Irlande. Pas dans la péninsule de Beara, d'accord, mais… Maman, tu as peur que je tombe sur mon père ?

— Ton père était Michaël Sullivan.

Mais, bien entendu, Keira parlait de son père biologique. Sa mère était revenue enceinte d'Irlande à dix-neuf ans, au terme d'un programme d'été à l'université de Dublin. Enceinte de Keira. Treize mois après avoir accouché de sa fille, elle s'était mariée avec Michaël Sullivan, un électricien de Boston de dix ans son aîné. Vingt-six mois plus tard, il trouvait la mort dans un accident de voiture. Sa veuve et sa fille adoptive s'étaient alors établies à Boston où elles avaient commencé une nouvelle vie.

Keira ne se souvenait pas vraiment de lui, mais elle ressentait toujours une grande émotion devant sa photo. C'était un mélange d'affection, de gratitude et de chagrin ; preuve qu'au fond d'elle, elle ne l'avait pas oublié.

Jamais sa mère n'évoquait ce voyage en Irlande où Keira avait été conçue, trente ans plus tôt. Qui donc était son père ? se demandait-elle souvent. Un touriste suédois ? Un autre étudiant américain ? Elle en savait si peu qu'elle pouvait tout imaginer.

— Une vieille dame qui habite dans ton ancienne rue à Boston a entendu parler de notre projet et m'a contactée, dit Keira après une brève hésitation. Elle m'a raconté l'incroyable histoire de trois frères qui se battent contre le peuple des fées et se déchirent entre eux pour la possession d'un ange de pierre…

— Patsy McCarthy, dit Eileen d'une voix dénuée d'émotion.

— En effet, c'est bien son nom. Elle m'a dit qu'elle t'avait raconté cette histoire, à toi aussi, juste avant ton départ pour Dublin. Les trois frères sont persuadés que la statuette représente un des anges apparus devant sainte Ita durant sa vie terrestre. Pour leur part, les fées pensent qu'il ne s'agit pas du tout d'un ange mais de l'une des leurs qui a été pétrifiée. Mais c'est loin d'être tout.

— Mme McCarthy connaît beaucoup de légendes irlandaises. Et elle adore les raconter.

— Elle tient celle-là de son grand-père. Il l'aurait entendue quand il travaillait dans les mines de cuivre de Beara et l'a transmise à Patsy McCarthy alors qu'elle vivait encore en Irlande. A l'en croire, elle n'était alors qu'une toute petite fille, mais elle n'a jamais oublié cette histoire. Tu sais que le village des trois frères n'est jamais nommé, mais il y a suffisamment de détails…

— Pour le localiser. Oui, je sais.

— Pareil pour l'endroit où l'ermite a construit sa hutte. Ça vaudrait peut-être la peine de la chercher…

Keira attendit. Mais quand elle comprit que sa mère ne répondrait pas, elle poursuivit :

— Mme McCarthy m'a dit que tu étais déterminée à trouver le village et la hutte en question, lors de ton voyage en Irlande. Je parle du voyage au cours duquel j'ai été conçue.

— Patsy est une conteuse hors pair, se contenta de répondre sa mère.

— Oui, elle est très douée.

Eileen leva une feuille d'or très mince vers la lumière qui entrait généreusement par la fenêtre. Une véritable enluminure de manuscrit se faisait toujours à la feuille, avec de l'or véritable. Mais Keira savait que sa mère n'était pas du tout assez avancée dans son travail pour l'appliquer.

— Connais-tu la différence entre le mal et le péché, Keira ?

Keira n'avait aucune envie de parler du mal ou du péché. Elle avait envie de parler de l'histoire de Patsy McCarthy, de magie, de sortilèges et de fées.

Et du passé de sa mère.

— Franchement, maman, ce n'est pas le genre de chose auquel je pense souvent.

— Adam et Eve ont péché.

Eileen fit tourner la feuille d'or de manière à ce qu'elle se mette à briller dans le soleil.

— Ils voulaient servir Dieu, mais ils ont succombé à la tentation. Ils ont regretté d'avoir désobéi et n'ont pris aucun plaisir à s'opposer à la volonté du Très-Haut.

— En d'autres mots, ils ont péché.

— Oui, mais le cas du serpent est tout à fait différent. Il jubile de ses mauvaises actions. Contrecarrer les dessins de Dieu le remplit de joie. Il se voit comme l'antithèse de Dieu. Contrairement à Adam et Eve, le serpent n'a pas commis de péché dans le jardin d'Eden. Le serpent a choisi le mal.

— Je ne comprends pas comment tu peux rester seule ici à penser à ce genre de choses, dit Keira avec un petit soupir.

Sa mère déposa la feuille d'or sur le papier d'un blanc pur. Keira savait que ces feuilles extrêmement fines étaient difficiles à travailler, mais qu'elles pouvaient résister à de nombreuses manipulations sans se déchirer en lambeaux. Et une fois appliquée dans les règles de l'art, la poussière dorée prenait l'apparence de l'or massif.

— Nous péchons tous, Keira, dit sa mère sans l'ombre d'un sourire. Mais nous ne choisissons pas tous le mal. Cette nuance n'échappe pas au diable. Le mal est une disposition particulière de l'esprit. Ou plutôt une disposition particulière de l'âme.

— Est-ce que ça a quelque chose à voir avec l'Irlande ? Avec ce qui est arrivé là-bas quand tu…

— Non, ça n'a rien à voir avec l'Irlande, coupa Eileen avant d'inspirer profondément. Et ton travail ? Ça se passe bien ?

Keira s'efforça de masquer son irritation devant le brusque changement de sujet. Ça avait tout l'air d'une fin de non-recevoir, mais elle n'était pas venue dans cette forêt pour juger sa mère, ni pour lui soutirer des informations sur son passé. Elle était simplement venue lui dire au revoir avant de s'envoler pour l'Irlande le lendemain soir.

— Ça se passe très bien, merci, répondit-elle simplement.

A quoi bon entrer dans les détails, alors que les affaires de ce monde n'intéressaient visiblement plus sa mère ?

— Je suis contente pour toi. Merci d'être passée me voir, Keira.

Elle se leva et vint prendre sa fille dans ses bras.

— Vis ta vie, mon trésor. N'accorde pas trop d'importance à ces vieilles histoires. Et surtout ne t'en fais pas pour moi, d'accord ? Je me sens très bien, ici.

Tandis qu'elle traversait les bois sur le chemin du retour, Keira dut se faire violence pour ne pas regarder par-dessus son épaule et s'assurer qu'elle n'était pas suivie par le diable et son armée de serpents. Pour se changer les idées, elle se souvint des histoires irlandaises que lui racontait sa mère quand elle était petite : histoires de fées et de sorciers ; de géants et d'enchanteurs ; histoires de gnomes et de leprechauns ; d'explorateurs et d'aventuriers... Et ces chansons qu'elle lui chantait, le soir, de sa voix douce et joyeuse...

Comment une femme si affectueuse, si gaie et sociable, pouvait-elle se retrouver au fin fond d'une forêt, dans une parfaite solitude ?

Bien sûr, Keira devait reconnaître qu'il y avait eu des signes avant-coureurs du singulier destin qui attendait sa mère. Cette mystérieuse tristesse qui voilait parfois son regard, ce profond sentiment de culpabilité qui se laissait deviner au détour d'une remarque, ce rêve parfois exprimé d'une vie paisible et retirée, loin de l'agitation du monde...

Avant d'emménager dans son petit chalet, Eileen O'Reilly avait tenu à rassurer ceux qui lui étaient chers : elle ne voulait tourner le dos à personne, mais simplement vivre pleinement sa foi de la façon qui lui convenait le mieux. A l'entendre, elle ne faisait que perpétuer une tradition monastique vieille de plusieurs siècles.

Ce dernier point était incontestable, mais Keira doutait que la retraite de sa mère ait été uniquement motivée par ses convictions religieuses. Alors qu'elle écoutait Patsy McCarthy lui conter la légende des trois frères, Keira s'était demandé si le voyage de sa mère en Irlande, trente ans plus tôt, n'était pas à l'origine de l'existence qu'elle menait aujourd'hui. Qu'avait-il pu se produire là-bas, qui aurait fait son chemin en elle pendant près de trente ans, avant de se traduire en actes ?

Un autre moustique — ou peut-être le même — vint vrombir à son oreille, la ramenant au moment présent. Elle éloigna l'insecte d'un revers de la main et s'engagea dans l'étroit chemin qui menait à sa voiture.

La légende des trois frères irlandais, des fées et de l'ange de pierre ne parlait pas d'un trésor caché au pied d'un arc-en-ciel. Au fond, songea Keira, cela parlait du « je-t'aime-moi-non-plus » qui régissait souvent les liens familiaux, et des aspirations humaines fondamentales : le besoin des autres et le rêve d'une vie heureuse.

Mais avant tout, c'était une légende fascinante que Keira comptait bien illustrer dans son prochain ouvrage.

On dit que l'ange de pierre se trouve toujours sous les ruines de la hutte où vivait l'ermite.

C'était peut-être vrai. Patsy McCarthy, et avant elle son grand-père, avait peut-être brodé la vieille légende au cours des années pour la rendre encore plus captivante. Peu importait. Keira était sous le charme de cette histoire et elle était impatiente de poser le pied sur la terre irlandaise.

En attendant, elle devait rentrer à temps à Boston pour la vente aux enchères organisée au bénéfice du *Boston-Cork folklore project*, le projet qui l'avait conduite jusque dans la cuisine de Patsy McCarthy.

Elle s'autorisa à jeter un regard derrière elle pour la première fois depuis qu'elle avait quitté le chalet, regrettant que sa mère ne l'accompagne pas à la réception de ce soir.

— Pas seulement pour me faire plaisir, maman, murmura-t-elle dans le silence de la forêt. Mais aussi dans ton propre intérêt.

2.

Jardin public de Boston
Le 17 juin à 19 heures

Il pleuvait des cordes, mais même le déluge n'aurait pas convaincu Victor Sarakis de faire demi-tour.

Il n'avait pas le choix.

Il devait à tout prix mettre Keira Sullivan en garde.

La pluie tambourinait sur l'asphalte des trottoirs du jardin public, une oasis victorienne au cœur de la ville. Il accéléra le pas, maudissant le ciel qui déversait des trombes d'eau sur sa tête. Pourquoi n'avait-il pas songé à prendre un parapluie ou au moins un imperméable ? Dieu merci, il n'avait plus beaucoup de chemin à faire. En sortant du jardin public, il n'aurait qu'à traverser Charles Street, puis remonter Beacon Street jusqu'à une adresse située à hauteur du dôme doré de la Massachusetts State House.

Il *devait* le faire.

La lumière grise et maussade qui assombrissait la ville assombrissait aussi son humeur, tandis que l'envie de se mettre à l'abri le faisait presque courir.

— Keira ne peut pas aller en Irlande.

Il s'étonna d'entendre sa propre voix. Voilà qu'il se mettait à parler tout seul, maintenant. Il savait que beaucoup de gens le trouvaient farfelu, mais il n'avait jamais été du genre à soliloquer dans les rues.

— Elle ne peut pas partir à la recherche de l'ange de pierre, murmura-t-il encore.

Ainsi trempé jusqu'aux os, on allait le prendre pour un mendiant ou un fou quand il arriverait dans l'élégant bâtiment où avait lieu la vente aux enchères. Tant pis, songea-t-il. Il faudrait se débrouiller pour entrer et trouver un moyen de convaincre Keira de l'écouter.

Il devait absolument lui dire ce qui allait se dresser sur son chemin.

Nommer le danger qui la guettait.

Le mal.

Le mal à l'état pur.

Pas la maladie mentale, pas le péché...

Le mal.

Victor devait la prévenir en personne. Il ne pouvait appeler les autorités et leur expliquer tout ça. Quelles preuves avait-il ? On le croirait échappé d'un asile d'aliénés.

D'abord empêcher Keira d'aller en Irlande. Ensuite, il réfléchirait à la meilleure façon de présenter l'affaire à la police pour être pris au sérieux.

— Victor...

Son prénom semblait être porté par le vent.

La pluie chaude cinglait son visage et son dos, s'introduisait dans ses chaussures. Il ralentit l'allure.

— Victor...

Il se rendit alors compte qu'on venait vraiment de prononcer son prénom.

Ses yeux se posèrent sur l'étang peu profond du jardin public. La pluie piquait durement son eau grise. Les fameux « bateaux-cygnes » avaient été attachés les uns aux autres pour la nuit. Avec ce temps de cochon, l'endroit était quasiment désert.

Pas de témoins.

Victor se mit soudain à courir, sans cesser de s'interroger sur la conduite à adopter. Il pouvait continuer à suivre les allées qui menaient à Charles Street, ou essayer de s'enfuir en traversant l'étang à pied.

Mais il savait déjà qu'il n'y avait pas de fuite possible.

— Victor…

Il sentit ses jambes se dérober sous lui. Il n'arrivait pas à courir assez vite. Et pas seulement parce qu'il n'avait jamais été un grand sportif.

Il ne pouvait semer le mal.

Il ne pouvait semer un suppôt de Satan.

Personne ne le pouvait.

3.

Quartier de Beacon Hill, Boston
Le 17 juin à 20 h 30

Une fois de plus, Simon Cahill se trouva aux prises avec un incorrigible snob. La scène se déroulait à Boston, mais ça aurait aussi bien pu se passer à New York, San Francisco, Londres ou Paris. Simon avait visité chacune de ces villes, et bien d'autres encore. Il aimait bien remettre à leur place les fâcheux de tout poil, et ce pédant de Lloyd Adler entrait définitivement dans cette catégorie.

Adler semblait avoir une quarantaine d'années. Il portait un jean et un T-shirt blanc que couvrait une veste froissée en lin noir, et ses longs cheveux grisonnants étaient réunis en queue-de-cheval. Il tendit le doigt à travers l'élégante salle de réception, droit sur une aquarelle représentant un cottage irlandais.

— Keira Sullivan est plus dans la lignée d'illustratrices comme Tasha Tudor ou Beatrix Potter que de véritables peintres figuratifs… Qu'en dites-vous, Simon ?

Franchement, c'était le cadet de ses soucis. Tout comme le fait que l'auteur de cette belle aquarelle aurait déjà dû arriver. Adler s'en était déjà plaint, lançant quelques piques acerbes. Mais le retard de Keira Sullivan n'empêchait pas les invités d'enchérir sur les deux œuvres dont elle avait fait don pour la vente aux enchères de ce soir. Sur la seconde aquarelle, un elfe, un korrigan, ou Dieu sait quelle créature légendaire, se promenait dans une vallée enchantée. Les recettes de la vente serviraient à financer une conférence sur le folklore irlando-américain, qui devait se tenir au printemps prochain, à Boston et à Cork, en Irlande.

Keira Sullivan était non seulement une illustratrice réputée, mais elle était aussi folkloriste.

Simon n'avait posé qu'un œil distrait sur les deux tableaux de la jeune femme. Il avait encore l'esprit ailleurs, notamment en Arménie, d'où il était revenu quelques jours plus tôt après avoir recherché les survivants d'un tremblement de terre qui avait tué plus d'une centaine de personnes. Des hommes, des femmes et des enfants.

Des enfants, surtout.

Mais à présent il portait un costume bien coupé et buvait du champagne sous le monumental lustre en cristal d'une élégante salle de réception. Située au rez-de-chaussée d'une belle maison en briques du début du dix-neuvième siècle, ses fenêtres donnaient sur le jardin public, le Boston Common. Après tout, songea-t-il en avalant une gorgée de champagne rosé, il méritait sans doute d'être pris pour un de ces mondains qui écumaient les soirées chic.

— Beatrix Potter est bien la dessinatrice qui a inventé le personnage de Pierre Lapin ? demanda-t-il.

— Bien sûr, voyons, répondit Lloyd Adler, un rien méprisant.

Simon vida sa flûte de champagne. Ce n'était pas mauvais, mais il n'était pas du genre à s'extasier pendant des heures sur la finesse des bulles, l'ampleur du nez ou la rondeur de la bouche. Il aimait ce qu'il aimait et ne se souciait pas d'avoir l'air d'un connaisseur. Que certains préfèrent parler du contenu de leur verre que de le boire ne le dérangeait pas outre mesure, pourvu qu'ils ne lui cassent pas les pieds avec leur savoir. Ou leur prétendu savoir…

— Quand j'étais petit, ma mère avait décoré ma chambre avec des broderies au point de croix qui représentaient Pierre Lapin et ses amis.

— Je vous demande pardon ?

— Des broderies au point de croix. Vous savez, vous brodez chaque croix l'une à côté de l'autre et…

Simon s'interrompit délibérément et haussa les épaules. Il savait qu'il n'avait pas l'air d'un type qui avait eu les lapins de Beatrix Potter sur les murs de sa chambre d'enfant, mais c'était pourtant bien le cas.

— Maintenant que j'y songe, je me demande ce qu'il est advenu de mes petits lapins brodés.

Adler fronça les sourcils, puis partit d'un rire faux, visiblement persuadé que Simon faisait de l'humour.

— Keira Sullivan est une bonne illustratrice, reprit-il d'un air pénétré. Mais je trouve un peu fort que les gens s'intéressent plus à ses gentils dessins qu'aux œuvres des véritables artistes qui sont mises aux enchères ce soir. Que voulez-vous, ce n'est pas aujourd'hui que nous allons éduquer les Bostoniens...

Simon toisa Adler du regard, qui devint rouge comme une tomate et bredouilla une excuse avant de se fondre dans la foule.

Ses face-à-face avec les raseurs se finissaient souvent ainsi, songea Simon en troquant sa flûte vide contre une pleine au passage d'un serveur. Les organisateurs de la soirée avaient fait appel à un bon traiteur, et la plupart des invités étaient sur leur trente et un. Universitaires, artistes, folkloristes et collectionneurs d'art se côtoyaient dans une ambiance chic et décontractée. Simon avait même repéré deux prêtres et une poignée d'hommes politiques.

Ainsi qu'au moins deux flics. Mais ceux-là, Simon préférait les éviter.

— Lloyd Adler n'est pas quelqu'un qu'on peut faire fuir facilement, dit Owen Garrison avec un grand sourire, tandis qu'il rejoignait Simon.

Owen était un bel homme au physique élancé. Dans la famille Garrison, il était impossible de faire une mauvaise pioche : ils étaient tous plus beaux les uns que les autres. Quant à Simon, il était bâti comme un taureau. C'était vraiment la seule façon de le décrire.

— J'ai décidé d'être un gentil garçon, ce soir, plaisanta Simon, levant le petit doigt avec une expression efféminée.

Owen leva les yeux au ciel tandis que Simon posait sa flûte vide sur un guéridon. Il avait assez bu pour ce soir, décida-t-il. Encore quelques bulles et il allait déclencher une bagarre.

— Tu as vu ? ajouta-t-il. Je n'ai pas dit un mot.

— Tu n'as pas eu besoin de dire quoi que ce soit. Un seul regard et il a pris ses jambes à son cou.

— Comment ça ? J'ai posé sur lui des yeux pleins de douceur. D'ailleurs, tout le monde me trouve charmant.

— Pas tout le monde, non.

Owen avait sans doute raison, mais Simon se dit qu'il fallait le prendre comme il était. Il ne cherchait pas à plaire et n'hésitait pas à envoyer balader ceux qui lui tapaient sur le système, autrement dit la plupart des gens qui l'approchaient. Il n'était là que pour faire plaisir à Owen, dont la famille possédait la somptueuse demeure où se déroulait la soirée. Les Garrison, dont l'immense fortune s'était transmise sur plusieurs générations, avaient quitté Boston pour le Texas après la mort de Dorothy, la sœur d'Owen. La malheureuse, alors âgée de quatorze ans, avait chuté d'une falaise sous les yeux horrifiés de son frère cadet. Cette scène d'horreur s'était déroulée dans le Maine, à quelques mètres seulement de la maison de vacances des Garrison. Impuissant, Owen l'avait vue rebondir sur un rocher avant de disparaître sous les flots. Il n'avait que onze ans.

Pour Simon, il ne faisait guère de doute que ce traumatisme était à l'origine de l'organisation internationale de recherche et sauvetage qu'il avait fondée. Fast Rescue était basée à Austin et fonctionnait principalement avec des fonds privés. Sa mission première était d'envoyer sur place des volontaires expérimentés dans les vingt-quatre heures suivant une catastrophe — naturelle ou non —, partout sur la planète.

Simon était devenu volontaire de Fast Rescue dix-huit mois plus tôt, une décision qui compliquait son existence plus que ça ne l'aurait dû. Et pas seulement parce que la mission en Arménie était tombée à un moment très particulier de sa vie.

Owen, lui-même un des meilleurs sauveteurs de Fast Rescue, portait, tout comme Simon, un costume de grande marque. Pourtant, il ne semblait pas à sa place dans le décor fastueux de cette maison achetée un siècle plus tôt par son arrière-grand-père. Le décor privilégiait les tons crème et vert sauge, apparemment les couleurs préférées de Dorothy Garrison. Si le rez-de-chaussée était réservé aux réceptions, le premier et le deuxième étage abritaient les bureaux de la Fondation Dorothy, dédiée aux projets qui passionnaient l'adolescente au moment de sa disparition.

Owen jeta un œil en direction de la porte principale de la maison.

— Toujours aucun signe de Keira Sullivan. Son oncle commence à s'impatienter.

Son oncle était Bob O'Reilly, le frère aîné de sa mère. Bob était aussi l'un des deux policiers repérés par Simon. L'autre était Abigaïl Browning, la fiancée d'Owen. Tous deux étaient enquêteurs à la brigade criminelle de Boston. Fort d'une vingtaine d'années d'expérience dans le métier, O'Reilly était un costaud au visage piqué de taches de rousseur. Grande et mince avec des cheveux sombres, Abigaïl était considérée, à trente-deux ans, comme une étoile montante de la brigade criminelle.

Elle était aussi la fille de John March, le directeur du FBI, et la raison pour laquelle la vie de Simon s'était compliquée depuis qu'il avait rejoint les équipes de Fast Rescue. Simon avait travaillé pour March. Et ce n'était pas terminé. Enfin, pas exactement.

Il avait décidé d'éviter Abigaïl et Bob O'Reilly, car il savait que ces deux-là avaient du flair pour démasquer les menteurs.

— Le retard de ton illustratrice t'inquiète? demanda-t-il à Owen.

— Pas encore. Il pleut des cordes et l'équipe des Red Sox joue ce soir en ville. Un seul de ces facteurs suffit généralement à provoquer des embouteillages. Alors, la combinaison des deux…

— Tu devrais peut-être l'appeler.

— Figure-toi qu'elle est une des rares personnes dans ce pays à ne pas posséder de portable. Et elle n'a jamais fait installer le téléphone dans son appartement, là-haut.

— Pourquoi ?

— Elle est comme ça, c'est tout.

Encore une excentrique, songea Simon. Entre ceux qui jouaient la carte de l'originalité et ceux qui étaient vraiment décalés, le milieu artistique ne manquait pas de spécimens dans ce genre. Owen lui avait dit qu'elle n'était pas encore sûre de vouloir vivre à Boston, et qu'elle louait un deux-pièces à sa famille, ici même, sous les toits de la vaste maison, en attendant de prendre une décision. Simon comprenait qu'on ait du mal à se fixer quelque part : ce n'était pas un hasard s'il vivait lui-même sur un bateau.

— Abigaïl vient d'enchérir sur une des aquarelles de Keira, dit Owen.

— Le cottage ou celle avec l'espèce de gnome vert ?

— Le cottage, je crois.

Simon prit le temps de regarder les aquarelles, mises en valeur par un savant éclairage. Les œuvres de Keira Sullivan étaient gaies et créatives. Elle avait le don de créer une atmosphère entre réalité et imagination qui vous rendait votre âme d'enfant. C'était à la fois simple et remarquablement exécuté, sans volonté de faire étalage d'une technique pourtant manifeste. Mais Simon ne voyait guère ce qu'il pourrait faire d'un dessin de cottage ou de vallée enchantée. Et puis, pour accrocher un tableau à son mur, encore aurait-il fallu qu'il ait une maison.

Un air irlandais emplit soudain la salle. Guidé par le son, il aperçut de jeunes musiciens dans un angle de la pièce, visiblement ravis de jouer sur des instruments traditionnels. Il distingua une petite flûte en fer blanc, une harpe irlandaise, un tambour cerclé de bois, une mandoline et une guitare.

Pas mal du tout, songea Simon, qui avait un faible pour la musique irlandaise.

— La joueuse de harpe est Fiona O'Reilly, dit Owen. La fille aînée de Bob.

Simon ne voulait pas en savoir plus sur les amis bostoniens d'Owen, encore moins sur ceux qui étaient liés de près ou de loin à la police. Inutile de se mettre en danger. Et pourtant… Que faisait-il ici, sinon jouer avec le feu ?

Les yeux d'Owen se posèrent sur sa fiancée. Vêtue d'une robe noire toute simple, elle souriait en esquissant de petits pas sensuels au son de la musique. Abigaïl croisa son regard et son sourire s'élargit encore tandis qu'elle agitait les doigts dans sa direction. Le mariage était pour bientôt. Il ne restait plus qu'à arrêter une date. Simon avait déjà préparé une excuse pour ne pas y assister.

— Elle ne doit surtout pas connaître mes activités, Owen.

— Je sais.

Il quitta Abigaïl des yeux et se tourna avec un soupir vers Simon.

— Elle finira bien par comprendre toute seule que tu n'es pas un volontaire de Fast Rescue comme les autres. D'une manière ou d'une autre, elle découvrira les rapports que tu entretiens avec son père. Et elle découvrira aussi que j'étais au courant, mais que je ne lui ai rien dit. Là, ça va être notre fête.

— N'empêche que tu ne dois rien lui dire. Ce que je fais avec March est ultraconfidentiel. C'est classé top secret, Owen. On ne devrait même pas être en train d'en parler.

Owen acquiesça d'un bref signe de tête et Simon eut une bouffée de sympathie pour son ami.

— Désolé de t'avoir mis dans cette situation, dit-il.

— Ce n'est pas ta faute. Ça s'est trouvé comme ça, c'est tout.

— J'aurais dû mentir.

— Je te rappelle que tu m'as menti. Mais ça n'a pas fonctionné.

La musique s'arrêta un instant, puis l'ensemble folklorique enchaîna avec « The Rising of the Moon », une chanson dont Simon connaissait les paroles par cœur, à force de l'avoir entendue dans les pubs de Dublin, à l'époque où il les fréquentait assidûment. Mais il se garda bien de chanter, de crainte d'être pris pour un critique musical. Déjà qu'il avait été pris pour un critique d'art — ou du moins pour un de ces snobs abonnés aux vernissages : ça risquait de faire beaucoup dans une même soirée ! Et il se connaissait assez pour savoir que le premier type qui lui taperait sur l'épaule en lui demandant son avis sur l'avenir de la musique folklorique risquait de se retrouver au tapis avec la mâchoire brisée.

— D'une certaine manière, dit-il, mon mensonge était plus vrai que la vérité.

— Il n'y a que toi pour sortir un truc pareil, dit Owen en attrapant une coupe de champagne sur le plateau d'un serveur.

— Il y a les faits et il y a la vérité, rétorqua Simon. Il faut parfois savoir les distinguer.

Un petit mouvement de foule devant la porte du vestibule attira l'attention de Simon. Il préféra cesser de s'expliquer pour observer ce qui se passait.

Les invités s'écartaient devant une femme qui venait d'entrer, trempée jusqu'aux os.

— J'imagine que c'est Keira Sullivan, dit-il.

Mais avant même d'avoir terminé sa phrase, il comprit que quelque chose n'allait pas. Et il suffisait de voir la tête d'Owen pour comprendre qu'il partageait ce point de vue.

La nouvelle venue, livide et titubante, écarquillait les yeux comme si elle cherchait quelqu'un du regard dans la salle.

Simon se précipita à sa rencontre, Owen lui emboîtant le pas. Ils arrivèrent à sa hauteur alors qu'elle semblait reprendre un peu ses esprits, soufflant longuement et écartant une mèche que l'averse avait plaquée sur son visage. Vêtue comme pour une randonnée dans les bois, elle ruisselait d'eau de pluie et semblait passablement secouée. Mais ça ne l'empêchait pas d'être jolie. Et même très jolie. Elle avait un côté princesse de conte de fées, avec ses yeux bleus et ses grands cils noirs, ses cheveux blonds en partie retenus par des pinces et en partie libres de cascader jusqu'au milieu de son dos.

Elle était élancée, avec des attaches fines, et ce que Simon lisait sur son visage expressif ne lui disait rien de bon.

— Il y a un corps, dit-elle d'une voix étranglée. Dehors… Un homme mort.

Simon leva un sourcil. Il ne s'attendait tout de même pas à quelque chose de ce genre…

Owen posa la main sur le poignet de la jeune femme.

— Où exactement, Keira ?

— Dans le jardin public. Je crois qu'il s'est noyé dans l'étang.

Simon se tourna machinalement vers les fenêtres qui donnaient sur le Boston Common. Mais on ne pouvait apercevoir le plan d'eau depuis la salle de réception.

— La police est sur place ? demanda-t-il en reportant son attention sur Keira Sullivan.

Elle hocha la tête.

— J'ai emprunté le portable d'un des garçons qui ont découvert le corps et j'ai appelé police secours. C'étaient deux étudiants de l'université de Boston, à ce qu'ils m'ont dit. Ils marchaient devant moi et l'ont aperçu en premier. Ils l'ont aussitôt sorti de l'eau, mais il était déjà trop tard pour sauver ce malheureux. Les pauvres garçons étaient tout retournés, et j'avoue que ça m'a fait un choc, à moi aussi…

On voyait en effet qu'elle était encore bouleversée par sa mésaventure. Pourtant, elle s'exprimait de façon claire et concise, sans laisser ses émotions brouiller sa pensée.

Simon la vit froncer les sourcils.

— Mon oncle est là, n'est-ce pas ?

— Oui, dit-il.

Mais il se demanda si elle l'avait entendu.

Suivant son regard, il repéra les inspecteurs Browning et O'Reilly qui fendaient la foule, chacun en provenance d'une partie différente de la salle. A voir leurs visages graves et tendus, Simon devina qu'ils avaient déjà été informés de la présence d'un cadavre dans le jardin public. D'ailleurs, O'Reilly avait encore son téléphone portable en main.

Entre l'ambiance festive qui régnait sous les lambris de la belle demeure baignée de musique irlandaise et la nouvelle que venait d'apporter la jeune femme détrempée, le contraste était pour le moins saisissant. Le tintement des flûtes à champagne qui s'entrechoquaient au milieu des éclats de rire avait soudain quelque chose d'incongru, voire d'indécent.

Abigaïl fut la première à les rejoindre.

— Keira, je suis au courant de ce qui est arrivé.

Son ton était assez brusque, mais ses yeux exprimaient une certaine sympathie.

— Allons dans le vestibule pour discuter un peu, d'accord ? On sera plus tranquilles pour parler.

Keira n'esquissa pas le moindre mouvement.

— Je n'ai rien vu de ce qui s'est passé, Abigaïl. Je ne peux pas être considérée comme témoin.

Abigaïl n'eut pas le temps de protester. Keira tourna brusquement les talons, ses cheveux projetant des gouttes d'eau à la ronde, et se rua vers le vestibule. Simon se garda bien d'intervenir, persuadé qu'elle cherchait à éviter son oncle sur le point d'arriver à son tour.

— Je me demande bien qui est le macchabée, souffla-t-il à l'intention d'Owen, qui se raidit aussitôt.

— Simon…

— Je disais ça comme ça.

L'inspecteur O'Reilly s'approcha d'eux avant qu'Owen ne puisse répondre. Sa mâchoire crispée donnait une indication assez claire sur son état d'esprit : Bob O'Reilly n'était guère ravi du tour que prenait la soirée.

— Où est Keira ?

— Dans le vestibule avec Abigaïl, se dépêcha de répondre Owen, comme pour empêcher Simon de parler.

O'Reilly jeta un œil sombre vers le hall d'entrée.

— Elle n'est pas trop secouée ?

— Elle m'a semblé plutôt calme, pour quelqu'un qui vient de découvrir un cadavre, dit Owen. D'ailleurs, ce n'est pas elle qui l'a découvert. Elle est arrivée juste après.

— C'est pourtant elle qui a prévenu les collègues, maugréa O'Reilly, avant de secouer la tête avec une moue agacée. Je voudrais bien qu'on m'explique comment un adulte peut se noyer dans l'étang du jardin public. Il ne doit pas y avoir plus de soixante centimètres d'eau à l'endroit le plus profond. Ce n'est pas l'Atlantique, nom d'un chien ! C'est un étang artificiel conçu pour les pédalos !

La remarque était juste, mais Simon préféra se tenir coi. O'Reilly ne s'intéressait pas à lui et il aimait autant que les choses restent ainsi.

L'inspecteur jeta un regard par-dessus son épaule en direction de sa fille, Fiona, dont les doigts glissaient habilement sur la harpe.

— Il faut que j'aille dire un mot à ta fiancée, reprit-il à l'intention d'Owen. Tu veux bien t'assurer que Fiona ne quitte pas cette maison avant que je sache ce qui se passe au-dehors ?

— Bien sûr, Bob.

— Et Keira. Qu'elle reste ici, elle aussi.

Owen ne chercha pas à dissimuler sa surprise.

— Bob, elle est assez grande pour...

— Ouais, ouais, je sais... Mais qu'elle n'aille pas traîner autour de l'endroit où ça s'est passé. Elle est du genre à mettre son nez partout. Elle a toujours été comme ça.

— Il n'y a pas de raison de penser qu'il s'agit d'autre chose que d'un accident, n'est-ce pas ?

— Pas pour le moment, répondit O'Reilly sans s'étendre sur le sujet.

L'instant d'après, il disparaissait derrière la porte du vestibule.

— Il s'entend bien avec sa fille et sa nièce ? demanda Simon, qui n'avait pas perdu une miette de la conversation entre Owen et le policier.

— Oui, mais Bob oublie parfois que Keira a dix ans de plus que Fiona. Et comme il oublie également que sa fille a bientôt vingt ans... C'est une famille compliquée, ajouta-t-il en haussant les épaules.

— Toutes les familles sont compliquées, répliqua Simon, même les plus unies.

Il poussa la porte du vestibule et vit Keira, pieds nus, qui montait les premières marches d'un grand escalier. Sans doute menait-il à son appartement, songea Simon en regardant attentivement la jeune femme qui s'éloignait, une main sur la rampe, tandis que l'autre tenait ses chaussures et ses chaussettes mouillées. Il ne s'était pas attendu à ce qu'elle soit aussi belle. Vraiment… à tomber à la renverse. Il remarqua que son oncle la suivait aussi des yeux, la mine renfrognée.

— Je me demande même si les plus unies ne sont pas les plus compliquées, dit-il en se tournant vers Owen avec un sourire.

Dix secondes plus tard, les deux inspecteurs de police quittaient la maison des Garrison.

L'ensemble folklorique entama un air plus doux.

Owen alla rejoindre Fiona O'Reilly, qui le regarda approcher avec un regard plein d'appréhension. Hormis les taches de rousseur, Simon ne parvenait pas à trouver de ressemblance entre la jeune harpiste et Bob O'Reilly. En cherchant bien, on pouvait noter des reflets roux dans ses longs cheveux, mais en réalité, elle semblait presque aussi blonde que sa cousine. Et franchement, elle avait un physique beaucoup plus avantageux que celui de son père.

Les invités ne semblaient pas au courant du drame qui s'était joué à quelques mètres d'eux, dans le jardin public. Serveuses et serveurs sillonnaient maintenant la salle avec des plateaux vers lesquels se tendaient toutes les mains. Là, c'étaient des champignons fourrés et des mini-quiches aux épinards qui disparaissaient dans les bouches voraces, ici des brochettes de poulet mariné au curry et des petites choses indéterminées recouvertes de fromage… Mais Simon n'avait pas faim. Il repéra Lloyd Adler, qui pontifiait pour le plus grand malheur de ses nouvelles victimes, un couple âgé qui semblait au supplice.

S'éloignant du snob à la queue-de-cheval, il marcha vers le mur où étaient exposées les aquarelles de Keira.

Sans trop savoir pourquoi, il décida d'enchérir sur celle qui représentait le cottage. Il fallait croire qu'il n'avait rien de mieux à faire.

C'était un cottage en pierres blanches entouré de fleurs sauvages. A l'arrière-plan, on distinguait des pâturages verdoyants qui surplombaient un océan. Jamais il n'avait vu semblable paysage en Irlande, mais c'était sans doute la volonté de l'artiste que de créer un décor inédit né de son imagination. Un endroit beau et bucolique, un peu irréel.

En tout cas irréel pour lui, loin du monde dans lequel il vivait et travaillait.

Simon inscrivit son nom et un chiffre sur un petit papier, qu'il plia avant de le déposer dans la corbeille prévue à cet effet. Celle-ci était déjà bien remplie, mais Simon voyait mal quelqu'un inscrire un montant supérieur au sien. Il avait mis assez de zéros pour être quasiment sûr de remporter l'enchère. Il pourrait toujours offrir l'aquarelle à Abigaïl et Owen comme cadeau de mariage. Ne pas se rendre à la cérémonie ne le dispensait pas de leur offrir quelque chose.

Enchérir était une occupation coûteuse, et surtout beaucoup trop rapide. Voilà qu'il se trouvait déjà désœuvré, et que l'envie d'aller voir ce qui se passait dans le jardin public le démangeait de nouveau. Il décida d'oublier le noyé à l'aide d'une autre coupe de champagne. Il avait vu suffisamment de cadavres comme ça, au cours de sa vie. Le problème, c'était qu'il était appelé à en voir d'autres. *Beaucoup d'autres.*

Oui, encore un peu de champagne. Et pourquoi pas une ou deux brochettes de poulet ? Après ça, il n'y aurait qu'à attendre le retour d'une Keira Sullivan séchée et remise de ses émotions.

4.

Quartier de Beacon Hill, Boston
Le 17 juin à 20 h 45

Keira retira son short de randonnée et le jeta sur le tas de vêtements mouillés qui ornait le sol de la salle de bains. Elle s'aspergea le visage d'eau fraîche, les mains tremblantes, tandis qu'elle s'efforçait de chasser l'image de ce corps sans vie. Peine perdue : il revenait la hanter, tout comme les visages paniqués des deux étudiants qui cherchaient à vérifier le pouls du noyé avec des gestes maladroits, essayant désespérément de faire quelque chose malgré le dégoût que leur inspirait l'idée de toucher un cadavre.

— Le pauvre…, dit-elle à son reflet. Je me demande qui c'est.

Elle se vit grimacer dans le miroir.

— Qui *c'était*, murmura-t-elle.

Elle se sécha les cheveux à l'aide d'un drap de bain, s'attendant à tout moment à ce qu'une brindille ou un moustique tombe de sa crinière blonde. Mais aucun souvenir de son expédition à travers bois ne vint décorer le carrelage, pas même lorsqu'elle s'attaqua aux nœuds à l'aide d'un peigne.

Quelques pinces ici et là, et le tour était joué. Elle s'était réjouie à l'idée de se rendre à la réception de ce soir, mais la visite à l'ermite qui lui servait de mère et sa mésaventure du jardin public avaient eu raison de son enthousiasme. A présent, elle avait juste envie que la soirée se termine, et elle ne songeait plus qu'à s'envoler pour l'Irlande.

De retour à Boston après son escapade dans la forêt, elle avait laissé sa voiture en pension, pour les six semaines à venir, à une amie qui habitait le quartier de Back Bay. C'est après, alors qu'elle traversait le parc pour rejoindre à pied la maison des Garrison, qu'elle était tombée sur les étudiants qui tiraient le corps du noyé hors de l'eau. Une demi-heure plus tard, en remontant Beacon Street au pas de course, elle n'avait pu s'empêcher de songer que si sa mère ne l'avait pas retenue quelques minutes de plus pour lui parler du mal et du péché, elle ne se serait pas trouvée à proximité de l'étang au mauvais moment.

Mais penser ainsi était injuste, et Keira le savait. D'ailleurs, elle se surprit à vouloir appeler sa mère pour lui raconter ce qu'elle venait de vivre. Bien sûr, c'était impossible.

Une fois dans sa chambre, elle fouilla sa petite penderie et en sortit une longue jupe d'été et un haut assorti. Cet appartement n'avait rien de plus définitif que tous les autres endroits où elle avait vécu, mais elle se sentait bien ici. Peut-être était-ce l'espace décloisonné et mansardé, la lumière, la vue sur le parc… C'était loin d'être aussi luxueux que le reste de la maison, mais c'était plein de charme et de caractère. En tout cas, ça faisait l'affaire pour le moment. Et comparé au chalet de sa mère, c'était un véritable palace.

Elle enfila les habits secs, appliqua une rapide touche de maquillage, et cinq minutes plus tard, elle dévalait l'escalier jusqu'au vestibule. Elle inspira profondément, une fois, deux fois, et fit son entrée dans la salle de réception. L'ensemble folklorique de sa cousine Fiona jouait un air joyeux qui contrastait avec son humeur, mais elle s'efforça néanmoins de l'écouter avec plaisir.

Owen vint aussitôt la retrouver.

— Je me sens beaucoup mieux, dit-elle devant son air inquiet.

— Voilà ce que je voulais entendre.

Il y avait chez lui quelque chose de rassurant, une présence solide et apaisante, sans doute précieuse pour les victimes qu'il secourait dans le cadre de Fast Rescue.

— Qui était l'homme avec toi, tout à l'heure ? demanda-t-elle. Tu sais, le costaud. Encore un policier ?

Elle crut voir Owen esquisser un sourire, mais c'était peut-être son imagination.

— Le costaud ? Tu dois parler de Simon Cahill, dit-il. C'est un volontaire de Fast Rescue.

— Il est de Boston ?

— Un jour ici, l'autre là…, répondit Owen, cette fois-ci en souriant franchement. C'est un nomade, un peu comme toi, ajouta-t-il en attrapant une coupe de champagne qu'il offrit à Keira. Je ne sais pas où il est passé. Il était encore avec moi il y a deux minutes.

Keira ne regrettait pas qu'il soit parti explorer d'autres horizons. Autant la présence d'Owen était rassurante, autant ce Simon Cahill vous mettait mal à l'aise. En l'espace de quelques secondes, il avait réussi à lui donner le sentiment d'être jaugée, comme s'il avait été persuadé qu'elle cachait quelque chose et qu'il se faisait fort de la démasquer d'un seul regard. Et tout cela en un moment où elle se sentait particulièrement vulnérable.

Elle remercia Owen pour le champagne et se mêla à la foule. Touchant machinalement ses cheveux pour les remettre en place, elle se rendit compte qu'ils étaient encore humides. La plupart des gens qu'elle saluait ne semblaient pas au courant de sa première apparition, ce qui lui épargna d'avoir à s'expliquer vingt fois de suite.

Colm Dermott, un Irlandais aussi sec qu'énergique, vint à sa rencontre avec son éternel sourire. Elle l'avait rencontré deux ans plus tôt au cours d'un voyage en Irlande, où il était un professeur d'anthropologie des plus respectés. Arrivé en avril à Boston afin d'organiser la conférence Boston-Cork et de réunir des fonds, il avait aussitôt appelé Keira pour l'enrôler dans son équipe.

— La corbeille qui contient les montants des enchères est pleine à ras bord, dit-il.

Il était ravi comme un enfant, et son enthousiasme faisait plaisir à voir.

— Tu dois être impatiente de partir, ajouta-t-il.

— Ma valise est déjà prête, répondit Keira. Si je le pouvais, j'irais me coucher tout de suite pour être plus vite à demain.

— Je suis sûr que tu vas passer un très bon moment là-bas.

Keira lui avait donné une copie de l'enregistrement vidéo réalisé dans la cuisine de Patsy McCarthy, alors que cette dernière racontait son histoire. Mais elle n'avait rien dit à Colm au sujet de sa mère et de ce lointain voyage en Irlande dont elle était revenue enceinte.

Ils continuèrent à parler de tout et de rien pendant quelques minutes, mais Keira ne parvenait pas à se détendre. Au bout d'un moment, Colm s'interrompit au milieu d'une phrase et soupira.

— Il y a quelque chose qui ne va pas, Keira ?

Elle avala une longue gorgée de champagne.

— J'ai vécu une drôle de journée, dit-elle avec un petit haussement d'épaules.

Avant qu'elle puisse en dire plus, sa jeune cousine déboula devant eux, son regard bleu brillant d'un mélange d'excitation et de révulsion.

— Keira, est-ce que ça va ? demanda Fiona. Owen vient juste de m'expliquer ce qui t'est arrivé... Ça doit être horrible de découvrir un noyé !

Colm la regarda avec de grands yeux.

— Mon Dieu, Keira... Que s'est-il passé ? Maintenant, je comprends pourquoi tu as l'esprit ailleurs.

Elle leur résuma sa mésaventure, Fiona et Colm buvant ses paroles.

— Ce n'était pas joli à voir. Si seulement j'étais passée là un peu plus tôt... Mais ça n'aurait peut-être rien changé. A mon avis, le pauvre homme a eu une crise cardiaque alors qu'il marchait au bord de l'étang, et il est tombé à l'eau.

— Tu le connaissais ? demanda Colm.

Elle secoua la tête.

— Jamais vu.

— J'espère qu'il n'a pas été assassiné, dit brusquement Fiona.

— Voilà ce que c'est, d'être la fille d'un inspecteur de police, répliqua Keira. On imagine tout de suite le pire.

Owen arriva sur ces entrefaites.

— Je viens d'avoir ton père au téléphone, Fiona. Il ne pense pas pouvoir revenir ici avant un bon moment. Il m'a chargé de te raccompagner à ton appartement.

— Je peux prendre le métro.

— Oublie cette idée tout de suite.

Fiona leva les yeux au ciel.

— Papa s'inquiète bien trop pour moi, soupira-t-elle.

Mais négocier les ordres de son père avec Owen était inutile et elle le savait. Avec une bande d'amis, elle sous-louait un appartement pour l'été, un « trou à rats » selon son père, qui ne s'arrêtait pas là : à l'entendre, l'endroit était situé dans un coupe-gorge et bien trop éloigné d'une station de métro. Sans compter que Bob O'Reilly ne trouvait pas correct que sa fille vive en communauté avec Dieu sait qui, alors qu'elle n'avait quitté le lycée que depuis un an.

Keira avait entendu cette tirade à deux ou trois reprises, mais elle avait toujours pris soin de conserver une prudente neutralité.

— J'arroserai tes plantes pendant que tu seras en Irlande, reprit Fiona en adressant un bref sourire à sa cousine. Peut-être arriverai-je à convaincre papa de me payer un billet d'avion pour venir te rejoindre. Je me vois bien passer une semaine avec toi, à écouter de la musique irlandaise et faire le tour des pubs.

— Ça serait chouette, approuva Keira.

— N'est-ce pas ? dit la jeune fille, tout excitée à cette idée. Bon, je vais aller remballer mon instrument. Heureusement que les harpes celtiques ne sont pas trop grandes, ça devrait entrer dans le coffre de ton 4x4, ajouta-t-elle à l'attention d'Owen.

— Désolée de ne pas avoir pu vous entendre jouer, dit Keira.

— J'ai adoré, intervint Colm. Votre ensemble est vraiment excellent.

Fiona le remercia tandis que ses joues se coloraient un peu sous l'effet du compliment. L'instant d'après, elle s'éloignait avec Owen.

Colm se tourna vers Keira avec un sourire.

— Fiona ressemble plus qu'elle ne le pense à son père, tu ne crois pas ?

Mais il poursuivit sans attendre la réponse, son sourire s'éteignant sur ses lèvres.

— N'hésite surtout pas à me dire si tu as besoin de quoi que ce soit, Keira. Tu sais où me joindre.

— Merci, Colm, c'est très gentil à toi. Mais tout va bien, vraiment.

Il la quitta pour aller parler avec quelqu'un d'autre, et Keira partit remplir sa flûte à champagne. Alors qu'elle se détendait un peu, de moins en moins nerveuse à mesure que les bulles glissaient dans sa gorge, elle remarqua une petite dame aux cheveux blancs qui se tenait à la porte du vestibule, comme si elle hésitait à pénétrer dans la grande salle de réception. Patsy McCarthy.

Keira alla aussitôt à sa rencontre.

— Patsy, quel plaisir de vous voir ici ! Entrez, je vous en prie.

— Merci de m'avoir invitée.

Lorsqu'elles s'étaient rencontrées, presque un mois plus tôt, Patsy l'avait tout de suite mise à l'aise en lui demandant de l'appeler par son prénom. La vieille dame fit un signe de tête en direction de la rue.

— J'ai cru qu'il ne s'arrêterait jamais de pleuvoir.

— Oui, j'ai moi-même été prise sous l'averse, dit poliment Keira.

D'un seul coup, Patsy saisit la main de Keira dans les siennes.

— Je tenais à vous voir avant votre départ pour l'Irlande. Vous allez essayer de retrouver l'ange de pierre, n'est-ce pas ?

— Je vais résider dans le village qui a très certainement inspiré ce récit et…

— Vous y serez pendant le solstice d'été. C'est à ce moment-là qu'il faudra chercher l'ange.

Le solstice d'été jouait un rôle clé dans l'histoire.

— Je ferai de mon mieux.

— Les fées veulent retrouver l'ange de pierre tout autant que vous. La statuette a disparu depuis très longtemps, mais elles ne peuvent l'avoir oubliée. Vous avez la tête bien faite, Keira. Soyez maligne et laissez-les vous aider.

Patsy libéra la main de Keira et se redressa.

— Bien entendu, je ne suis pas en train de vous dire que je crois moi-même aux fées.

Keira ne voulut pas mettre la vieille dame face à ses contradictions.

— Si les fées pensent que l'ange est en réalité l'une des leurs, elles voudront récupérer la statuette. M'aider serait contre leur intérêt.

— Voilà pourquoi vous devez être maligne. Il ne faudra pas qu'elles sachent qu'elles sont en train de vous aider.

— Très bien, je vais essayer de suivre vos conseils.

— Les trois frères vont entrer dans la partie, eux aussi. A leur façon, ils vont aussi rechercher l'ange. Tout comme les fées, ils veulent enterrer la hache de guerre. Oui, la hache de guerre doit être enterrée.

Patsy reprit la main de Keira dans la sienne et la serra un peu plus fort que la première fois.

— Si vous retrouvez l'ange, vous devez le placer à l'air libre. Sous le soleil de l'été. Il retrouvera ainsi sa place. Ne laissez personne l'enfermer dans un musée.

— Je vous le promets, Patsy, répondit Keira, étonnée de la gravité avec laquelle la vieille dame avait prononcé ces mots. Je chercherai l'ange de pierre lors du solstice d'été, je serai maligne et je trouverai la statuette avec l'aide des fées. Ensuite, je la laisserai au soleil, du moins si je suis libre de décider de son sort.

Patsy parut soulagée. Ses traits se détendirent et elle lâcha la main de Keira, tout en lorgnant avec envie sur un plateau garni de fraises au chocolat.

Keira l'encouragea d'un sourire.

— Servez-vous, Patsy. Voulez-vous que je vous fasse visiter les lieux ?

— Avec plaisir, merci, dit Patsy McCarthy en prenant une grosse fraise et une serviette en papier. J'ai tous vos livres, vous savez. Peut-être, un jour, aurez-vous envie d'illustrer l'histoire que je vous ai racontée ?

— Ça me plairait beaucoup.

— Ça ferait un sacré beau livre, non ? Parce que c'est une bonne histoire, vous ne trouvez pas ?

— C'est une histoire merveilleuse.

Un sourire vint brusquement éclairer le visage de Patsy.

— Des frères irlandais, un ange et des fées... On trouve toujours des créatures féeriques dans les meilleures histoires.

— C'est vrai. J'adore les récits avec des fées.

Patsy avala sa fraise enrobée de chocolat avant de se promener de tableaux en sculptures, toujours flanquée de Keira qui lui glissait à l'occasion le nom de l'artiste ou un détail qu'elle connaissait sur l'œuvre. Lorsqu'elles arrivèrent à hauteur des aquarelles, Patsy poussa un cri d'admiration.

— Oh, Keira ! Ma chère Keira... Les originaux de vos dessins sont encore plus extraordinaires que les reproductions que j'ai eu l'occasion de voir dans les livres.

Elle s'interrompit un instant, visiblement submergée par l'émotion.

— C'est l'Irlande dont je me souviens, murmura-t-elle d'une voix étranglée.

La nostalgie avait-elle teinté les souvenirs de la vieille dame d'accents fabuleux qu'elle retrouvait dans ces deux aquarelles ? Peu importait à Keira. Le commentaire de Patsy lui faisait chaud au cœur.

— Je suis très touchée que vous aimiez mon travail, dit-elle.

Une fois le tour de la salle terminé, Patsy se dirigea vers le vestibule, non sans avoir attrapé au passage une autre fraise au chocolat.

— Voulez-vous que je vous ramène chez vous ? demanda Keira.

Patsy secoua la tête.

— Merci, mais c'est inutile. Le prêtre de ma paroisse a eu la gentillesse de me conduire dans sa voiture. Le père Palermo, comme la ville de Sicile… Il n'a pas réussi à trouver une place où se garer, et il a préféré faire le tour du pâté de maisons jusqu'à ce que j'en aie terminé. Saviez-vous que l'église où il officie s'appelle Sainte-Ita ?

Un sourire se dessina sur les lèvres de Keira.

— La sainte de votre histoire.

— La vie nous fait parfois de drôles de clins d'œil, pas vrai ?

Keira l'accompagna au-dehors. Une modeste voiture noire l'attendait, garée à cheval sur le trottoir. Un bel homme aux cheveux bruns en sortit, vêtu d'un costume sombre doté d'un col romain.

— Vous voilà déjà, madame McCarthy ? dit-il par-dessus le toit rutilant de son véhicule. J'espère que vous ne vous êtes pas pressée pour moi.

— Vous êtes vraiment trop gentil, mon père. Mais je suis prête à rentrer. Laissez-moi vous présenter l'artiste dont je vous ai parlé, ajouta-t-elle alors qu'elles atteignaient la voiture du prêtre. Père Palermo, voici Keira Sullivan.

— Enchanté, mademoiselle Sullivan. J'ai beaucoup entendu parler de vous.

Patsy ajouta :

— Keira, je vous présente le père Michaël Palermo.

Il pencha légèrement la tête de côté, comme s'il la jaugeait.

— Mme McCarthy m'a dit que vous recueillez des histoires d'immigrants irlandais.

— Ceux qui sont arrivés aux Etats-Unis au vingtième siècle, oui. Et Patsy m'a déjà bien aidée. Elle a un extraordinaire talent de conteuse, vous savez.

La vieille dame balaya le compliment d'un geste de la main.

— J'aime bien raconter, voilà tout. Et puis, à mon âge, on peut prendre son temps.

Le père Palermo ne quittait pas Keira du regard.

— Votre mère a grandi à deux pas de Mme McCarthy, n'est-ce pas ?

— En effet, répondit Keira en choisissant de ne pas s'étendre sur le sujet. Ravie d'avoir fait votre connaissance, mon père.

— Moi aussi, répondit l'ecclésiastique.

Il se glissa derrière le volant tandis que Patsy venait s'asseoir à ses côtés, sur le siège passager.

— Embrassez l'Irlande pour moi, dit-elle par la fenêtre avec un petit signe de la main.

Keira ne rentra pas tout de suite, après que la voiture eut disparu au coin de la rue. Elle fit quelques pas sur le trottoir, laissant le vent tiède sécher les dernières mèches humides de ses cheveux. Après la chaleur moite de ces derniers jours, elle attendait avec impatience le temps plus sec qu'annonçaient ces bourrasques. La chaussée conservait encore les traces de la violente averse, mais les flaques d'eau qui s'étaient formées dans les nids-de-poule auraient disparu avant le lendemain.

— Alors, si je comprends bien, votre séjour en Irlande doit vous mener sur les traces des anges et des fées…

Surprise, Keira se retourna vivement.

Simon Cahill la regardait depuis les marches menant à la maison des Garrison, nonchalamment appuyé contre la rampe en métal noir.

— Vous croyez que les fées existent ? demanda-t-il encore.

— J'y crois le temps de les dessiner.

— Je vois. C'est ce qu'on appelle l'art de l'esquive, mais je n'insiste pas, Keira. Je ne me trompe pas, c'est bien votre prénom ?

— Oui, et vous êtes Simon. L'ami d'Owen. Je pensais que vous étiez déjà parti.

— Pas avant d'avoir réglé mon achat.

— Votre achat ?

— Votre aquarelle avec le cottage irlandais.

— Vous avez enchéri sur mon aquarelle ? Pourquoi ?

Il haussa les épaules.

— Pourquoi pas ? Ce n'était pas ce qu'on était censé faire ce soir ?

Keira ne répondit pas. Ce Simon Cahill était manifestement le genre d'homme à se servir de son charme pour obtenir ce qu'il voulait ou pour se sortir d'un mauvais pas. Et il la mettait mal à l'aise. Non, pas précisément mal à l'aise. C'était plutôt… Qu'elle se sentait empruntée en sa présence. Oui, voilà : elle se sentait empruntée comme lors de ces conversations téléphoniques où une ligne défectueuse vous revoyait votre propre voix, vous ôtant tout naturel. Peut-être était-ce parce qu'il avait été le premier à lui parler après sa mésaventure du jardin public. Leurs rapports s'étaient instaurés à un moment où elle s'était sentie vulnérable, et ils gardaient l'empreinte de ce premier contact. Ce n'était pas une explication tout à fait satisfaisante, mais elle n'en trouvait pas d'autre.

— Vous n'avez que faire d'une aquarelle d'un cottage irlandais, dit-elle, rompant le silence qui s'installait entre eux.

— Détrompez-vous. Elle me plaît beaucoup. Je dois cependant reconnaître qu'elle n'est pas pour moi. Je sais qu'Abigaïl la voulait, mais je craignais qu'elle ne se la fasse souffler par une meilleure enchère. Je me suis dit que ça ferait un beau cadeau de mariage pour elle et Owen. Si Abigaïl aime votre aquarelle, Owen l'aimera aussi.

Une lueur amusée traversa le regard de Simon.

— Ne faites pas cette tête, Keira. Owen trouve lui aussi que vous avez beaucoup de talent.

Non seulement cet homme était charmant, songea Keira, mais il était observateur. Et franc.

— Merci d'avoir enchéri sur mon tableau, dit-elle. On fera bon usage de la recette de cette vente. Vous n'êtes pas d'ici, n'est-ce pas ? ajouta-t-elle en enroulant une mèche blonde derrière son oreille.

— Pas vraiment, non.

— Alors, où vivez-vous ?

— Vous êtes du genre direct, à ce que je vois ! Ça me convient. Et pour vous répondre, je vis sur un bateau qui se trouve à quai à Boston Est depuis hier. Avant ça, il était dans le Maine. Avec d'autres membres de Fast Rescue, on s'est retrouvés dans la maison d'Owen après notre mission en Arménie.

Keira avait entendu parler du tremblement de terre.

— Ça a dû être terrible…

— Ce n'était pas une partie de plaisir, répondit simplement Simon. J'étais à Londres quand c'est arrivé. D'ailleurs, j'y retourne demain.

— Londres ?

— Oui, vous savez… C'est cette grande ville où il pleut tout le temps et où les gens parlent avec un drôle d'accent. Quoi d'autre ? Ah oui, on y trouve aussi une reine qui porte d'étranges couvre-chefs.

Bon, voilà qu'en plus il avait le sens de l'humour… Malgré le stress de ces dernières heures, Keira sentit qu'elle se détendait.

— Très drôle. Alors, vous faites quoi à Londres ?

— J'ai failli oublier que vous êtes du genre direct, dit-il avec un sourire.

— Et sinon, vous faites quoi à Londres ?

Il éclata de rire.

— Je rends visite à un ami. Et vous, qu'est-ce que vous allez faire en Irlande ? A part rendre visite au petit peuple et aux anges, bien sûr.

Chercher des réponses, songea-t-elle. Mais elle se contenta de hausser les épaules en éludant la question.

— Je verrai bien une fois sur place.

Ses yeux se plissèrent légèrement tandis qu'ils se faisaient plus pénétrants. Elle remarqua l'intensité de leur teinte et chercha machinalement dans le champ chromatique vert —réflexe professionnel — la nuance qui leur correspondait le mieux.

Vert printemps ? Trop clair. Vert Jade ? Trop doux. Vert absinthe ? Trop jaune. Vert prairie ? Presque…

Emeraude. Il avait les yeux vert émeraude. Des yeux de chat.

— Alors, vous partez à l'aventure, si je comprends bien ?

— En quelque sorte.

— J'espère que vous vous amuserez bien, Keira.

Il la quitta sur ces mots et s'éloigna dans Beacon Street. Elle regagna la salle de réception et se dirigea droit sur Colm.

— Combien s'est vendue l'aquarelle du cottage ? demanda-t-elle sans préambule.

— Dix mille dollars.

— Deux mille dollars ?

— Dix mille, Keira, dit Colm en écartant les doigts des deux mains. Dix mille dollars !

Elle ouvrit de grands yeux.

— C'est de la folie, balbutia-t-elle.

— En tout cas, l'enchère précédente était loin derrière. Très loin derrière, même. C'est un certain Simon Cahill qui a cassé sa tirelire. C'est un ami à toi ?

— Non, je l'ai rencontré pour la première fois ce soir. Et toi, tu le connais ?

— C'est bien le diable si j'ai parlé trente secondes avec lui, répondit Colm. Que veux-tu que je te dise ? Il avait sûrement envie de soutenir notre projet.

— Oui, sûrement…, dit-elle pensivement. C'est vraiment très généreux de sa part.

— C'est le moins qu'on puisse dire, approuva Colm Dermott. J'ai voulu aller le remercier, mais il était déjà parti.

Keira souhaita le bonsoir à tout le monde et grimpa l'escalier qui menait à son appartement, le front soucieux. Comment pouvait-elle être à ce point troublée par sa brève rencontre avec Simon Cahill ?

C'était forcément à cause de tout ce qu'elle avait vécu avant d'arriver à la soirée. D'abord la randonnée au fond des bois pour aller dire au revoir à sa mère, puis ce cadavre sorti de l'étang… Oui, un jour normal, elle n'aurait peut-être même pas remarqué cet homme.

Demain, tout à son départ pour l'Irlande, elle aurait oublié ce drôle de type, son regard perçant et ses yeux émeraude. Dieu merci, son vol ne faisait pas escale à Londres. Au moins ne risquait-elle pas d'être assise à côté de lui dans l'avion.

Le chemin pouvait sembler long, d'une rive à l'autre de l'Atlantique.

5.

Jardin public de Boston
Le 17 juin à 22 heures

Abigaïl faisait les cent pas le long de l'étang artificiel où deux étudiants avaient découvert le corps sans vie de Victor Sarakis, un homme de cinquante et un ans résidant à Cambridge, Massachusetts, qui semblait bien s'être noyé dans soixante centimètres d'eau. C'était difficile à croire, et pourtant… Même les premières constatations du médecin légiste confirmaient cette hypothèse.

D'ordinaire, Abigaïl appréciait l'atmosphère paisible de ce parc très ancien, avec ses statues victoriennes, ses immenses parterres de fleurs, sa centaine d'essences d'arbres et son petit pont suspendu sur l'étang où naviguaient les bateaux-cygnes. On pouvait qualifier le Boston Common de jardin botanique. Un véritable havre de paix en plein cœur de la ville.

Mais il était aujourd'hui le théâtre d'une mort étrange, encore inexpliquée. Modestement secondés par les réverbères du parc, les puissants projecteurs de la brigade criminelle illuminaient l'eau et ses alentours immédiats, tandis que s'activait un essaim d'inspecteurs, d'hommes en uniforme, de techniciens de la police scientifique et de journalistes. Demain matin, songea Abigaïl, il ne resterait quasiment plus de trace du drame qui s'était joué ici ce soir. Les bateaux-cygnes, qui faisaient le bonheur des touristes depuis plus d'un siècle, glisseraient comme toujours sur les eaux calmes où un homme venait de se noyer.

Avec un soupir, Abigaïl cessa d'arpenter le bord de l'étang. Dieu merci, elle avait eu la bonne idée de mettre un tailleur-pantalon et des chaussures plates pour se rendre à la réception de ce soir. La violente averse qui s'était abattue sur le quartier en début de soirée avait laissé des traces : l'herbe était encore mouillée et au moindre coup de vent, les arbres se soulageaient des gouttes de pluie qui s'étaient accumulées sur leurs feuilles. Victor Sarakis avait dû tomber à l'eau au plus fort du déluge, mais les mauvaises conditions climatiques n'étaient qu'un élément parmi d'autres. Le corps du malheureux était déjà parti avec le médecin légiste, direction la salle d'autopsie. On pouvait tout imaginer pour expliquer sa noyade : crise cardiaque, attaque cérébrale, et même une malencontreuse glissade sur les bordures détrempées de l'étang.

Ou avait-il été volontairement poussé ? Voire frappé à la tête ? Abigaïl n'excluait rien, mais elle se gardait bien de tirer des conclusions hâtives. Elle regarda Bob O'Reilly à la dérobée, alors qu'il questionnait les étudiants qui avaient découvert le corps. Ou plutôt qu'il les questionnait de nouveau, dans la mesure où ils avaient déjà été interrogés par les policiers envoyés sur place après l'appel de Keira. Sans compter qu'Abigaïl s'était elle-même entretenue avec eux. Mais il fallait croire que ça ne suffisait pas, songea-t-elle avec agacement. Tout ça parce que Bob avait beaucoup plus d'expérience qu'elle et qu'il était censé poser les bonnes questions. Pourquoi ne retournait-il pas plutôt dans la maison de famille d'Owen pour écouter sa fille jouer de la musique irlandaise ?

Les étudiants — venus du Midwest pour étudier l'été à l'université de Boston — semblaient au bout du rouleau. Ils auraient pu réintégrer le campus depuis longtemps, mais ils avaient choisi de rester pour aider.

Ils répétaient leur histoire pour Bob, expliquant avoir pris un raccourci à travers le parc en sortant d'une librairie de Newbury Street, dans l'espoir d'atteindre Cambridge Street, où vivait un ami, avant que l'orage n'éclate. Quand la pluie s'était mise à tomber, ils avaient hésité entre rebrousser chemin pour trouver refuge dans la librairie et piquer un sprint jusqu'à l'appartement de leur copain.

C'est alors qu'ils avaient aperçu le corps flottant à la surface de l'étang.

— Comment avez-vous compris qu'il était mort ? demanda Bob avec sa fameuse moue suspicieuse.

— J'en sais rien, dit le plus mince des deux.

Il avait une barbe hirsute et frissonnait dans ses vêtements que la brise avait eu peine à sécher.

— Ça sautait aux yeux, ajouta-t-il après un moment.

— On aurait dit qu'il n'était pas dans l'eau depuis très longtemps, intervint son camarade.

— S'il pouvait encore parler, je ne suis pas sûr qu'il serait du même avis que toi, rétorqua Bob.

Les garçons ne répondirent pas.

— Vous ne l'avez pas vu dans la rue ou dans le parc avant de le repêcher dans l'étang ? demanda encore Bob O'Reilly.

Tous les deux secouèrent négativement la tête.

Bob les regarda pendant quelques secondes, l'air pensif.

— Et l'université de Boston ? dit-il enfin. Ça vous plaît ?

Les étudiants ne cachèrent pas leur surprise — sans doute mâtinée d'un peu d'agacement — devant cette question qui n'avait rien à voir avec l'enquête.

— Pardon ? dit le maigrelet.

— Ma fille y est inscrite, elle aussi. Elle étudie la musique.

— On ne connaît pas d'étudiant en musique, dit précipitamment le plus replet des deux.

Abigaïl se demanda avec horreur si Bob allait leur donner l'âge et le prénom de sa fille, mais il s'en tint là et libéra les témoins. Cette fois-ci, ils partirent sans demander leur reste.

Bob les regarda un moment s'éloigner, puis se tourna vers elle. L'humidité avait fait friser ses cheveux roux et ses taches de rousseur ressortaient sur sa peau pâle.

— On dirait que tu as envie de me gifler, dit-il.

— C'est une idée.

De toute évidence, ça lui était parfaitement égal. Elle ne connaissait personne qui ait une carapace plus épaisse que cet homme. Avec lui et un autre inspecteur de la brigade, elle avait acheté un petit immeuble à trois étages dans le quartier de Jamaica Plain. Cet arrangement avait plutôt bien fonctionné jusque-là, mais ce soir, pour la première fois, Abigaïl apercevait la possibilité de complications dans un avenir proche.

— On va avoir la presse dans les pattes sur cette affaire, dit Bob en désignant du menton une équipe de la télévision locale. Un rupin de Cambridge qui se prend les pieds dans ses lacets et se noie dans les soixante centimètres de l'étang du jardin public, voilà qui ne peut manquer de leur plaire.

— Qui t'a dit qu'il était riche? Et puis, il faut dire un « lagon ».

— Un lagon? Tu te crois à Bora-Bora?

— Je n'y peux rien si tout le monde a toujours appelé ça « le lagon ». On disait peut-être comme ça à l'époque victorienne.

Abigaïl passa les mains dans ses cheveux noirs, courts et bouclés, que les gouttes tombées des arbres avaient mouillés par endroit.

— Et puis M. Sarakis portait des mocassins, ajouta-t-elle. Il n'a donc pas pu se prendre les pieds dans ses lacets.

— On appelle ça une image, inspectrice Browning.

Abigaïl ne répondit pas.

— Il s'agit visiblement d'un accident, Abigaïl. Un type pique un sprint pour échapper à une violente averse, glisse sur l'herbe, se cogne la tête sur le rebord en béton de l'étang…

— Du lagon, interrompit Abigaïl en affectant le plus grand sérieux.

— … tombe à l'eau, poursuivit Bob en la fusillant du regard, et se noie. Un de ces accidents stupides qui arrivent de temps à autre.

— Un bon inspecteur ne doit pas confondre suppositions et conclusions, dit-elle. Je me demande qui m'a donné cet excellent conseil quand j'ai débuté dans le métier, ajouta-t-elle en se massant le menton d'un air songeur.

— Garde tes sarcasmes, répliqua Bob. Je ne suis pas d'humeur.

Dans la mesure où c'était sa propre nièce qui avait appelé les secours, elle ne pouvait lui en vouloir de privilégier la thèse de l'accident.

Elle garda donc le silence. D'habitude, elle appréciait la perspicacité et l'expérience de Bob. Au sein de la brigade criminelle de Boston, il avait traversé quelques-unes des années les plus violentes de l'histoire de la ville. Il n'en était pas pour autant amer ou désabusé, mais il avait développé une forme de cynisme en guise de bouclier. Il aimait dire qu'il avait tout vu, et que ça n'avait pas souvent été un joli spectacle. Abigaïl comprenait qu'on ne puisse passer des dizaines d'années au front sans se protéger d'une manière ou d'une autre. Pourtant, elle n'avait pas envie de travailler avec lui sur cette affaire. Et ce n'était pas simplement parce que Keira apparaissait dans le dossier.

— Oublions un instant ma mauvaise humeur de ce soir, dit-il. Toi, ça fait des jours que tu es irascible.

— Et alors ?

Il ne répondit pas et Abigaïl sentit son regard acéré sur elle, comme la première fois qu'ils s'étaient rencontrés huit ans plus tôt. Il n'avait pas cru en elle, notamment à cause de son père qui dirigeait le FBI. Pour Bob, il s'agissait là d'un sérieux handicap, parce que ça attirait l'attention sur elle. A ses yeux, cela suffisait à la disqualifier en tant qu'officier de police. Mais ce n'était pas tout. Elle avait abandonné ses études de droit après que son mari eut été assassiné pendant leur lune de miel, une affaire non élucidée jusqu'à l'été précédent.

Après sept longues années, elle avait enfin su comment Chris — son premier amour — était mort, et qui l'avait tué. Pendant sept ans, elle n'avait pensé qu'à ça. Pendant sept ans, elle avait eu besoin de réponses. De justice. Besoin de se débarrasser du poids que constituait l'énigme de cette mort.

Mais au cours de ce même été, sa vie avait connu un autre bouleversement inattendu : Abigaïl était de nouveau tombée amoureuse.

La sensation d'être observée par Bob la ramena dans le présent.

— On n'a aucun élément indiquant qu'il pourrait s'agir d'un acte criminel, dit-il.

Abigaïl prit le temps de choisir ses mots.

— Aucun pour le moment, c'est vrai.

— Son portefeuille était toujours dans sa poche, insista Bob. Et il contenait de l'argent.

Soixante-dix-sept dollars en billets de banque, et un permis de conduire grâce auquel on avait pu identifier rapidement la victime. S'y trouvaient également des cartes de crédit, la carte de fidélité d'une librairie et celle de sa mutuelle. Pas de menue monnaie dans les poches de son pantalon, mais des pièces avaient pu tomber dans l'herbe ou dans l'eau. Si c'était le cas, les techniciens de la police les retrouveraient.

Mais bien entendu, si Bob avait évoqué le portefeuille intact de Victor Sarakis, c'était parce que cela allait dans le sens de la thèse qu'il défendait, à savoir la mort accidentelle.

— A ton avis, qu'est-ce qu'il pouvait bien faire au milieu du parc sous une pluie battante ? demanda-t-elle, consciente que Bob risquait de ne pas apprécier la question.

Mais elle n'avait pas l'intention de se laisser marcher sur les pieds.

— Cinéma, théâtre, café… Est-ce que je sais, moi ? C'est le mois de juin à Boston, Abigaïl. Ce ne sont pas les activités qui manquent.

— Sarakis vivait à Cambridge.

— Pas Cambridge en Angleterre, que je sache. Il ne serait tout de même pas le premier à traverser le fleuve pour aller se divertir à Boston.

Il avait raison. Mais si elle avait soulevé ce point, c'est que Victor Sarakis n'avait pas le profil des gens qui quittaient leur banlieue pour aller s'amuser en ville. Pieds nus dans des mocassins en cuir, il portait des vêtements de style classique, voire conservateur : pantalon de toile beige et polo blanc Ralph Lauren. Elle n'a pas trouvé sur lui de reçu de carte bleue correspondant à un restaurant ou à une boutique des environs, pas plus qu'un talon de ticket prouvant qu'il s'était rendu au cinéma ou au théâtre.

Des collègues en uniforme se trouvaient en ce moment même devant sa maison de Cambridge afin de prévenir ses proches. Mais aux dernières nouvelles, il n'y avait personne.

— Keira est arrivée assez tard à la réception. Je me demande si…

— Oublie ça tout de suite, dit Bob d'une voix dure. Il n'y a aucune raison de faire une enquête poussée.

Mais Abigaïl n'était pas du genre à se laisser impressionner.

— Et un mort, ce n'est pas une raison ? De mon point de vue, ça justifie qu'on fasse quelques vérifications.

Il renversa très légèrement la tête en arrière, un geste qu'elle connaissait par cœur. Cela signifiait qu'il savait qu'elle le poussait délibérément dans ses derniers retranchements, et qu'il attendait de voir jusqu'où elle comptait aller avant de répondre.

Elle décida néanmoins de poursuivre.

— Je me demande si Victor Sarakis se rendait à la vente aux enchères. Peut-être avait-il l'intention d'acquérir une des aquarelles de Keira.

Bob la regarda avec de grands yeux. Abigaïl travaillait depuis suffisamment longtemps avec lui pour savoir que cette remarque avait de bonnes chances de le faire sortir de ses gonds. Il pouvait faire preuve de patience un jour et exploser le lendemain. C'était lui qui décidait, selon ce qu'il souhaitait obtenir de son interlocuteur. Bob était toujours maître de ses émotions.

Pour autant qu'Abigaïl pouvait en juger, Bob n'avait jamais su que penser de sa nièce. A bientôt trente ans, Keira était une illustratrice reconnue de ses pairs et du public, mais elle était aussi une éternelle déracinée, incapable de s'établir durablement quelque part. Tout le contraire de Bob, qui avait vécu sa vie entière à Boston.

— Je doute que la vente aux enchères ait été la seule réception de ce soir à Beacon Hill… Mais fais comme bon te semble, Abigaïl. Vérifie la liste des invités. Frappe à toutes les portes du voisinage. Ce n'est pas comme si tu avais autre chose à faire, n'est-ce pas ?

Comme tous les inspecteurs de la brigade criminelle, elle était surchargée de travail. Mais elle se contenta de hausser les épaules.

— J'essaie de me rappeler comment j'ai été prévenue de cette réception, dit-elle. Je ne crois pas avoir reçu d'invitation par courrier. C'est sûrement Owen qui me l'a dit…

Elle soupira, consciente d'agacer Bob.

— Laisse tomber, je réfléchis à voix haute.

Il sembla se radoucir un peu, mais ça pouvait aussi bien être une stratégie. Avec lui, on ne savait jamais.

— C'est à cause du solstice d'été qui s'approche, dit-il. C'est pire que la pleine lune. Oui, c'est ce foutu soleil qui fait sortir les mabouls de leurs trous…

Abigaïl ne put retenir un petit rire.

— Bob, plus personne ne dit « maboul ».

Il lui offrit son plus beau sourire.

— Moi, je le dis.

— C'est quoi, cette histoire de solstice d'été ?

— Rien.

Il bâilla — volontairement, songea Abigaïl — et fit rouler ses épaules comme s'il avait besoin de se décontracter les muscles.

— Je ferais mieux d'y aller, dit-il. Remercie Owen pour moi, d'accord ? C'est gentil de sa part d'avoir raccompagné Fiona dans le taudis où elle habite en ce moment.

— Compte sur moi, Bob. Et je suis désolée que Keira ait traversé le parc au mauvais moment. Ce n'est jamais marrant de tomber sur un cadavre.

— Fiona veut passer une semaine en Irlande avec elle. Non mais ! Tu les imagines toutes les deux, livrées à elles-mêmes ?

Il fit la grimace et soupira en faisant vibrer ses lèvres à la manière d'un cheval.

— Fiona n'arrête pas de me dire que je me fais trop de souci pour elle. C'est peut-être vrai, après tout. Je m'inquiète même quand elle prend le métro. Alors, monter toute seule dans un avion pour l'Irlande…

— Elle prend le métro tout le temps, Bob. Au cas où tu l'aurais oublié, ta fille étudie la musique. Elle doit se rendre à des leçons, à des répétitions…

— Dire qu'elle joue de la harpe ! Non, mais tu y crois à ça ? J'ai une fille qui fait des études supérieures… De harpe irlandaise !

Il se massa la nuque comme si ça lui faisait mal.

— Et j'ai une nièce qui dessine des fées et des fleurs sauvages, quand elle ne va pas dans les chaumières recueillir des histoires à dormir debout.

— Bob, elles ont toutes les deux un talent incroyable. Et Keira a réussi à se faire un nom dans un métier où les places sont chères. Sans compter qu'elles s'entendent bien avec toi, ce qui n'est pas donné à tout le monde.

Bob laissa tomber les bras le long de son corps.

— Attends d'avoir des enfants.

Abigaïl se contracta aussitôt, ces mots lui faisant l'effet d'un coup de poing à l'estomac. Elle détourna vite le regard en marmonnant un bonsoir et se dirigea droit vers les techniciens, cherchant désespérément quelque chose à leur demander. N'importe quoi pour donner le change. Elle ne voulait pas que Bob voie son expression, qu'il se demande ce qui la bouleversait ainsi.

C'était personnel, nom d'un chien ! Ça ne le regardait pas, si elle en voulait ou non…

Des enfants.

Elle s'imagina avec un gros ventre, puis Owen portant sur ses épaules un petit être qui leur ressemblait, tous trois profitant d'une belle journée de juin pour se promener en famille. Mais ce tableau relevait du fantasme. La réalité était tellement plus compliquée… Ils n'étaient même pas encore mariés, et avoir des enfants bouleverserait sa vie et celle d'Owen.

Abigaïl posa les yeux sur l'étang. Qu'est-ce qui avait poussé Victor

Sarakis à venir à Boston ce soir ? Peu importait son humeur ou celle de Bob : il fallait trouver la réponse à cette question.

Elle repéra un technicien de la police qu'elle connaissait. Comment s'appelait-il, déjà ? Impossible de s'en souvenir. C'était une jeune recrue. Très jeune, même. Un garçon qui avait grandi dans une rue difficile du quartier de Roxbury.

— Malcolm, murmura-t-elle pour elle-même avant d'élever la voix. Malcolm ?

— Oui, inspectrice ?

Elle jeta un regard par-dessus son épaule et vit Bob qui agitait le doigt dans sa direction comme pour lui dire qu'il l'avait à l'œil.

Elle reporta son attention sur Malcolm, qui soulevait un sourcil interrogateur et elle lui désigna la bordure de l'étang.

— Je voulais juste être sûre qu'on aura des photos de cette bordure et de toute irrégularité qui aurait pu faire trébucher un type en train de courir sous la pluie.

— Pas de problème, ça sera fait.

— Merci, dit-elle en jetant un rapide coup d'œil derrière elle.

Bob venait de s'engager sur le pont suspendu qui enjambait l'étang. Soulagée de le voir s'éloigner, elle se mit à étudier l'endroit où s'était achevée la vie de Victor Sarakis. Il n'y avait aucune protection sur cette partie de l'étang. S'il avait trébuché — ou avait été poussé — sur la rive opposée, le petit grillage qui s'élevait à hauteur du genou aurait pu ralentir sa chute et lui éviter la noyade. Etant donné la faible profondeur de l'étang, il était forcément inconscient lorsqu'il était tombé à l'eau. Sinon, qu'est-ce qui aurait pu l'empêcher de se relever ? Même un enfant de deux ans aurait eu pied, là où il s'était noyé.

Bien sûr, il fallait attendre les résultats de l'autopsie pour en savoir plus, mais elle devait admettre que Bob avait sans doute raison : la mort prématurée de Victor Sarakis était probablement accidentelle.

En attendant les conclusions définitives du médecin légiste, elle avait du pain sur la planche.

La soirée promettait d'être longue, songea-t-elle en posant la main sur son téléphone portable. Après une hésitation, Abigaïl se ravisa. Owen savait qu'elle travaillait sur une nouvelle affaire ce soir, et qu'elle ne serait pas de retour avant une heure tardive de la nuit. Sans doute dormirait-il alors depuis longtemps : il s'était réveillé aux aurores, ce matin, pour une réunion de Fast Rescue qui se tenait à Austin. Owen était toujours en vadrouille entre Austin, Boston, sa maison du Maine, les pays victimes de catastrophes et les divers sites d'entraînement répartis aux quatre coins de la planète.

Oui, mieux valait le laisser aller se coucher tranquillement. Inutile de l'inquiéter. Si elle l'appelait, ne serait-ce que pour lui souhaiter une bonne nuit, il risquait d'entendre dans sa voix qu'elle se faisait du souci. Et que lui répondre quand il lui demanderait immanquablement ce qui la tracassait ? Elle n'était pas certaine de pouvoir s'expliquer. De toute façon, ce qui lui arrivait en ce moment ne venait pas d'Owen. Cela venait d'elle et d'elle seule.

Durant les longues années de solitude et d'angoisse qu'elle avait traversées après la mort de Chris, elle s'était habituée à résoudre ses problèmes et à surmonter ses angoisses sans l'aide de quiconque.

Elle se demanda si Victor Sarakis laissait des enfants derrière lui, mais elle chassa aussitôt cette pensée de son esprit pour aller donner un coup de main à Malcolm, qui inspectait la bordure de l'étang.

6.

Aéroport international de Logan, Boston
Le 18 juin à 10 heures

Le directeur de FBI, John March, accueillit Simon d'une brève poignée de main dans un salon ultra-privé de l'aéroport de Logan. March avait pris le premier avion de Washington D.C., le matin même, dans l'unique but de le rencontrer. Il était accompagné de sa garde rapprochée — collaborateurs de confiance et agents spéciaux taillés comme des armoires à glace —, mais ceux-ci l'attendaient dans le couloir.

March était un homme svelte à la cinquantaine bien sonnée. Malgré leur couleur gris métal, ses cheveux bouclés rappelaient ceux de sa fille Abigaïl. Malheureusement, John March ne pouvait prendre le risque d'aller l'embrasser aujourd'hui. Il s'agissait, bien sûr, de garder la plus grande discrétion autour de cette mission classée confidentielle, mais Simon savait que le directeur du FBI avait une autre raison de ne pas informer Abigaïl de sa visite à Boston. En vérité, il n'avait aucune envie de lui expliquer l'histoire complexe qui le liait à la famille Cahill. Et le fait qu'elle soit inspectrice de police n'arrangeait rien à l'affaire.

— Parfois, Simon, je regrette que tu n'aies pas plutôt choisi de devenir plombier.

— Si ça peut vous consoler, John, il m'arrive de le regretter aussi.

La première fois que Simon avait rencontré March, il n'avait que quatorze ans et pleurait toutes les larmes de son corps devant le cercueil de son père, tandis que la famille et les amis du défunt buvaient et chantaient selon la tradition irlandaise pour rendre un dernier hommage à celui qui venait de s'éteindre.

— Au moins, quand un plombier se trouve dans la merde jusqu'au cou, ajouta Simon, personne n'essaie de le convaincre qu'il prend un bain de champagne.

— Je sais que je t'ai mis dans une situation délicate.

— Je m'y suis mis tout seul, répondit Simon. Et vous en tirez parti. C'est votre boulot, John. Je ne vous reproche rien.

— Ma fille s'en chargera.

Il avait dit ces mots sur le même ton neutre qu'il adoptait pour parler des affaires purement professionnelles.

— J'ai déjà tellement de secrets pour elle…, ajouta-t-il.

Simon se demanda s'il n'avait pas perçu, cette fois, un soupçon de regret dans la voix de March. Mais il l'avait peut-être imaginé.

Sans connaître les détails de l'affaire, Simon avait entendu dire que le père d'Abigaïl en savait plus sur les circonstances de la mort de Chris Browning — lui-même alors agent du FBI — qu'il ne l'avait dit à sa fille. Des informations qui n'auraient pas permis d'appréhender plus tôt le meurtrier, mais qu'Abigaïl aurait néanmoins aimé connaître à une époque où elle était désespérément en quête de vérité.

— Ça fait partie du jeu, dit Simon d'un ton sans chaleur.

Plusieurs années auparavant, March n'était qu'un simple agent fédéral dévoré par le chagrin et le sentiment de culpabilité. Il s'en voulait terriblement de n'avoir pu sauver Brendan Cahill, son ami de la brigade des stupéfiants, froidement assassiné par les membres d'un cartel colombien. Mais March n'avait rien à se reprocher. Les tueurs avaient filmé l'exécution de leur prisonnier : sur la bande, on les voyait lier les pieds et les mains du père de Simon, puis lui bander les yeux avant de lui loger deux balles dans le front. Simon avait visionné cette cassette vidéo. Il était parvenu à se la procurer grâce à de brillants stratagèmes qui avaient déjoué la vigilance de March. Du moins était-ce ce qu'il avait longtemps cru, jusqu'à ce qu'il comprenne que March avait tout manigancé : il avait fait en sorte que Simon trouve la cassette et assiste au meurtre de son père.

Au lieu de lui en vouloir, le tout jeune homme qu'il était alors s'était senti compris. March avait su qu'une fois que le fils de Brendan apprendrait l'existence de cette cassette, il ferait tout pour se la procurer.

Mais pourquoi March n'avait-il jamais parlé de lui ou de son père à sa fille ? songea Simon en s'adossant à un pilier. Décidément, cet homme n'était pas simple à saisir.

Tout comme Simon, March préféra rester debout. Les deux hommes étaient indifférents au confort et au luxe du salon VIP. Pour eux, il s'agissait simplement d'un endroit pratique et discret où se rencontrer.

— Je t'ai dit tout ce que je savais sur ta prochaine mission, lança March.

Simon en doutait, mais il haussa les épaules.

— Très bien. Je vais aller poireauter à Londres.

— On le tient, Simon. Grâce à toi, on tient enfin Estabrook.

Avec un peu de chance, le « grâce à toi » resterait entre March et lui. Mais Simon avait appris à ne pas compter sur la chance.

— Je me sentirai mieux quand il sera derrière les barreaux.

— Compris, Simon.

Simon sentait que March n'était pas à l'aise. D'ordinaire, il se concentrait sur le but d'une mission sans se soucier de ce qu'elle pouvait signifier pour ses agents sur un plan personnel. Mais cette mission était différente. Simon avait quitté le FBI dix-huit mois plus tôt pour commencer une nouvelle existence. Il gagnait désormais sa vie en aidant les entreprises à prévoir, à éviter et éventuellement à gérer les catastrophes. Et globalement, cette tâche lui plaisait. Il avait bonne réputation, des revenus plus qu'honorables, et une liberté qu'il n'avait jamais connue quand il travaillait pour le gouvernement. Quant à son besoin d'action, il était comblé par le volontariat au service de Fast Rescue. D'autant que l'organisation d'Owen Garrison ne faisait que de *bonnes* actions. Au FBI aussi, on était censé agir pour la bonne cause, mais les choses étaient rarement aussi claires sous les ordres de March.

Bref, tout se passait bien depuis qu'il était à son propre compte… Jusqu'à ce que Norman Estabrook entre dans sa vie.

Pour le grand public, Estabrook était un milliardaire de la finance toujours en quête de sensations fortes. On le voyait un jour grimper au sommet de l'Everest, un autre tenter le tour du monde en montgolfière, un autre encore remonter en kayak le cours d'une rivière infestée de serpents… N'importe quoi, pourvu qu'il ait sa dose d'adrénaline. Mais un cercle restreint d'hommes de confiance connaissait d'abord Estabrook comme l'éminence grise d'un réseau qui faisait du trafic de drogue et du blanchiment d'argent pour le compte de gens fort peu recommandables. L'argent ne pouvait être ce qui motivait Estabrook ; il en avait déjà à ne savoir qu'en faire. Non, il fallait plutôt chercher le moteur de ses actions illicites dans son goût pour les activités à hauts risques et dans le plaisir qu'il prenait à défier la loi.

La loi, et plus particulièrement John March.

Simon était le candidat idéal pour infiltrer le réseau d'Estabrook, et c'est ce qu'il avait fait. Pourtant, avant même d'accepter cette mission, il savait que la mener à bien lui vaudrait sans doute des ennuis.

Une fois Estabrook arrêté, deux cas de figure pouvaient se présenter : soit sa couverture resterait un secret et son nom associé à jamais au réseau criminel d'Estabrook, auquel cas il pourrait faire une croix sur sa nouvelle carrière, et d'une manière générale sur un avenir professionnel en dehors du FBI ; soit on révélait qu'il était un agent fédéral, et Estabrook chercherait par tous les moyens à l'éliminer. Et commanditer un assassinat depuis une prison n'avait jamais été un problème.

Mais c'étaient les risques du métier, et il avait accepté en connaissance de cause.

— Si tout ça me pète à la gueule, je pourrai toujours devenir plombier, dit-il avec un sourire.

— Il n'y a pas de sot métier, répondit March avec le plus grand sérieux.

— Ni de milliardaires sots, répliqua Simon. En tout cas pas Estabrook. Ce salopard n'a pas fait fortune complètement par hasard.

— Oublie-le un peu, Simon. Tu as largement rempli ton contrat. Les informations que tu nous as communiquées vont nous permettre de démanteler son réseau. Estabrook est une ordure, tout comme les gens qui l'entourent.

March se fendit de son plus beau sourire.

— Sauf toi, bien entendu.

— Bien entendu.

— Tu ne peux rien faire de plus pour le moment. Estabrook est dans son ranch du Montana. Il pense que tu vas rendre visite à un ami et te reposer après les opérations de secours que tu as menées en Arménie.

— Vous savez que j'ai tendance à faire le coup de poing, quand je suis désœuvré.

— Tu n'es pas désœuvré, tu es en veille.

— C'est la même chose, John.

— Si une nouvelle catastrophe se produit quelque part dans le monde et que Fast Rescue fait appel à…

— Je ne vais tout même pas espérer un désastre, simplement parce que j'ai besoin d'un peu d'action, interrompit Simon. Owen voudrait que j'entraîne les volontaires de Fast Rescue, mais je ne suis pas sûr d'avoir le sens de la pédagogie.

March regarda un instant la pointe de ses chaussures, et Simon se demanda s'il ne l'avait pas vu esquisser un sourire.

— Contente-toi de faire ce qu'un consultant en catastrophes doublé d'un sauveteur fait durant son temps libre, et tout se passera bien.

— Will Davenport m'héberge à Londres, dit Simon.

— Ah… Sir Davenport. Ou bien est-ce lord Davenport ?

— L'un des deux, en tout cas. Ou peut-être les deux… Je n'en sais rien, moi.

Pour n'importe qui d'autre, le visage de March serait resté parfaitement impassible. Simon y détecta pourtant un infime changement d'expression. Will Davenport, un riche Anglais, était persuadé que Simon lui avait sauvé la vie. Peut-être était-ce le cas, mais Simon ne tenait pas les comptes. Apparemment, Davenport avait un contentieux avec le FBI. De quelle nature ? Simon n'en avait pas la moindre idée. Et il n'était pas sûr de vouloir le savoir.

— J'imagine que Davenport ignore tout des véritables raisons de ton séjour à Londres.

Simon fit une moue incertaine.

— S'il est au courant de quoi que ce soit, il n'en laisse rien paraître.

— Ça serait bien la première fois qu'il serait capable de se taire, lâcha March en faisant un pas vers la porte. Simon, on tient Estabrook et on va faire voler sa belle organisation en éclats. On va sauver des vies. Beaucoup de vies. Tu en as conscience, j'espère ?

— Oui, John. Et j'ai aussi conscience qu'Abigaïl va découvrir tôt ou tard qu'on se connaît depuis vingt ans.

— Mon problème, pas le tien.

Ce n'était pas que March ait été depuis vingt ans une sorte de père pour Simon qui rendrait Abigaïl furieuse. C'était qu'il ne lui ait jamais rien dit.

Les premières années, le chagrin et la colère aveuglaient Simon au point qu'il n'avait même pas prêté attention au fait que March ne lui avait jamais présenté sa famille. Son père de substitution venait parfois l'encourager à l'occasion d'un match de football, et il lui était arrivé à plusieurs reprises de le sortir du pétrin quand il se retrouvait au poste après une bagarre. En dehors de ça, il se contentait de prendre de temps à autre de ses nouvelles au téléphone. Une fois Simon à l'université du Massachusetts, March lui avait rendu visite deux ou trois fois par semestre, l'emmenant manger une pizza et se renseignant sur l'avancée de ses études. Jamais il ne lui avait suggéré d'intégrer le Bureau Fédéral, qu'il ne dirigeait pas encore à l'époque. Et quand Simon avait décidé de se présenter à l'Académie du FBI, il n'avait pas consulté March au préalable.

— Fais-moi signe pendant ton séjour à Londres, dit March en ouvrant la porte du salon.

— Comptez sur moi. Au fait, John, vous connaissez Keira Sullivan ?

— Je l'ai rencontrée, oui. Une femme aussi belle que talentueuse.

— Elle a trouvé le cadavre d'un homme dans l'étang artificiel du Boston Common.

Simon n'aurait su dire pourquoi il avait parlé de Keira. Ça lui était venu comme ça, et il en était le premier surpris.

— Elle part ce soir en Irlande sur les traces de trois frères, de fées et d'un ange de pierre... Une vieille histoire qui se transmet de génération en génération et qui a frappé son imagination. Je me demande si je ne devrais pas oublier Will Davenport pour aller chasser les fées sur les collines irlandaises...

Il s'interrompit devant l'expression contrariée de March.

— Quelque chose ne va pas ?

— Je préférerais qu'on reste concentrés sur Estabrook, Simon.

Un sourire un peu forcé se dessina sur les lèvres de John March.

— Tu ne crois pas qu'il serait plus sage d'éviter le genre de tentation que représente Keira Sullivan ?

Simon ne répondit pas et March quitta le salon, refermant derrière lui d'un coup sec.

Simon se laissa tomber dans un large fauteuil en cuir avec un grognement de frustration. Il remarqua un exemplaire du *Boston Globe* sur la table basse devant lui, avec en couverture la photo du malheureux retrouvé mort dans l'étang. Il s'en saisit, se renversa dans le fauteuil et posa les pieds sur la table. Le cliché, en noir et blanc et de mauvaise qualité, était suivi d'une légende qui présentait la victime comme un homme de cinquante et un ans, fortuné et sans enfant. La brigade criminelle de

Boston avait ouvert une enquête, mais les inspecteurs chargés de l'affaire semblaient privilégier la thèse de l'accident.

Simon revit Keira déboulant la veille au soir dans la salle de réception, blême, trempée et vêtue comme une bûcheronne. Vingt minutes plus tard, elle réapparaissait sous les lambris, avec la grâce de ces fées irlandaises qui semblaient peupler son imaginaire. Il devait reconnaître que cette femme l'intriguait, mais March n'avait pas tort. Sans avoir besoin de se creuser la cervelle, Simon pouvait trouver mille raisons de ne pas perdre son temps à fantasmer sur Keira Sullivan. Artiste. Folkloriste. Lunatique. Nièce d'un inspecteur de police. Partie pour l'Irlande.

Elle était aussi amie avec Owen Garrison, déjà contraint de faire des cachotteries à sa fiancée, et qui n'aurait sûrement pas envie de mentir — même par omission — à quelqu'un d'autre.

Simon laissa retomber ses pieds sur la moquette mauve du salon.

Quel hypocrite il faisait ! Il fantasmait *déjà* sur Keira Sullivan, et ce depuis l'instant où il l'avait aperçue.

Alors qu'il quittait le salon pour aller embarquer, l'aquarelle qu'il avait achetée aux enchères lui apparut en pensée comme si le cottage en pierres blanches se trouvait là, sous ses yeux. Il imagina Keira en train de le peindre, pinceau à la main, ses cheveux blond pâle tirés en arrière, ses yeux bleus fixant intensément l'endroit où elle s'apprêtait à ajouter une touche de couleur.

Simon secoua la tête comme pour chasser cette image de son esprit.

— Ressaisis-toi, maugréa-t-il.

Les agents du FBI avaient déserté le terminal. L'avion pour Londres décollait dans moins d'une heure.

7.

Péninsule de Beara, côte sud-ouest de l'Irlande
Le 20 juin à 18 h 30, heure d'été irlandaise

C'était la seconde soirée depuis son arrivée en Irlande, et Keira se régalait d'un « Toasted special » — croque-monsieur irlandais composé de jambon, de fromage et d'oignons rouges — accompagné d'une tasse de café généreusement arrosée de whisky. Elle avait expressément demandé à Eddie O'Shea, le propriétaire de l'unique pub du minuscule village où elle comptait passer les six prochaines semaines, de lui faire goûter du whisky irlandais. Elle avait bien précisé : *irlandais.* S'il venait d'ailleurs, ça ne l'intéressait pas.

— Vous voulez un autre café ? demanda Eddie.

Mince, les cheveux couleur sable, Eddie avait de la repartie et une nature hospitalière qui convenait parfaitement au métier qu'il avait choisi.

— Non, merci, Eddie.

Keira entendit l'accent bostonien qui tintait sa voix, toujours là malgré sa vie de bohême. Elle se saisit d'une part de croque-monsieur coupé en deux triangles, le tournant de sorte à éviter le bout un peu carbonisé. Elle était en Irlande depuis à peine deux jours et s'y sentait déjà parfaitement à l'aise, heureuse à l'idée d'y passer un aussi long séjour.

— Si je bois encore du café, je vais encore boire du whisky… Et là, ça risque de se gâter pour moi.

Eddie lui lança un regard amusé par-dessus le comptoir.

— Vous n'êtes pas venue en voiture, que je sache.

— Non. D'ailleurs, j'ai bien l'intention d'aller faire une balade à pied, ce soir.

Juchée sur un tabouret haut, elle entoura des deux mains le mug de café, laissant la douce chaleur irradier ses paumes.

— J'adore ces longues journées du mois de juin, reprit-elle. Demain, c'est le solstice d'été. A cette période, on ne sait jamais quel tour vont vous jouer les créatures féeriques qui peuplent votre beau pays.

— Vous êtes d'humeur à batifoler avec les leprechauns ? demanda Eddie d'un ton badin. Attention qu'ils ne vous enlèvent pas... Ils aiment tout ce qui brille !

— Alors vous croyez qu'ils existent vraiment ? demanda Keira avec un sourire.

— J'ai trop les pieds sur terre pour ça.

Elle ne lui avait pas parlé de l'histoire de Patsy McCarthy. Pour entamer un récit où se croisaient des frères irlandais, des fées et un ange de pierre, il fallait se trouver dans un état particulier. Une euphorie aux frontières de l'ivresse, avait décidé Keira. Tout était affaire de dosage, et une gorgée supplémentaire de café au whisky devrait lui donner l'allant nécessaire sans lui faire perdre sa lucidité. La griserie sans l'ébriété. Du moins l'espérait-elle.

Eddie quitta son bar, emportant avec lui un plateau où s'entrechoquaient des verres de bière. Il alla les distribuer à une assemblée exclusivement masculine réunie en demi-cercle autour d'un petit téléviseur. Le patron lui avait appris qu'il s'agissait d'éleveurs et de pêcheurs du coin qui se connaissaient depuis l'enfance. Ils étaient arrivés au pub les uns après les autres au cours de la dernière heure pour regarder un match de hurling, dans une ambiance à la fois amicale et houleuse. S'ils avaient parlé de fées, de magie, de rituels anciens ou de légendes racontées au coin du feu, Keira aurait peut-être dressé l'oreille, voire trouvé le courage de se joindre à eux. Mais même avec le whisky qui lui montait un peu à la tête, elle n'aurait su que dire au sujet du hurling. Elle ignorait tout de ce sport, sinon que c'était un jeu rapide et brutal, vénéré par Eddie O'Shea et ses amis.

Après tout, le hurling pouvait peut-être bien être considéré comme un ancien rituel, songea-t-elle en trempant les lèvres dans son mug.

Elle avait déjà dîné au pub la veille au soir, et ça avait tout de suite accroché avec Eddie. Ce qui ne l'empêchait de se rendre compte que sa présence intriguait dans le village. Sans doute avait-elle alimenté les rumeurs en lâchant des bribes d'informations ici et là, sans jamais mentir sur la raison de son séjour, mais sans tout dire non plus.

Ils s'imaginaient certainement qu'elle était ici à la recherche de ses racines. A la recherche d'elle-même comme tant d'autres Irlando-Américains avant elle, et ce n'était sans doute pas tout à fait faux.

Elle laissa quelques euros sur le comptoir de bois et prit son café avec elle pour aller goûter l'air du dehors. C'était décidément l'une des plus belles soirées qu'elle avait passées en Irlande, tous séjours confondus. Une bonne façon d'entamer ses six semaines d'immersion dans cette vie si différente de celle qu'on menait aux Etats-Unis. La fatigue du décalage horaire perdait déjà de son emprise sur elle, tout comme la tension des dernières heures passées à Boston.

Un homme vêtu d'une veste en tweed élimée, d'un pantalon de laine et de bottes en caoutchouc maculées de boue vint s'asseoir à l'une des tables de pique-nique alignées sur la terrasse du pub. Il s'était installé face à la rue et fumait sa cigarette, la fumée s'élevant dans le ciel encore clair par-dessus sa casquette à carreaux. Il leva vers Keira des yeux d'un bleu si limpide qu'ils semblaient irréels. Il avait la peau burinée, creusée de profondes rides, et des cheveux gris coupés court. Il pouvait avoir soixante ans comme il pouvait être centenaire, songea-t-elle. Son visage avait quelque chose d'intemporel.

Il prononça quelques mots en gaélique d'Irlande, qui ne figuraient pas parmi la cinquantaine que connaissait Keira. Sa mère, elle, parlait la langue de leurs ancêtres. Du moins l'avait-elle parlé à une époque.

— Je suis désolée, je…

— Bonne promenade, Keira Sullivan, interrompit l'homme en laissant échapper une bouffée de tabac. Je vous connais, vous savez, ajouta-t-il tandis qu'elle devinait l'esquisse d'un sourire derrière l'épaisse volute de fumée. Ça oui, je vous connais bien.

La surprise fut telle qu'elle recula vivement, trébuchant sur le paillasson à l'entrée du pub et manquant de renverser son café.

Lorsqu'elle reprit ses esprits, l'homme n'était plus là.

Comment avait-il fait pour disparaître ainsi ?

Keira scruta la rue calme et étroite bordée de maisons en stuc aux façades colorées. La succession de bleu, de fuchsia, de vert, de jaune et de rouge pouvait égayer le plus maussade des climats irlandais. Quelques voitures étaient garées au pied des réverbères ornés de lavande et de géraniums roses, mais il n'y avait pas la moindre circulation. A l'exception d'un chien qui aboyait du côté de la mer et des éclats de voix intermittents en provenance du pub, la rue dégageait un sentiment de douceur et de sérénité.

Elle hésita à retourner à l'intérieur pour vérifier si l'homme ne s'y trouvait pas, ou pour demander à Eddie s'il ne l'avait pas vu. Mais même si elle s'était tout de suite sentie à l'aise avec le propriétaire des lieux, elle ne voulait pas prendre le risque de passer pour folle ou indiscrète à ses yeux.

Cet homme mystérieux avait peut-être abusé de la Guinness et titubait en ce moment même entre deux maisons, songea-t-elle. A moins qu'il n'habite l'une d'entre elles et soit tout simplement rentré chez lui.

Peut-être avait-il voulu s'amuser un peu au détriment de la touriste américaine.

Si seulement elle avait pu comprendre ce qu'il avait dit en irlandais..., regretta-t-elle en allant s'asseoir à la table où l'inconnu s'était installé deux minutes plus tôt. Tandis qu'elle terminait son café — tiède, désormais —, elle nota qu'il n'y avait pas la moindre odeur de cigarette dans l'air pur de ce début de soirée.

Après avoir quitté le pub, Keira enfonça les mains dans les poches de son pull en grosse laine acheté à Kenmare, jolie petite ville touristique située à la pointe de la baie de Kenmare, entre la péninsule d'Iveragh et la péninsule de Beara, deux des cinq bandes de terre du sud-ouest de l'Irlande qui avançaient dans l'Atlantique.

Elle bifurqua vers un sentier qui longeait le port du village. La marée était basse et l'eau grise clapotait paisiblement contre les bateaux de pêche. De l'autre côté de la baie, elle distinguait la silhouette découpée du MacGillicuddy Reeks, le plus haut massif montagneux d'Irlande. A sa droite, des montagnes arides dressaient leurs contours accidentés couronnés de nuages.

Elle entendait les bêlements lointains des moutons qui piquaient de points blancs les collines alentour.

Les murs de pierre bordant le sentier étaient anciens et envahis de roses rouges et de chardons bleus, ainsi que de fleurs blanches dont elle n'aurait su dire le nom.

Il y avait aussi du houx, nota Keira avec un sourire. Beaucoup de houx. Ici, on disait que couper l'arbuste entier portait malheur. Du coup, ils proliféraient.

Quelques pas plus loin, elle passa devant de hauts rhododendrons et des fuchsias qui avaient depuis longtemps fui la civilisation. Réchauffé par le Gulf Stream, le climat du sud-ouest de l'Irlande restait tempéré tout au long de l'année, ce qui convenait aux plantes subtropicales malgré les vents violents qui balayaient fréquemment la péninsule.

Le cottage qu'elle avait loué se trouvait un peu plus haut, en pleine nature. Il s'agissait d'une construction traditionnelle en pierres grises dénichée par Colm Dermott. Il faudrait lui envoyer une carte postale pour le remercier, nota Keira dans un coin de sa tête. D'autant qu'elle trouvait la maison pleine de charme.

Elle croisa les bras sur les torsades de son pull tricoté et chassa la tentation d'aller se calfeutrer derrière les murs épais du cottage. L'espace d'un instant, elle s'était vue au coin du feu, un verre de whisky posé devant elle, à dessiner en attendant que le sommeil vienne la surprendre. Mais pas question de se laisser détourner de sa mission.

Encore une trentaine de mètres, et elle tourna dans un chemin terreux qui serpentait, assez abrupt, au milieu d'un pâturage émaillé de rochers. Elle était venue la veille reconnaître les lieux et avait été frappée, tout comme aujourd'hui, par la similitude entre ce paysage et celui dépeint dans l'histoire de Patsy.

Des moutons broutaient haut sur la colline, part intégrante de la chaîne de montagnes des Slieve Miskish qui parcourait la péninsule jusqu'aux anciennes mines de cuivre où avait travaillé le grand-père de Patsy.

Alors que le chemin devenait plus plat sur quelques mètres, Keira entendit un grognement tout proche.

Le grognement fut presque aussitôt suivi d'un éclat de rire.

— Oh, non! s'écria une voix de femme. Regarde, j'ai marché en plein dedans!

Un rire masculin lui répondit aussitôt.

— Moi aussi. Il faut croire que les vaches n'ont aucun respect pour les monuments anciens.

Keira vit alors le couple qui enjambait la clôture en fil barbelé pour rejoindre le chemin. La brise légère faisait onduler le sommet de leurs cheveux grisonnants tandis qu'ils faisaient la grimace devant l'état de leurs chaussures.

La femme aperçut Keira et lui adressa un sourire.

— Quand on se balade dans un pâturage où viennent paître les vaches, il ne faut pas s'étonner d'y trouver quelques bouses, n'est-ce pas?

Keira lui rendit son sourire, mais ne répondit pas.

— Vous allez au cercle de pierres? demanda la femme.

— Pas ce soir, répondit Keira.

Elle s'y était rendue la veille, peu après son arrivée. Le cercle de pierres dont parlait la touriste était un des nombreux alignements mégalithiques — on en comptait plus d'une centaine — que l'on pouvait trouver dans le comté de Cork. Celui-ci était particulièrement bien préservé, un seul menhir sur les onze du large cercle manquant à l'appel. La visite se méritait : avant d'atteindre le site, il fallait franchir des clôtures, se frayer un passage entre les vaches et leurs déjections, emprunter des chemins défoncés et escalader quelques rochers.

— C'est un site fabuleux, dit la femme en frottant sa semelle maculée dans l'herbe du pâturage. Surtout à cette époque de l'année.

Elle s'interrompit un instant pour contempler le panorama, visiblement ravie d'être là.

— Quelle aventure ! reprit-elle avec un immense sourire. On espérait presque croiser des leprechauns.

L'homme soupira.

— *Tu* espérais croiser des leprechauns, rectifia-t-il.

Elle leva les yeux au ciel et tourna vers Keira un visage amusé.

— Mon mari est adorable, mais un peu terre-à-terre, plaisanta-t-elle avant de faire un large geste englobant le port et le village à leurs pieds. Nous logeons à Kenmare. Et vous ? Nous sommes compatriotes, n'est-ce pas ?

— Oui, je suis de Boston. J'ai loué un cottage ici, à proximité du village, répondit Keira, qui n'avait pas envie d'en dire plus.

— Quelle bonne idée ! Alors, il ne me reste plus qu'à vous souhaiter une bonne promenade.

— Faites attention où vous mettez les pieds, ajouta son mari avec une grimace comique.

Alors qu'ils s'éloignaient, Keira réalisa que cette rencontre l'avait aidée à se détendre. Cet endroit n'était pas aussi perdu qu'il y semblait. Et puis elle avait soigneusement préparé son expédition : elle avait de quoi boire et se restaurer, une torche électrique, une trousse de secours et même un sifflet pour appeler à l'aide en cas d'urgence.

Vous serez en Irlande pendant le solstice d'été. C'est à ce moment-là qu'il faudra chercher l'ange.

Le solstice d'été était pour le lendemain, mais Keira avait décidé de reconnaître le terrain avant le grand soir. Avec un peu de chance, le récit de Patsy la mènerait directement à la hutte de l'ermite.

Et puis, hutte ou pas hutte, c'était une belle soirée, songea-t-elle, heureuse de cette première journée complète sous le ciel irlandais ; première journée qui laissait présager le meilleur pour les six semaines à venir.

8.

Cambridge, Massachusetts
Le 20 juin à 15 heures

Abigaïl gara sa voiture banalisée dans une rue tranquille bordée d'arbres anciens et de fastueuses demeures. Pas de doute, elle était à Cambridge. La maison de Victor Sarakis était, comme beaucoup d'autres dans la partie huppée de la ville, de style colonial avec des volets noirs et une toiture grise en bardeaux. Comme elle s'y attendait, Sarakis semblait plutôt aisé. Par contre, les résultats d'une rapide enquête de voisinage menée par des collègues en uniforme n'avaient pas manqué de la surprendre. Apparemment, la victime était considérée dans son quartier comme une sorte d'excentrique.

Elle coupa le contact et tourna un visage renfrogné vers Bob O'Reilly, assis à côté d'elle. Il avait sauté sur le siège passager juste avant qu'elle puisse verrouiller les portes et partir sans lui. Il commençait à sérieusement lui taper sur les nerfs. D'un autre côté, songea-t-elle, tout le monde lui tapait sur les nerfs en ce moment.

— Tu n'es pas censé être en train de faire de la paperasse quelque part ? lança-t-elle.

Il ouvrit sa portière et lui jeta un regard noir.

— Il t'a fallu réfléchir deux minutes derrière ton volant pour la trouver, celle-là ?

— Non, ça m'est sorti spontanément.

— D'accord. Je vais faire comme si je n'avais rien entendu.

Abigaïl décida de ne pas répondre. Inutile de mettre de l'huile sur le feu. Elle savait qu'il désapprouvait sa visite à Cambridge, et il avait de bonnes raisons pour ça : comme Bob l'avait prédit, le médecin légiste avait conclu à la noyade. Rien ne pouvait laisser supposer qu'une action criminelle était à l'origine de la mort, et la victime n'avait absorbé ni drogue ni médicament. Pas même un verre d'alcool. Un rapport plus complet incluant le résultat d'autres tests devait arriver dans les jours à venir, mais tout semblait indiquer qu'il s'agissait bien d'une mort accidentelle.

Une mort bizarre, mais accidentelle.

L'expérience avait appris à Abigaïl que cette noyade dans soixante centimètres d'eau pourrait fort bien rester à jamais un mystère. D'ailleurs, Bob lui avait déjà clairement fait comprendre qu'il se fichait de savoir comment c'était arrivé. Il voulait qu'Abigaïl se concentre sur les homicides avérés. Elle n'était pas censée lui rendre des comptes, mais Bob avait été officiellement chargé d'améliorer le taux d'élucidation des meurtres perpétrés à Boston. Un ordre venu d'en haut qui faisait suite à une série d'articles particulièrement virulents parus dans la presse locale. De son point de vue, cela lui donnait le droit d'intervenir à tous les niveaux auprès de ses collègues.

Abigaïl avait espéré faire l'aller-retour entre Cambridge et les bureaux de la police sans même que Bob s'aperçoive de son absence. Mais ça avait lamentablement échoué. Pourtant, elle n'en démordait pas : n'en déplaise à son garde-chiourme, un homme encore relativement jeune et en bonne santé qui se noyait dans l'équivalent d'une grosse flaque d'eau, ce n'était pas normal. Pour elle, la chose méritait qu'on s'y intéresse d'un peu plus près. Bob avait le droit de ne pas partager cet avis, songea-t-elle en posant la main sur la poignée de la portière. Du moins tant qu'il ne lui collait pas aux basques comme aujourd'hui.

Elle sortit de la voiture et referma la portière plus fort que nécessaire, pestant intérieurement contre ce satané climat. Il faisait chaud, bien trop chaud pour un mois de juin. Et la pluie annoncée pour le lendemain ne serait jamais qu'une nouvelle occasion de se plaindre. Vu son humeur massacrante, elle devait reconnaître qu'Owen avait bien choisi son moment pour se rendre à Austin, au siège de Fast Rescue.

Elle contourna la voiture et rejoignit Bob sur le trottoir. Tom Yarborough, son équipier depuis maintenant six mois, partageait l'opinion d'O'Reilly au sujet de cette affaire. Pourtant, Tom l'avait laissée se rendre à Cambridge sans en faire toute une histoire. Il ne s'était même pas vexé qu'elle préfère y aller sans lui.

Bob fit un signe en direction de la maison de Sarakis.

— A toi l'honneur, dit-il. C'est ton enquête.

Ignorant le ton sarcastique de son collègue, Abigaïl promena le regard sur la maison de Sarakis. L'allée en briques était ébréchée par endroits, la peinture vert forêt de la porte d'entrée avait besoin d'être rafraîchie, et la rampe en fer forgé qui bordait l'escalier extérieur bringuebalait au moindre coup de vent. Elle n'avait aucune raison valable de vérifier l'état des finances de la victime, mais elle ne pouvait s'empêcher de se poser des questions. Le côté excentrique de Victor Sarakis expliquait-il le délabrement de cette belle demeure ? Rien ne semblait solide, bien entretenu. Telle partie avait besoin d'un bon coup de peinture, telle autre de l'intervention d'un menuisier. Et un diagnostic termites ne serait sans doute pas superflu, songea-t-elle en se tournant vers Bob.

— Il y a au moins cinq ou six chambres dans cette maison, tu ne crois pas ?

— Au moins, oui. Sauf qu'elles doivent servir à autre chose. Sarakis n'avait ni femme ni enfants et il a pris sa retraite à cinquante ans. A mon avis, elles ont dû être transformées en bibliothèque, en salle de jeu, en salle des trophées, que sais-je encore…

— En salle des trophées ? répéta Abigaïl en fronçant les sourcils.

— Oui, tu sais, avec des têtes d'animaux empaillés sur les murs.

A force de travailler avec Bob, Abigaïl avait appris qu'il ne fallait pas prendre tout ce qu'il disait au pied de la lettre. Pour lui, imaginer une salle des trophées chez Sarakis ne signifiait pas qu'il le prenait pour un chasseur. C'était sa façon de dire qu'il le voyait comme un type plutôt aisé, un excentrique solitaire qui avait dû se passionner pour des choses étranges comme la taxidermie. En tout cas, songea-t-elle en observant la pelouse côté rue, il ne s'était pas passionné pour le jardinage. Pelée à de nombreux endroits, elle était parsemée de pissenlits et de mauvaises herbes. Sa propriété était définitivement le vilain petit canard du quartier.

Sans oser prendre appui sur la rampe, elle gravit les quelques marches qui menaient à l'entrée et appuya sur la sonnette. Derrière la porte, une mélodie étouffée lui indiqua que l'appareil fonctionnait.

— C'est le solstice d'été, demain, dit Bob qui venait de la rejoindre sur le palier.

Comme si ça expliquait la mort étrange de Victor Sarakis, songea Abigaïl en le fusillant du regard.

— Ne recommence pas avec ça, dit-elle. Le solstice d'été est un moment heureux de l'année. Pour moi, c'est synonyme de soleil, de fleurs, de feux sur la plage, de fête…

— Quand la journée dure trop longtemps, les gens deviennent à moitié fous. Plus de lumière qu'ils n'en peuvent supporter. Ça fait ressortir la part sombre qui sommeille en eux.

Se pouvait-il qu'il soit sérieux ? Avec lui, on ne pouvait jurer de rien.

— Moi, je sais ce qui me tracasse en ce moment, dit-il à brûle-pourpoint. Le solstice d'été et ma cinglée de nièce qui est partie chasser les fées en Irlande. Et toi, qu'est-ce qui te chiffonne ?

— Ce qui me chiffonne, c'est que j'essaie de faire mon boulot et que tu es toujours dans mes pattes.

— Foutaises ! Tu as l'habitude de m'avoir dans tes pattes et ça ne t'a jamais empêchée de travailler. La vérité, c'est que tu n'as rien à faire ici et que tu le sais. Tu es en train de t'obséder sur une affaire qui n'en est pas une.

— Qu'est-ce que Sarakis faisait si près de l'eau ? Il pleuvait forcément quand il a piqué une tête dans le lagon.

Elle avait fait exprès de dire « lagon » pour énerver Bob. Il ne l'avait pas volé.

— Par un temps pareil, n'importe qui aurait suivi les allées pour aller se mettre à l'abri aussi vite que possible.

— Peut-être qu'il donnait du pain aux pigeons, avança Bob.

La porte s'ouvrit alors qu'elle tendait de nouveau le doigt vers la sonnette. Un homme soigné aux cheveux coupés court apparut, l'air profondément abattu. Sans doute avait-il deviné qui étaient ses visiteurs, mais Abigaïl préféra lui présenter sa plaque de police.

— Inspectrice Browning, dit-elle. Et voici mon collègue l'inspecteur O'Reilly.

— Bonjour, inspecteurs, répondit l'homme en les saluant respectivement avec un petit signe de tête plein de tristesse. Je m'appelle Jay Augustine et je suis le beau-frère de Victor.

Il ouvrit plus grand la porte et s'effaça pour les laisser passer.

— Entrez, je vous en prie.

— Toutes nos condoléances, monsieur Augustine, dit Abigaïl.

— Merci.

Une fois ses visiteurs dans le vestibule, il referma la porte.

— Voulez-vous me suivre dans le salon ? demanda-t-il. Je crois que ce sera plus confortable pour discuter.

— Comme vous voulez, dit Abigaïl.

— Alors par ici, je vous prie, dit-il en les conduisant le long d'un couloir.

Autant l'extérieur de la maison faisait peine à voir, autant l'intérieur ressemblait aux pages d'un magazine de décoration, immaculé et meublé avec un goût très sûr. Le contraste était saisissant. Ils traversèrent une élégante salle à manger qui débouchait sur une grande pièce baignée de lumière. Une porte-fenêtre ouverte donnait sur une terrasse en briques. Abigaïl remarqua les yeux légèrement plissés de Bob, signe qu'il était attentif au moindre détail. Réflexe professionnel ? se demanda-t-elle. Ou quelque chose avait-il piqué sa curiosité ?

Jay Augustine restait debout au centre du salon, comme s'il ne savait que faire de son corps.

— Victor passait beaucoup de temps dans cette pièce. C'est d'ailleurs la seule qui ne soit pas encombrée d'objets. Il…

Sa voix se brisa et il s'interrompit, le temps de se ressaisir.

— Ses diverses collections prennent beaucoup de place, reprit-il après s'être éclairci la voix. Seul le salon a été épargné. Et bizarrement, c'est là qu'on le trouvait le plus souvent.

— Que collectionnait-il ? demanda Abigaïl.

— Mon beau-frère avait un goût éclectique, ainsi que le temps et les moyens d'assouvir ses passions. Il a parcouru la planète de long en large, vous savez. Ma femme et moi sommes marchands d'art et antiquaires, mais la plupart des pièces que vous trouverez ici ont été achetées au cours de ses voyages. Victor a eu une vie bien remplie, inspectrice Browning. C'est une forme de consolation.

Abigaïl hocha la tête en silence et Jay Augustine toussota nerveusement.

— Vous travaillez à la brigade criminelle, n'est-ce pas ?

— En effet. Il s'agit d'une enquête de routine, monsieur Augustine. C'est ce qu'on fait chaque fois que…

— Qu'un homme se noie dans le Boston Common ? interrompit-il avec un soupçon d'agacement qui n'échappa pas à Abigaïl.

— Où vivez-vous ? demanda-t-elle d'un ton soudain plus professionnel.

— Ma femme et moi possédons une maison à Newton, mais notre showroom se trouve à Boston, au 117 Clarendon Street.

— Quand avez-vous vu votre beau-frère pour la dernière fois ?

— Je suis passé lui rendre visite ici même il y a deux semaines. Charlotte — ma femme — se trouvait avec moi, mais j'ignore si elle a revu son frère après ça. Ils étaient restés proches, mais ils avaient chacun leur vie.

Bob marcha jusqu'à la porte-fenêtre et jeta un œil à la terrasse, décrépite comme tout ce qui se trouvait à l'extérieur de la maison.

— Où se trouve Mme Augustine en ce moment ? demanda-t-il.

— A Boston, répondit Jay. Elle s'occupe du showroom. Il y a assez peu de passage, vous savez. Nous travaillons surtout avec des habitués que nous recevons sur rendez-vous. Charlotte est effondrée. Victor tenait une grande place dans notre vie. C'est d'ailleurs grâce à lui que j'ai rencontré ma femme, et non le contraire. Charlotte et moi ne sommes mariés que depuis deux ans. Oui…, ajouta-t-il pensivement. Victor était un être à part, mais c'était quelqu'un de bien.

— Où étiez-vous le soir de sa mort ? demanda Abigaïl.

— A New York pour affaires. Charlotte était à la maison.

Il déglutit, la gorge visiblement serrée, puis se tourna vers la terrasse.

— Victor avait l'intention d'engager un jardinier et de rénover la maison. Certains voisins s'étaient plaints. Il ne leur en voulait pas. Il se rendait bien compte qu'il n'avait pas les mêmes préoccupations que la plupart des gens. Lui ne voyait pas la peinture s'écailler ou les mauvaises herbes envahir son jardin. Ça ne l'intéressait tout simplement pas. Et s'il entretenait la toiture, c'était uniquement pour qu'une gouttière ne risque pas d'endommager ses collections.

Bob se mit à arpenter la pièce de long en large, signe manifeste d'impatience. Abigaïl revint dans la salle à manger où ses yeux se posèrent successivement sur un éléphant de bois qui lui arrivait à hauteur du genou, sur des chandeliers en argent, sur une collection de masques asiatiques et sur un énorme bol aux couleurs vives qui trônait au milieu de la table.

— Tout ça a été si soudain…, dit Jay Augustine dans son dos. Charlotte et moi sommes encore sous le choc, vous comprenez. Je pourrais vous faire visiter la maison, mais sincèrement, je n'en vois pas l'utilité.

Abigaïl non plus, du moins à ce stade de l'enquête. M. Augustine passa devant elle et les deux policiers lui emboîtèrent le pas jusqu'au vestibule.

— Qu'allez-vous faire maintenant, vous et votre femme ? demanda Bob.

La question parut prendre Jay au dépourvu.

— Maintenant ? Oh, vous voulez dire pour la maison et les collections de Victor ? Dieu merci, il a laissé un testament. Charlotte a rendez-vous demain chez le notaire.

Bob se pencha légèrement pour étudier un troupeau de girafes posé sur un large guéridon.

— J'imagine qu'il collectionnait aussi les girafes, dit-il avant d'ajouter sans transition : A-t-il de la famille proche, hormis sa sœur ?

— Non. Victor ne s'est jamais marié.

— A-t-il établi un listing complet et précis des pièces figurant dans ses collections ?

— Je crains que non. Victor n'était pas quelqu'un de particulièrement organisé.

— Y a-t-il dans ce bric-à-brac des pièces de grande valeur ? Des pièces qui pourraient intéresser un musée, par exemple ?

Augustine souffla par le nez comme s'il s'efforçait de contenir son impatience.

— Victor était un vrai connaisseur et plusieurs de ses trouvailles feraient certainement la joie d'un certain nombre de musées. Et bien entendu, en tant que marchands d'art, elles ne peuvent manquer de nous intéresser, ma femme et moi. C'est bien ce que vous vouliez savoir, n'est-ce pas ? ajouta-t-il en regardant Bob droit dans les yeux.

Bob ne répondit pas. Abigaïl savait qu'il se moquait bien d'agacer Jay Augustine.

— Votre beau-frère a-t-il émis un souhait particulier concernant l'avenir de ses collections ? demanda-t-elle.

— Il laissait ce genre de décisions à ma femme. Pour tout vous dire, je ne suis pas surpris qu'il ait trouvé la mort dans des conditions aussi absurdes. Victor était l'homme le plus distrait du monde. Il lui arrivait souvent de ne plus savoir où il se trouvait et ce qu'il était en train de faire. J'ai bien peur que vous ne perdiez votre temps, inspectrice. Je suis certain que vous avez des choses plus urgentes à faire que d'enquêter sur une noyade accidentelle.

— Permettez-moi de vous renouveler mes condoléances, monsieur Augustine, se contenta-t-elle de répondre. Je sais que vous vivez un moment difficile et j'en suis désolée.

— Bien sûr que non, vous n'êtes pas désolée ! répliqua-t-il vivement avant d'enfouir le visage dans ses mains.

Alors qu'elle regardait autour d'elle pour lui laisser le temps de se reprendre, Abigaïl remarqua une porte coulissante à deux battants. Ils étaient suffisamment écartés pour laisser entrevoir des cornes en bronze, des yeux exorbités et une langue fourchue.

Une statue du diable.

— Vous permettez que je jette un œil dans cette pièce ?

Jay Augustine laissa tomber ses mains et lui lança un regard empreint de lassitude.

— Faites comme chez vous, inspectrice.

Bob glissa le bout des doigts dans l'interstice et écarta lentement les deux panneaux. L'instant d'après, il émettait un petit sifflement tandis qu'il pénétrait avec Abigaïl dans une pièce entièrement lambrissée de bois sombre. La statue en bronze était impressionnante, voire effrayante, mais elle n'était pas seule à contribuer à l'atmosphère pour le moins singulière des lieux. Murs et meubles — grandes tables en chêne telles qu'on en trouvait dans les bibliothèques publiques, guéridons à plateaux de marbre, étagères et vitrines murales — étaient encombrés d'objets qui faisaient tous référence, d'une manière ou d'une autre, au diable.

— Le Malin est parmi nous, déclara Bob d'un ton sarcastique.

— Victor était un amateur éclairé et un esprit libre, dit Jay Augustine.

Son ton n'était pas celui d'un homme sur la défensive, nota machinalement Abigaïl en s'approchant d'une pile de livres posés sur un guéridon. Ils traitaient exclusivement de l'enfer, des damnés ou du diable sous toutes ses formes.

— Où s'est-il procuré cette littérature ? demanda-t-elle.

— Ça vient d'un peu partout dans le monde. Tout comme les objets, d'ailleurs. Lorsque quelque chose le passionnait, Victor avait une tendance à l'obsession. Il y a environ trois ans de ça, il a commencé à s'intéresser au diable et à tout ce qui tourne autour du sujet. Pour lui, ça n'avait rien de sulfureux. Il voyait ça comme un mythe, au même titre que les loups-garous ou les feux follets.

— Personnellement, je préfère les timbres-poste, dit Abigaïl. Mais chacun ses goûts.

— Il n'y a pas que des originaux, ici, poursuivit Jay sans prêter attention à la remarque d'Abigaïl. Ce Bosch, par exemple, est une copie, dit-il en pointant le doigt vers un tableau où l'on voyait un homme nu grimaçant dans les feux de l'enfer.

— C'est gai…, maugréa Bob devant la scène pour le moins perturbante.

— Vous connaissez Bosch, n'est-ce pas ?

— Jamais entendu parler, répondit Bob.

— Jérôme Bosch était un peintre hollandais de la fin du Moyen Age, célèbre pour avoir représenté l'enfer et la damnation d'une façon particulièrement saisissante. Il croyait en la nature profondément mauvaise de l'homme. Pour lui, il n'y avait de rédemption que dans la foi en Dieu.

— J'ai l'impression que le pauvre type du tableau n'a pas eu droit au rachat éternel, lança Abigaïl.

— L'œuvre s'appelle *L'Enfer.* Le titre est bien choisi, vous ne trouvez pas ? Il fait partie d'un triptyque exécuté à la fin du quinzième siècle. Les autres tableaux qui constituent le triptyque sont *Le jardin des délices* et *Le paradis terrestre.*

— On dirait que ce peintre vous passionne tout autant qu'il passionnait votre beau-frère, dit Abigaïl.

Augustine haussa les épaules.

— Charlotte et moi avons eu la chance de voir les originaux à l'occasion d'un voyage en Italie, l'été dernier. Nous avons aidé Victor à trouver un peintre qui puisse exécuter une reproduction de qualité.

Bob sortit brusquement de sa torpeur.

— Ah bon ? Et pourquoi ?

— Parce qu'il nous l'a demandé.

Bob s'approcha de la reproduction.

— On dirait un peu le royaume de Mordor dans *Le Seigneur des anneaux*, vous ne trouvez pas ? Je n'ai pas lu les trois volumes, mais mes filles m'en ont tellement parlé que j'ai l'impression de connaître ce foutu bouquin par cœur. J'ai parcouru *Bilbo le Hobbit* et je peux vous dire que ça m'a suffi comme ça.

Abigaïl avait remarqué depuis longtemps que Bob ne prononçait jamais les prénoms de ses trois filles — Fiona, Madeleine et Jayne — en présence d'inconnus. Agée de dix-neuf ans, Fiona était quasiment indépendante, mais Madeleine et Jayne n'avaient que quatorze et onze ans. Elles vivaient avec leur mère à Lexington, une ville suffisamment proche de Boston pour leur permettre de voir souvent leur père. C'étaient des filles gentilles et bien élevées qui s'entendaient bien avec Bob, ce qui était définitivement à mettre à leur crédit.

Abigaïl chassa ces pensées. Les enfants étaient un sujet qui la rendait nerveuse, ces derniers temps.

Mains derrière le dos, elle se mit à arpenter la pièce consacrée au diable. Tableaux, dessins, poteries, livres… Et même des films, nota-t-elle avec surprise. Ça allait de *La Malédiction* à *Beetlejuice.*

— Ça me file les foies, toutes ces conneries…, maugréa Bob.

Elle eut envie de lui dire que plus personne n'utilisait cette expression, mais se retint in extremis.

— Qu'est-ce qu'il y a, là-dedans ? demanda-t-elle à Jay en désignant du menton une porte fermée à l'autre bout de la pièce.

— C'est l'endroit d'où Victor contrôlait la climatisation et l'humidité de chacune des pièces de la maison, répondit-il avec un petit soupir agacé. Certaines œuvres d'art nécessitent une température et un degré d'hygrométrie particuliers. C'est un système identique à ceux qu'on peut trouver dans les musées.

Un bruit se fit entendre en provenance du vestibule.

Quelques secondes plus tard, un jeune homme avec une imposante touffe de cheveux sur le crâne encadra sa maigre silhouette entre les panneaux coulissants. Il ne devait pas avoir plus de vingt-cinq ans et portait un T-shirt de Harvard sur un short coupé large qui laissait apparaître le haut de son caleçon.

— Il me semblait bien que c'était une voiture de police, garée devant la maison.

Augustine parut ravi de l'intrusion.

— Liam, quel plaisir de te voir... Inspecteurs, laissez-moi vous présenter Liam Butler, le secrétaire particulier de Victor.

— Comme vous y allez, Jay! s'exclama le jeune homme d'un ton enjoué qui semblait presque déplacé au milieu de toutes ces représentations de Satan, de l'enfer et des réprouvés.

Sans compter que son employeur venait juste de mourir.

— Je rendais de menus services à Victor en échange d'un peu d'argent et d'un studio à l'étage. Je suis étudiant en sciences politiques à Harvard et je vous avoue que je n'y connais rien en art ni en antiquités. Mais c'était un boulot parfait pour moi. Je travaillais quand je voulais, j'étais logé et rémunéré, et Victor me fichait une paix royale. C'était super.

Il s'interrompit un instant, sa bonne humeur cédant le pas à une mine à la fois grave et incrédule, comme s'il réalisait soudain que Victor Sarakis n'était plus de ce monde.

— Je n'arrive pas à me faire à l'idée qu'il est mort, murmura-t-il en secouant doucement la tête.

— Comment avez-vous connu M. Sarakis? demanda Abigaïl.

— Il a longtemps travaillé avec mon père, dans une société de courtage en bourse de Boston. Mon père bosse au bureau de Chicago. Il y trime encore, mais Victor avait pris sa retraite il y a environ six mois.

Liam semblait avoir envie de parler. Peut-être était-ce sa façon de gérer le choc de cette mort soudaine.

— Il m'avait demandé de l'aider à inventorier ses collections. Il y a des trucs dans tous les recoins de cette maison. Vous allez voir qu'un de ces jours, on va trouver une momie égyptienne planquée sous un lit.

— Maintenant que Victor nous a quittés, le sort de ses collections est entre les mains du notaire qui détient son testament, intervint Jay d'un ton un peu sec.

Abigaïl attendit la réaction du jeune homme, mais celui-ci ne parut même pas se rendre compte que Jay venait de parler.

— Depuis quand M. Sarakis avait-il fait appel à vos services ? demanda-t-elle.

— Un an et demi. Dix-huit mois pour être précis. Voilà un boulot que je vais regretter, ajouta-t-il comme pour lui-même.

— Quels sont vos projets, maintenant ?

Il souffla avec une moue incertaine et un petit haussement d'épaules.

— Je vais rester ici tant que ce sera possible, tout en cherchant un autre logement. Peut-être une colocation. Les loyers sont élevés, dans le coin. Heureusement que j'ai pu mettre un peu d'argent de côté grâce à Victor.

— Mon beau-frère n'avait que de bonnes choses à dire au sujet de Liam, dit Jay.

Bob se pencha au-dessus d'une sculpture en fil de fer noir représentant un diable particulièrement hideux.

— On dirait un héron bleu après une marée noire, marmonna-t-il avant de se tourner vers Augustine. Et la sœur de M. Sarakis, elle en pince aussi pour Lucifer ?

Jay Augustine devint raide comme un piquet.

— Je suis certain que Charlotte sera heureuse de répondre à vos questions, inspecteur O'Reilly. Tant qu'elles resteront pertinentes, bien entendu.

Bob resta muet et impassible tandis qu'Abigaïl suivait des yeux Liam, qui battait en retraite en direction du vestibule. L'échange un peu tendu entre Bob et Jay Augustine l'avait-il rendu mal à l'aise?

— Avez-vous vu M. Sarakis le jour de sa mort? demanda-t-elle, le rattrapant de la voix.

— Seulement au petit déjeuner. J'ai passé presque tout le reste de la journée à aider une amie à réviser un examen.

— Dans quel état d'esprit était M. Sarakis, ce matin-là?

— Je l'ai trouvé préoccupé. Mais ça ne m'a pas frappé plus que ça, parce qu'il avait toujours des milliers de choses en tête. Victor était un type brillant, inspectrice. Un homme curieux de tout.

Sa voix se brisa un court instant.

— Il avait un cœur en or, vous savez. Et doté d'une formidable culture générale, avec ça. On n'en fait plus, des types comme lui.

— Avouez qu'il était aussi un peu bizarre, lança Bob.

— Oui. Et alors?

Il avait dit ça sans agressivité, comme s'il ne comprenait vraiment pas le rapport entre les excentricités de Victor et sa mort.

Une interrogation légitime, songea Abigaïl.

— Qu'est-ce qui le tracassait? demanda-t-elle.

— Je l'ignore. Il ne m'en a pas parlé et je ne lui ai pas posé la question. Mais comme je vous l'ai déjà précisé, ça lui arrivait tout le temps de se perdre dans ses pensées. J'ai dit qu'il avait l'air préoccupé, mais peut-être réfléchissait-il simplement à sa prochaine acquisition. Ses nombreuses passions lui prenaient tout son temps, vous savez. Regardez autour de vous, inspectrice. Ce n'est pas compliqué de comprendre pourquoi Victor a pris sa retraite à cinquante ans.

Non, en effet, approuva-t-elle pour elle-même. Amasser un si grand nombre d'objets, rares et précieux pour certains d'entre eux, devait être un travail à plein temps.

— Savez-vous pourquoi il s'est rendu à Boston le soir de sa mort?

— Non, répondit Liam sans l'ombre d'une hésitation. Ecoutez, j'aimerais pouvoir vous aider, mais je ne sais pas ce que Victor faisait à Boston ni pourquoi il s'est noyé. Tout ce que je peux vous dire, c'est que ça me fait beaucoup de peine. Si vous avez d'autres questions, posez-les-moi. Sinon, je vais monter dans mon studio.

— Allez-y, dit Bob. On vous contactera si nécessaire.

Visiblement soulagé d'être libéré, Liam disparut tandis que les deux policiers convergeaient vers la porte d'entrée. Jay passa devant eux et l'ouvrit.

— Je vous remercie de faire votre travail aussi consciencieusement, dit-il par-dessus le grincement de la porte, mais s'il n'y a pas d'éléments laissant à penser que la mort de Victor puisse être suspecte…

Il ne termina pas sa phrase, laissant à ses visiteurs le soin de la compléter.

« Une façon polie de nous congédier », songea Abigaïl. Il était clair que le beau-frère de la victime préférait qu'on en reste là. Un riche excentrique fasciné par le diable qui se noyait dans soixante centimètres d'eau, c'est ce qui s'appelait du pain béni pour les gazettes locales. Et les Augustine, qui semblaient avoir pignon sur rue à Boston, devaient se faire du souci pour leur clientèle. Ils travaillaient dans un domaine où la discrétion était de mise et devaient craindre par-dessus tout de voir leur nom affiché dans la rubrique des faits divers.

Les deux inspecteurs traversèrent de nouveau le jardin envahi par les mauvaises herbes et regagnèrent la voiture banalisée. L'ombre d'un grand arbre avait rafraîchi l'habitacle et Abigaïl baissa sa vitre pour laisser entrer un peu d'air chaud.

— D'accord, dit Bob. Je reconnais que le sanctuaire à la gloire de Satan est… hum… plutôt insolite.

— Il y a quelque chose qui n'est pas net dans la mort de cet homme, Bob.

— Possible. Mets les collègues de Cambridge au courant de ton enquête et continue à creuser.

Il s'interrompit pour lui adresser un sourire sarcastique.

— Bien sûr, ce ne sont pas des ordres, puisque je ne suis pas ton supérieur hiérarchique.

— Merci de me donner le feu vert, Bob.

— Orange, pas vert.

Abigaïl mit le contact. Parfois, il fallait s'armer de patience pour travailler avec un homme comme Bob O'Reilly.

9.

Péninsule de Beara, Irlande
Le 21 juin à 20 heures, heure d'été irlandaise
Le soir du solstice d'été

Keira escalada une clôture en fil barbelé — la troisième qu'elle franchissait ce soir— et retomba sur l'herbe tendre. Ses pieds s'y enfoncèrent jusqu'à la cheville, signe que les animaux ne venaient pas paître par ici. Pourtant, elle croyait savoir que le moindre centimètre carré des collines sans arbres qui l'entouraient servait à nourrir le bétail. Les moutons, plus habiles que les vaches, pouvaient se déplacer sur les affleurements rocheux et grimper plus haut pour aller brouter.

Elle ajusta les bretelles de son sac à dos sur ses épaules. Cette fois encore, elle avait soigneusement préparé sa petite expédition, quitte à alourdir la charge qu'elle devait transporter. La reconnaissance de la veille lui avait permis de découvrir de nombreux détails mentionnés dans le récit de Patsy et de mieux cerner la zone où était autrefois édifiée la hutte de l'ermite. Qui sait si elle ne s'y trouvait pas encore ? songea-t-elle sans trop y croire.

Si elle ne la découvrait pas, elle se contenterait d'un endroit adéquat pour commencer à travailler sur ses illustrations.

Elle comptait bien être de retour au cottage avant d'avoir recours à sa lampe torche. Après tout, c'était le jour le plus long de l'année et elle marchait sous un ciel sans nuage. Dans une sombre forêt, elle se serait sans doute sentie isolée, complètement folle d'entreprendre pareille aventure. Mais ici, le paysage était ouvert, et cela ne lui paraissait pas si étrange, de gravir les collines irlandaises en cherchant à prouver qu'un récit ancien entendu dans une cuisine de Boston n'était pas une pure fiction.

Le visage de Patsy McCarthy, avec ses cheveux striés de mèches blanches et ses yeux qui pétillaient quand elle racontait une histoire, lui vint à l'esprit.

Le moine ermite, un homme doux et généreux, menait une vie de prières, une vie simple dans une hutte de pierres qu'il avait construite de ses mains, à côté d'un ruisseau niché dans les collines pierreuses au-dessus du port.

Un sourire se dessina sur les lèvres de Keira tandis qu'elle faisait une pause pour se repérer. Les pâturages étaient toujours baignés d'une douce lumière et l'eau d'un ruisseau scintillait quelques mètres plus bas. Au fil du temps, il avait tracé son cours en creusant la roche. Keira avait laissé le chemin terreux derrière elle depuis un bon moment. Vingt minutes plus tôt, un barbelé avait traversé son pantalon pour venir s'enfoncer dans sa cuisse au moment où elle enjambait la première clôture. Mais elle avait réfréné un cri de douleur — et sans doute même un juron — pour ne pas alerter le taureau. A dire vrai, elle n'a pas vu l'animal de ses propres yeux, mais elle avait lu et relu le panneau « Attention au taureau ! » cloué sur un piquet. Ces terres appartenaient à Aidan O'Shea, le frère d'Eddie, qui lui avait donné la permission d'aller s'y promener.

Peu après s'être blessée avec le barbelé, elle était passée devant une ferme moderne à la cour remplie d'engins agricoles, mais celle-ci était déjà hors de vue.

Keira descendit le flanc de la colline, l'herbe et les rochers laissant place à des arbres et à une végétation de sous-bois qui se développait le long des rives du ruisseau. Le sol se fit plus humide et l'air soudain plus frais.

Sa mère était-elle venue ici trente ans plus tôt, à la même période de l'année ?

Chaque année, lors du solstice d'été, revient le sortilège.

Le ruisseau était un des principaux repères du récit. Le cercle de pierres, le port et l'aspect des collines avaient également contribué à localiser le village et à confirmer que l'histoire, même s'il s'agissait vraisemblablement d'une légende, se déroulait dans un endroit réel.

Les frères de l'ermite ne l'aidèrent pas à construire sa petite hutte près du ruisseau. Avec ses mains pour seuls outils, il ramena une à une des pierres du village. Il n'en conçut ni colère ni aigreur. Il avait toujours aimé la solitude — avoir la nature et ses pensées pour uniques compagnons.

Keira se fraya un passage le long du ruisseau, esquivant les branches d'arbres qui lui arrivaient à hauteur du visage, écartant des deux mains les plantes grimpantes et évitant les massifs de houx et leurs feuilles aux bords épineux. La végétation luxuriante tamisait la lumière et formait des ombres mouvantes, créant une atmosphère radicalement différente de celle que Keira avait connue quelques minutes plus tôt dans le pâturage à ciel ouvert. Elle pressa le pas, se demandant combien de temps elle allait consacrer à sa quête enchantée.

Mais alors qu'elle était en train de réfléchir à la question, elle s'arrêta net, incrédule, devant le spectacle qui s'offrait à elle.

Elle se trouvait au pied des ruines de ce qui semblait être une ancienne hutte, construite à flanc de colline comme dans le récit de Patsy, ses pierres grises visibles çà et là sous un épais manteau de lierre sauvage. Inspirant une grande goulée d'air pour contenir son excitation, Keira contourna un vieux chêne pour aller inspecter la hutte de plus près.

Elle parvint à distinguer ce qui avait été le mur de façade, les restes d'un conduit de cheminée et l'emplacement de la porte d'entrée, qui avait dû être récupérée depuis des lustres par des villageois et affectée à un autre usage. Le toit, qui avait sans doute été de chaume, était désormais remplacé par un amas de feuilles et de branchages. Comme si la nature avait voulu réparer ce que le temps avait défait..., songea Keira. Elle était incapable d'estimer l'âge de cette ruine, mais elle pourrait toujours demander à Eddie O'Shea s'il connaissait quelqu'un qui en savait plus.

Et puis, il y avait aussi Colm Dermott. Un homme aussi érudit que lui serait sûrement d'une aide précieuse.

Les vieilles constructions abandonnées n'étaient pas rares dans le sud-ouest de l'Irlande, pays qui avait connu une telle misère que ses habitants avaient émigré par centaines de milliers vers de plus riches contrées. Non, elles n'étaient pas rares, mais celle-ci frappait l'imagination de Keira. Le moine ermite de l'histoire de Patsy — ou du moins un moine qui avait inspiré son personnage — avait fort bien pu vivre ici, dans cette petite hutte à flanc de colline, juste au-dessus d'un ruisseau.

Le moine aimait sa vie de solitude et de dénuement, mais ses frères s'imaginaient qu'il avait besoin d'eux. Dans leur aveuglement, ils se croyaient indispensables à son bien-être et envisageaient pour lui une tout autre existence.

L'eau gargouillait juste derrière Keira, et elle entendait au loin le bêlement intermittent des moutons. L'habitant de cette hutte avait forcément mené une existence des plus simple. Et tant pis s'il ne s'agissait pas de l'ermite de l'histoire. Après tout, le père de Patsy, ou son grand-père, s'était peut-être promené ici même et avait décidé d'inclure la ruine dans le récit des trois frères. Il était parfois si tentant d'ajouter quelques détails de son cru à une bonne histoire pour la rendre encore meilleure.

Mais ses frères n'étaient pas les seuls à envisager autre chose pour lui…

Patsy avait hésité à ce moment de l'histoire et Keira avait senti sa réticence à admettre qu'elle croyait aux créatures féeriques.

Le moine fut le premier à découvrir l'ange de pierre, dans les cendres d'un feu, le soir de l'équinoxe de printemps. Il crut d'abord que ses frères l'avaient déposé là. Qu'il s'agissait encore d'un de leurs mauvais tours.

Keira entendit un bruissement tout près d'elle et retint sa respiration en balayant les alentours du regard.

Juste au-dessus d'elle, sur une saillie rocheuse, un gros chien noir s'était arrêté devant une aubépine, bavant et grondant dans sa direction.

— Gentil, le chien, gentil…

Elle ne s'était jamais sentie très à l'aise avec les chiens, et celui-là — vraisemblablement un chien de berger — n'avait pas l'air des plus aimable.

— Gentil, mon toutou, je ne te veux aucun mal…

L'animal se mit à aboyer, menaçant, ses poils ras se dressant sur le haut de son dos.

Keira opta pour un ton plus ferme.

— Ça suffit, maintenant. Il n'y a aucune raison de m'aboyer dessus.

Haletant à présent, le chien descendit dans sa direction. Il suffisait de voir son aisance à se mouvoir sur la pente pour comprendre qu'elle se trouvait sur son territoire.

Keira sentit son cœur s'accélérer. Elle avait tout prévu, sauf un face-à-face avec un chien belliqueux.

De la boue, des feuilles mortes, du lierre, des pierres et un arbre à demi mort obstruaient l'entrée de la hutte. Mais elle parvint à y pénétrer en poussant des feuillages, espérant ainsi se soustraire à l'animal. Elle plongea la main dans son sac à dos, à la recherche du sifflet. Même si personne n'entendait l'appel au secours, le son strident du petit instrument suffirait peut-être à effrayer le molosse.

Elle entendit un autre grognement, aussitôt suivi d'un jappement aigu et de nouveaux bruissements de feuillage.

Puis, plus rien.

Persuadée que le chien s'en était allé, elle posa son sac à dos sur le sol en terre avant d'inspecter l'abri d'un regard circulaire. C'était tout petit, avec, en guise de fenêtres, deux minuscules ouvertures aux allures de meurtrières ; l'une au fond de la hutte et l'autre au-dessus de ce qui avait été la porte d'entrée. Levant les yeux, elle vit que les poutres principales de la charpente semblaient encore tenir bon, mais les chevrons s'étaient effondrés, laissant branches et feuilles mortes former un toit naturel. Contre un mur se trouvait une cheminée presque intacte construite avec les mêmes pierres grises que la structure du bâtiment.

Le moine n'avait jamais rien vu d'aussi extraordinaire que cette statuette.

Elle était si belle qu'il s'assit près du feu et la contempla durant de longues heures.

Pendant que ses yeux s'habituaient à la semi-obscurité qui régnait dans la hutte, Keira sortit une bouteille d'eau de son sac à dos, ainsi que deux barres de céréales et une pomme. Elle essaya d'imaginer l'ermite de l'histoire de Patsy, partant du principe qu'il avait bel et bien existé et qu'il avait vécu à l'endroit même où elle se trouvait. A quoi ressemblait-il ? Quelle vie menait-il au juste, dans cet endroit isolé ? Une vie rude, sans aucun doute, rythmée par le besoin de boire et de manger, de se réchauffer, de maintenir un certain niveau d'hygiène, si modeste fût-il.

D'une certaine manière, songea-t-elle, cela devait ressembler au quotidien de sa mère au cœur de la forêt.

Patsy avait vraiment l'art de vous emmener dans les dédales de son récit, de vous faire vivre les pensées intimes de ces frères qui se demandaient comment cette statuette était parvenue jusqu'à eux, et ce que cela signifiait. Chacun à sa façon, tous convenaient qu'il s'agissait d'un heureux présage. Le moine y voyait une manifestation de sainte Ita qui avait envoyé l'ange les inciter tous trois à mener une vie de prières — une vie simple et charitable qui les enrichirait sur un plan spirituel. Le fermier songeait à une autre forme d'enrichissement, sous forme de récoltes abondantes et de bétail très productif.

Le troisième frère, celui qui ne faisait rien de sa vie, avait bien sûr une tout autre vision des choses. Pour lui, l'ange annonçait un cadeau du ciel — une soudaine rentrée d'argent, qui lui permettrait d'ouvrir sa propre taverne avec l'ermite et le fermier.

Au fond, ils ne s'accordaient que sur un point : l'ange avait le don de prophétie de sainte Ita, c'est-à-dire, selon la Bible, la capacité de transmettre aux hommes la Parole de Dieu.

Trois mois plus tard, ils débattaient encore de la signification exacte de cette statuette, le soir du solstice d'été, quand des fées surgirent et s'emparèrent de l'ange que le moine tenait contre son cœur.

Le visage de Keira s'éclaira d'un sourire quand elle se souvint de l'air ravi de Patsy lorsqu'elle était arrivée à ce moment de l'histoire.

Persuadé que sainte Ita avait envoyé les fées pour éprouver son courage et la profondeur de sa foi, le moine se jura de récupérer l'ange. Pendant les trois mois qui suivirent, il chassa sans répit les fées à travers les collines, jusqu'à ce qu'un beau soir, le soir de l'équinoxe d'automne, l'ange de pierre réapparaisse sur le sol de sa hutte.

Au lieu de prévenir ses frères du retour de l'ange, l'ermite décida de garder le silence. Lorsque arriva le solstice d'hiver et que nulle fée ne vint lui rendre visite, il estima avoir eu raison quant à la signification de cette merveilleuse découverte. Sainte Ita avait éprouvé sa foi et, désormais, elle lui accorderait la paix de l'esprit.

Mais ses frères finirent par comprendre que l'ange était revenu, et ils l'accusèrent d'être un menteur et un hypocrite.

Ils continuèrent à se quereller au sujet de la statuette, mais sans la moindre animosité. Les disputes faisaient partie de leur façon d'être ensemble. Il en était ainsi depuis leur enfance, et c'était au fond le ciment de leur fraternité. Une bonne dispute les rapprochait davantage qu'elle ne les séparait.

Lors du solstice d'été suivant, les fées revinrent s'emparer de l'ange… Qui réapparut sur le sol de la hutte le soir de l'équinoxe d'automne.

Et l'histoire se répéta ainsi durant des années, le moine se disputant avec ses frères et chassant les fées à travers les collines, l'ange disparaissant au solstice d'été et réapparaissant à l'équinoxe d'automne.

Patsy avait une façon bien à elle de raconter les aventures des trois frères irlandais, ajoutant ici le petit détail qu'il fallait pour donner corps aux personnages, ménageant là des plages plus lentes pour maintenir l'auditeur en haleine, trouvant le ton adapté pour faire passer les sentiments de joie, de frustration, ainsi que l'atmosphère enchantée qui baignait son récit. Elle avait même versé des larmes à la fin, quand l'ange finissait par disparaître pour de bon, échappant au moine comme aux fées.

Assise à côté de l'ouverture de la hutte, Keira fit couler l'eau dans sa gorge, apaisée par le souvenir de la voix de Patsy. L'odeur entêtante de la boue, des plantes grimpantes et des feuilles décomposées autour d'elle, associée à l'humidité de la hutte, l'aidait à se mettre à la place de l'ermite, à imaginer son émerveillement lorsqu'il avait découvert la magnifique statuette dans ce pauvre décor.

La première fois, il l'avait trouvée là, dans les cendres du feu.

— *Keira...*

Elle se figea, la bouteille d'eau suspendue à quelques centimètres de sa bouche.

Etait-ce le murmure du vent, ou avait-elle vraiment entendu quelqu'un chuchoter son prénom ?

Un craquement se fit alors entendre, suivi d'un bruit sourd, comme si un arbre était déraciné juste devant la hutte. Aussitôt après, il lui sembla que quelqu'un cognait des pierres l'une contre l'autre. Le sol trembla alors sous ses pieds, et un mélange de feuilles et de branches se mit à tomber du toit de fortune improvisé par la nature.

Keira bondit vers l'ouverture qui lui avait permis d'entrer, mais elle fut arrêtée net par la chute de plusieurs chevrons qui s'écrasèrent juste devant elle, la couvrant de terre et de débris divers. A peine eut-elle le temps de reprendre ses esprits qu'un bruit de pierres qui dégringolent lui fit un coup au cœur. Cela venait d'au-dessus de la cheminée, certainement des restes du conduit extérieur.

Vite, vite...

Elle devait se mettre à l'abri *tout de suite.*

Elle fit volte-face et plongea dans un angle de la pièce, abandonnant eau et nourriture sur le sol terreux pour se recroqueviller sur elle-même, bras sur la tête.

Après quelques secondes d'angoisse, branches et pierres cessèrent de tomber. Keria retint sa respiration, parfaitement immobile. Elle avait l'impression qu'au moindre geste, tout recommencerait.

Elle attendit.

Une minute.

Deux minutes.

Rien.

Priant pour que le pire soit derrière elle, Keira baissa lentement les bras et, sans oser faire un bruit, essaya de voir quelque chose à travers la poussière qui avait envahi les lieux.

Qui était là ? Qui avait chuchoté son nom avant de déclencher ce petit tremblement de terre ?

Elle parvenait à distinguer la cheminée, en partie effondrée, ainsi que… *Quelque chose.*

Quelque chose d'indéterminé.

Elle plissa les yeux, les ouvrit et les referma, les plissa de nouveau.

Une statuette en pierre était posée au pied de ce qui restait de la cheminée, au beau milieu des gravats.

Un ange.

Un ange de pierre.

Non, ce ne pouvait être que le fruit de son imagination, alimentée par le talent de conteuse de Patsy et la poussée d'adrénaline qui venait tout juste de se produire. Elle ferma les yeux et compta jusqu'à trois, certaine que lorsqu'elle les rouvrirait, l'ange qu'elle avait cru voir serait redevenu une simple pierre.

Mais trois secondes plus tard, il était toujours là. Du coin de la hutte où elle s'était réfugiée, elle pouvait distinguer ses ailes, son beau visage délicatement sculpté, et, sous un bras, une petite harpe irlandaise.

Dans l'histoire de Patsy, les trois frères affirmaient avoir entendu l'ange jouer de la harpe.

Sainte Ita avait vécu en Irlande au sixième siècle, mais Keira n'aurait su dire si la statuette avait mille cinq cents ans ou si elle avait été achetée le matin même dans un magasin de jardinage et placée là par un mauvais plaisant. A moins que des villageois ne connaissent l'histoire des trois frères…, songea-t-elle. Qui sait s'ils ne venaient pas à chaque solstice d'été déposer une réplique de la statuette dans la hutte, histoire d'entretenir la tradition ? Pour le moment, elle ne pouvait rien exclure, et cette dernière hypothèse était plus raisonnable que d'imaginer l'ange tout droit sorti du récit de Patsy.

Alors qu'elle se décidait à aller inspecter l'apparition de plus près, un violent craquement résonna au-dessus de sa tête. Keira se mit en boule sur le sol tandis que la hutte s'écroulait encore un peu plus. Même avec le visage pressé contre les genoux, la terre et la poussière venaient emplir ses narines. Si le mur de son côté de la hutte s'effondrait, c'était la mort assurée.

Mais elle savait que cela n'arriverait pas.

Sans pouvoir se l'expliquer, elle le savait, tout simplement.

Keira resta en position fœtale jusqu'à ce qu'elle entende le son rassurant du ruisseau et le bruissement des feuilles que caressait la brise du soir.

Elle ignorait combien de temps elle avait attendu ainsi, recroquevillée sur le sol terreux, mais cela devait faire au moins une heure. Il avait fallu cette longue parenthèse pour qu'elle ose relever la tête, à peu près certaine que la structure s'était enfin stabilisée.

La poussière, pas encore entièrement retombée, la fit tousser tandis qu'elle promenait le regard autour d'elle. Pierres et branchages s'étaient accumulés en quantité devant elle, formant une imposante pile qui lui bloquait le passage. Impossible de sortir par là où elle était entrée. Et il n'y avait pas d'autre ouverture à l'arrière de la hutte. Quant aux fenêtres, elles étaient trop hautes pour y accéder sans échelle. Trop hautes et sans doute trop étroites pour un adulte, même mince comme l'était Keira.

Elle ramassa sa bouteille d'eau et les barres de céréales qui gisaient non loin, et réprima un juron lorsqu'elle réalisa que son sac à dos était enfoui quelque part sous les gravats.

On avait beau être le soir du solstice d'été, il ferait nuit noire dans quelques heures.

La situation était claire, hélas.

Elle était prise au piège.

10.

Londres
Le 22 juin à 17 heures, heure d'été anglaise

Le portable collé à l'oreille, Simon alla se réfugier dans un coin plus calme du bar de l'hôtel où il se trouvait, et demanda à Owen Garrison de répéter ce qu'il venait de dire.

— Qui a disparu, Owen ?

— Keira. Keira Sullivan.

La belle lunatique aux airs de princesse de conte de fées ?

— Tu te souviens d'elle, n'est-ce pas ? Tu l'as rencontrée il y a quelques jours, lors de la vente aux enchères de Boston…

Simon la revit dans sa longue jupe d'été, parcourant la salle de réception avec une grâce aérienne. Oh oui, il se souvenait d'elle !

— Elle était sur le point de partir en Irlande sur les traces d'une vieille légende, si ma mémoire est bonne… Pourquoi dis-tu qu'elle a disparu ?

— Elle était censée appeler son oncle ce matin depuis le pub du village où elle loue un cottage. Elle n'a jamais eu de portable et le cottage n'a pas de ligne téléphonique. Après avoir attendu son appel en vain, son oncle a décidé de contacter le pub. Le propriétaire, un certain Eddie O'Shea, lui a dit qu'il s'attendait à la voir hier soir, mais qu'elle n'était pas venue. Et elle n'a pas donné signe de vie aujourd'hui.

Simon sentit ses muscles se contracter.

— Son oncle n'a qu'à demander au gars du pub d'aller frapper à la porte du cottage, dit-il.

— Il l'a fait. Le patron a envoyé quelqu'un, mais elle n'était pas là. Pourtant, sa voiture de location se trouvait toujours devant la maison.

— Elle est adulte, Owen. Elle a décidé de partir seule en voyage et elle ne s'attend sûrement pas à ce qu'on s'affole parce qu'elle a oublié de passer un coup de fil. Qu'est-ce qui te dit qu'elle n'a pas sauté dans un bus pour aller s'amuser quelques jours à Dublin ?

— C'est possible, en effet. D'ailleurs, Bob ne panique pas. Mais il a un « problème » avec le solstice d'été… Une superstition familiale, ou quelque chose comme ça. Je sais que je te demande un grand service, Simon, mais si tu n'as rien de mieux à faire et que tu pouvais aller jeter un œil sur place… Je connais un flic de Boston qui te serait sacrément redevable.

— Un flic redevable ? C'est toujours bon à prendre.

— Je t'ai envoyé un mail, avec un petit dossier sur Keira en pièce jointe. Tu y trouveras notamment un lien vers son site web et un plan d'accès pour se rendre au cottage.

Simon hésita quelques secondes. Il avait plus l'habitude de partir à la rescousse de victimes de grandes catastrophes que d'aller rechercher une artiste fantasque partie s'ébattre dans la campagne irlandaise.

Bien sûr, il devait reconnaître que la beauté de Keira pesait aussi dans la balance.

— Très bien, dit-il. Je vais voir ce que je peux faire. Ça fait longtemps que je n'ai pas volé au secours d'une damoiselle en détresse, ajouta-t-il avec un sourire dans la voix.

— A ce propos, Bob m'a demandé de te dire qu'elle est beaucoup plus forte qu'elle en a l'air. Qui s'y frotte s'y pique !

— Vraiment ?

L'oncle protecteur voulait qu'il aille secourir sa nièce, mais lui faisait tout de même passer un petit message en guise de mise en garde, songea Simon, plus amusé qu'intimidé.

— Voilà qui est fait pour me plaire. D'autant que c'est une beauté.

— Ce n'est pas moi qui te contredirai, soupira Owen.

Simon savait que si quelque chose était vraiment arrivé à Keira, le temps de réaction des secours pouvait être déterminant dans ses chances de survie. Un facteur dont deux professionnels comme Owen et O'Reilly étaient forcément conscients.

Après avoir raccroché, Simon regagna son tabouret de bar et le banquier londonien qu'il venait tout juste de rencontrer. L'Anglais, une connaissance de Will Davenport, venait de commander un autre Martini et semblait impatient d'en découdre avec ce parvenu d'Américain. Bien que sensiblement du même âge que Simon, il était vêtu comme s'il venait de prendre le thé en compagnie de la reine. Pour sa part, Simon avait enfilé un pantalon noir et un pull assorti qui détonnaient un peu au milieu des costumes et des cravates. Il aurait mis un jean si ça n'avait tenu qu'à lui, mais ce genre d'hôtel exigeait de ses clients une certaine tenue vestimentaire.

— Désolé, cher ami, dit-il en mimant l'accent anglais. Mais quand le devoir vous appelle…

— Par pitié ! s'écria le banquier avec la tête d'un homme qui vient de découvrir un vieux fromage dans son lit. Epargnez-moi votre faux accent londonien, Simon. C'est horripilant.

— C'est fait pour, *cher ami.*

Sur ces mots, il abandonna le banquier et se dirigea vers l'ascenseur. Au cinquième étage se trouvait l'élégante suite où il était censé se faire oublier en attendant que les autorités mettent la main sur Estabrook et ses associés.

March considérerait-il son escapade en Irlande — à la demande d'un inspecteur de police — comme une façon de passer le temps sans faire de vagues ? Il ne put s'empêcher de se poser la question en se laissant tomber sur le grand canapé de sa suite.

Probablement pas.

Ordinateur portable sur les genoux, il ouvrit sa boîte aux lettres électronique. Quelques secondes plus tard, le site web de Keira Sullivan apparaissait sous ses yeux attentifs.

— Eh bien, mon vieux…

Il se rappelait qu'elle était belle, et même très belle, mais la photo de la page d'accueil de son site la rangeait définitivement dans la catégorie des femmes sublimes. On l'y voyait sourire, des fleurs mauves et roses dans les cheveux, vêtue d'une robe en velours vert qui lui donnait l'air d'une princesse tout droit sortie d'un roman de Tolkien. Une princesse avec un joli décolleté, nota-t-il malgré lui. Bien qu'attiré initialement par ses yeux bleus encadrés de longs cils noirs, Simon n'avait pu s'empêcher de remarquer ce détail… qui n'en était pas vraiment un.

— Voilà qui ne présage rien de bon, murmura-t-il pour lui-même en cliquant sur le lien menant à sa biographie.

Née à Boston et élevée dans le sud du New Hampshire, Keira avait vécu dans bien d'autres endroits depuis : New York, Nashville, Sedona, San Diego… Elle semblait avoir acquis une vraie réputation en tant qu'illustratrice de poèmes classiques et de contes folkloriques, et avait suivi des études poussées en sciences sociales, avec une spécialisation « Coutumes et folklore ».

Aucune mention d'un mari ou d'enfants.

Simon composa le numéro de Josie Goodwin, l'assistante de Will Davenport.

Josie, qui avait ses têtes, aimait bien Simon parce qu'il avait sauvé la vie de son patron. C'était en tout cas ce qu'affirmait Will. Cette mission n'avait pas été la plus simple de sa carrière d'agent spécial, se souvint Simon. Juste lui, une corde et une hache. Il avait sorti Will d'une grotte effondrée sous les bombes, dans les montagnes afghanes. Will n'avait jamais expliqué ce qu'il faisait là, et Simon n'avait jamais demandé. Pas plus qu'il n'avait donné d'explication à sa propre présence en ces lieux hostiles.

Il n'avait pas encore vu Will depuis qu'il avait posé le pied sur le sol anglais. Son hôte prolongeait un soi-disant week-end de pêche en Ecosse. Curieusement, ses amis l'avaient aussi cru en train de taquiner la truite et le saumon sur la rivière Tay, lorsqu'il était étendu dans les éboulis rocheux d'une grotte afghane.

Ça s'était passé deux ans plus tôt, alors que Simon n'avait pas encore rencontré Owen ni entendu parler des volontaires surentraînés de Fast Rescue.

— Je dois partir pour le sud de l'Irlande, dit-il à Josie.

— Quand ?

— Maintenant.

— Je vois. Vous aimez lancer des défis.

Il entendit aussitôt le cliquetis d'un clavier d'ordinateur.

— J'ai un siège sur un vol pour Kerry ce soir, mais il va falloir vous dépêcher. Départ de l'hôtel dans dix minutes, si vous voulez l'avoir.

— Je serai prêt.

— Alors je vous envoie une voiture.

Un sourire éclaira le visage de Simon.

— Merci, Miss Moneypenny !

— Je vois..., s'esclaffa-t-elle à l'autre bout du fil. Vous vous prenez pour James Bond ! Moi, je vous verrais plutôt dans le rôle de l'incroyable Hulk. Ou peut-être de Conan le Barbare !

Encore une série de cliquetis nerveux.

— Mais on discutera de ça une autre fois, reprit-elle. Faites votre valise pendant que je demande à l'hôtel de mettre une voiture avec chauffeur à votre disposition.

— Merci, Jodie, je vous dois une fière chandelle.

— C'est bien le moins que je puisse faire pour vous, répondit-elle en retrouvant tout son sérieux.

Dix minutes plus tard, il montait dans la limousine noire qui l'attendait au pied de l'hôtel. Dans quelques heures, il serait devant le cottage de Keira Sullivan.

Et ensuite ?

Il l'ignorait. Mais la fascination de Keira pour les légendes irlandaises, les fées et les sortilèges, ne lui laissait rien présager de bon.

11.

Péninsule de Beara, Irlande
Le 22 juin à 19 heures, heure d'été irlandaise

Keira mordit dans la seconde et dernière barre de céréales. Celle-ci était aux fruits rouges et loin d'être mauvaise, même si Keira commençait sérieusement à fantasmer sur le crumble à la rhubarbe du pub. Cela faisait près de vingt-quatre heures qu'elle était prisonnière des ruines de la hutte. Elle était exténuée et affamée, sans compter qu'elle se sentait affreusement sale. Pourtant, elle n'avait pas peur. Elle s'en étonnait un peu elle-même, mais après tout, la situation n'était peut-être pas aussi désespérée. Elle n'était pas blessée, il lui restait un peu d'eau et une barre de céréales entamée, et surtout, elle avait un plan presque infaillible pour se sortir de là. Ça prenait simplement un peu plus de temps qu'elle ne l'aurait souhaité.

Une lumière pâle filtrait à travers les nombreux interstices de la toiture naturelle. La lune à demi pleine avait aidé Keira à passer la nuit dans ce trou solitaire et inconfortable, mais elle devait se dépêcher si elle ne voulait pas revivre une seconde fois cette pénible expérience. Malheureusement, sa torche électrique se trouvait dans son sac à dos enfoui sous les décombres, avec le sifflet et la trousse de secours.

— Fini les pauses, dit-elle à voix haute en relevant les manches de son sweater.

En se précipitant à travers l'ouverture de la hutte pour échapper au chien, elle avait dû déplacer un rocher ou une racine et déclencher une réaction en chaîne. Des chevrons, des branchages et des pierres étaient tombés entre la cheminée et l'angle où elle s'était réfugiée, bloquant le passage vers la porte d'entrée. Et elle n'osait pas déblayer les gravats, de crainte de faire tomber ce qui tenait encore debout.

Conclusion, sa seule chance de salut passait par le toit de la hutte.

Les poutres de la charpente étaient trop élevées pour qu'elle puisse les atteindre en sautant ou en grimpant sur une pierre. Il fallait construire une sorte d'escalier. A priori, ça semblait plutôt simple. Dans les faits, c'était tout le contraire. Trouver et fixer les marches de son escalier de fortune prenait du temps et de l'énergie. Keira devait réfréner son impatience pour s'assurer de la solidité et de la stabilité de son ouvrage. Elle devait également supporter bleus, griffures, genoux écorchés et autres ongles cassés sans se décourager. Le tout était de ne pas se blesser sérieusement, ce qui aurait mis un terme définitif à ses chances de s'échapper.

La première marche — il fallait un peu d'imagination pour la qualifier ainsi — était une grosse pierre presque plate qui faisait assez bien l'affaire. Deux pierres plus petites, exhumées des décombres, faisaient office de marches suivantes. Jusque-là, ça se passait plutôt bien. Venait ensuite un gros morceau de bois — sans doute un bout de chevron — à la solidité plus aléatoire que les pierres, mais qui ne lui inspirait pas trop d'inquiétude.

La hauteur était bonne, mais il restait un espace d'au moins un mètre entre le haut de son escalier et la poutre la plus proche. Il y avait bien une grosse branche qui dépassait des décombres... Peut-être pourrait-elle s'en servir comme passerelle ? Bien sûr, il faudrait exécuter un numéro de funambule pour se hisser sur la poutre, mais le jeu en valait la chandelle.

Elle remarqua alors une énorme limace noire toute suintante sur le sol terreux de la hutte, et fit la grimace. Elle en avait vu une autre à peine moins grande durant la journée, puis sa première araignée une heure plus tard. A présent qu'elle se savait entourée de bêtes répugnantes, l'idée de passer une nuit de plus dans sa prison de pierres lui était insupportable.

Elle se mouvait dans environ deux mètres carrés et avait été contrainte de faire pipi dans l'espace qui lui servait aussi — même si elle n'avait guère fermé l'œil de la nuit — de chambre à coucher. Mais cela, elle pouvait encore l'accepter. Difficilement, mais elle le pouvait. En revanche, l'association de la nuit, des limaces suintantes et des araignées velues était trop pour elle.

Il fallait qu'elle parte d'ici.

Son petit escalier allait lui permettre d'atteindre les poutres, puis de dégager les branchages qui s'étaient accumulés sur la charpente. Ensuite, elle serait libre. Oui, son plan allait fonctionner… L'idée était d'aller dîner au pub ce soir, de se montrer avant qu'on ne remarque son absence. Elle comptait passer un coup de fil à son oncle dès que possible, même s'il était peu probable qu'il se fasse du souci pour elle. Il travaillait, aujourd'hui, et était sûrement trop occupé pour s'être rendu compte que sa nièce ne l'avait pas appelé ce matin comme promis. Et puis, elle était majeure et vaccinée : personne ne s'inquiétait lorsqu'une femme de son âge ne donnait pas de nouvelles pendant vingt-quatre heures.

Passant le bras par-dessus la limace, Keira referma les mains sur la grosse branche. Son sifflet se trouvait quelque part dans les débris, mais il ne lui manquait pas vraiment. De toute façon, elle ne s'en serait sans doute pas servie. Elle préférait largement se débrouiller seule plutôt que d'ameuter tout le village. Qu'ils s'imaginent qu'elle était partie faire du shopping à Kenmare et ne sachent jamais rien de ses rocambolesques aventures dans la hutte de pierres, surtout ! Par prudence, elle avait laissé un plan détaillant son itinéraire dans le cottage. Mais visiblement, personne ne s'était suffisamment inquiété de son absence pour récupérer un double des clés et entrer chez elle. Si tel avait été le cas, elle aurait entendu crier son nom dans la colline.

C'était aussi bien ainsi, songea-t-elle en tirant doucement la grosse branche, l'extrayant centimètre par centimètre de sa gangue de pierres, prête à plonger dans son refuge à la moindre alerte.

La statuette avait disparu de sa vue, mais elle comptait bien la rechercher dès qu'elle serait sortie de là. L'ange avait-il été écrasé par l'éboulement ?

Ou les fées étaient-elles venues le reprendre ?

Cette idée la fit sourire. Encore une heure — deux tout au plus — et elle serait libre.

12.

Péninsule de Beara, Irlande
Le 22 juin à 20 heures, heure d'été irlandaise

Tourne à gauche dans le sentier qui se trouve juste après le pub. Roule cinq minutes et tu apercevras des rosiers grimpants le long d'un mur ancien. Le cottage se trouvera alors sur ta droite. Une petite construction traditionnelle en pierres grises.

Les explications d'Owen pour se rendre chez Keira étaient sommaires, mais elles lui avaient déjà permis d'arriver sans encombre dans le petit village de la baie de Kenmare, où la belle Mlle Sullivan était censée se trouver. Josie Goodwin lui avait réservé un cabriolet de sport vert qui se fondait parfaitement dans le paysage. Cabriolet dont il avait tenu à payer la location, a priori pour le week-end. Will aimait se montrer généreux pour s'acquitter de la dette qu'il estimait avoir envers lui, mais il y avait un moment où il fallait savoir dire non. D'autant que Simon — même s'il ne possédait pas le dixième de la fortune de Davenport — était loin d'être dans le besoin.

Et puis, il ne s'agissait pas d'une mission de Fast Rescue, mais d'un service qu'il rendait à Owen au nom de leur amitié.

Simon avait passé pas mal de temps en Irlande, tant pour le travail que pour le plaisir, et il aimait conduire sur les routes étroites et sinueuses de la péninsule de Beara. Quelqu'un lui avait dit un jour que les oiseaux américains traversaient parfois l'Atlantique par erreur et finissaient par se poser, à bout de forces, sur l'île de Dursey, un morceau de terre accessible en moins de dix minutes par téléphérique depuis la pointe de Beara. Ayant lui-même parfois atterri dans des contrées lointaines sans l'avoir souhaité ni prévu, il parvenait un peu à se mettre à la place de ces pauvres oiseaux qui découvraient soudain des pâturages parsemés de moutons à la place d'une rue de Brooklyn.

Le village ne possédant qu'un seul pub, il était facile de retrouver le sentier qui menait à la maison de Keira.

Simon longea le mur en pierres et ralentit encore un peu l'allure en apercevant les rosiers grimpants mentionnés par Owen. Sur sa droite se dressait un ravissant cottage entouré de fleurs sauvages. La vision, digne d'une carte postale, était tellement parfaite qu'elle avait quelque chose d'irréel.

Une maison qui allait comme un gant à Keira, songea Simon en garant la MG à côté d'une Nissan Micra, probablement un véhicule de location.

Une fois dehors, il prit le temps de regarder autour de lui. Une bruine récente avait déposé des gouttelettes sur l'herbe et les fleurs. Le climat, ici, était plus frais, plus venteux que dans le haut de la péninsule.

Pas de lumière dans le cottage. Il marcha vers la porte d'entrée, cherchant en vain le signe d'une présence à l'intérieur de la maison. Par acquit de conscience, il frappa néanmoins sur la porte de bois.

— Il y a quelqu'un ?

Il frappa de nouveau, cette fois-ci assez violemment pour la réveiller si d'aventure elle s'était assoupie.

— Keira ? C'est Simon Cahill !

Il attendit quelques secondes, mais seul le silence lui répondit.

Il tourna la poignée et la porte s'ouvrit sans la moindre résistance. Voilà qui ne lui plaisait pas trop. Même verrouillée, n'importe quel cambrioleur aurait aisément pu forcer cette porte. Mais partir de chez soi sans fermer à clé, c'était chercher les ennuis. Il pénétra dans le cottage et avisa un interrupteur qu'il actionna aussitôt.

Un plafonnier éclaira les murs jaune vif de la pièce principale, qui réunissait salon et cuisine dans le même espace. Cette couleur devait être un antidote contre les jours de grisaille, pensa-t-il en promenant le regard sur le mobilier confortable : profond canapé aux motifs floraux et larges fauteuils assortis, guéridons croulant sous les livres, solide table en pin massif avec deux chaises fabriquées dans le même bois. La table était couverte de matériel de dessin : crayons de couleur, pastels à l'huile, gommes, taille-crayon, carnets à dessins et feuilles de papier Canson.

Il ouvrit un des carnets, persuadé d'y découvrir des images bucoliques. Au lieu de quoi, il y trouva des esquisses restituant l'atmosphère sombre et animée d'un débit de boisson. Des scènes dont elle avait dû être témoin au pub du village.

Alors qu'il refermait le carnet, Simon remarqua, dans un coin du dernier dessin, un minuscule gnome au visage hilare assis sur une étagère. Ce détail saugrenu le fit sourire tandis qu'il se remémorait une fois de plus sa rencontre avec la belle excentrique. Oui, ce gnome espiègle qui apparaissait là où on ne l'attendait pas portait bien la signature de Keira Sullivan.

Il alla ensuite inspecter la cuisine. La bouilloire électrique était débranchée, froide et vide. Il n'y avait pas de vaisselle sale dans l'évier ni dans le lave-vaisselle. Pas de nourriture sortie et prête à être consommée non plus. Le petit réfrigérateur ne lui offrit guère plus d'indices. Elle y avait entreposé une motte de beurre, du fromage, du lait, du café, la moitié d'un concombre, des carottes et deux pommes.

A tout hasard, il chercha une note expliquant où elle était partie, mais n'en trouva pas.

Une pomme dans la main, Simon décida d'aller jeter un œil dans la chambre. Là aussi, les murs étaient peints d'une couleur éclatante, du fuchsia, cette fois-ci. Le grand lit était couvert d'une housse de couette décorée de fleurs rouges, soigneusement tirée sur les oreillers. Dans la penderie, deux chemisiers et une jupe étaient accrochés sur des cintres. Au sol se trouvait une valise portant les stigmates de nombreux voyages et une paire de sandales de sport. Suspendu à une patère, un peignoir de soie blanche ondulait au moindre déplacement d'air. Son illustratrice disparue avait peut-être une autre valise, plus petite, destinée aux rapides escapades touristiques dans les villes voisines. Mais pourquoi ne pas avoir emporté son peignoir ?

Il mordit dans la pomme et ouvrit les tiroirs de la grande commode en pin. Encore des habits, principalement des vêtements adaptés aux randonnées dans les collines alentour.

— Où êtes-vous donc, jolie Keira ? demanda-t-il, rompant de sa voix grave le silence du cottage.

Il alla se poster devant la fenêtre et contempla un moment le paysage splendide qui s'étendait sous ses yeux. Comme on était loin de Londres et de son agitation ! Et même de Dublin, où Keira avait peut-être eu envie de se rendre. Après tout, l'isolement avait fort bien pu lui peser, et elle avait sauté dans un bus pour rejoindre la capitale, où elle faisait le plein de bruit, de lumière et de distractions… A moins qu'elle ne soit partie marcher dans les collines et qu'elle ait chuté d'une falaise, plongeant pour l'éternité dans l'océan ? On pouvait tout imaginer, y compris le pire.

Chassant ces sombres pensées, il s'intéressa aux brochures et aux reçus de carte bancaire qui s'empilaient sur la commode. Il ne trouva rien qui puisse lui donner une idée de l'endroit où elle se trouvait. Ni message, ni lettre, ni numéro de téléphone.

Il sortit de la maison, alla prendre son ciré dans la MG — seuls les inconscients voyageaient en Irlande sans le nécessaire pour se protéger de la pluie — et s'éloigna à pied dans le clair de lune. Keira avait vraiment choisi un village tout droit sorti d'un conte irlandais, se dit-il en se dirigeant vers le pub.

Autant le village semblait paisible, voire endormi, autant son unique pub était animé et bruyant. Quelques touristes se mêlaient même aux gens du coin autour d'un verre de Guinness ou d'un plat chaud, le tout dans une atmosphère bon enfant.

Simon se hissa sur un des tabourets du bar et commanda un café.

Il commençait à se faire tard et il avait besoin de conserver l'esprit alerte.

— Bonjour, dit-il à l'homme aux cheveux couleur sable qui officiait derrière le comptoir. Mon nom est Simon Cahill et je suis à la recherche de Keira Sullivan.

Le barman — sans doute cet Eddie O'Shea sur qui était tombé l'oncle de Keira — pencha légèrement la tête de côté et lui jeta un regard suspicieux.

— Et vous avez fait le voyage depuis les Etats-Unis pour vérifier qu'elle n'avait pas été enlevée par les leprechauns ?

— J'étais à Londres, répondit calmement Simon, qui comprenait les réserves de son interlocuteur. L'oncle de Keira m'a demandé de venir m'assurer que tout allait bien. Vous lui avez parlé ce matin. Il est inspecteur de police à Boston.

— Son nom, s'il vous plaît ?

— Bob O'Reilly. Pour tout vous dire, je ne le connais que de vue. Il m'a demandé ce service par l'intermédiaire d'un ami commun.

L'explication de Simon parut satisfaire O'Shea.

— Keira était assise à votre place avant-hier soir, dit-il.

— Vous a-t-elle dit si elle avait l'intention de faire une randonnée ? Ou de quitter le village pendant quelques jours ?

— Non…

Il interrompit son geste un instant, la main sur la manette de la tireuse à bière, faisant visiblement un effort pour se souvenir d'un détail qui pourrait aider Simon.

— Elle a dit qu'elle attendait avec impatience le solstice d'été, reprit-il finalement. C'est tout ce dont je me souviens.

Le solstice d'été… Simon avait entendu cette vieille dame parler du solstice d'été à Keira, lors de la vente aux enchères. Ça avait quelque chose à voir avec son histoire de frères, d'ange et de fées. Dommage qu'il n'ait perçu que des bribes de leur conversation. S'il avait su, il se serait montré plus indiscret.

D'autant qu'Owen lui avait parlé d'une superstition, dans la famille O'Reilly, qui concernait justement le solstice d'été… *Bob a un problème avec le solstice d'été. Une superstition familiale, ou quelque chose comme ça.*

Après avoir servi une bière à un autre client, O'Shea versa de l'eau chaude sur la mouture qui reposait au fond d'une cafetière à piston. Une fois remplie, il la referma et la posa sur le bar face à Simon, piston relevé, non sans l'avoir secouée à deux ou trois reprises. Il alla ensuite chercher un mug ainsi qu'un pichet de crème fraîche liquide dans un petit réfrigérateur, puis acheva l'opération en appuyant lentement sur le piston de la cafetière.

— Si j'ai bien compris, dit-il en versant le café fumant dans le mug, Keira aime bien se balader dans la nature.

Ou plutôt *disparaître* dans la nature, songea Simon en laissant l'odeur du sombre breuvage emplir ses narines.

Ce café était aussi noir et épais qu'une Guinness, et il suffisait de le sentir pour comprendre qu'il pouvait réveiller un mort.

— S'est-elle mis à dos des gens du coin ? demanda-t-il en ajoutant autant de crème que possible sans faire déborder le mélange.

— Pas que je sache. Elle vient tout juste d'arriver, vous savez. Mais j'ai vite compris que c'est quelqu'un de très indépendant.

— Elle n'a pas fermé la porte de son cottage à clé.

— Et alors ? Vous pensez que quelqu'un du village pourrait la cambrioler ?

— On ne sait jamais.

Eddie O'Shea devint littéralement rouge de colère.

— Moi, je sais !

La réaction de l'Irlandais laissa Simon de marbre.

— Pas même une petite idée de l'endroit où j'ai une chance de la trouver ?

— Je n'en sais pas plus que vous, mon vieux.

— Réfléchissez bien. Elle ne vous a rien dit qui pourrait me mettre sur la piste ?

— Elle aimait me taquiner au sujet des fées et des leprechauns, répondit O'Shea, qui semblait déjà avoir oublié son coup de sang.

— Avez-vous le sentiment que Keira est une fille prudente ?

— Qu'est-ce que j'en sais ? Je vous rappelle que je l'ai vue deux fois dans ma vie, monsieur Cahill. Je peux vous dire qu'elle est belle, charmante et sympathique de surcroît, mais de là à savoir si elle est intrépide ou du genre à tout prévoir… Moi, ce sont les rochers glissants qui m'inquiètent. Un faux pas et…

Il fit claquer ses doigts.

— … adieu la compagnie.

Voilà qui avait le mérite d'être clair, songea Simon. Sans compter que cela rejoignait ses propres inquiétudes.

Eddie O'Shea prit la cafetière vide et la posa derrière lui, sur un plan de travail.

— Je crois qu'elle…

Simon attendit qu'il finisse sa phrase, mais le patron du pub haussa nerveusement les épaules.

— Laissez tomber.

Simon se pencha légèrement au-dessus du comptoir et regarda Eddie droit dans les yeux.

— Qu'étiez-vous sur le point de dire, monsieur O'Shea ?

— Je ne me souviens pas vous avoir donné mon nom.

Simon décida d'ignorer cette petite provocation. Si Keira avait vraiment des soucis, il n'avait pas de temps à perdre en vaines querelles.

— En effet, répondit-il d'un ton affable. Mais vous l'avez donné à l'oncle de Keira.

O'Shea soupira, soudain plus conciliant.

— J'ai l'impression qu'elle avait quelque chose en tête. Mais quoi au juste, je ne saurais pas vous dire… Elle ne m'a fourni aucun détail et je ne suis pas du genre indiscret.

Il se saisit d'un chiffon humide et le passa sur le bois pourtant rutilant du comptoir.

— A mon avis, elle est partie embrasser la pierre enchantée de Blarney ou quelque chose dans ce genre.

— Si ça s'avérait nécessaire, pourrais-je compter sur vous pour m'aider à organiser une battue avec des gens du village dès la levée du jour ?

— Bien sûr.

Simon but encore quelques gorgées de café. Mais lorsqu'il voulut régler la consommation, O'Shea lui fit signe de garder son argent.

— Merci, dit doucement Simon qui sentait l'inquiétude du tenancier. Je vous tiendrai au courant.

Il quitta le pub en réfléchissant à la meilleure façon d'entamer ses recherches. A en juger par le silence qui s'était brusquement abattu dans l'établissement pendant qu'il s'entretenait avec Eddie O'Shea, il ne faisait guère de doute que tous les clients avaient entendu ses propos. Si quelqu'un avait eu en sa possession un élément qui aurait pu l'aider, il serait sûrement venu le voir.

Alors qu'il venait de mettre le pied sur la terrasse, il aperçut un homme en tenue de fermier en train de fumer une cigarette sur une des tables installées au-dehors. L'inconnu pivota lentement sur son banc et planta ses yeux d'un bleu limpide dans ceux de Simon.

— Mieux vaut laisser votre protégée se débrouiller toute seule, dit-il d'une voix posée qui n'était pas celle d'un ivrogne. Il y a de bons et de mauvais esprits. Le plus sage est de ne pas se mêler de leurs affaires.

— Avez-vous entendu Keira parler de ces esprits ?

L'homme esquissa un sourire. Son regard était si perçant que Simon avait du mal à le soutenir. Cela ne lui était pas arrivé souvent, dans sa vie d'adulte, d'avoir envie de baisser les yeux devant quelqu'un. Pour ne pas dire jamais.

— Vous avez l'air d'un Irlandais, dit l'inconnu.

Ce furent ses derniers mots. Il tira une dernière bouffée de sa cigarette et se leva sans hâte. L'instant d'après, il s'éloignait dans la rue tranquille.

Simon voulut le retenir de la voix, mais le fermier disparut dans la brume avant que le moindre son n'ait pu sortir de sa gorge.

Alors que Simon marchait sur le sentier désert en direction du cottage, un léger brouillard se mit à descendre des collines, accentuant l'impression d'isolement et l'atmosphère enchantée de l'endroit. C'était beau, mais cela faisait un peu froid dans le dos. Keira Sullivan ne devait pas être du genre à se laisser impressionner facilement. Maintenant qu'il était sur place, Simon comprenait mieux l'attirance qu'elle semblait éprouver pour ces paysages mêlant douceur et étrangeté.

Des paysages à son image.

Et puis, c'était la terre de leurs ancêtres, à elle comme à lui, et cela nourrissait sans doute la fascination qu'elle exerçait sur eux. Mais attention à ne pas se laisser happer par la magie des lieux! songea-t-il. Il y avait quelque chose de si romantique, ici, qu'on pouvait aisément se croire dans un monde merveilleux, à l'abri de tout danger.

Des lumières brillaient faiblement aux fenêtres des cabanes de pêcheurs, le long du sentier et plus bas vers le port, laissant imaginer la vie simple des habitants du village : familles rassemblées devant la télévision, enfants à qui on lisait une dernière histoire, parents qui préparaient la journée du lendemain. Une existence normale que Simon avait lui-même très peu connue.

Une fois de retour au cottage, il compulsa un autre carnet, s'arrêtant devant un dessin au crayon à papier. Visiblement exécuté à la hâte, il représentait un ruisseau ondulant au milieu d'arbres feuillus, le long d'un sous-bois à la végétation luxuriante.

Cet endroit existait-il vraiment, ou Keira l'avait-elle imaginé?

Le ruisseau était également dessiné sur la page suivante, cette fois-ci serpentant sous un petit pont de bois qui débouchait sur un chemin de terre. A l'aide de quelques rapides traits de crayon et d'un sens aigu de la perspective, l'artiste prolongeait le sentier abrupt à travers un pâturage rocheux à ciel ouvert.

Il déchira la page, la plia et la rangea dans la poche de son ciré.

Si les éléments présents dans ce croquis existaient vraiment, Keira avait dessiné suffisamment de détails pour lui permettre de les retrouver.

Et, avec un peu de chance, de *la* retrouver.

13.

Quartier de Beacon Hill, Boston
Le 22 juin à 16 heures

Abigaïl rejoignit Bob O'Reilly sur les marches extérieures de la maison des Garrison, où Fiona répétait avec l'ensemble folklorique.

— Ça fait deux cent cinquante fois qu'ils jouent *Boil the Breakfast Early*, soupira Bob. Encore un coup et j'envoie une patrouille les arrêter pour tapage diurne.

— Je n'y connais rien en musique irlandaise, mais je dois dire que j'aime bien cette chanson, protesta Abigaïl.

— Au moins, c'est un air joyeux. Parce qu'ils en jouent parfois qui sont d'une tristesse… Ça me donne envie de courir au stand de tir et de vider un chargeur.

— Tu jouais d'un instrument quand tu étais petit ?

— J'ai pris des leçons de violon et j'ai détesté ça.

— Un peu de danse irlandaise, peut-être ? demanda-t-elle avec le plus grand sérieux.

Mais la lueur malicieuse de son regard n'avait pas échappé à Bob.

— J'ai droit à un joker ?

— Je ne sais pas pourquoi, mais je ne peux pas m'empêcher d'imaginer un petit rouquin en kilt en train de…

— Attention, Abigaïl. Je suis armé.

Elle s'adossa à la rampe en métal. Après quelques journées plus sèches, chaleur et humidité revenaient s'abattre sur la ville.

— Des nouvelles de Simon Cahill ? demanda-t-elle.

Bob secoua négativement la tête.

— Tu penses que je m'inquiète trop, n'est-ce pas ?

— Je n'ai pas dit ça.

— A un autre moment de l'année, et si elle se trouvait ailleurs que dans ce village irlandais, je n'aurais peut-être même pas remarqué qu'elle a oublié de m'appeler. Mais là…

Il s'interrompit, le temps d'un long soupir.

— Keira a toujours eu une vie mouvementée. Elle tombe sur un cadavre l'autre soir, en traversant le parc, et maintenant… ça.

— Quoi, « ça » ? Jusqu'à preuve du contraire, elle est partie faire un tour en oubliant de t'appeler, c'est tout.

— Pourquoi n'a-t-elle pas de portable ? s'exclama-t-il soudain. Elle ne pourrait pas être comme tout le monde ? Même les vieillards et les enfants en ont, de nos jours !

— Tu as contacté la police irlandaise, pour leur demander s'ils avaient une victime non identif…

— Non, coupa-t-il brusquement. Je ne les ai pas contactés et je n'ai pas l'intention de le faire. Il n'est rien arrivé à Keira.

Abigaïl ne savait plus trop quoi dire.

— Je suis sûre que Simon va très vite te rassurer. Selon Owen, c'est l'un des tout meilleurs éléments de Fast Rescue. Et il est spécialiste en catastrophes.

Bob poussa un grognement.

— Ça tombe bien, Keira est une catastrophe ambulante.

— Tu ne penses pas vraiment ce que tu dis là, Bob. L'inquiétude te rend injuste.

Abigaïl se raidit. Elle venait de voir Charlotte Augustine qui remontait Beacon Street, un livre à la main.

— Qu'est-ce qu'il y a ? demanda Bob.

— Rien. Pourquoi n'irais-tu pas à l'intérieur pour regarder ta fille répéter ?

Au lieu de répondre, Bob suivit le regard d'Abigaïl jusqu'à ce que ses yeux se posent sur Mme Augustine.

— Qui c'est ?

— La femme de Jay Augustine et la sœur de Victor Sarakis. Ecoute, je préfère que tu me laisses lui parler seule. Je…

— Qu'est-ce qu'elle fait ici ?

— Je n'en sais rien, Bob, répondit Abigaïl d'un ton exaspéré. Vas-tu rentrer dans cette maison, oui ou non ?

— Non. Ils sont en train de jouer un chant funèbre, au cas où tu ne l'aurais pas remarqué. Je trouve que mon humeur est déjà assez sombre comme ça.

Il indiqua la rue d'un signe de tête.

— Vas-y. Tu n'as qu'à faire comme si je n'étais pas là.

Elle n'insista pas et descendit les quelques marches pour aller à la rencontre de Charlotte Augustine.

— Puis-je vous être utile, madame Augustine ?

Celle-ci devait avoir un peu moins de cinquante ans, mince et d'apparence assez quelconque, à l'exception de la coloration de ses cheveux, d'un roux aussi peu naturel que possible. Son tailleur jupe bleu marine, très classique, semblait trop chaud pour la saison. Abigaïl l'avait rencontrée la veille à Newton, dans la maison où elle vivait avec son mari. La visite avait été brève. Hormis l'instinct d'Abigaïl, rien n'indiquait que la mort de Victor Sarakis fût autre chose qu'un accident stupide comme il en arrive parfois. Avant de partir, elle avait laissé sa carte à Charlotte Augustine. Carte qui, bien entendu, ne mentionnait pas l'adresse des Garrison. Alors, que faisait-elle ici ?

— J'espère que je ne vous dérange pas, inspectrice Browning, mais je pensais avoir une chance de vous trouver ici. J'étais au showroom, en train d'essayer de travailler, mais impossible de me concentrer. C'est difficile…

Sa voix se mit à trembler.

— Je n'arrive pas à me remettre de ce qui est arrivé.

Bob descendit deux marches.

— L'inspectrice Browning vous a-t-elle demandé de la rejoindre ici ?

— Oh, non…, bredouilla Charlotte en rougissant un peu. Pas du tout. Je me suis souvenue d'un article qui parlait de son mari assassiné l'été dernier, et du fait qu'il était très impliqué dans la fondation Dorothy Garrison.

— Son mari n'a pas été assassiné l'été dernier, répliqua Bob. Et il n'avait rien à voir avec cette fondation. C'est l'homme qu'elle…

— Peu importe, interrompit Abigaïl, intervenant avant que Bob ne déballe sa vie privée devant cette inconnue.

Charlotte lui tendit brusquement le livre qu'elle tenait à la main.

— Tenez. C'est l'histoire de Satan dont je vous ai parlé hier.

— Merci, dit Abigaïl en prenant l'ouvrage.

Il pesait lourd et sentait le moisi. Sur sa couverture sobre, dépourvue d'illustration racoleuse, on pouvait lire : *Une histoire du diable*.

Bob se pencha vers son oreille.

— Le genre de lecture qui permet de se détendre après une dure journée de travail, pas vrai ?

— Ce livre n'entre pas dans les détails, mais c'est un survol assez exhaustif du sujet. C'est Victor qui me l'a offert. Je ne sais pas pourquoi ça l'intéressait tant.

— Un cadeau d'anniversaire ? demanda Bob d'un ton neutre.

— Non. Je crois qu'il souhaitait simplement partager sa passion avec moi. Il me disait souvent qu'on oubliait qu'il n'y avait qu'un et un seul Satan. Qu'on avait tendance à mettre le diable à toutes les sauces, de nos jours, comme s'il n'était qu'un vulgaire produit de consommation.

— Je n'y avais jamais songé, mais c'est sans doute une remarque assez juste, dit poliment Abigaïl. Madame Augustine, croyez-vous que l'obsession de votre frère pour le diable pourrait avoir joué un rôle dans sa mort ?

Charlotte haussa les épaules.

— Je ne sais que vous dire, inspectrice. Vous qui travaillez à la brigade criminelle, ne pensez-vous pas que la plupart des meurtres sont l'œuvre du Malin ?

— Non, intervint Bob. Je ne vois pas du tout les choses comme ça.

— Peu importe ce que *nous* pensons, dit Abigaïl. Ce qui m'intéresse, c'est ce que votre frère pensait. Voyait-il un lien entre le diable et certains homicides commis à Boston ?

— Victor ne m'a jamais rien dit de tel.

— Quand avez-vous parlé du diable pour la dernière fois, votre frère et vous ?

Charlotte émit un petit rire amer.

— On ne parlait plus que de ça, lui et moi. Enfin, lui parlait, et moi j'écoutais. Plus ou moins attentivement, d'ailleurs. C'était devenu son sujet de prédilection. Dites-moi, demanda-t-elle soudain d'une voix où perçait la colère, si Dieu est vraiment tout-puissant, pourquoi ne nous débarrasse-t-Il pas de Satan ? Pourquoi ne parvient-il pas à le vaincre et à nous libérer de son influence une bonne fois pour toutes ?

— Ou à *la* vaincre, dit Bob. Pourquoi le Malin ne serait-il pas une Maligne ?

Charlotte Augustine n'esquissa même pas un sourire.

— Le diable est l'ennemi de Dieu, mais il est aussi notre ennemi, dit-elle. L'ennemi de l'espèce humaine. Il nous tente, nous leurre, nous amadoue pour accomplir ses sombres dessins. Il sait prendre les apparences les plus rassurantes pour mieux nous tromper. Il est sans cesse à la recherche de nouvelle recrues, de nouveaux serviteurs dévoués à sa funeste cause.

Bob se massa le menton avec une moue blasée.

— Vous nous récitez le livre, c'est ça ?

Mais elle ne sembla pas l'entendre.

— Si Dieu ne parvient pas à vaincre Satan, comment nous, simples humains, pourrions-nous triompher de lui ?

Un sourire embarrassé éclaira soudain son visage, comme si elle venait de réaliser qu'elle avait l'air un peu égarée.

— J'espère que ce livre vous intéressera, inspectrice.

Abigaïl lui adressa un sourire crispé.

— J'en suis persuadée, merci.

Charlotte sembla hésiter à ajouter quelque chose.

— Ecoutez..., dit-elle finalement. Je ne pense pas vraiment qu'il puisse y avoir de rapport entre le décès de mon frère et l'intérêt qu'il portait au diable. Si je vous ai apporté ce livre, c'est juste que... Je ne sais pas. Je suppose que j'espère ainsi vous aider à mieux comprendre la fascination que ce sujet exerçait sur Victor. En tout cas, ça m'a aidée, moi.

— Je vais commencer à le lire dès ce soir, madame Augustine.

La réponse d'Abigaïl parut la soulager et elle sourit en désignant la maison du doigt.

— J'aime beaucoup ce qu'on entend. C'est de la musique irlandaise, n'est-ce pas ?

Bob se renfrogna aussitôt.

— Je ne sais pas, bougonna-t-il. Je n'y connais rien en musique.

— Bien sûr, bien sûr, bredouilla Charlotte en consultant sa montre. Je crois que je ferais bien d'y aller. Merci de m'avoir consacré un peu de votre temps.

Abigaïl la regarda un moment s'éloigner avant de se tourner vers Bob.

— Je ne lui ai pas donné rendez-vous ici, tu sais.

— Heureusement qu'on était là. Elle aurait été foutue de refiler son bouquin sur le diable à ma fille. Tu sais ce qu'on dit, Abigaïl : « Pour vivre heureux, vivons cachés. » Eh bien, c'est encore plus vrai quand on est inspecteur de police.

Elle devait admettre que ces derniers temps, elle n'avait pas vraiment vécu cachée. Avec un père qui dirigeait le FBI, elle avait un peu de mal à se fondre dans la masse des flics de Boston. Mais ses collègues avaient fini par s'y habituer. Et puis, c'était une information qui circulait presque exclusivement au sein de la police. En revanche, l'assassinat de son mari — et l'arrestation du meurtrier l'été précédent — avait eu pour conséquence d'exposer son nom dans les journaux. Tomber amoureuse d'Owen, membre de la famille Garrison et fondateur de Fast Rescue, n'avait fait que lui compliquer un peu plus l'existence en la propulsant davantage sous la lumière des projecteurs.

Bob soupira en regardant le livre qu'elle tenait à la main.

— En classe de catéchisme, quand les religieuses commençaient à parler de l'enfer, du diable et de la damnation, je m'échappais discrètement pour aller m'acheter des bandes dessinées au magasin du coin. Les histoires étaient toujours les mêmes : il y avait les gentils et les méchants, et à la fin c'était toujours les gentils qui gagnaient. C'était simple et ça me plaisait bien.

— Rien de ce qui touche à Victor Sarakis ne me paraît simple, commenta Abigaïl.

— Je fais ce boulot depuis un bon moment, et je ne suis encore jamais tombé sur un meurtre commis par le diable. Chaque fois, c'était un être humain. Notre travail se limite à découvrir le nom de cet être humain, point final. Si on se met à rechercher la force obscure qui a influencé son geste, on n'est pas sortis de l'auberge, crois-moi.

La porte de la maison s'ouvrit et Fiona O'Reilly, en jean moulant et grand T-shirt, apparut derrière lui.

— Papa ?

Il se retourna vivement.

— Salut, ma puce. Vous avez fini votre répétition ?

— Non, on fait juste une petite pause. J'ai vu par la fenêtre que tu parlais avec quelqu'un. C'était qui ?

— Juste une femme qui voulait remettre un livre à Abigaïl.

Fiona était bien pâle, songea Abigaïl. Elle lui trouva même un air inquiet, voire apeuré.

— Fiona, tu la connais ?

— Non ! J'étais seulement curieuse... Avec le travail que vous faites, je… Enfin, je me demandais juste, quoi… Papa, ne te sens pas obligé d'attendre que j'aie terminé. Vas-y, si tu as quelque chose à faire.

Abigaïl avait tourné le livre pour que Fiona ne puisse en lire le titre, mais elle n'avait pas vérifié ce qui se trouvait au dos de l'ouvrage. Elle espérait seulement qu'il n'était pas décoré de flammes infernales et de langues fourchues.

Un seul diable, avait dit Charlotte Augustine. Les autres n'étaient que ses suppôts.

— Je n'ai rien de spécial à faire, dit Bob à sa fille avant de la dévisager pendant quelques secondes. Fi, qu'est-ce qui ne va pas ?

Fiona jeta un œil dans la rue.

— Cette femme, elle connaissait l'homme qui s'est noyé dans le parc ?

— C'était son frère, dit Abigaïl.

Bob lança un regard interrogateur à sa fille. Elle n'avait décidément pas l'air dans son assiette.

— Est-ce qu'il était lié d'une manière ou d'une autre à la vieille dame et au prêtre qui étaient là ? demanda-t-elle.

— Fiona, dit son père. Quelle vieille dame et quel prêtre ?

Elle cligna des yeux tandis que ses joues se coloraient un peu.

— Laisse tomber, ce n'est rien d'intéressant. J'avais oublié que vous n'étiez pas encore là, Abigaïl et toi. Vous ne les avez pas vus…

Abigaïl monta les marches et posa la main sur le bras de Fiona.

— Fiona, raconte-nous ce qui s'est passé. Tu sais que tu peux tout nous dire, n'est-ce pas ? Si ce n'est rien, on n'insistera pas. Mais si c'est important, il faut que tu nous en parles.

— Je te dis que c'est sans intérêt. Sincèrement, Abigaïl… Je ne sais pas pourquoi j'ai parlé de ça. Je suis désolée.

Elle ne mentait pas, décida Abigaïl, mais elle ne disait pas non plus tout ce qu'elle savait. Bob s'en rendait forcément compte, lui aussi. Pourtant, il fit comme si de rien n'était.

— Viens, ma puce. Tes amis et toi n'avez qu'à jouer un air et je vais essayer de me rappeler comment on danse dessus.

Mais ça ne fit pas rire Abigaïl.

— Bob…, dit-elle d'une voix impatiente.

Elle n'avait aucune envie de quitter Fiona sans lui avoir tiré les vers du nez.

Bob lui lança un regard par-dessus son épaule.

— Rentre chez toi, Abigaïl. Va donc lire ton bouquin sur le diable.

Il s'interrompit pour lui adresser un franc sourire.

— Je ne vais tout de même pas danser la gigue irlandaise devant toi.

— Si Fiona…

— Laisse-moi m'occuper de ma fille, d'accord ?

Abigaïl soupira, puis hocha lentement la tête. Elle vit l'inquiétude qui perçait sous le sourire et décida de ne pas insister.

— D'accord. Fais-moi signe au cas où Simon Cahill t'appellerait. Je ferai de même si Owen l'a au téléphone.

Bob ne répondit pas. Avant de tourner les talons, Abigaïl vit Fiona jeter un dernier coup d'œil en direction de la rue. De nouveau, elle fut frappée par la pâleur et l'expression de la jeune fille. Elle attendit que Bob et sa fille pénètrent dans l'élégante maison et retourna à sa voiture.

Alors qu'elle en déverrouillait les portières, la musique irlandaise filtra de nouveau depuis la salle de réception. Abigaïl se retint d'aller coller le nez au carreau de la grande fenêtre, juste pour s'assurer que Bob O'Reilly n'était pas en train de danser.

14.

Péninsule de Beara, Irlande
Le 22 juin à 21 h 15, heure d'été irlandaise

Keira entendit un bruissement à l'extérieur de la ruine, trop fort pour n'être que l'action du vent dans les arbres. Elle se figea, le haut du corps au-dessus des poutres horizontales de la charpente, les mains agrippant des chevrons et du lierre. Elle se tenait dans un équilibre précaire, les pieds posés sur la grosse branche qui terminait son escalier de fortune.

Qu'est-ce que c'était ?

Le chien noir qui revenait ? Un mouton égaré ?

Celle ou celui qui avait murmuré son prénom la veille au soir ?

— Keira !

Elle tressaillit au point de perdre l'équilibre, se raccrochant in extremis à une poutre. Cette fois-ci, il ne s'agissait pas d'un murmure à vous faire froid dans le dos, mais de l'appel de quelqu'un qui s'était inquiété de son absence et qui la recherchait.

Eddie O'Shea ?

— Keira ? Vous êtes là ?

Non, il ne s'agissait pas d'Eddie. C'était bien la voix d'un homme, mais l'accent était américain. Une voix calme, grave et rassurante, curieusement familière.

L'escalier vacilla sous ses pieds. Il allait s'effondrer d'une minute à l'autre. Quand ça arriverait, Keira voulait être assise sur une des poutres et non, comme maintenant, à jouer les acrobates sur une branche.

— Keira ? C'est Simon. Simon Cahill.

Elle lâcha prise l'espace d'une fraction de seconde, et se rattrapa en étouffant un juron. Il fallait que ce soit lui. Certes, sa situation n'était pas brillante, mais de là à faire venir un sauveteur professionnel de Londres… Celui-là, surtout.

— Keira, vous êtes là ? C'est moi, Simon. On s'est rencontrés juste avant votre départ dans la maison des Garrison, à la vente aux enchères.

Vraiment ?

S'il était là, c'était forcément que l'oncle Bob, pour qui elle représentait un mystère depuis toujours, s'était tout de suite inquiété lorsqu'elle ne l'avait pas appelé comme prévu. Il avait dû s'en ouvrir à Owen, qui à son tour avait alerté Simon Cahill. Les compétences de sauveteur et la position géographique de Simon l'avaient naturellement désigné comme la personne la mieux placée pour s'assurer qu'il ne lui était rien arrivé.

Le premier réflexe de Keira avait été de se taire et de le laisser s'en aller. Mais n'aurait-ce pas été faire preuve d'une terrible ingratitude que d'agir ainsi, alors qu'il avait pris la peine de se déplacer de Londres exprès pour elle ? Sans compter que la nuit allait bientôt tomber et que les ruines de la hutte étaient infestées de limaces et d'araignées. Après tout, songea-t-elle en s'efforçant de mettre de côté toute considération qui n'était pas directement liée à ses ennuis du moment, c'était plutôt une bonne nouvelle d'entendre la voix de Simon. Qui mieux qu'un sauveteur aguerri, spécialisé dans les grandes catastrophes, serait capable de la sortir de là ? Oui, Simon était définitivement l'homme de la situation et elle pouvait remercier sa bonne étoile.

Mettant sa fierté de côté, elle gonfla les poumons.

— Je suis là ! cria-t-elle. A côté du ruisseau ! Il y a une hutte en ruine et…

— C'est bon, j'ai repéré l'endroit, coupa-t-il d'une voix soudain plus professionnelle. Que s'est-il passé ?

— La hutte s'est effondrée alors que je me trouvais dedans et je ne peux plus en sortir.

— Vous êtes blessée ?

— Non. J'étais en train de grimper vers le toit quand j'ai entendu votre voix.

— Vous aviez des réserves d'eau ? De nourriture ?

— Pas grand-chose, mais assez pour tenir le coup.

— Très bien, je vais vous sortir de là.

Il était calme, sûr de lui, et sa voix semblait maintenant très proche ; quelque part à l'arrière de la hutte.

— Dites-moi où vous êtes, Keira.

Elle lui donna quelques explications.

— Il n'y a qu'une seule ouverture pour entrer et elle est bloquée par des…

— Oui, j'ai vu. Qu'est-ce qui a bien pu provoquer l'éboulement de cette hutte ?

— Si je le savais…

Elle n'avait aucune envie d'évoquer l'histoire de Patsy, le chien noir, la voix qui avait murmuré son prénom, l'ange et sa petite harpe irlandaise…

Elle entendit un craquement suivi d'un bruit sourd. Quelque secondes plus tard, l'amas de lierre, de branches et de débris végétaux cédait en partie. Une lumière laiteuse inonda aussitôt sa prison de pierres.

Le visage de Simon ne tarda pas à apparaître dans la large ouverture.

— Comment avez-vous fait pour monter jusque-là ? demanda-t-il.

— J'ai construit une espèce d'escalier.

— Débrouillarde, à ce que je vois.

— J'avais l'intention de monter sur une de ces poutres. Elles m'ont l'air encore assez solides.

— Vous avez peut-être raison, mais on ne va prendre aucun risque, d'accord ? Je n'ai pas envie d'être obligé d'aller vous chercher là-dedans. Je parie que c'est plein de rats.

— Je n'ai pas vu de rats. Seulement des limaces et des araignées.

— Les araignées ne me dérangent pas. Par contre, je préfère encore les rats aux limaces.

Ce petit échange décontracté était sans doute destiné à la tranquilliser, songea Keira. Elle chercha à se hisser sur la poutre, mais la grosse branche se mit à tanguer dangereusement sous ses pieds.

— J'ai bien peur d'être coincée, dit-elle en s'efforçant de parler d'une voix assurée. Je ne peux ni monter ni redescendre.

— Tenez bon, O.K. ? Je vais vous lancer une corde. Vous allez l'attraper et la passer autour de votre taille. Ça vous paraît jouable ?

— Je crois, oui.

— Ce n'est pas idéal, mais c'est ce que j'ai de mieux à vous proposer. A moins que vous ne préfériez attendre l'arrivée des pompiers, bien sûr.

— Je n'ai aucune envie d'attendre, répondit Keira.

Elle sentit le sourire de Simon plus qu'elle ne le vit.

— C'est bien ce qu'il me semblait.

Il fit descendre la corde à travers l'ouverture et elle l'attrapa d'une main faible, éraflée à force d'avoir tiré, creusé, soulevé et agrippé.

— Il y a une fenêtre, dit-elle. Si je parvenais à l'atteindre, je pourrais peut-être sortir par là. C'est vrai qu'elle est étroite, mais…

— Etroite ? Croyez-moi, Keira, à moins que vous ne soyez réellement une créature féerique capable de vous transformer en oiseau ou en chauve-souris, cette fenêtre est tellement minuscule que vous n'y passeriez même pas la tête. La perspective doit être trompeuse, de là où vous êtes.

— Et si j'essayais de grimper sur les chevrons ?

— Une chose à la fois, Keira.

Elle s'accrocha à la corde en se demandant comment faire pour la nouer à sa taille sans compromettre encore plus le fragile équilibre de son escalier de fortune. Finalement, elle décida qu'il était moins risqué de s'agripper à la corde à la seule force des mains. Si l'escalier s'écroulait, c'était la chute assurée. Et il y avait assez de pierres au sol pour s'y fracasser le crâne.

— A quoi avez-vous arrimé cette corde ? demanda-t-elle. Vous ne la tenez pas tout seul, n'est-ce pas ? Je ne veux pas vous briser le dos.

Un grand éclat de rire lui répondit.

— Ne craignez rien.

Simon Cahill était dans son élément, songea-t-elle. Grâce à ses consignes simples et efficaces, elle était parvenue à grimper un peu plus haut. Son envie de ficher le camp d'ici avait aussi dû y contribuer.

L'escalier commença à céder. Avant que Keira n'ait le temps de réagir, le bras de Simon plongea dans l'ouverture et la hissa vers l'air libre. L'élan et le poids de son corps la précipitèrent vers les branchages. Au moment où elle fermait les yeux en retenant un cri, persuadée qu'elle allait traverser le toit naturel et s'écraser au sol de l'autre côté, elle sentit un puissant avant-bras qui l'empoignait par la taille et la faisait passer à travers l'ouverture.

Simon était un homme tout en muscles, taillé comme un rugbyman irlandais. Elle n'avait plus qu'à se laisser porter comme une enfant dans les bras de son père.

— Ça va ? demanda-t-il.

Comme une enfant dans les bras de son père… ou plutôt comme Ann Darrow dans les bras de King Kong, songea-t-elle tandis que Simon la regardait en souriant, accroché Dieu sait comment à une branche d'arbre, tenant sa proie d'une seule main. Un King Kong très attirant.

— Ça va, merci.

— Attendez, je vais vous déposer en douceur.

Keira ferma les yeux un instant, goûtant la sensation de la brise sur son visage. Quand elle les rouvrit, elle prit le temps de regarder son sauveur, ses épais cheveux brun foncé, ses yeux vert clair dans lesquels on avait vite fait de se perdre… Elle l'avait trouvé beau garçon à Boston, mais à présent, dans les derniers feux de cette longue journée de juin, seule avec lui au cœur des collines du sud-ouest de l'Irlande, elle le trouvait sexy, dangereusement sexy. Etre si proche de lui suffisait à lui donner des bouffées de chaleur.

De son côté, il semblait parfaitement détendu, comme s'il était simplement venu dire un petit bonjour après être allé boire un coup au pub.

— Je peux sauter, dit-elle en lui donnant la corde qu'elle tenait encore dans une main.

Il secoua la tête.

— Je ne pense pas que ce soit une bonne idée, Keira.

Mais elle s'était déjà dégagée de son étreinte. Sans doute aurait-il pu la retenir, mais il n'en fit rien. Elle posa les pieds sur le haut du mur encore debout, plia les genoux et s'élança dans un même mouvement. L'instant d'après, elle atterrissait dans l'herbe haute qui poussait sous un chêne, amortissant sa chute avec les paumes et les avant-bras.

Elle se remit prestement dans une position plus digne et brossa ses habits du revers de la main, visage souriant levé vers Simon.

— Vive la liberté !

— Vous avez eu de la chance, dit-il d'un ton de reproche amical. Vous auriez pu atterrir sur une pierre.

— Si vous le dites.

Il sauta à son tour et retomba sur ses deux pieds, juste à côté d'elle.

— Où avez-vous appris à sauter comme ça ? demanda-t-il.

— A l'Académie de police.

Simon lui lança un regard incrédule.

— Je ne sais pas si je veux en savoir plus, dit-il avec un sourire.

Elle haussa les épaules.

— Une de mes nombreuses erreurs de parcours. J'ai mis un peu de temps à trouver ma voie.

Ils se regardèrent quelques secondes, dans un silence troublant que Keira fut la première à rompre.

— Merci d'être venu en renfort, dit-elle.

— En renfort ? répéta-t-il, l'air amusé.

Mais il redevint aussitôt sérieux tandis qu'il la regardait de la tête aux pieds.

— Voulez-vous que je vérifie si vous êtes blessée ?

— Inutile, répondit-elle un peu trop vite. Je n'ai rien.

Imaginer ses larges mains parcourant son corps avait considérablement augmenté sa fréquence cardiaque. Préférant mettre cela sur le compte de la fatigue et de sa récente montée d'adrénaline, elle passa à autre chose.

— Mes explications n'étaient pas trop confuses ? Vous n'avez pas eu de mal à me trouver ?

Le front de Simon se plissa.

— Vos explications ? Quelles explications ?

— J'ai laissé une note dans le cottage. J'imagine que c'est le premier endroit où vous êtes allé.

— J'y suis passé, en effet. Mais je n'ai pas trouvé de note.

— Ah bon ? Je l'avais pourtant laissée sur le plan de travail de la cuisine. Le vent a dû la faire tomber par terre quand vous avez ouvert la porte, dit-elle d'une voix songeuse. Alors comment avez-vous fait pour me trouver ?

— Je me suis servi de vos dessins.

L'idée qu'il ait fouillé dans ses carnets à dessins lui fit froncer les sourcils. Dieu sait dans quelles autres de ses affaires Simon Cahill avait fourré son nez… Mais son agacement fut de courte durée : étant donné les circonstances, il était difficile de lui en vouloir.

— J'ai trouvé la corde et une lampe torche dans la cuisine, reprit-il.

— Vous êtes doué pour sortir les gens du pétrin, n'est-ce pas ?

— Secourir une compatriote sur le sol irlandais est une première pour moi.

Il disait cela sans moquerie, nota Keira en s'époussetant. Elle devait être à faire peur, avec ses cheveux sales et hirsutes, ses ongles crasseux et ses jointures écorchées. Elle osait à peine imaginer le visage que Simon était en train de regarder : sans doute blême et maculé de boue, avec de grands yeux exorbités, cernés et rougis par la fatigue. Une horreur ! Comme si ça ne suffisait pas, elle avait mal partout, tant à cause de la tension nerveuse accumulée durant sa captivité qu'à force d'avoir soulevé de grosses pierres.

— Et si vous me disiez ce qui s'est passé? demanda Simon d'une voix douce.

Elle se tourna vers la hutte en ruine. Dans le crépuscule, elle semblait échappée de quelque conte fantastique. Comment expliquer à cet homme rationnel ce qu'elle venait d'y vivre?

— C'est encore un mystère pour moi, dit-elle simplement.

Et c'était la vérité.

Elle sentit sur elle le regard pénétrant de Simon, ses doutes et ses interrogations, mais il ramassa la corde et l'enroula sans insister davantage.

— Ça n'a pas dû être marrant pour vous, se contenta-t-il de dire en posant la corde sur son épaule.

D'un signe de tête, il indiqua le pâturage qui s'étendait par-delà le ruisseau.

— Rentrons vite au cottage, vous avez besoin de vous reposer.

— Juste une dernière chose, avant d'y aller.

Sans attendre sa réponse, Keira s'approcha prudemment de l'entrée de la hutte. Comme elle l'avait soupçonné, l'arbre presque mort qui obstruait l'ouverture la veille au soir était maintenant couché de tout son long. Restait à savoir s'il s'agissait d'une conséquence ou de la cause de l'éboulement.

Simon vint se poster à côté d'elle, le pied sur une des branches de l'arbre. Ses feuilles clairsemées semblaient jaunies depuis longtemps.

— Cet arbre était déjà mal en point quand il est tombé. Il y a eu beaucoup de vent, hier soir?

— Non, pas vraiment.

— On voit bien que le sol rocheux est érodé, sous cet angle de la hutte. Quand l'arbre a chuté, ça a sans doute déstabilisé toute la structure. Vous avez eu de la chance qu'elle ne se soit pas entièrement effondrée sur votre tête.

— J'ai très vite cessé d'avoir peur, répondit Keira. J'étais certaine que je m'en sortirais.

— L'adrénaline peut avoir cet effet.

— Ce n'était pas que l'adrénaline.

— C'était quoi, alors ? Les fées ?

Son ton gentiment moqueur la soulagea plus qu'il ne l'agaça. Cela voulait dire qu'il avait cessé de guetter chez elle des signes de blessure physique ou de détresse psychologique. Elle préféra pourtant ne rien répondre, se penchant en silence sur le tronc couché pour regarder à l'intérieur de la hutte.

— J'ai besoin de vérifier quelque chose, murmura-t-elle comme si elle se parlait à elle-même.

Puis elle se tourna vers Simon et éleva la voix.

— Vous permettez que j'emprunte votre torche électrique ? La mienne se trouve encore là-dedans, avec mon sac à dos.

Il lui tendit la petite lampe en métal noir.

— Je vous permets d'autant plus que c'est la vôtre. Ou du moins celle des propriétaires du cottage.

Simon retint la lampe un court instant au moment où elle s'en emparait.

— Attention, Keira, la chance vous a souri jusque-là, mais vous savez comme moi qu'elle peut tourner à tout moment. Je ne pourrai rien faire si une pierre vous tombe sur le crâne.

— J'en assume le risque.

— Et c'est ce que je serai censé dire à votre oncle si un accident survenait ? « Je n'y peux rien, elle m'a dit qu'elle en assumait le risque. » Je suis certain qu'il le prendra très bien.

Il n'avait pas tort, songea Keira, mais il était hors de question de regagner le cottage sans avoir cherché l'ange dans les décombres de la hutte. Elle agrippa une petite branche et l'abaissa de sorte à mieux voir au-dedans.

— Inutile d'en faire toute une histoire, dit-elle. De toute façon, il me semble que je vois suffisamment la zone que je souhaite inspecter sans avoir besoin d'entrer.

— Tant mieux. Parce que ce n'est pas un hasard, si je vous ai secourue en passant par le toit.

— Je sais, je sais. Vous n'avez pas voulu prendre le risque de déclencher un nouvel éboulis et de m'emmurer davantage. De toute façon, j'étais sur le point de sortir, au moment où vous êtes arrivé.

Elle se tourna vers Simon et lui adressa un sourire, en espérant avoir l'air à peu près saine d'esprit.

— Je n'ai pas l'intention de pinailler, mais « secourir » n'est pas le verbe que j'emploierais, ajouta-t-elle.

— Ah non ? Et quel verbe aurait votre préférence, en la circonstance ? demanda-t-il, un brin goguenard.

— Je ne sais pas. Il faut que j'y réfléchisse. Bon, vous êtes prêt à m'aider, oui ou non ?

Il indiqua la hutte de la pointe du menton.

— Qu'est-ce que vous voulez récupérer, là-dedans ?

Keira ne répondit pas tout de suite. Elle ne savait ce qu'elle éprouvait, en présence de cet homme. Mais peut-être fallait-il mettre son trouble sur le compte de la fatigue et de la faim. Elle avait à peine dormi, la nuit précédente, et avait très peu bu et mangé, surtout vu l'effort fourni pour fabriquer son escalier de fortune. Que savait-elle au juste de lui ? Qu'il travaillait bénévolement pour l'organisation d'Owen Garrison. Volontaire de Fast Rescue… Un titre somme toute flatteur qui pouvait recouvrir plusieurs compétences : était-il pompier, médecin, ingénieur ? Il semblait en tout cas très sûr de lui, sans pour autant faire preuve d'arrogance. Mais malgré son apparente décontraction, Keira se rendait bien compte qu'il était extrêmement sérieux dès qu'il s'agissait de venir en aide à une personne en danger. Et à en juger par la façon dont il l'avait retrouvée et sortie de la hutte, Simon Cahill n'avait rien d'un amateur.

Elle décida qu'il méritait une réponse, même un peu vague.

— Avant que les murs ne s'écroulent, j'ai vu un objet que j'aimerais retrouver.

Il sembla s'en contenter, hochant la tête en silence, pendant que Keira essayait en vain de créer un espace suffisant pour y introduire le haut de son corps et éclairer l'intérieur de la ruine. Après quelques minutes de vains efforts, elle dut admettre qu'elle ne parviendrait pas seule à plier suffisamment cette maudite branche. Il lui aurait fallu trois mains, ou alors beaucoup plus d'énergie.

— Vous voulez bien m'aider ?

Il soupira ostensiblement.

— D'accord, dit-il en se positionnant derrière elle. Mais si je juge la structure trop instable, on bat en retraite et on retourne au cottage.

— Marché conclu.

Il agrippa une autre branche, plus grande et plus large, et la souleva sans effort apparent, créant une ouverture suffisante pour qu'elle puisse s'y glisser. Le ventre posé contre l'écorce rugueuse de l'arbre, elle alluma sa lampe torche. Mais le faisceau n'atteignit pas la cheminée, et elle dut se tortiller sur le tronc pour avancer un peu plus.

Simon devait avoir une vue imprenable sur ses fesses, songea-t-elle.

— Pourquoi êtes-vous venue ici ?

Elle se trémoussa davantage pour gagner encore quelques précieux centimètres.

— Et vous ? rétorqua-t-elle.

— Je suis venu secourir une belle jeune femme en détresse.

Il avait dit ça d'un ton neutre, comme s'il ne faisait qu'énoncer un fait. Mais Keira ne se sentait pas dans la peau d'une femme sans défense. Et il avait dit « belle » ? Pas ce soir, en tout cas !

— J'avais quelque chose à faire, expliqua-t-elle à son tour. Et ce n'est pas comme si j'étais partie sans prendre de précautions. Non seulement j'ai laissé une note explicative détaillant mon itinéraire, mais j'ai emporté une lampe torche et même un sifflet de secours.

— Vous l'avez utilisé ?

— Non. Il était dans mon sac à dos quand…

Elle s'interrompit brusquement et se figea, le faisceau lumineux de la lampe éclairant maintenant la cheminée.

— Attendez une seconde.

Elle gagna encore un peu de terrain avec mille précautions, s'efforçant de diriger la lumière sur l'endroit où elle avait vu l'ange. Simon avait posé la main sur sa hanche pour la stabiliser, mais elle préféra s'imaginer que c'étaient les branchages. Ce n'était vraiment pas le moment de perdre sa concentration.

L'odeur de boue qui régnait dans la hutte et la pierre froide, rugueuse, contre sa main libre lui rappelèrent les premières minutes après l'effondrement de la vieille structure.

Elle chassa vite ces pensées et continua sa lente progression jusqu'à ce que le haut de ses cuisses frotte sur le tronc. Simon la tenait désormais plus fermement, et il n'était plus possible d'imaginer qu'il s'agissait de branchages.

— Keira…

Son ton, à lui seul, était une mise en garde.

— Une seconde…

Elle fouilla des yeux les débris de la cheminée, imaginant le moine ermite assis devant un feu de tourbe, une nuit de solstice, contemplant le mystère de la statuette ailée.

Le faisceau lumineux de sa lampe éclaira la cheminée de haut en bas, puis toute la zone autour. Rien. S'était-elle trompée d'endroit ? Après tout, elle n'avait aperçu l'ange que quelques minutes, avant que l'éboulement ne l'arrache à sa vue.

Après avoir balayé trois fois les lieux à l'aide de la petite lampe en métal, elle comprit qu'il était inutile d'insister.

Continuer à plisser les yeux en agitant cette lumière en tous sens ne changerait rien à l'affaire : l'ange n'était plus là.

Il s'était tout simplement volatilisé.

A moins qu'il n'ait jamais été là. Et qu'elle ne se soit laissé emporter par son imagination…

Bien sûr que non, elle ne l'avait pas imaginé, songea-t-elle en rampant à reculons sur le tronc. Elle passa sous la grosse branche, aidée par la puissante main qui enserrait sa taille, tandis que la beauté simple et radieuse de l'ange lui revenait à la mémoire.

La main de Simon resta posée sur elle jusqu'à ce qu'elle quitte le tronc et se redresse. Alors que ses magnifiques yeux verts venaient de plonger dans les siens, Keira sentit que Simon se raidissait brusquement.

— Ne bougez pas.

Il avait dit ça d'un ton si brusque qu'elle eut un coup au cœur. Elle suivit son regard jusqu'à son ventre et comprit ce qui n'allait pas.

Elle était couverte de sang.

Elle en était barbouillée de la taille jusqu'à la poitrine. Elle le sentait à présent peser sur son sweater, plus visqueux que liquide, et elle poussa un cri étouffé.

— Simon… Je ne… Je n'arrive plus… Respirer.

— Vous vous êtes coupée ? demanda-t-il calmement.

— Ça va, dit-elle en agrippant le bras de Simon juste au-dessus du coude. Ça va…

Elle régula sa respiration retrouvée tandis que la panique se résorbait.

— Je ne suis pas blessée.

— Keira, vous…

— Ce n'est pas mon sang.

15.

Péninsule de Beara, Irlande
Le 22 juin à 22 heures, heure d'été irlandaise

Du sang de mouton.

Keira inclina légèrement la tête en arrière et laissa l'eau chaude inonder ses cheveux et son dos. Sa peau était rouge aux endroits où elle l'avait frottée pour en retirer la boue et le sang. Elle avait utilisé un shampooing aux agrumes dont l'odeur acidulée lui piquait agréablement les narines. Elle coupa l'eau et quitta la cabine de douche avant d'attraper une serviette posée sur un radiateur chauffant.

Elle s'était retenue d'ôter son sweater après avoir vu le sang qui le maculait, la pudeur l'emportant d'un rien sur le dégoût. Simon avait réagi avec sang-froid et efficacité, se contentant de lever un sourcil intrigué quand il avait découvert les entrailles d'un mouton, ainsi que des morceaux de son manteau laineux. Les viscères sanguinolents avaient été abandonnés dans les broussailles, contre le mur où se trouvaient les restes de la cheminée. Après avoir elle-même jeté un œil sur ce spectacle répugnant, Keira était allée vomir dans l'herbe.

Elle n'avait pas eu honte de sa réaction. Contrairement à Simon, elle n'était pas habituée aux scènes d'horreur.

Il commençait à faire sombre lorsqu'ils étaient arrivés au cottage. Keira s'était précipitée dans sa chambre pour y prendre des vêtements propres, avant de disparaître dans la salle de bains avec une seule idée en tête : se laver, se récurer, se débarrasser de ces odeurs ignobles qui lui donnaient la nausée.

Elle s'enroula dans la serviette et en prit une autre pour ses cheveux, qu'elle sécha du mieux possible avant de les attacher en queue-de-cheval. Elle s'habilla enfin, la sensation de se sentir propre dans son jean et son nouveau sweater lui arrachant un soupir de satisfaction.

Quand elle retourna dans la cuisine, son sauveur était en train d'inspecter la porte de derrière.

— Celle-là est fermée à clé, dit-il en levant ses beaux yeux verts pour la regarder. Par contre, celle de devant ne l'était pas.

— Je les ai pourtant fermées à clé toutes les deux, répondit Keira. Du moins, j'ai essayé… Ces serrures ne me semblent pas très sûres. Le verrou de la porte principale était peut-être mal enclenché, et elle s'est ouverte toute seule… Qu'en pensez-vous ?

Une moue dubitative lui répondit.

— Où est votre clé ?

— Dans le sac à dos que j'ai dû abandonner à l'intérieur de la hutte. Mais j'ai un double. Attendez, je vais aller le chercher.

Il la suivit des yeux tandis qu'elle ouvrait un placard situé dans le petit couloir qui séparait la cuisine de la salle de bains. Elle se hissa sur la pointe des pieds, légèrement penchée au-dessus d'un lave-linge, et s'empara d'une clé dorée qui pendait à un crochet.

— Rien n'indique que quelqu'un soit entré pendant mon absence, dit-elle en revenant vers Simon. La note où j'avais inscrit mon itinéraire a peut-être glissé sous le frigo.

Il haussa les épaules.

— On peut toujours vérifier.

Elle lui lança un regard agacé.

— Vous pensez qu'il n'y a jamais eu de note, c'est ça ?

— Vous venez juste de vivre une expérience traumatisante, Keira. Pour vous aider à la surmonter, vous avez imaginé avoir laissé un itinéraire destiné à guider les secours en cas d'accident. C'est une façon très classique de se rassurer après coup.

— Je sais que j'ai écrit cette note, Simon. Je me souviens parfaitement avoir utilisé mon crayon à dessin préféré. Je me suis même amusée à dessiner un petit trèfle au bas de la feuille.

Mais Simon n'en démordait pas.

— Vous l'avez dessiné en pensée.

— J'ai également fermé les deux portes à clé, insista-t-elle.

Il s'approcha un peu d'elle.

— Commençons par le commencement, voulez-vous? Vous êtes exténuée, Keira, et vous devez avoir une faim de loup. Laissez-moi vous préparer quelque chose à manger, d'accord? Je peux vous faire une omelette...

— J'aimerais autant aller au pub avant qu'il ferme. J'ai besoin de voir du monde, de l'animation, vous comprenez? Et puis, je rêve d'un crumble à la rhubarbe. Je n'ai pas arrêté d'y penser quand j'étais enfermée dans la hutte.

— D'accord, allons voir si l'ami Eddie O'Shea en a gardé un pour vous.

Une fois dehors, Simon lui proposa de la conduire au pub dans son cabriolet, mais elle refusa. Ne pas marcher une nuit comme celle-là aurait été un crime. Les dernières lueurs de cette longue journée de juin damaient encore le pion aux ténèbres. Tout était si calme, ici, si paisible... Il n'y avait presque pas de vent, et l'on n'entendait que les bêlements lointains des moutons sur la colline. Pas un bruit en provenance de l'enclos pourtant tout proche.

Simon marchait en silence à côté d'elle, mais elle savait que ce n'était pas faute d'avoir quelque chose à dire.

— Vous avez sans doute envie de me poser un tas de questions, dit-elle sans se tourner vers lui.

— Rien ne presse.

A peine étaient-ils entrés dans le pub que Simon alla s'asseoir à une table où trois gars du village discutaient entre eux. Ils le regardèrent, surpris et pas forcément ravis de cette intrusion, mais l'atmosphère se réchauffa d'un coup quand le nouveau venu paya sa tournée.

Keira observa la scène avec un certain amusement, puis alla se jucher sur un des tabourets du bar.

Eddie O'Shea la regarda en secouant la tête.

— Vous vous êtes mise dans le pétrin, pas vrai ?

— On peut dire ça, oui. Par pitié, Eddie, dites-moi qu'il vous reste du crumble à la rhubarbe…

— Il me reste du crumble à la rhubarbe.

— C'est vrai ? demanda-t-elle comme s'il venait de lui annoncer qu'elle avait gagné au loto.

— Je l'ai préparé cet après-midi.

— Génial. J'aimerais aussi un verre de whisky irlandais. Le meilleur fera l'affaire.

Il se tourna quelques instants pour saisir une bouteille, et versa le liquide ambré dans un verre à pied renflé.

— Vous allez me raconter ce qui vous est arrivé ? demanda-t-il en poussant le verre devant elle.

— J'ai eu une petite mésaventure… Dans une vieille ruine située dans les collines.

Elle but une gorgée de whisky, grimaçant tandis que la brûlure de l'alcool enflammait sa gorge et son estomac. Mais c'était exactement ce dont elle avait besoin.

— Désolée si vous vous êtes inquiété pour moi.

— Ce qui compte, c'est que vous soyez saine et sauve.

Derrière elle, Simon faisait des siennes. Imitant parfaitement l'accent local, il venait de lancer une remarque délibérément provocatrice sur le folklore irlandais. Ses compagnons de table rugirent comme un seul homme, sonnant le départ d'une empoignade bon enfant. Ce type avait un charme tel qu'il pouvait tout se permettre, songea Keira. Grâce à sa vitalité, à son côté à la fois rugueux et convivial, il trouvait naturellement sa place au milieu des villageois irlandais. Ils étaient tous assis bras croisés et jambes étirées, s'envoyant des piques en riant comme si le nouvel arrivant avait toujours été des leurs. Keira sentait qu'il aurait été aussi à l'aise avec des traders de Wall Street ou des membres de la famille royale britannique. Pourtant, il ne semblait pas homme à changer de visage selon ses interlocuteurs. Non, Simon n'était pas un caméléon, mais simplement un individu bien dans sa peau.

Eddie posa une part de crumble fumant sur le comptoir.

— Ça n'aurait pas été aussi agréable si c'était l'un d'entre nous qui était venu à votre secours, pas vrai ?

Elle se sentit rougir et décida de mettre ça sur le compte du whisky.

— Je ne veux pas avoir l'air d'une ingrate, mais j'étais sur le point de m'en sortir seule quand il est arrivé.

— C'est ce que vous dites, répliqua Eddie avec un sourire désarmant.

Keira plongea sa cuillère dans la boule de glace à la vanille qui coiffait le crumble au goût doux-amer. Jusque-là, l'enchaînement des événements avait mis la faim et l'épuisement comme entre parenthèses. Mais d'un seul coup, dans l'ambiance chaleureuse du pub et sur le point d'avaler son dessert favori, elle se sentit morte de fatigue et de faim. Les images de sa mésaventure se mirent à défiler dans sa tête. Du coin de l'œil, elle vit Eddie fixer d'un regard sombre ses mains écorchées avant de retourner à ses occupations.

— Vous connaissez quelqu'un qui a un chien noir ?

— Quel genre de chien noir ? demanda-t-il.

Occupé à sortir des verres à bière d'un placard, Eddie lui présentait maintenant son dos.

— Je ne sais pas, moi. Un chien… qui est noir.

— Un chien à poils longs ? Courts ? Un grand chien ? Un petit chien ?

— Un peu comme un labrador noir… En plus petit, peut-être. Un bâtard.

Il se tourna vers elle et commença à remplir les verres avec le robinet de la tireuse.

— Dit comme ça, ça pourrait être la moitié des chiens que je chasse du pub tous les jours que Dieu fait.

— Et un chien méchant, avec une tête à faire peur ?

— Ça, c'est la description du chien de ma belle-mère.

Une lueur malicieuse éclaira son regard tandis qu'il alignait les verres sur un plateau.

— Ou même une description de ma belle-mère, ajouta-t-il avec un clin d'œil. Elle bave, elle a des puces et elle fait tourner le lait rien qu'en le regardant… Ça correspond à ce que vous cherchez ?

— Tu n'as même pas de belle-mère, espèce de sale menteur ! s'écria un des clients assis autour de Simon.

Eddie ne prit même pas la peine de se tourner vers l'homme qui venait de l'apostropher.

— Cet énergumène, ma chère Keira, dit-il en le désignant du pouce, est mon bon à rien de frère. Patrick, dis bonjour à la dame au lieu de t'enivrer et de proférer des âneries.

Patrick O'Shea — qui ressemblait à s'y méprendre à Eddie — agita amicalement les doigts en direction de Keira. Elle avait brièvement rencontré Aidan O'Shea, le troisième frère, le jour de son arrivée sur la péninsule. Aidan, propriétaire du cottage qu'elle louait, possédait également les pâturages où se trouvait l'ancienne hutte. Elle se demanda si l'un d'entre eux aurait une explication au sujet des viscères de mouton abandonnés dans les broussailles. Mais elle ne posa pas la question. Elle n'avait pas envie de gâcher le goût du crumble en songeant à cette bête étripée.

— Entre nous, Eddie, vous croyez aux fées, n'est-ce pas ?

Au lieu de répondre, il souleva son plateau et alla distribuer les bières qui le garnissaient. Mais alors qu'il les posait sur la table de bois, il jeta un curieux regard à Keira. Elle ignorait comment il fallait l'interpréter, mais cela prouvait au moins qu'il avait entendu sa question.

Elle venait de finir son crumble à la rhubarbe et humait le peu de whisky qui restait dans son verre quand Simon vint la rejoindre au bar.

— Avant de partir à la recherche de Keira, dit-il en s'adressant à Eddie, j'ai rencontré un drôle de type, ici. Il fumait une cigarette à une des tables de la terrasse. Un homme âgé, vêtu d'une veste en tweed et d'un pantalon de grosse laine enfoncé dans des bottes en caoutchouc. On l'aurait dit sorti tout droit d'un dépliant touristique. Ça vous dit quelque chose?

Eddie revint se glisser derrière le bar et attrapa un chiffon propre.

— Un vieil homme, vous dites?

— Il était là, tranquillement installé, et l'instant d'après il avait disparu dans la brume.

— Vraiment? demanda Eddie en passant le chiffon sur un petit morceau de crumble tombé de l'assiette de Keira. Il n'a rien dû commander, sinon je m'en souviendrais.

Keira vida son verre de whisky en songeant à son étrange rencontre de l'avant-veille. Il s'agissait forcément du même homme.

Simon s'éloigna un peu du bar et regarda Eddie droit dans les yeux.

— Alors, c'est tout ce que vous avez à dire sur le sujet?

Eddie haussa les épaules.

— Oui, c'est tout.

Keira allait demander combien elle devait, mais Simon sortit son portefeuille avec l'intention manifeste de régler pour elle. Eddie mit la main en opposition et secoua la tête.

— C'est pour moi, dit-il.

— Merci, bredouilla Keira, ivre de fatigue.

Le verre de whisky avait eu raison de ses dernières forces. Quittant son perchoir, elle se demanda où Simon avait prévu de passer la nuit.

— Je crois que je ferais mieux de rentrer, lui dit-elle. Vous avez sûrement envie de regagner votre hôtel, vous aussi. D'autant que vous avez un peu de route jusqu'à Cork, ou Kenmare ou…

— Je reste ici, ce soir.

Le silence se fit dans le pub, et elle sentit sur elle les regards croisés des nouveaux amis de Simon. Sans doute voyaient-ils en elle une sorte d'excentrique doublée d'une inconsciente. En résumé, une Américaine qui se piquait d'exotisme irlandais et qui avait fini par se laisser piteusement enfermer dans une vieille hutte en ruine. Comment leur en vouloir si c'était l'opinion qu'ils avaient d'elle ?

— Allons-y, dit Simon d'une voix douce.

Eddie balança le chiffon humide sur son épaule.

— Prenez bien soin de vous, Keira.

A peine avait-elle posé le pied dehors qu'elle frissonnait, bras croisés sur sa poitrine pour se protéger du vent frais qui venait de la baie de Kenmare.

— Il y a quelque chose ici…

Elle s'interrompit pour humer l'air. Des paniers garnis de lavande et de géraniums décoraient les réverbères alignés le long de la rue tranquille.

— Ça fait partie de moi, de mon âme… Je ne peux pas l'expliquer.

— Rien ne vous oblige à l'expliquer, dit Simon, immobile tout près d'elle.

Pourquoi avait-elle dit cela ? se demanda Keira tandis que ses pensées s'éparpillaient dans le vent frais. Le whisky, sans doute…

— Si je n'avais pas promis à mon oncle de l'appeler, personne ne se serait soucié de mon sort.

— Il y a autour de vous des gens qui vous aiment assez pour s'inquiéter, Keira. C'est une chance, et vous la méritez sûrement. Quant à ce qui vous est arrivé, il ne faut pas vous en vouloir. L'erreur est humaine.

Il se tourna vers elle, un grand sourire aux lèvres.

— Mais vous n'êtes peut-être pas humaine, après tout. Plus ça va, plus je me demande si vous n'êtes pas vous-même une fée.

— Une fée qui change d'apparence à volonté, répondit-elle en quittant la terrasse du pub d'un pas mal assuré. Je peux me transformer à tout moment en lézard ou en araignée.

— Pitié, pas en araignée... Je fais le malin, mais au fond je suis une petite nature, vous savez.

Elle lui adressa un sourire fatigué. Elle se rendait compte qu'elle était aussi à l'aise avec lui que l'avaient été les clients du pub. Simon passait une partie de son temps à sauver des gens en situation périlleuse, mais il n'en profitait pas pour jouer les preux chevaliers. Keira préférait qu'il en soit ainsi. Autant elle pouvait apprécier le charme naturel d'un homme, autant la galanterie outrée lui donnait envie de fuir.

— Vous avez froid ? demanda-t-il.

— Pas vraiment.

— Keira... Je vais rester dormir au cottage, cette nuit. Le récit de votre mésaventure ne va pas tarder à faire le tour du village et de ses alentours. Je ne voudrais pas que ça incite je ne sais quel détraqué à vous rendre une visite nocturne. Franchement, je m'inquiéterais moins si vous étiez moche. Mais je suis persuadé qu'on sait à des kilomètres à la ronde qu'une femme d'une rare beauté loue seule une maison ici.

— Qu'est-ce que vous racontez, Simon ? Personne ne va venir m'embêter.

— Vous ne pourrez pas toujours compter sur votre bonne étoile, dit-il en approchant son visage. Même si cette bonne étoile est magique.

— Mais je ne compte pas que sur la magie, figurez-vous. Je sais à l'occasion me montrer plus terre-à-terre. L'usage de la force remplace parfois avantageusement les sortilèges.

Il la regarda en souriant.

— Le charme aussi.

— Je ne vois pas ce qu'une femme assez stupide pour aller s'enfermer dans une ruine peut avoir de charmant.

— Mais une femme qui sait reconnaître ses erreurs, c'est assez irrésistible, vous savez.

Ils se turent un moment, marchant côte à côte dans la rue qui menait au sentier.

— Je vois bien que vous êtes à bout de forces, Keira, dit-il finalement en posant brièvement la main sur le haut de son bras. Mais j'aimerais savoir ce qui s'est passé hier soir dans cette hutte. Vous êtes allée là-haut à cause de l'histoire que vous a racontée cette vieille dame à Boston, n'est-ce pas ?

Elle acquiesça d'un petit signe de tête.

— C'est une merveilleuse histoire, Simon. On y trouve tous les ingrédients que j'aime : des frères irlandais et des fées, des mystères et des sortilèges...

Elle frissonna dans la nuit venteuse alors qu'ils s'engageaient sur le sentier.

— Ce n'est pas une histoire sombre, vous savez.

— Les gens d'ici la connaissent ?

— C'est une question que je me pose. Je m'en suis ouverte à Colm McDermott, un expert en folklore irlandais qui se trouvait aussi à la vente aux enchères de Boston, et il m'a affirmé n'avoir jamais entendu ce récit. Pas même dans une version différente.

— J'aimerais beaucoup l'entendre de votre bouche, dit Simon tandis que son bras musclé entourait doucement les fines épaules de Keira.

— Je n'ai pas le talent de conteuse de Patsy, vous savez. Moi, ça ne fait pas longtemps que je connais Mme McCarthy, mais à en croire ma mère et mon oncle qui ont vécu à deux pas de chez elle pendant toute leur jeunesse, elle a toujours eu ça dans le sang.

— Ça commence comment ?

— Avec trois frères irlandais. Un fermier, un moine ermite et un bon à rien.

Tandis qu'ils marchaient d'un pas lent sur le sentier sombre et paisible, Keira lui offrit une version condensée de l'histoire de Patsy.

Lorsqu'elle eut terminé, Simon retira son bras et se tourna vers elle.

— Vous adorez ce genre de truc, n'est-ce pas ?

— C'est vrai. Mais d'ordinaire, je ne cherche pas à savoir si le récit s'appuie sur des faits réels. L'intérêt de ces contes est ailleurs ; dans la poésie qu'ils dégagent, dans la morale qui se dessine parfois en filigrane derrière l'intrigue, dans leur pouvoir à alimenter l'imagination et les rêves. Mais celui-là…

Elle leva les yeux vers les étoiles disséminées dans l'immensité de la voûte céleste.

— Patsy m'a parlé de ce village qui ressemble à s'y méprendre à celui qui est décrit dans son histoire. J'ai eu envie d'essayer de retrouver la hutte de l'ermite. De voir ce qui se passerait le soir du solstice d'été. Par curiosité, vous comprenez ?

— Alors, vous pensez que les fées vous ont joué un tour ?

— Je n'en sais rien.

Elle s'interrompit un moment, songeuse, tandis que son prénom chuchoté dans la hutte lui revenait à la mémoire.

— Ou plutôt si, reprit-elle sans quitter les étoiles des yeux. Ce n'est pas à moi de dire s'il y avait ou non des fées dans les collines ce soir-là, mais… Mais je suis certaine que ce ne sont pas elles qui ont provoqué l'effondrement de la hutte.

Keira sentit sur elle le regard de Simon, notant à quel point il était calme, à présent, presque réservé. Le charme turbulent dont il avait fait preuve au pub semblait maintenant à des années-lumière. Alors que le cottage dressait sa masse sombre devant eux, elle le vit cueillir une rose sur l'énorme massif qui dévorait le mur de pierres.

— Keira…

— Je me suis réfugiée dans la vieille hutte pour échapper à un chien qui se faisait menaçant, dit-elle. Et puis il y a eu cette voix… Ce chuchotement.

Il piqua la rose dans les cheveux de Keira et laissa glisser son doigt le long de sa joue.

— Raconte-moi.

Elle ralentit encore l'allure, notant vaguement qu'il l'avait tutoyée pour la première fois. Cela semblait si naturel… Après une dernière hésitation, elle lui raconta ce qui s'était passé la veille : la découverte de la hutte en ruines, le chien noir, la voix qui avait murmuré son prénom quelques secondes avant que la structure ne commence à céder.

Et l'ange. Keira lui parla aussi de l'ange de pierre.

Il ne fit aucun commentaire, mais Keira sentit qu'il l'observait attentivement tandis qu'ils parcouraient les derniers mètres qui les séparaient du cottage.

Elle se tourna brusquement vers lui.

— Tu penses que j'ai imaginé cet ange, n'est-ce pas ? Que c'était juste un tas de pierres que j'ai confondu avec la statuette du récit ? Que je me suis laissé emporter par mon imagination… Et cet animal, bien entendu, n'était qu'un brave chien de berger tout ce qu'il y a de plus ordinaire, et pas le molosse menaçant inventé de toutes pièces par mon esprit rêveur ?

Elle se tut un instant, à présent frigorifiée sous l'effet conjugué du froid et de la fatigue.

— Quant à la voix qui a chuchoté mon prénom, ce n'était que le murmure de la brise.

— C'est vrai que tu as de l'imagination, Keira. Et c'est une qualité, surtout avec le travail que tu fais. Mais comme tous les artistes, tu as sans doute une propension à confondre réalité et fiction. Si on ajoute à ça le traumatisme de ce que tu as vécu…

— Donc, j'ai vu juste sur ta façon de penser.

Il s'approcha d'elle et lui frotta doucement le bras.

— Et si on reparlait de tout ça demain matin ? On y verra sans doute plus clair après une bonne nuit de sommeil.

— Simon…

— J'avoue que je n'ai pas trop apprécié les entrailles de mouton, dit-il. Avec le recul, tu ne te souviens pas avoir entendu quelque chose qui aurait pu ressembler…

— Aux cris d'une brebis en train d'agoniser ? Non, Simon.

Il hocha la tête.

— Peut-être que tout ça n'a rien à voir avec moi ni avec l'histoire de Patsy, reprit Keira quand le silence se prolongea.

— Tu crois vraiment que c'est possible ?

— Peu importe ce que je crois. Seuls comptent les faits.

Elle haussa les épaules avec un rire las.

— Voilà que je me mets à parler comme mon oncle.

— Tant que tu ne lui ressembles pas physiquement.

— On a les mêmes yeux, rétorqua Keira.

— Mouais... Ils sont peut-être de la même couleur, concéda Simon avant de caricaturer l'accent irlandais. Ah, Keira, Keira... Indomptable Keira.

Elle ne put s'empêcher de sourire tandis qu'elle enfonçait la clé dans la serrure de la porte de derrière. Une fois à l'intérieur, elle jeta un regard par-dessus son épaule. Simon était resté dehors, comme s'il attendait l'autorisation d'entrer.

— Ne reste pas planté là, voyons. Puisque tu n'as visiblement pas l'intention d'aller à l'hôtel, je ne vais tout de même pas te laisser dormir dans ta voiture. Tu n'as qu'à prendre mon lit, ajouta-t-elle avant d'indiquer le salon d'un geste vague. Le canapé fera très bien l'affaire pour moi.

Simon pénétra à son tour dans la cuisine.

— Pas question que tu dormes dans le canapé pendant que je me prélasse dans ton lit, dit-il en verrouillant la porte derrière lui.

— Mon sauveur mérite une bonne nuit de repos et le canapé est plus adapté à mon gabarit qu'au tien. De toute façon, je suis vannée, Simon. Je pourrais m'endormir n'importe où. Tout ce que je veux, c'est me pelotonner sous les couvertures et...

— Je peux très bien dormir à côté de toi dans ton lit sans te sauter dessus, Keira. Tu es très belle, mais je sais me tenir.

Elle le regarda avec de grands yeux.

— Mais c'est qu'il est sérieux, l'animal !

— Il fallait réfléchir aux conséquences de tes actes avant de partir en vadrouille dans les collines, répliqua Simon sans se démonter.

— Contrairement à ce que tu sembles croire, j'ai pris un certain nombre de précautions avant d'y aller. Mais on ne peut pas en dire autant de toi, qui t'es lancé à ma recherche seul, dans un environnement qui t'est inconnu.

— Franchement, je ne vois pas quel danger aurait pu me guetter. Qu'est-ce qu'on trouve là-haut, à part des gros cailloux, de l'herbe et des moutons ?

— Un taureau, par exemple. Et il a la réputation d'avoir très mauvais caractère.

Il éclata de rire.

— J'emporte toujours un chiffon rouge dans ma poche, au cas où je croiserais la route d'un auroch irascible. Et puis Owen attend de mes nouvelles et j'ai un téléphone portable, moi. Je suis un professionnel, que veux-tu ! Je ne pars pas les mains vides.

— Tu avais une corde et une lampe de poche. Ce n'est pas ce que j'appelle être équipé.

— Tu oublies mon canif. Je ne sors jamais sans lui.

Il était provocateur, impertinent et sûr de lui, mais il ne se prenait pas du tout au sérieux. C'était le genre d'homme avec qui il était impossible de rester fâché longtemps. Et puis Keira appréciait sa façon de lui dire sans détour ce qu'il pensait de son expédition. Elle détestait qu'on la ménage.

Mais il avait beau lui être sympathique, elle n'était pas prête à rendre les armes.

— Si tu viens dans mon lit, je ne parviendrai jamais à trouver le sommeil.

Elle rentra la tête dans les épaules, consciente que ses mots pouvaient être mal interprétés. Qu'est-ce qu'il allait s'imaginer, maintenant ? Elle courut dans sa chambre, les joues en feu, prit une couverture dans un placard et revint dans le salon avec la ferme intention d'investir le canapé.

Simon, qui sifflotait gaiement un air irlandais, battit en retraite en direction de la salle de bains. Visiblement, songea Keira, il connaissait déjà la maison comme sa poche.

Elle se laissa tomber sur le canapé et s'enveloppa dans la couverture. Tant pis pour l'oreiller : elle n'avait plus l'énergie d'aller en chercher un.

Elle se tourna dans tous les sens, cherchant en vain une position confortable.

Elle avait besoin d'un lit. D'un vrai lit.

— C'est absurde, maugréa-t-elle entre ses dents, traînant la couverture derrière elle tandis qu'elle regagnait sa chambre.

Troquant la chemise de nuit qu'elle mettait d'ordinaire contre un pantalon de survêtement et un T-shirt, elle se glissa sous la couette et la tira sous son menton. En tant que volontaire de Fast Rescue, Simon avait dû connaître bien pire qu'un canapé à fleurs pour passer la nuit. Ses pieds dépasseraient sans doute, mais ce serait toujours plus confortable que la banquette arrière d'un cabriolet.

Elle en était là de ses pensées quand elle entendit le jet de la douche.

Non. Ne l'imagine pas nu…

Elle aurait voulu fermer les yeux et s'endormir, oublier les dernières vingt-quatre heures jusqu'au matin. Après une bonne nuit de sommeil, elle serait d'attaque pour monter de nouveau le chemin terreux, escalader les clôtures et traverser le pâturage escarpé afin d'aller inspecter la ruine à la lumière du jour.

Mais elle ne dormait pas le moins du monde quand le bruit d'eau cessa brusquement. Quelques secondes plus tard, Simon entra dans la chambre en T-shirt Guinnes et caleçon noir. Il ne sentait pas le gel de douche aux agrumes, mais le simple savon fourni avec la location du cottage. Elle remarqua les muscles saillants de ses jambes et de ses bras et se remémora, malgré elle, la sensation de sa main sur sa hanche quand elle avait rampé sur le tronc pour chercher l'ange dans les décombres.

Il souleva la couette de l'autre côté du lit et se hissa sur le matelas.

— C'est cosy, dit-il en s'installant confortablement. Je suppose que si tu n'avais pas voulu de moi ici, tu te serais allongée en travers du lit pour me faire passer le message.

— J'ai vite compris que je n'arriverais pas à fermer l'œil si je restais sur le canapé, répondit Keira en mettant un peu plus de distance entre elle et Simon.

Elle se rapprochait dangereusement du bord. Cinquante centimètres de plus et elle allait se retrouver par terre.

— Tu n'as qu'à imaginer qu'il y a une clôture électrique entre nous, ajouta-t-elle.

— Si je comprends bien, je joue le rôle du taureau sauvage, dit-il en agençant à sa convenance les deux oreillers dont il disposait. Mais ne t'inquiète pas, la clôture imaginaire contiendra mes ardeurs.

Il avait une façon bien à lui de dédramatiser la situation tout en la soulignant. C'était rassurant, avec juste ce qu'il fallait de sous-entendus suggestifs. Mais les pensées de Keira ne tardèrent pas à dériver du côté de la hutte.

— Dans les contes et légendes, les personnages qui ont le pouvoir de se transformer prennent souvent l'aspect d'un chien noir.

— Ce n'est peut-être pas le moment de penser à des choses pareilles, Keira.

— Il peut symboliser le bien, mais aussi le mal.

— Pourquoi n'essaierais-tu pas plutôt de songer à quelque chose de beau ? A cette aquarelle que j'ai remportée aux enchères, par exemple.

Keira ferma les yeux.

— Le dessin dont tu parles se situe entre réalité et imagination, dit-elle. Mais ce chien était bien réel. Je ne l'ai pas imaginé.

— C'est bien possible, murmura Simon d'une voix étonnamment douce. Tu ferais mieux de dormir, maintenant.

— Toi aussi.

— J'y compte bien. J'attends juste que tu cesses de parler de chiens noirs aux pouvoirs surnaturels.

Elle sourit dans l'obscurité.

— Fais de beaux rêves, Simon.

— Fais de beaux rêves, Keira.

16.

Quartiers sud de Boston
Le 22 juin à 20 heures

Bob O'Reilly sonna chez Patsy McCarthy, dont la maison, située dans une rue proprette des quartiers sud de Boston, jouxtait celle où sa sœur et lui avaient grandi. Il s'était fait une règle de ne pas revenir sans cesse sur la mort de Deirdre, sauvagement violée et assassinée trente ans plus tôt, mais il ne pouvait s'empêcher de penser à elle, maintenant, courant dans cette même rue, jeune adolescente pleine de vie et inconsciente de sa beauté.

Il faisait chaud, il était tard, et Bob n'avait pas envie d'être là.

Mais Patsy venait d'ouvrir la porte. Quand elle le vit, elle porta la main à sa bouche, étouffant un petit cri.

— Dis-moi qu'il n'est rien arrivé, Bob !

— Tout va bien, madame McCarthy. Tout va bien.

— Alors pourquoi as-tu ton air de policier ? demanda-t-elle en se détendant un peu. Je me souviens de toi petit garçon, et tu avais déjà cette expression sur le visage. Ta mère et moi, on savait que tu deviendrais officier de police.

— Patsy, qu'avez-vous raconté à Keira ?

— Que veux-tu dire ?

— Vous êtes allée la voir l'autre soir, juste avant qu'elle ne quitte Boston pour l'Irlande.

Patsy ouvrit un peu plus grand la porte et sortit sur le palier, resserrant les pans de son cardigan malgré la chaleur. Bob voyait maintenant le couloir de l'entrée et son mur couvert de cartes postales d'Irlande. Ici et là, des trèfles et des chapeaux de leprechaun autocollants complétaient la décoration. Il avait toujours connu le couloir comme ça. Patsy ne quittait jamais Boston, mais elle demandait à tous ceux qui retournaient au pays le temps d'un voyage de lui envoyer une carte postale. Déjà, à l'époque où Eileen était partie étudier en Irlande à l'âge de dix-neuf ans, Patsy lui avait fait promettre d'envoyer une carte pour son mur.

— Je ne lui ai pas parlé de Deirdre, si c'est ce que tu veux savoir.

Bob remarqua à quel point son expression s'était durcie en prononçant ces mots. Mais il préféra ne pas tourner autour du pot.

— Oui, c'est ce que je voulais savoir.

— Ce n'est pas à moi de la mettre au courant de ce qui est arrivé à ma fille.

Inutile d'être inspecteur de police pour lire entre les lignes. Pour Patsy, c'était à lui de parler à Keira du meurtre de sa voisine d'enfance. Sans doute estimait-elle qu'il aurait dû la mettre au courant depuis longtemps, ainsi que ses trois filles. Mais Bob préféra ne pas s'appesantir sur le sujet.

— Dans ce cas, que lui avez-vous raconté ?

— Une vieille histoire qu'on se transmet dans la famille.

— Celle avec l'ange de pierre et les trois frères irlandais ?

Le sombre voile qui semblait recouvrir le visage de Patsy McCarthy se déchira d'un seul coup.

— Alors tu t'en souviens ? demanda-t-elle, une lueur dans le regard.

— Oui, oui, je m'en souviens... Bien sûr... Patsy, vous savez qu'en racontant cette histoire à ma nièce, vous avez ouvert la boîte de Pandore. Dieu sait quelles conséquences ça va avoir... D'autant que vous lui avez sûrement dit que sa mère avait cherché le village décrit dans le récit, lors de ce fameux voyage en Irlande. Celui dont elle revenue enceinte de Keira.

— Oh, Bob…

Patsy leva brusquement les mains, ses doigts osseux écartés devant le visage de Bob.

— Et alors ? Pourquoi serait-ce une erreur de lui avoir dit tout ça ? Et si elle retrouvait l'ange de pierre ? Ce serait quelque chose, non ?

Bob étouffa un grognement de frustration. Ça, pour être quelque chose, ce serait quelque chose… Il avait dû déployer des trésors de persuasion pour amener Fiona à lui révéler la teneur de la conversation — entre Patsy et Keira — qu'elle avait surprise dans la maison des Garrison. Mais entendre Patsy confirmer ce qu'il savait déjà lui causait tout de même un choc. Sa sœur était partie à la recherche de cette fichue statuette trente ans plus tôt. Il ne connaissait pas les détails de son escapade sur la terre de leurs ancêtres — Eileen refusait d'en parler —, mais il avait toujours soupçonné qu'il existait un lien mystérieux entre sa quête de l'ange et le fait qu'elle était revenue enceinte d'Irlande.

Il aurait fallu être aveugle pour ne pas voir que Keira marchait dans les pas de sa mère. Bob préférait ne pas songer à ce qui se serait produit si Simon Cahill ne l'avait pas sortie des décombres de cette hutte.

Il lui était redevable, même s'il ne savait trop que penser de ce type baraqué, peut-être un peu trop séduisant pour être honnête.

Bob serra la mâchoire. Ses trois filles étaient en admiration devant Keira. Lui-même avait beaucoup d'affection pour elle, mais il fallait reconnaître que c'était plus simple quand elle habitait San Diego ou dans les autres villes où elle avait vécu ces dernières années. L'avoir ici, à Boston, était une autre affaire. Fiona le tannait déjà pour rejoindre sa cousine en Irlande, et elle commençait même à parler de partir seule à l'aventure. Et ensuite ? N'allait-elle pas vouloir mener une vie d'artiste, elle aussi ? A vrai dire, ça en prenait déjà le chemin, entre le temps qu'elle consacrait à la musique et ce taudis qu'elle louait avec des individus hirsutes. D'un point de vue parental, Keira était ce qu'on appelait « une mauvaise influence ».

— Bob ?

— Tout va bien, Patsy. Je ne vous reproche rien. Au fait, ça fait longtemps que vous connaissez Keira ?

— Deux mois environ. J'ai tous les livres qu'elle a illustrés, tu sais. Elle a beaucoup de talent, tu ne trouves pas ?

— Voilà un point sur lequel nous sommes d'accord, répondit-il avec un petit sourire. Dites-moi, c'est elle qui vous a contactée ou bien l'inverse ?

— Je lui ai envoyé un e-mail. Figure-toi que je me débrouille très bien avec un ordinateur. J'avais entendu parler de son projet de conférence sur le folklore irlandais et je suis allée faire un tour sur son site web.

— Qui vous a parlé de cette conférence, Patsy ?

— Jeannette et Billy Murphy. Tu te souviens d'eux, n'est-ce pas, Bob ?

Il acquiesça d'un signe de tête. Il connaissait Billy et Jeannette depuis l'enfance. A l'école, ils étaient quelques classes au-dessus de lui. Par la suite, ils s'étaient mariés et avaient bâti une fortune dans l'immobilier. Ils vivaient aujourd'hui dans un luxueux appartement situé sur le front de mer et possédaient la forêt dans laquelle Eileen avait construit son chalet.

— A qui d'autre avez-vous raconté cette histoire ? demanda-t-il.

— Je l'ai raconté à pas mal de monde au cours des années. Ce n'est pas un crime, que je sache.

— Je n'ai jamais dit que c'en était un.

— Alors pourquoi venir me poser toutes ces questions ?

Il soupira.

— Keira a eu de petits ennuis en Irlande. Tout va bien, maintenant, mais je me suis un peu monté la tête. Sans doute à cause de ce qui est arrivé à Eileen il y a trente ans.

Patsy fit un pas en avant et lui empoigna les mains.

— Tu es sûr que Keira va bien ?

— Sûr. Ne vous inquiétez pas, d'accord ? Il y a quelqu'un avec elle, maintenant.

— Je lui ai raconté trois ou quatre histoires qui me viennent de mon grand-père. Keira a semblé les apprécier toutes, mais j'ai bien vu que c'était celle des trois frères qui lui plaisait le plus. C'était aussi celle que préférait Deirdre, tu sais. C'est elle qui a demandé à Eileen de rechercher l'ange de pierre pendant qu'elle serait en Irlande. Tu te rappelles comme Deirdre était excitée à l'idée de ce voyage ?

Bob pressa doucement les frêles mains de Patsy avant de poser un baiser sur sa joue.

— Je me souviens de chaque instant passé avec Deirdre, dit-il. C'était une fille merveilleuse.

Il s'interrompit un instant pour dévisager la vieille dame.

— Ça va ? demanda-t-il d'une voix douce.

Elle hocha la tête.

— Y a-t-il autre chose que vous aimeriez me dire ?

— Tu es un bon garçon, Bob. Tu l'as toujours été.

C'était gentil à elle de dire ça, mais ça ne répondait pas à sa question.

— Pas si bon que ça, répliqua-t-il avec un petit sourire dans le regard.

Pourtant, il n'arrivait pas à se détendre tout à fait. Il glissa une carte de visite dans la paume de Patsy.

— Gardez-la à portée de main, d'accord ? Tous les numéros auxquels on peut me joindre sont inscrits là-dessus. Si vous pensez à quelque chose dont vous souhaitez me parler, je compte sur vous pour m'appeler. Idem s'il se passe quoi que ce soit d'inhabituel. Mieux vaut prévenir que guérir, pas vrai ?

Elle acquiesça d'un signe de tête. Pourtant, il savait qu'elle ne lui faisait pas entièrement confiance. C'était sans doute sa faute, songea-t-il. Il avait de plus en plus espacé ses visites, au cours de ces dernières années. Mais même s'ils ne se voyaient plus beaucoup, il la connaissait assez bien pour sentir sa réserve.

— Patsy…

— Je t'appellerai si je pense à autre chose, dit-elle d'une voix douce avant de lâcher sa main. En attendant, tu ne devrais pas t'inquiéter autant.

— On croirait entendre une de mes ex-femmes, rétorqua-t-il avec un sourire en coin.

Elle se contenta de hausser les épaules avec une petite mimique.

— Ça m'a plaisir de vous voir, Patsy. Au fait, je ne connaissais pas ce prêtre qui vous a conduite l'autre jour chez les Garrison.

— Ça fait un peu plus d'un an que le père Palermo officie à Sainte-Ita. Il a eu l'idée d'organiser une kermesse au profit de l'église. Il a choisi les anges pour thème et j'ai apporté toute la collection de Deirdre. Nous avons passé un très bon moment.

Son Irlande natale perçait maintenant sous l'accent américain.

— Désolé d'avoir manqué ça, dit-il.

Elle lui adressa un sourire espiègle.

— Mais non, tu n'es pas désolé.

— Je devrais venir vous voir plus souvent, Patsy.

— Ça, oui!

— Cela fait longtemps que je n'ai plus entendu cette histoire des trois frères irlandais. Vous pourrez me rafraîchir la mémoire lors de ma prochaine visite, qu'en dites-vous?

— Avec plaisir.

Elle semblait plus détendue, à présent.

— J'espère que Keira va vraiment l'illustrer, ajouta-t-elle. Elle a tellement de talent…

— Oui, elle est très douée.

— Quel plaisir de t'avoir vu, mon petit Bob! Reviens vite sonner à ma porte.

— Comptez sur moi.

Il commença à s'éloigner avant de se retourner brusquement, un doigt pointé sur elle.

— N'oubliez pas de m'appeler, hein? A n'importe quelle heure du jour ou de la nuit. Pour vous, je suis disponible vingt-quatre heures sur vingt-quatre.

Elle leva les yeux au ciel.

— Décidément, tu t'inquiètes vraiment trop.

C'était peut-être vrai, après tout, se dit-il en regagnant sa voiture. Pourtant, il ne parvenait pas à se défaire de cette angoisse diffuse qui l'étreignait. Il avait envie de la mettre sur le compte du solstice d'été et de sa nature pessimiste, mais au fond de lui, il savait qu'il ne s'agissait pas uniquement de cela. C'était d'abord le cadavre découvert dans l'étang artificiel du jardin public, la maison du défunt et sa salle dédiée à Satan. Et à présent, les ennuis de Keira en Irlande.

Sans parler de Fiona. Il avait le sentiment qu'elle ne lui avait pas tout dit.

Fallait-il revenir à la charge, avec Patsy ? Non, ça n'avancerait à rien. Elle était profondément bonne, mais c'était aussi une femme secrète. Sans compter qu'elle était têtue comme une mule. A sa façon, Patsy était une dure-à-cuire. Il se souvint du jour où il l'avait emmenée au bord de l'eau, à l'endroit où un promeneur avait découvert le corps martyrisé de Deirdre, et comment elle avait parlé du diable.

Ce n'est pas un homme qui a pris ma fille. C'est le diable en personne.

Elle avait également dit qu'il existait des façons de le combattre. Et si quelqu'un en ce monde pouvait combattre le diable, songea Bob tandis qu'il mettait le contact, c'était bien Patsy McCarthy.

Après le départ de Bob, Patsy enfila un peignoir et des pantoufles et se versa une larme de whisky qu'elle emporta dans la salle à manger. Elle aurait sûrement du mal à trouver le sommeil, ce soir. Elle avait pourtant l'habitude d'être seule et s'était toujours sentie en sécurité chez elle. Non, c'était autre chose qui la perturbait, songea-t-elle tandis qu'elle observait les anges alignés sur les étagères de l'armoire vitrée. Elle avait mis là les plus belles pièces de la collection de Deirdre.

Tu aurais dû inviter Bob à prendre le thé…

Il aurait accepté, ne serait-ce que pour essayer de la faire parler. Elle voyait bien qu'il la soupçonnait d'avoir gardé des choses pour elle. Mais ça n'aurait pas fonctionné : même autour d'un thé fumant accompagné de sablés et d'une bonne histoire irlandaise, elle n'en aurait pas dit plus.

Sans quitter les anges des yeux, elle se laissa tomber sur une des chaises qui encerclaient la table ovale et sirota son whisky.

Une fois le verre vidé, elle décida qu'il était temps d'aller se coucher. Mais alors qu'elle marchait vers sa chambre, un bruit lui fit faire un détour par la cuisine. Elle alluma la lumière extérieure pour éclairer la véranda, songeant qu'un chat avait sans doute frôlé les tiges d'aluminium du carillon. Il ne lui restait plus qu'un seul de ces merveilleux carillons qui chantaient avec le vent. Autrefois, elle en avait une demi-douzaine disséminés autour de la maison, mais leurs mélodies cristallines n'avaient pas eu l'heur de plaire à sa nouvelle voisine. Elle faisait partie de ces jeunes gens aisés et arrogants qui remplaçaient progressivement les anciens habitants du quartier. Jamais Patsy n'aurait osé exiger une chose pareille d'un de ses voisins. Mais cette jeune attachée de presse n'avait pas de tels scrupules. Elle avait même insisté pour que Patsy retire son dernier exemplaire et avait eu le culot de lui suggérer d'organiser un vide-grenier.

— Ce sera l'occasion de vous débarrasser des vieilleries qui encombrent votre jardin, avait-elle dit avant de jeter un regard mauvais vers le carillon rescapé et d'ajouter d'un ton définitif : Vraiment, il devrait y avoir une loi contre ce type de nuisance sonore.

Comment quelqu'un pouvait-il s'opposer à ce qu'une vieille femme seule jouisse du simple plaisir d'écouter un carillon à vent ?

A une époque, Patsy connaissait le nom de tous les habitants de la rue. Mais peut-être valait-il mieux qu'elle ne sache pas comment s'appelait la voisine. Quand elle s'était installée, cette peste avait expliqué à Patsy qu'elle avait choisi ce quartier pour sa proximité avec le front de mer et le centre-ville. Elle était certaine que ça prendrait de la valeur dans les années à venir. Elle n'avait parlé que d'argent et de plus-values. Patsy se souvenait même qu'elle s'était enthousiasmée en lui assurant que le quartier ne tarderait pas à devenir branché.

— Branché…, maugréa-t-elle en jetant un œil au-dehors par la fenêtre de la cuisine. Et puis quoi, encore ?

S'il s'agissait d'un chat, il faudrait prendre garde à ne pas se passer les nerfs sur lui. Sa voisine était sûrement du genre à se défouler sur un animal innocent, mais pas elle.

Comme les temps avaient changé, depuis l'époque où Deirdre était une gamine qui ramenait toujours plein de monde à la maison ! Patsy aimait faire des gâteaux pour ses copains et ses copines, et les réunir autour d'elle afin de leur raconter des histoires. Elle adorait les enfants et aurait voulu en avoir cinq ou six. Mais ça ne s'était pas passé comme elle l'avait espéré, et elle n'avait eu que Deirdre.

Patsy ouvrit la porte de derrière et posa le pied sous la véranda. Pas le moindre chat à l'horizon, et les tubes du carillon étaient parfaitement immobiles dans l'air humide.

Elle tendit l'oreille, le front plissé. N'entendait-elle pas de la musique ? Mais si ! Ça ne venait ni du carillon ni de son imagination. Et elle était certaine d'avoir encore toute sa raison. Oui, elle entendait bien de la musique ; une musique douce et plaintive dont elle ne reconnaissait pas la mélodie, mais qui avait indubitablement des accents irlandais. D'où pouvait-elle bien venir ?

Etait-ce un voisin éméché qui chantonnait en titubant après une visite au pub ?

Des enfants ?

La musique cessa brusquement. Le carillon sortit alors de sa torpeur, ses tubes s'entrechoquant doucement dans le calme de cette nuit d'été. Qu'est-ce qui avait pu déclencher ce mouvement ? Il n'y avait pas un souffle de vent.

Alors qu'elle se tournait pour regarder le carillon, elle vit une statuette posée sur la large rambarde de la véranda.

Un ange de pierre.

Elle agrippa d'une main les pans de son peignoir et fit quelques pas sous la véranda en se demandant si elle n'avait pas bu plus de whisky qu'elle ne l'avait cru. Non, elle n'était pas ivre, et la statuette en pierre grise n'avait rien d'une hallucination. L'ange se trouvait bien là, haut d'une soixantaine de centimètres, les ailes déployées et tenant sous son bras une harpe irlandaise. Mais c'était son visage qui retenait le plus l'attention : un visage d'une bonté et d'une douceur indicibles.

Comment cette statuette était-elle arrivée là ? Etait-ce un cadeau pour la collection de sa fille ?

Elle posa la main sur le dossier d'une chaise en métal. En tout cas, la musique n'était pas venue de cette statuette.

A moins qu'il ne s'agisse d'une sorte de boîte à musique ?

Et si quelqu'un l'avait placée là pour lui jouer un tour ?

Les vrais anges, se souvint-elle, n'apparaissaient qu'à ceux qui le méritaient.

Je ne mérite pas une telle grâce.

Les anges venaient aussi pour combattre les démons dont le prince était Lucifer.

Je ne suis pas un démon… Juste une pécheresse.

Et puis, il ne s'agissait que d'une statuette. Une magnifique statuette, certes, mais ce n'était pas vraiment un ange.

Elle allait appeler Bob et lui demander de revenir. Elle allait tout lui dire. Tout ce qu'elle savait et tout ce qu'elle croyait savoir.

Abandonnant l'ange sur la rambarde de la véranda, elle rentra dans la cuisine et verrouilla la porte derrière elle.

Patsy…

La voix venait de la salle à manger.

Patricia Brigide McCarthy…

Celui qui murmurait son nom se trouvait là, dans la maison. Elle s'empara de la carte de visite de Bob, mais elle savait qu'il était trop tard.

Le diable était venu la chercher.

17.

Péninsule de Beara, Irlande
Le 23 juin à 5 h 30, heure d'été irlandaise

Dans son sommeil, Keira laissa tomber le bras gauche sur le ventre de Simon. Si ce geste ne le réveilla pas, c'est qu'il avait déjà les yeux ouverts depuis un bon moment. Adieu la clôture électrique ! songea-t-il avec un sourire. Cela ne le dérangeait pas, au contraire. Simon n'avait jamais été partisan des clôtures entre les femmes et lui. Surtout quand elles étaient aussi belles que Keira.

Elle était tellement proche de lui qu'il sentait la chaleur de son corps. La lumière du petit matin s'invitait par la fenêtre et caressait ses longs cheveux blonds et sa peau d'albâtre. A la voir ainsi étendue auprès de lui, on aurait pu croire que… Mais son sommeil n'avait rien du paisible repos d'après l'amour.

Elle gémissait et se tortillait, ployait et déployait les jambes avec des spasmes nerveux. Il vit soudain son corps se tendre et elle agrippa son T-shirt, ainsi qu'un bon morceau de chair. Dieu merci, elle avait les ongles courts. Les jointures de ses doigts étaient écorchées et ses poignets tout griffés, témoignage éloquent des heures passées dans les décombres de la hutte. Sa main, à fois forte et délicate, refusait de lâcher prise. L'espace d'un instant, Simon ne put s'empêcher de l'imaginer en train de se promener sur lui.

A quoi bon se torturer ?

Mieux valait penser à autre chose. A ce que Keira avait pu passer sous silence au sujet de son voyage en Irlande, par exemple.

De toute évidence, elle savait se débrouiller seule et n'était pas du genre à paniquer pour un oui ou pour un non. Toutefois, il n'aurait pas été étonné d'apprendre qu'elle était venue sur la péninsule de Beara avec l'idée que les fées la protégeraient en cas de coup dur. Allez savoir… Peut-être avaient-elles vraiment veillé sur Keira dans cette hutte en ruines. En toute logique, l'effondrement aurait dû lui être fatal. Pourtant, elle avait survécu. Non seulement ça, mais elle s'en était sortie presque indemne.

Simon devait reconnaître qu'elle aurait même pu réussir à s'extraire des décombres sans son aide. En revanche, il se demandait comment elle aurait réagi s'il n'avait pas été là quand elle s'était rendu compte que ses vêtements étaient maculés de sang.

Elle poussa un cri et enfonça les doigts dans la poitrine de Simon. L'instant d'après, il sentit son genou qui allait le percuter, mais évita le coup tandis que l'autre main de Keira se posait sans ménagement sur son visage.

Il était temps de la réveiller. Son travail avec Fast Rescue le conduisait souvent à dormir dans une certaine promiscuité, et il n'était pas rare qu'un volontaire soit la proie de cauchemars. D'ordinaire, il se contentait de secouer l'agité et de lui lancer : « Réveille-toi, mon vieux, tu fais un cauchemar. » Mais il se voyait mal faire ça avec Keira.

Il saisit la main qui agrippait son T-shirt et sa peau.

— Keira…

Elle s'assit brusquement en se cramponnant à lui. Elle respirait fort, toujours happée par le monde des rêves, une expression à la fois dégoûtée et effrayée sur le visage.

— Keira… Keira… Tu fais un cauchemar.

Elle posa sur lui des yeux hallucinés, puis le repoussa, retombant sur le matelas avant d'aller se réfugier de son côté du lit. Simon se demanda ce qui l'avait le plus perturbée : le cauchemar ou le fait de se réveiller un peu trop près de lui ?

— J'étais...

Elle passa une main nerveuse dans ses cheveux et mit encore un peu plus de distance entre elle et Simon.

— J'étais couverte d'araignées et de limaces, dit-elle avec un frisson.

Simon s'adossa confortablement contre les oreillers.

— C'est moche.

— Moche ? s'écria-t-elle. C'était ignoble, tu veux dire !

— Il est normal de faire des cauchemars après une expérience traumatisante.

Elle leva les yeux vers la fenêtre. Le store relevé et les rideaux écartés laissaient entrevoir un petit enclos à moutons tout au bout du jardin.

— Et toi, tu fais des cauchemars ? demanda-t-elle sans le regarder.

— Ça m'arrive de temps à autre.

— Ton travail avec Fast Rescue...

— Je ne me suis pas lancé là-dedans à l'aveuglette, tu sais. Je suis entraîné à gérer les situations que je rencontre au cours de mes missions. Mais rien ne pouvait te préparer à ce que tu as vécu dans cette hutte.

Elle tourna la tête et ses yeux très bleus se posèrent sur lui.

— Je ne t'ai pas fait mal, au moins ?

— Pas du tout.

Un sourire se dessina sur les lèvres de Simon.

— En fait, c'est une façon plutôt agréable de commencer la journée. Si j'étais resté à Londres, je me serais réveillé dans un grand lit tout vide. Alors que là, c'est beaucoup plus chaleureux...

— Je vais aller sur le canapé. Tu peux te rendormir.

— Je suis parfaitement réveillé, répondit Simon en sautant hors du lit. D'ailleurs, j'avais l'intention de me lever. Prends ton temps, je vais aller faire du café.

— D'accord. Je crois que...

Elle se frotta le bras comme pour en chasser une bestiole.

— … que je n'ai pas tout à fait fini de me battre contre les limaces et les araignées.

Elle avait les cheveux en bataille et son T-shirt lui remontait au milieu du ventre. A présent qu'elle était en sécurité, elle se permettait — consciemment ou non — de ressentir la peur, le sentiment de claustrophobie ou toute autre émotion qu'elle avait refoulée durant sa captivité.

Et il aurait fallu qu'il soit lui-même une limace visqueuse pour profiter de sa vulnérabilité.

Il alla se réfugier dans la cuisine et remplit d'eau la bouilloire électrique. Une fois la petite lumière rouge allumée sur le côté de l'appareil, il partit enfiler un jean et un pull dans la salle de bains. Le miroir lui renvoya l'image d'un homme hirsute à la barbe naissante. Il s'humidifia les mains, s'efforçant en vain de mettre un peu d'ordre dans sa tignasse. Il n'insista pas et retourna dans la cuisine. Une fois le café prêt, il attrapa deux mugs en jouant à imaginer qu'il vivait ici avec Keira et que c'était la matinée ordinaire d'un couple entamant sa journée. Bien sûr, il n'aurait sûrement pas quitté le lit aussi vite, s'il avait vécu ici avec la belle Mlle Sullivan.

Il s'abandonna quelques secondes à cette rêverie avant de se tapoter les joues comme pour se réveiller. Son mug rempli, il alla s'asseoir au-dehors, sur la marche qui menait à la porte. Le soleil faisait de timides apparitions, réchauffant la douzaine de moutons qui se réveillaient derrière la clôture de bois, puis se rétractait à l'abri de nuages gris métal. L'air vivifiant avait un parfum de roses et d'herbe mouillée. Parfois, le vent changeant portait aussi l'odeur de la mer.

Keira ne tarda pas à le rejoindre, son mug fumant à la main. D'un mouvement de tête, il indiqua les collines spectaculaires qui se dressaient devant eux.

— C'est un endroit magnifique, mais de là à y rester seule six semaines… Tu ne crois pas que ça risque de faire un peu long?

— Entre le travail et la découverte des lieux, je ne pense pas avoir le temps de m'ennuyer, répondit-elle avec un petit sourire gêné. Et puis, je ne serai pas toujours seule. J'ai des amis de San Diego qui ont prévu de passer des vacances en Irlande et qui m'ont promis une visite. Sans compter que Colm Dermott sera là fin juillet avec sa famille. De toute façon, j'aime bien voyager seule. Ça permet de faire des rencontres.

Simon se tourna vers elle.

— Keira, j'ai contacté la police irlandaise. Ils vont venir ce matin inspecter les ruines de la hutte.

— Quand as-tu appelé ?

— Pendant que tu rêvais d'araignées et de limaces.

— Je suppose que tu as bien fait, dit-elle d'un air peu convaincu.

Elle but une gorgée de café et fit la grimace.

— Il est fort, dis-moi…

— Désolé, j'ai dosé un peu au pif.

— Ce n'était pas un reproche. Je le trouve très bon. Merci, Simon.

Elle avait mis un jean et un maillot de rugby dans lequel on aurait pu faire entrer deux personnes de son gabarit. Ses cheveux avaient été sommairement brossés, et Simon devait admettre que son cœur avait fait un drôle de bond quand la porte s'était ouverte sur son joli visage encore engourdi de sommeil. La plupart des hommes qui posaient les yeux sur Keira Sullivan devaient instantanément tomber amoureux d'elle. Alors pourquoi n'était-elle pas venue ici avec quelqu'un ? Il hésitait à lui poser la question, mais la curiosité finit par l'emporter.

— Pas de petit ami pour t'accompagner en Irlande ?

— Non, répondit-elle en le regardant droit dans les yeux. Comme je te l'ai dit, je suis ici pour travailler.

— Et la présence d'un homme t'en empêcherait ?

— Ce n'est pas ce que j'ai dit.

Elle marcha jusqu'à la clôture et but une nouvelle gorgée de café, le mug serré entre ses mains, le regard perdu en direction du pâturage.

Simon l'observait, conscient qu'elle avait l'esprit ailleurs. Sans doute songeait-elle à ce qu'elle avait vécu dans l'ancienne hutte. Il se fit discret pour lui laisser le plus d'espace possible, profitant de l'occasion pour sonder son propre état d'esprit. Il ressentait un violent besoin de protéger cette femme, de pourfendre les démons qui l'assaillaient peut-être. Ne pas l'admettre — et ne pas admettre ce que cela signifiait — aurait été malhonnête de sa part. Mais pour l'aider, encore fallait-il trouver la clé qui permettrait d'accéder à son univers. Et la chose ne s'annonçait pas simple. Keira était une femme indépendante, voire solitaire, qui se suffisait à elle-même. Non qu'elle se défiât de lui, mais c'était simplement sa nature.

Son père était ainsi, et ça lui avait coûté la vie...

Son café à la main, il la regarda se diriger vers le sentier qu'ils avaient emprunté la veille en revenant du pub. En contrebas, on pouvait voir l'eau du port étinceler dans la lumière du matin. Elle s'arrêta là où fleurs sauvages et rosiers se mêlaient dans une explosion de couleurs, comme absorbée par le spectacle, par la vie qui émanait de ce paysage, par les promesses qu'il renfermait. Il y avait quelque chose de simple et naturel, chez cette femme, qui touchait profondément Simon, et il ne pouvait nier une folle envie de la soulever de terre, de la porter jusqu'au cottage et de s'y enfermer toute la journée avec elle.

— Au fond, je ne te connais pas du tout, dit-elle à brûle-pourpoint en se retournant.

Voilà le genre de sujet qu'il préférait éviter.

— Je ne suis pas sûr qu'il y ait grand-chose d'intéressant à savoir.

— Tu accomplis des missions de recherche et de sauvetage pour Fast Rescue, mais si je ne m'abuse, il s'agit de bénévolat. Tu as donc forcément une autre occupation qui te permet de gagner de l'argent. A moins que tu ne vives de tes rentes, bien sûr.

Il secoua la tête avec un sourire pour réfuter cette dernière hypothèse.

— Alors, je serais curieuse de savoir quel boulot on peut laisser tomber du jour au lendemain, pour partir à l'autre bout du monde secourir les victimes d'un volcan, d'un tsunami ou d'un tremblement de terre… Quel boulot vous permet de vivre sur un bateau, d'être un matin à Boston et le soir à Londres, de…

— Je suis à mon compte, coupa-t-il.

Ce n'était pas vraiment un mensonge.

— Je conseille des particuliers et des entreprises. Je leur apprends à anticiper et à éviter toutes sortes de catastrophes, naturelles, industrielles ou personnelles. Je les aide aussi à les gérer, si d'aventure ils ne parviennent pas à y échapper. Il m'arrive également de faire le guide pour une clientèle un peu spéciale.

— Le guide ?

— Imaginons par exemple qu'une artiste souhaite rechercher en pleine nuit les ruines d'une mystérieuse hutte située sur une péninsule éloignée de tout… Eh bien, je m'assure qu'elle puisse s'y rendre et en revenir en toute sécurité.

— Il ne faisait pas nuit. Ici, le soleil ne se couche pas avant 10 heures du soir, en juin.

— Laisse ce genre de détail de côté, Keira, et dis-moi plutôt ce que tu fais vraiment ici.

— Comment es-tu devenu volontaire pour Fast Rescue ?

Il soupira. Manifestement, elle entendait mener cette conversation à sa guise.

— Un ami m'a présenté Owen il y a un an et demi.

C'était vrai, mais ce n'était pas si simple. L'ami en question n'était autre que John March, le directeur du FBI. Fast Rescue avait besoin de spécialistes en recherche et sauvetage, et il se trouvait que Simon, alors en train d'organiser sa vie post-FBI, en était un. A cette époque, Owen n'était pas encore fiancé à la fille de March, et ce dernier ne le connaissait qu'en tant que voisin de Chris Browning, son gendre assassiné. Owen possédait en effet une maison de vacances dans le Maine, juste à côté de la propriété de Chris et de celle qui était désormais sa veuve, Abigaïl March.

Abigaïl, fille de John, qui allait bientôt devenir la femme d'Owen Garrison…

Au moment de leur rencontre, Simon avait repris du service pour le FBI, œuvrant en tant qu'agent infiltré pour faire tomber Norman Estabrook. Owen, qui ne laissait rien au hasard dès lors qu'il s'agissait de Fast Rescue, avait fait jouer ses puissants réseaux pour mener son enquête sur la nouvelle recrue. Il était ainsi parvenu à découvrir les liens personnels qui unissaient Simon à March, ainsi que son statut d'agent infiltré dans l'entourage de Norman Estabrook.

Soucieux de ne pas le mettre en danger et de ne pas contrarier une importante mission gouvernementale, Owen avait choisi à contrecœur de ne rien révéler de tout cela à la femme qu'il aimait… Et qui, par conséquent, ignorait à ce jour que son père était aussi un peu celui de Simon Cahill.

Dès que quelque chose touchait au FBI, on ne révélait que le strict minimum à ceux qui n'étaient pas directement concernés. Ce principe, valable pour Abigaïl, l'était aussi pour Keira, songea Simon.

Une vache brune s'approcha de la clôture et contempla Simon d'un œil morne et doux. Lorsqu'il traversa le sentier pour aller la caresser, l'animal poussa la tête contre sa paume, visiblement ravi de l'attention qu'on lui portait.

— Alors, madame la vache, qu'avez-vous vu avant-hier ? Avez-vous vu Keira quitter le cottage et s'éloigner en direction des collines ? Avez-vous vu quelqu'un se glisser chez elle pour voler la note où était inscrit son itinéraire ?

Il pencha l'oreille vers la gueule de la vache comme s'il écoutait ce qu'elle avait à répondre.

— Ah, vraiment ? dit-il avec une mimique étonnée. Des fées ? Vous m'en direz tant. Des fées qui dansaient sous le solstice d'été ?

Il regarda Keira par-dessus son épaule.

— Tu ignorais que les vaches irlandaises savent parler ?

— C'est bon, c'est bon, dit-elle en riant avant de jeter le reste de son café dans l'herbe. Et si on allait là-haut rejoindre les policiers ?

18.

Péninsule de Beara, Irlande
Le 23 juin à 6 h 30, heure d'été irlandaise

Le café et la lumière du jour avaient redonné un peu de couleurs à Keira, qui s'efforçait de suivre Simon à travers le pâturage en pente. La hutte en ruines n'était plus qu'à une dizaine de minutes, mais elle avait de plus en plus de mal à tenir le rythme.

— Ralentis, s'il te plaît… Je suis grande, mais je ne peux pas faire des foulées aussi amples que les tiennes. Il faut presque que je coure pour ne pas me laisser distancer. Surtout que je n'ai pas entièrement récupéré de mon cauchemar et du réveil aux aurores…

Il tourna légèrement la tête pour lui jeter un coup d'œil, et elle remarqua que le vent jouait avec ses cheveux sombres.

— Je pensais que mon café te donnerait un coup de fouet.

— Il m'a donné un coup de fouet, répondit-elle. Si je n'en avais pas bu, je serais sans doute en train de ramper.

Des nuages menaçants s'accumulaient au-dessus des collines et le vent se levait, mais l'air frais faisait du bien à Keira. Elle espérait que cela l'aiderait à clarifier son esprit et à chasser les derniers résidus de cet affreux cauchemar. Il y avait aussi la sensation troublante que lui avait laissée son réveil brutal, quasiment dans les bras de Simon. Son bon sens lui suggérait de résister à l'attirance physique qu'elle éprouvait pour lui. Il repartirait bientôt pour Londres, et menait une vie très différente de la sienne. Bien sûr, une aventure d'un soir pouvait être agréable, mais ça n'avait jamais été sa tasse de thé.

Arrivé devant une nouvelle clôture, Simon prit appui sur un poteau et sauta l'obstacle avec une aisance déconcertante. Une fois de l'autre côté de la barrière, il tendit la main à Keira. Elle la prit, se faisant violence pour ne pas se jeter dans ses bras. Mais alors qu'elle avait le pied sur le poteau de bois et s'apprêtait à sauter dans l'herbe, il l'attrapa par la taille et la posa en douceur à côté de lui.

— Tu allais atterrir dans une crotte de mouton, dit-il avec un petit sourire.

Elle baissa les yeux vers l'endroit où elle avait failli tomber. Simon avait dit vrai.

— Je vois que tu sais adapter tes compétences professionnelles à toutes sortes de terrains.

— Quand on est capable d'éviter les mines, on est capable d'éviter les crottes de moutons. Et puis, c'est un plaisir de te protéger. Surtout que tu n'es pas du tout du genre à chercher les ennuis, ajouta-t-il d'un ton sarcastique.

Simon commença à descendre en direction de la végétation dense et humide qui poussait le long du ruisseau. Keira suivait tant bien que mal, décidée à ne pas se laisser distancer.

— Je ne cherche pas les ennuis, mais je ne suis pas parano non plus, répondit-elle. Je ne vais pas me calfeutrer chez moi sous prétexte qu'il pourrait m'arriver quelque chose si je sortais.

— Oui, j'avais cru comprendre ça.

Il marcha jusqu'au bord du ruisseau.

— Si c'est bien la statuette d'un ange, que tu as vue dans cette hutte, et non une simple pierre aux formes étranges, comment a-t-elle pu atterrir là ? dit-il en poussant la branche basse d'un chêne qui s'inclinait presque jusqu'à l'eau. Et comment se fait-il que personne ne l'ait trouvée avant toi et vendue à un musée ou sur eBay ?

— Je ne sais pas.

— Autre question, tout aussi importante, sinon plus : comment l'ange s'est-il volatilisé et où se trouve-t-il à présent ?

Keira frissonna. Elle regrettait de ne pas avoir mis un manteau au lieu du simple pull qu'elle avait enfilé par-dessus son maillot de rugby.

— Encore une chose que j'ignore, reconnut-elle.

Les questions de Simon — incessantes depuis qu'ils avaient entamé leur marche vers les décombres de la hutte — ne la dérangeaient pas. Au lieu de se sentir agressée, sur la défensive, Keira avait au contraire le sentiment qu'elles l'aidaient à mieux se souvenir des détails de sa mésaventure.

— Parle-moi des fées dans cette histoire, dit-il en progressant le long du ruisseau. S'agit-il de créatures féeriques solitaires, comme les banshees et les leprechauns, ou bien d'une bande de fées ?

— Tu connais le folklore irlandais ?

— Pas vraiment. Juste assez pour te poser ce genre de question.

— Et pour provoquer des villageois dans un pub irlandais, n'est-ce pas ?

Il ne répondit pas, se contentant d'esquisser un sourire.

— Il s'agit bien d'une bande de fées, comme tu dis, reprit-elle. Du moins selon la version racontée par Patsy McCarthy. Les fées sont déterminées à récupérer l'ange et rien ne les arrête. Elles estiment que la statuette doit leur revenir…

— Parce qu'elles pensent que l'ange est l'une des leurs, transformée et pétrifiée par un sort, acheva-t-il.

— Alors tu as été attentif, hier soir ?

— Difficile de résister à une histoire magique, répondit Simon. Surtout quand elle est racontée par une jolie femme au cœur de la nuit irlandaise.

Keira préféra ne pas s'attarder sur le plaisir que lui causait ce compliment.

— Quand on vient ici, dit-elle, on comprend mieux comment la tradition orale, encore si forte dans ce pays, a pris racine.

— C'est vrai… Mais pour revenir à Patsy McCarthy, j'ai le sentiment qu'elle a réussi à se persuader que la statuette existait vraiment.

Simon s'interrompit pour pousser une autre branche basse dont l'extrémité frôlait la berge du ruisseau.

— Je n'ai pas entendu tout ce qu'elle t'a dit à la vente aux enchères, mais j'ai cru comprendre qu'elle prend parti pour les trois frères, et qu'elle s'imagine que l'ange porte bonheur à celui qui l'a en sa possession.

— Oui, et c'est elle qui m'a conseillé de le chercher la nuit du solstice d'été.

— Parce que c'est ainsi qu'il apparaît dans son récit, nota Simon. Près de la cheminée, la nuit du solstice d'été. Du coup, une autre personne qui connaîtrait bien cette histoire aurait pu avoir la même idée…

— Et se trouver avec moi aux abords de la hutte avant-hier soir, termina Keira.

Juste devant eux, à une dizaine de mètres, Keira aperçut le lierre et les pierres enchevêtrés à l'endroit où la hutte s'était effondrée sur elle. Paradoxalement, l'ancienne structure se repérait de plus loin maintenant qu'elle était presque entièrement détruite.

Alors qu'elle sentait l'angoisse monter en constatant qu'elle avait été distancée malgré ses efforts, Simon s'arrêta et se retourna.

— Ça va?

Elle hocha la tête, s'efforçant de faire bonne figure et d'oublier la boule qui s'était formée dans sa gorge.

Ne te laisse pas aller à la peur. Il faut garder l'esprit clair pour élucider ce mystère.

— J'ai réfléchi à quelque chose, dit-elle en continuant à marcher. Plus j'y pense, plus je me dis que c'est l'effondrement de la hutte qui a fait apparaître l'ange. Il devait être enfoui quelque part dans la cheminée, et l'éboulement a détruit sa cachette.

— Possible… Mais ça ne nous dit pas ce qui a provoqué l'éboulement. Cette hutte tenait debout depuis des temps immémoriaux, et voilà qu'elle s'écroule comme un château de cartes juste au moment où tu décides d'y pénétrer. Avoue que c'est troublant, non?

— Oui… L'hypothèse la plus plausible est que quelqu'un était là en même temps que moi, et qu'il ou elle a provoqué l'effondrement en fouillant les abords de la hutte pour retrouver la statuette. Mais ce que je ne comprends pas…

Debout face à l'arbre qui avait obstrué l'unique entrée de la hutte, Keira s'interrompit un instant, le front plissé.

— Ce que je ne comprends pas, reprit-elle, c'est pourquoi cette personne m'a abandonnée sous les décombres. Elle aurait au moins pu m'appeler pour voir si j'étais blessée et aller chercher du secours. Pourquoi n'en a-t-elle rien fait?

Le visage de Simon s'assombrit.

— Bonne question. As-tu parlé de l'histoire de Patsy à quelqu'un?

— Seulement à Colm Dermott, pour savoir s'il la connaissait. Mais Patsy a pu la raconter à beaucoup de monde.

— Qui d'autre savait que tu venais ici marcher sur les traces d'une ancienne légende irlandaise?

— Je n'en ai pas fait un secret, mais seuls mes proches connaissent les détails de mon voyage. Je n'allais pas crier l'adresse exacte du cottage sur tous les toits. J'ai conscience d'être relativement isolée, ici.

Alors qu'elle approchait d'un amas de pierres, Keira faillit marcher sur une touffe de laine de mouton abandonnée dans l'herbe haute. Elle réprima un haut-le-cœur tandis que l'image de ses vêtements maculés de sang lui revenait à la mémoire avec une précision répugnante.

— Keira?

— Ça va, ça va… J'ai juste besoin de me repérer un peu, répondit-elle en chassant l'affreux souvenir.

Simon vint la rejoindre, si près que leurs bras se frôlèrent.

— Il y a des détails qui te reviennent, maintenant que tu es là?

Dos à la ruine, elle contempla les jeux d'ombre et de lumière à la surface de l'eau claire.

— C'est un endroit enchanteur, n'est-ce pas ?

Il ne répondit pas et elle se retourna, plissant les yeux en direction de l'arbre mort et de la cheminée à demi effondrée.

— Je ne suis pas venue ici en catimini, dit-elle. Sans annoncer mon arrivée avec des roulements de tambours, mais sans chercher non plus à me faire particulièrement discrète. Et c'est vrai qu'avec la présence de ce chien noir, je n'ai pas pris le temps de bien observer les alentours. Franchement, je ne pensais qu'à me mettre à l'abri. Maintenant, si quelqu'un se trouvait là et ne voulait pas être vu, j'ai sûrement fait assez de bruit pour l'alerter et lui donner le temps de se cacher. Quant à ce mouton étripé… Je doute qu'il ait péri de mort naturelle. S'il avait fait une chute, on ne l'aurait pas retrouvé dans cet état-là.

Elle fixa les restes de la hutte d'un regard perplexe.

— En tout cas, ce n'est pas mon imagination qui a fait tomber ces pierres sur ma tête.

— Non. La structure devait être instable et personne n'avait dû s'en approcher depuis longtemps. Tu as eu peur de ce chien et tu n'as pas pris les précautions nécessaires, voilà tout.

Il n'avait pas dit ces mots d'un ton de reproche. Il exprimait simplement sa pensée, sans chercher à désigner un coupable.

— Peut-être, mais ça n'explique pas la disparition de la statuette… Quelqu'un a peut-être délibérément provoqué l'effondrement de la hutte afin de me mettre hors d'état de nuire et de dérober l'ange. Si c'est une authentique statuette celtique et qu'elle est très ancienne, elle a sûrement une grande valeur.

— Et si elle a été taillée dans la masse, elle doit peser son poids.

— Elle ne mesure qu'une soixante de centimètres, Simon. Je doute qu'elle soit si lourde que ça.

— Donc, d'après toi, ce « quelqu'un » se serait faufilé à l'intérieur dans la hutte après son effondrement, aurait subtilisé l'ange et…

Keira l'interrompit en secouant la tête.

— Pas *après*, mais *pendant* qu'elle s'effondrait sur moi. J'ai aperçu l'ange lors d'une brève accalmie. Une fois que l'éboulement a repris, je ne pouvais plus rien voir. J'étais recroquevillée sur moi-même, la tête dans les bras. Le vol a pu se produire à ce moment-là.

— Pour le moins risqué, commenta Simon avec une moue sceptique.

— Qui ne risque rien n'a rien, rétorqua-t-elle. C'était le moment ou jamais.

Elle indiqua l'arbre couché devant l'entrée de la ruine.

— Je te parie qu'il a fait tomber l'arbre — délibérément ou accidentellement — en quittant la hutte, puis s'est rendu dans mon cottage pour faire disparaître la note que j'y avais laissée.

— Afin de retarder les secours ? demanda Simon.

— Exactement.

— Tu penses à quelqu'un ?

— Non.

Elle sentait le regard de Simon sur elle et se tourna vers lui, remarquant au passage à quel point ses yeux étaient beaux. Ils avaient la couleur des collines verdoyantes qui s'élevaient au-dessus d'eux. Une goutte de pluie s'écrasa sur ses cheveux. Le vent se levait. On l'entendait déjà siffler sur les hauteurs. La police ne tarderait pas à arriver, et elle devrait une nouvelle fois répondre aux questions, s'expliquer, se justifier, revivre son calvaire : qu'était-elle venue faire ici ? Que lui était-il arrivé ? Il lui faudrait sans doute revenir sur chacune des heures passées sur le sol irlandais.

Son regard se posa sur des traces de sang séché visibles sur le sol, juste à côté de l'arbre couché, et elle tourna brusquement les talons avant de se mettre à courir, éperdue, à travers les arbres et la broussaille qui envahissait les abords du ruisseau. Elle arriva devant le fil barbelé d'une clôture, marquant à peine un temps d'arrêt avant de l'enjamber au risque de se blesser.

Le vent soufflait violemment dans le pâturage à ciel ouvert. Elle entendait des bêlements de moutons, sans pouvoir dire s'ils étaient proches ou portés par les rafales. Debout sur un rocher qui émergeait au-dessus de l'herbe haute, elle distinguait le port en contrebas de la colline, ses bateaux de pêches que la distance transformait en jouets, un joli bateau à voiles dont le luxe tranchait avec la simplicité des lieux. Fermant les bras sur sa poitrine au passage d'une bourrasque, elle plissa les yeux en direction des MacGillicuddy Reeks dont la silhouette dentelée se dressait encore de l'autre côté de la baie, sur le point d'être engloutie par le brouillard et les nuages gris.

Simon, qui venait de la rejoindre, resta un moment silencieux auprès d'elle.

— On va attendre ici que la police arrive, dit-il finalement d'une voix calme.

La *Garda*, songea Keira. La police irlandaise.

— *Garda Síochána na hEireann*, murmura-t-elle comme si elle se parlait à elle-même. Je massacre la prononciation, mais ça veut dire « Gardiens de la paix d'Irlande ». Je trouve ça beau.

— Keira…

— Ça va, je t'assure. J'ai eu une petite crise de panique, mais c'est passé.

Elle sauta du rocher, regrettant de nouveau de ne pas s'être habillée plus chaudement.

— Il faut que je rentre à Boston, dit-elle. Au moins pour quelques jours. Je veux aller voir Patsy et m'assurer qu'elle n'a pas omis de me raconter une partie de l'histoire. Quelque chose qui me permettrait de comprendre ce qui m'est arrivé ici. Et je veux aussi parler à Colm Dermott. Je ne peux pas…

Sa voix se brisa et elle s'interrompit, le temps de se ressaisir.

— Je dois comprendre ce qui s'est passé dans cette hutte, Simon. Je ne peux pas rester ici encore six semaines sans savoir.

— D'accord. Je vais te ramener à Boston. Aujourd'hui même, si tu veux.

Elle hocha la tête.

— Oui, je veux bien.

Elle laissa échapper un long bâillement.

— Je suis encore fatiguée, ajouta-t-elle avec un petit sourire désolé.

Mais sa fatigue n'était pas seulement la conséquence de l'épreuve vécue dans la hutte. Elle était aussi due à la nuit passée avec cet homme qui l'attirait, au fait de s'être réveillée à moitié collée à lui. Il s'en était fallu d'un rien pour qu'elle se jette sur Simon.

Encore une raison de rentrer à Boston, songea-t-elle.

Simon inspira profondément.

— Keira…

Avait-il fait le premier pas, ou bien elle ? En tout cas, Keira se retrouva d'un seul coup dans ses bras. La bouche de Simon se plaqua contre la sienne, transformant en énergie sensuelle toute la tension qui s'était accumulée en elle. Elle jeta les bras autour de son cou et leurs langues se mêlèrent avidement. Elle aima tout de suite son odeur, la texture de ses lèvres, la sensation de son corps dur contre elle, la chaleur qu'il dégageait dans le vent frais.

Lorsqu'il la souleva de terre, T-shirt et pull se relevèrent assez pour qu'il puisse caresser le bas de son dos dénudé. Au contact de ses mains, elle fut traversée d'une décharge de pur désir. Elle se pressa contre lui, persuadée d'avoir entendu Simon émettre un grognement d'excitation, aussi sauvage et instinctif que celui qu'elle venait elle-même de pousser. Une nouvelle bourrasque balaya la colline, suivie de quelques gouttes de pluie. Le contraste entre l'air froid, la pluie et la fournaise de leur baiser lui donnait le sentiment de ne faire plus qu'un avec Simon. Des sensations nouvelles, merveilleuses et indécentes, irradiaient les parties les plus intimes de son corps. Jamais, auparavant, Keira n'avait ressenti un désir aussi cru, aussi impérieux, aussi évident. Elle avait envie de passer les mains dans ses cheveux, de goûter la moindre parcelle de sa chair, de le sentir en elle. Et ce n'était pas seulement la situation qui la mettait dans un état pareil. Avant la fatigue, l'angoisse, le cauchemar, elle avait déjà ressenti une immense attirance pour Simon. Même si elle n'avait pas voulu se l'avouer tout de suite, elle avait eu envie de lui dès qu'elle avait croisé son regard dans la maison des Garrison.

— Rentrons au cottage, dit-elle entre deux baisers. Un orage se prépare. On pourrait oublier l'ange et la hutte et ne penser qu'à nous…

Mais il la reposait déjà sur l'herbe humide. Elle rajusta ses vêtements et régula sa respiration tandis que ses yeux balayaient machinalement les pâturages nus.

Sans doute avaient-ils bien fait de mettre un terme à leur étreinte, songea-t-elle en observant deux hommes qui grimpaient en direction de la hutte.

— Tiens, voilà la maréchaussée, dit Simon avec une pointe d'amusement dans la voix.

— On peut dire qu'ils tombent à pic, tu ne trouves pas ?

— Pas du tout, rétorqua-t-il avant de l'embrasser fougueusement comme pour illustrer son point de vue. On reprendra là où on en était un peu plus tard. On est loin d'en avoir terminé, mademoiselle Sullivan.

Au lieu de répondre, elle courut en direction des policiers en leur faisant de grands signes. Elle avait tellement besoin de réponses aux questions qu'elle se posait… Les « gardiens de la paix d'Irlande » lui annonceraient peut-être qu'ils venaient tout juste d'arrêter un type qui s'amusait à étriper des moutons pour faire peur aux touristes.

Mais au fond d'elle, Keira n'y croyait pas. Parce que les réponses ne se trouvaient pas en Irlande.

Elles se trouvaient à Boston.

19.

Quartier de Jamaica Plain, Boston
Le 23 juin à 10 heures

Abigaïl ouvrit le pot de peinture bleu à l'aide d'un tournevis emprunté à Bob O'Reilly. Sur l'une des pages du journal qui protégeait le parquet, Victor Sarakis semblait la fixer du regard. Comme pour lui rappeler que l'enquête sur sa mort était loin d'être terminée. Ce n'était peut-être qu'une photo en noir et blanc de piètre qualité, mais elle faisait tout de même son petit effet.

Elle essaya de se concentrer sur ce qu'elle faisait.

— Tu aimes la couleur ? demanda-t-elle à Owen qui l'observait, appuyé contre le cadre de la porte.

— C'est une jolie teinte.

Il se fichait pas mal de la peinture et elle le savait bien. Mais elle n'avait pu s'empêcher de lui demander son avis. Elle avait envie qu'il participe, ne serait-ce qu'un peu, à la décoration de leur chambre. Owen était rentré d'Austin la veille au soir. Le regard d'Abigaïl glissa vers le lit qui occupait une bonne partie de la petite pièce. Elle n'avait pas pris la peine de le faire, et les draps sens dessus dessous évoquaient leur nuit d'amour.

— Si tu préfères une autre couleur, dit-elle, c'est le moment ou jamais de le dire.

— Non, non, j'aime bien ce bleu. Je peux t'aider à peindre, si tu veux.

— Merci, Owen, mais c'est tellement minuscule, ici, qu'on ne ferait que se gêner. Au bout du compte, je crois qu'on perdrait du temps et qu'on finirait par s'énerver.

Elle souleva le couvercle du bout des doigts et le posa sur le visage de Sarakis, puis troqua le tournevis contre un petit bâton destiné à remuer la peinture.

— Je ne te chasse pas, tu sais.

— Je sais, répondit Owen.

Mais pensait-il ce qu'il disait ? Elle n'était plus sûre de rien, ces derniers temps.

— Je travaille sur une affaire qui me préoccupe, dit-elle en plongeant le bâtonnet dans le pot de peinture. Je suis obsédée par le diable, ajouta-t-elle avec un sourire forcé.

Lorsque Owen était rentré d'Austin, il l'avait trouvée au lit, en train de lire *Une histoire du diable*, le livre prêté par Charlotte Augustine.

— C'est ton jour de repos, dit-il. Au lieu de repeindre la chambre, tu pourrais t'allonger dans une chaise longue avec un verre de vin et un roman de Jane Austen.

— C'est un bon programme.

Il y avait tant de choses qu'elle aurait pu faire, au lieu de repeindre la chambre…

— Simon est sur le chemin du retour avec Keira dans ses bagages, ajouta Owen.

— Je sais, Bob me l'a dit. Il est dans tous ses états. Remarque, il faut se mettre à sa place… D'abord Keira tombe sur un cadavre dans le jardin public, et ensuite cette histoire en Irlande… Ça fait beaucoup, tu ne trouves pas ?

Abigaïl se mit à remuer énergiquement la peinture à l'aide du bâtonnet.

— Je n'aime pas les coïncidences, ajouta-t-elle.

— Il y a une raison de penser qu'il existe un lien entre ces deux événements ?

— Non.

Lorsqu'il vit qu'elle n'avait pas l'intention de développer, il se redressa, visiblement sur le départ.

— J'ai deux ou trois choses à régler à la fondation. Tu n'as qu'à y faire un saut quand tu en auras terminé avec la peinture. Fiona O'Reilly et ses amis vont revenir répéter. Si tu veux, on pourra se lancer dans une gigue irlandaise.

Abigaïl se détendit un peu.

— Tu sais la danser ?

— Non, mais Bob pourrait nous apprendre.

— Je donnerais cher pour voir ça.

A force d'être remuée, la peinture prenait sa couleur définitive. Une teinte magnifique, songea-t-elle. Elle l'avait choisie seule, alors qu'Owen était une fois de plus par monts et par vaux. Lui pouvait se payer des peintres et même des décorateurs d'intérieur, mais pas elle. Pas avec son salaire. D'ailleurs, elle aimait autant s'en occuper elle-même. Ou, mieux encore, avec Owen. Seulement, les choses ne se passaient pas toujours comme on l'espérait.

— Bob a du mal à me supporter ces derniers temps, reprit-elle, les yeux toujours baissés vers le pot de peinture. Tu te souviens du bouquin sur Satan que je lisais hier soir ? Eh bien, le type qui s'est noyé était obsédé par le diable.

Owen la regarda un moment sans rien dire, comme s'il essayait de faire le lien entre l'agacement de Bob et ce livre sur le diable.

— Bob pense que tu perds ton temps avec cette affaire ?

— En ce moment, j'ai l'impression de lui taper sur les nerfs. Ainsi que sur ceux de tous mes collègues, d'ailleurs. La brigade entière est sous pression depuis que le grand patron nous a demandé d'augmenter le taux d'élucidation des homicides. Et comme il a chargé Bob de veiller à ce que les nouvelles consignes soient appliquées… Tu vois, dit-elle en relevant les yeux, le problème avec l'affaire Sarakis, c'est que rien ne dit que c'est un homicide. A priori, il s'agit d'un accident. Un accident peu banal, c'est vrai, mais néanmoins un accident.

L'air pensif, elle se remit machinalement à remuer la peinture.

— Le médecin légiste a livré ses premières conclusions, mais on attend encore un rapport complet incluant toute une batterie d'examens et de test complémentaires. Ça a pris un peu de retard et on est censés l'avoir d'ici quinze jours maximum. Je devrais peut-être mettre mon enquête entre parenthèses tant que ces nouveaux résultats ne sont pas arrivés.

— C'est ce que tu penses, ou c'est ce que pensent tes collègues ?

— Les deux.

Elle retira le bâtonnet dégoulinant de peinture et le racla contre le rebord du pot métallique.

— Quelque chose n'est pas normal dans la façon dont cet homme est mort.

— Si je comprends bien, dit Owen de sa voix calme et posée, tu penses en ton âme et conscience que dans l'intérêt de l'enquête, il vaut mieux poursuivre les investigations sans attendre le rapport complet du médecin légiste.

— D'autres diraient que je suis simplement têtue comme une mule, mais à tout prendre, je préfère ta façon de présenter les choses.

Elle leva de nouveau les yeux vers lui.

— Je t'aime, Owen. Tu le sais, j'espère ?

— Bien sûr. Abigaïl, tu…

Elle poussa soudain un juron étouffé.

— La peinture va sûrement foncer quand elle séchera sur les murs. Pourquoi n'y ai-je pas pensé ?

— Ça va être magnifique, Abigaïl. Cesse de t'angoisser pour tout, d'accord ? De toute manière, ça m'étonnerait que tu peignes aujourd'hui.

Elle posa le bâtonnet sur le pot de peinture et se redressa d'un mouvement souple.

Elle aimait beaucoup de choses chez Owen, et notamment sa façon de la comprendre sans qu'elle ait besoin de lui fournir le mode d'emploi.

— C'est vrai que je me sens préoccupée, en ce moment. Ce Sarakis me trotte dans la tête en permanence. Je n'arrive pas à l'oublier. Je me dis que j'ai dû passer à côté de quelque chose, et que quelqu'un va faire les frais de mon manque de perspicacité.

— Fais ce que tu as à faire, Abigaïl.

— Avec Bob et Scoop, on a prévu un barbecue, ce soir. On pourrait demander à Keira et Simon de se joindre à nous, qu'en dis-tu? C'est bien cet après-midi qu'ils rentrent d'Irlande?

Owen hocha la tête.

— C'est moi qui vais les chercher à l'aéroport.

— Tout ça ne me dit rien qui vaille, Owen. J'ai été soulagée d'apprendre que la police irlandaise avait décidé d'ouvrir une enquête. Et si un dingue avait suivi Keira jusqu'en Irlande pour essayer de la tuer? Bien sûr, ce n'était peut-être qu'un accident, et son imagination a fait le reste. Mais à la place des policiers irlandais, j'aimerais en savoir plus.

— Parce qu'en tant que policière américaine, tu n'as pas envie d'en savoir plus? plaisanta Owen.

Elle soupira.

— Si, bien entendu. C'est plus fort que moi.

— Simon est sur le coup, tu sais. Il connaît plein de monde, là-bas.

Owen pénétra dans la pièce et vint poser un doux baiser sur les lèvres de sa fiancée.

— Tu sais que tu pourrais peindre cette chambre en rose ou en caca d'oie, ça ne ferait aucune différence pour moi. Ce ne sont pas les murs que je regarde, quand je suis ici.

Elle éclata de rire.

— Et si je te prenais au mot, monsieur le beau parleur? Je me demande quelle tête tu ferais, si tu retrouvais les murs caca d'oie avec des pois roses!

Lorsqu'il s'en alla, quelques minutes plus tard, Abigaïl renonça à peindre sa chambre. Exactement comme il l'avait prédit. Elle remit le couvercle sur le pot et s'assura qu'il était hermétiquement fermé avant de se redresser en soufflant comme une cocotte-minute. Pourquoi Owen ne lui avait-il pas dit de laisser tomber la peinture et de venir passer la journée à la plage avec lui ? Pour peu que la circulation ne soit pas trop dense, on mettait moins de deux heures pour aller dans le sud du Maine.

Mais s'il avait préféré s'éclipser, c'était pour la laisser tranquille. Pour lui permettre de réfléchir en paix à ce qui n'allait pas en ce moment dans sa vie.

Et n'était-ce pas aussi cette délicatesse qu'il l'avait attirée chez cet homme ?

Elle traversa sa petite cuisine pour se rendre dans le jardin. Son appartement, situé au rez-de-chaussée, était le plus petit des trois qui composaient l'immeuble qu'elle avait acheté avec Bob et Scoop Wisdom, un inspecteur de la police des polices. Abigaïl avait entendu Scoop qui partait travailler, tôt ce matin, et elle pensait que Bob avait aussi quitté les lieux. Mais elle le trouva dehors, en train de nettoyer la grille du barbecue, un mug de café à la main.

— Je viens juste de voir passer Owen, dit-il. Comment se fait-il que tu ne sois pas avec lui ?

— Je repeins ma chambre.

— Mais non, tu ne repeins pas ta chambre. Tu es encore en train de penser à cette noyade accidentelle.

Bien sûr, il avait fait exprès de dire « accidentelle » pour la provoquer.

— Tu sais très bien qu'on n'a pas encore les résultats définitifs du…

— Pas officiellement, mais c'est tout comme, coupa-t-il. Le rapport définitif ne t'apprendra rien de nouveau.

Il frotta la brosse métallique contre le magma de graisse et d'aliments carbonisés qui recouvrait la grille.

— Je ne sais pas ce qui se passe dans ton couple, mais vous devriez essayer d'arranger les choses avant que quelqu'un d'autre que moi remarque à quel point ça affecte ton travail.

— Tout va bien avec Owen et rien n'affecte mon travail, rétorqua-t-elle vivement. Et puis ma vie privée ne te regarde pas. Tu n'es pas conseiller matrimonial, que je sache.

Il déposa la patte noirâtre sur une serviette en papier, en bougonnant quelque chose à propos du fait qu'elle n'était même pas mariée. Il portait un short kaki, un T-shirt de l'équipe des Red Sox et des sandales de sport. Pas vraiment la tenue de quelqu'un qui comptait partir travailler, songea-t-elle.

— Crois-en l'expérience d'un homme qui a divorcé à deux reprises, dit-il, cette fois-ci à haute et intelligible voix. C'est encore pire quand on se retrouve seul dans son lit, à se dire qu'on aurait dû s'ouvrir à l'autre au lieu de tout garder pour soi. Ça ne permet pas toujours d'arranger les choses, mais au moins, on sait qu'on a fait tout ce qu'on pouvait.

Abigaïl n'avait aucune envie d'avoir ce genre de conversation avec lui.

— Tu ne vas pas bosser, aujourd'hui ?

— Non… Abigaïl, tu dois m'écouter.

Il pointa la brosse sur elle.

— Tu es restée célibataire pendant sept ans. Durant toutes ces années, tu n'as songé qu'à devenir inspectrice de police et à démasquer l'assassin de Chris.

— J'ai vécu ma vie, Bob, dit-elle doucement, consciente qu'il ne s'arrêterait pas tant qu'elle n'aurait pas répondu quelque chose.

— Oui, mais ta vie tournait autour d'une seule chose : trouver celui qui t'avait privée de ton mari. Le reste venait toujours après. Tu sais que je dis la vérité, Abigaïl. Et quand tu as enfin obtenu les réponses que tu attendais, tu n'as pas eu le temps de les digérer parce que tu es tombée raide dingue d'Owen.

Bob repartit à l'assaut de la grille du barbecue.

— Je pense que tu ne sais plus si tu souhaites rester dans la police, ajouta-t-il.

— N'importe quoi ! Qu'est-ce que je pourrais faire d'autre ?

— Ce n'est pas la question que tu devrais te poser. Demande-toi plutôt si être inspectrice à la brigade criminelle revêt aujourd'hui la même importance pour toi que l'été dernier, quand tu as reçu ce renseignement qui t'a fait partir dans le Maine.

Dans le Maine et plus précisément à Mount Desert Island, songea-t-elle, où son mari était né et avait grandi. Où il était mort, aussi, en pleine lune de miel, sur la côte rocheuse entre la propriété de ses parents et la maison d'été d'Owen. L'assassin avait attendu Chris, tapi derrière un rocher, et il l'avait tiré comme un lapin, le laissant agoniser sur la terre de son enfance. Owen avait retrouvé le cadavre de son ami le matin suivant. Et à présent, huit ans après le drame, Abigaïl était finalement en train de faire le deuil de son mari.

— Je n'ai pas envie de me poser ce genre de questions, répondit-elle à Bob.

— Alors ça prouve que tu me fréquentes depuis trop longtemps. J'ai dû déteindre sur toi, à moins que ce ne soit ce foutu travail… Quand on est flic, on finit par s'habituer à tout refouler.

Il lui adressa un sourire un peu forcé.

— Enfin, dans mon cas, il n'y a peut-être pas grand-chose à refouler. Tu sais que je ne suis pas quelqu'un de très profond.

— Tout va bien entre Owen et moi, dit Abigaïl d'un ton impatient. Au fait, j'ai presque terminé de lire le bouquin que Charlotte Augustine m'a prêté. Lucifer est un ange déchu, tu sais.

Bob lui lança un regard noir.

— Oui, et alors ?

— Keira est allée en Irlande pour essayer de retrouver une statuette représentant un ange vingt-quatre heures après être tombée sur le cadavre de Victor Sarakis…

— Très bien, coupa Bob d'une voix dure. Tu as décidé de n'en faire qu'à ta tête ?

Il jeta brutalement sa brosse sur la grille du barbecue.

— Mais souviens-toi d'une chose. Fille du grand manitou du FBI ou pas, sache que j'ai assez d'expérience et d'influence à la crim pour te faire payer tes erreurs au prix fort.

Abigaïl ne se laissa pas démonter.

— Mon instinct me dit qu'il existe un lien entre la mort de Sarakis et ce qui est arrivé à Keira dans cette hutte irlandaise. Et ton instinct te dirait la même chose si Keira n'était pas ta nièce.

Souligner l'implication personnelle de Bob dans cette affaire allait forcément le rendre furieux. Elle le savait, mais elle n'allait tout de même pas dire le contraire de ce qu'elle pensait simplement pour le ménager.

Comme elle s'y attendait, il la fusilla du regard, rouge de colère.

— Je vais te faire retirer l'enquête.

— Essaie un peu, pour voir.

Le rouge de son visage tourna au pourpre et il grommela un juron avant de tourner les talons en direction de l'escalier extérieur. Quelques secondes plus tard, Abigaïl rentrait la tête dans les épaules tandis que la porte du troisième claquait violemment.

Elle se massa le visage, puis soupira longuement. Comme elle se sentait mal… Elle essaya vaguement de se convaincre qu'elle n'avait fait que se défendre, mais au fond, elle s'en voulait de l'avoir poussé à bout. Bob était son ami et les déboires de Keira l'avaient mis sur les nerfs. Et puis, il y avait la pression qu'on lui mettait pour que la brigade améliore ses performances. Qu'est-ce qui lui avait pris de lui parler comme ça ?

Elle hésita à monter chez lui pour s'excuser, mais préféra finalement renoncer. Elle le connaissait — et elle *se* connaissait — suffisamment pour savoir que ça ne ferait sans doute qu'empirer les choses.

En ce moment, ils étaient aussi infréquentables l'un que l'autre.

Elle retourna dans son appartement, ramassa ses clés de voiture et claqua à son tour la porte derrière elle.

*
* *

Le showroom de Charlotte et Jay Augustine se trouvait au troisième étage d'un immeuble chic du quartier de Back Bay, au-dessus d'un club de remise en forme. De la rue, les immenses verrières du Back Bay Fitness Center laissaient voir des gens tous plus minces les uns que les autres, suant sang et eau sur des machines flambant neuves, équipées de petites télévisions. En comparaison, songea Abigaïl, la salle de sport du département de police semblait dater du Moyen Age.

Un petit ascenseur à déconseiller aux claustrophobes la mena jusqu'au troisième. La porte de la cabine s'ouvrit sur un hall d'accueil dont les murs en briques avaient dû être rénovés récemment. Un magnifique bureau à cylindre marqueté, un vieux fauteuil pivotant et une console Empire composaient le mobilier de l'entrée. Même le gros téléphone posé sur la console était une antiquité en bakélite noire. Il partageait le plateau en marbre avec un ordinateur portable et une boîte à dossiers suspendus, seules concessions à la modernité. A droite du bureau se trouvait une porte fermée qui ne tarda pas à s'ouvrir sur Liam Butler, l'étudiant d'Harvard qui avait été l'assistant de Victor Sarakis.

— Bonjour, inspectrice, dit-il d'un ton enjoué. Il me semblait bien avoir entendu l'ascenseur. Quel bon vent vous amène ?

— Je venais juste faire un petit saut pour remercier Mme Augustine de m'avoir prêté un livre.

— Je vois de quel bouquin il s'agit. Pour ne rien vous cacher, c'est moi qui ai suggéré à Charlotte de vous passer celui-là. Fascinant, pas vrai ? Saviez-vous qu'il existe à Harvard des cours exclusivement consacrés au diable ? C'est dingue, non ? Victor aurait pu animer une de ces classes. Il connaissait tout sur le sujet.

— Et vous, ça vous intéresse ?

— Quoi, le diable ?

Elle hocha la tête.

— Avec modération, dit-il en esquissant un sourire. Quand j'ai commencé à travailler avec Victor, ça me rebutait plutôt. J'en faisais même des cauchemars. Mais après quelques semaines, j'ai fini par m'y faire. Victor comprenait mes réticences. Il disait qu'admettre l'existence du diable et oser le regarder dans les yeux demandait un courage intellectuel qui n'était pas donné à tout le monde.

— J'imagine qu'il faut surmonter certains mécanismes de défense, dit Abigaïl avant d'indiquer la porte d'où Liam venait de sortir. Vous permettez que je jette un œil là-dedans ?

— Vous n'avez pas de mandat de perquisition, je suppose ?

— Vous supposez bien.

— Alors, si je refuse, vous serez obligée de partir, c'est ça ?

— C'est bien ça, répondit-elle en s'efforçant de conserver un ton neutre malgré l'agacement qu'elle sentait monter en elle.

— Oh, j'avoue que c'est assez tentant... Mais si je vous disais d'aller voir ailleurs si j'y suis, vous pourriez penser que je vous provoque, pas vrai ?

Elle préféra ne rien répondre. Elle avait besoin de passer un peu plus de temps avec Liam Butler pour saisir le personnage. On aurait dit qu'il portait les mêmes vêtements que l'autre jour dans la maison de Sarakis, mais ce n'était peut-être qu'une impression. Et elle ne se souvenait pas qu'il ait eu les cheveux aussi gras. Visiblement, il n'avait pas pris de douche depuis un moment. Etait-il du genre crasseux ou la mort soudaine de son employeur l'avait-elle plongé dans une sorte de déprime qui nuisait à son hygiène ? Pourtant, il affichait le même tempérament bon enfant que lorsqu'elle l'avait rencontré chez Victor Sarakis, dans cette étrange salle où le diable régnait en maître. Tant par expérience personnelle que professionnelle, Abigaïl savait que chacun gérait à sa manière la disparition d'un être cher. Et la façon dont réagissait Liam — y compris sa façon de la narguer à propos du mandat de perquisition — ne lui semblait pas si bizarre que ça.

— Jay et Charlotte m'ont donné une clé de leur showroom, au cas où vous vous poseriez la question. Je viens m'assurer que tout va bien quand ils sont en déplacement.

— Ils n'ont pas d'employés ?

— Il leur arrive d'embaucher un intérimaire qui joue les hôtesses d'accueil quand ils attendent la visite d'un client important. Mais ce n'est pas ouvert à heures fixes, ici. C'est pour cette raison que ça s'appelle un showroom et non une boutique. Ce n'est pas vraiment le genre d'endroit où un promeneur va entrer par hasard, si vous voyez ce que je veux dire.

— M. et Mme Augustine savent que vous êtes ici ?

Il haussa les épaules.

— Je l'ignore. Je ne les ai pas vus, aujourd'hui. Je crois qu'ils sont un peu désorganisés depuis quelques jours. Tous ceux pour qui Victor comptait se sentent déboussolés, en ce moment.

Il ouvrit grand la porte et lui fit signe d'entrer.

— Alors, vous avez toujours envie de faire le tour du propriétaire ? Bien entendu, je plaisantais, tout à l'heure, au sujet du mandat. Personne n'a quoi que ce soit à cacher, ici.

Abigaïl pénétra dans une pièce qui devait faire toute la surface, ou presque, du troisième étage de l'immeuble. De grands objets soigneusement étiquetés — meubles, statues, malles — étaient rangés à même le sol tandis que de profondes étagères en accueillaient de plus petits. Elle distingua pêle-mêle des vases colorés, des statuettes d'animaux et de guerriers africains, une boîte incrustée de pierres précieuses et quelques tableaux anciens.

— Jay et Charlotte savent exactement ce qu'ils ont ici, du vitrail d'église que vous voyez là aux crottes de souris qui se cachent derrière, dit Liam.

Abigaïl esquissa un sourire.

— Ils ont une époque de prédilection ?

— Si on veut gagner sa vie dans ce business, il faut savoir être pragmatique et répondre aux demandes des clients. Mais s'ils le pouvaient, ils se consacreraient exclusivement aux premières périodes de l'art médiéval.

Elle se fraya un passage entre des caisses de bois empilées à hauteur d'homme.

— Donnez-moi quelques exemples.

— Vous me posez une colle, là. Déjà que j'ai du mal à me souvenir des collections de Victor… Mais ce que je peux vous dire, c'est que Jay et Charlotte ne conservent pas leurs meilleures pièces ici. Ils ont des trucs qui valent la peau des fesses, et ce showroom n'est pas assez sécurisé pour y entreposer ce type de marchandise. Les objets vraiment rares sont envoyés directement aux clients par le biais d'un service spécialisé dans ce type de livraisons délicates. Qui s'en occupe et comment ça se passe exactement, je n'en sais rien. Ce que je sais, par contre, c'est que les Augustine ont bonne réputation auprès des collectionneurs.

— Alors, les affaires marchent bien, pour eux ?

— A en croire Victor, ils gagnent vraiment de l'argent sur deux ou trois grosses transactions dans l'année. Le reste est de l'argent de poche.

Abigaïl n'avait aucune raison de douter de la véracité de ces informations.

— Dans le livre que m'a prêté Mme Augustine, il est écrit que peintres et sculpteurs n'ont commencé à figurer le diable qu'à partir du sixième siècle, le plus souvent sous une forme quasi humaine. Pensez-vous que les Augustine aimeraient acquérir…

— Ils ne sont pas obsédés par le diable comme l'était Victor, interrompit Liam. Et je ne suis pas certain qu'ils aient la clientèle pour ce genre de thème.

— Alors une statue médiévale de Lucifer ne les intéresserait pas ?

— J'en doute, mais c'est à eux qu'il faudrait poser la question.

Abigaïl entendit s'ouvrir la porte de l'ascenseur.

— Aïe.., dit Liam avec un sourire insolent. Prise la main dans le sac. L'inspectrice suspicieuse revient mettre son nez dans les affaires de la sœur et du beau-frère.

Sans prendre la peine de lui répondre, Abigaïl retourna dans le hall d'accueil, Liam juste derrière elle.

Charlotte et son mari la regardèrent marcher vers eux sans parvenir à dissimuler leur étonnement, mais Jay fut le premier à retrouver ses esprits.

— Inspectrice Browning, bienvenue dans notre showroom. Que peut-on faire pour vous ?

— Vous faites un métier passionnant, dit-elle en guise de réponse. Vous arrive-t-il de négocier des pièces celtiques d'origine irlandaise ?

— On peut s'en procurer, répondit Charlotte, visiblement mal à l'aise.

Avait-elle dit à son mari qu'elle lui avait prêté cette *Histoire du diable* ? Abigaïl en doutait. En tout cas, l'enquête sur la mort de Victor Sarakis semblait les déranger l'un comme l'autre, et on les sentait pressés de voir la police conclure définitivement à une mort accidentelle.

— En ce qui concerne l'art médiéval, ajouta Jay, la période celtique est très recherchée de nos jours. Notamment tout ce qui concerne le bas Moyen Age.

Abigaïl décida de passer à autre chose. Aurait-elle davantage insisté sur le sujet si Bob avait été avec elle ? se demanda-t-elle avec une pointe de culpabilité.

— Est-il possible que M. Sarakis soit venu ici le…

— Le soir de sa mort ? coupa Charlotte en déglutissant. Non, je ne pense pas.

— Il avait une clé du showroom ? demanda Abigaïl.

— Il en possédait une, intervint Liam, mais pas sur lui. C'est moi qui l'avais, le jour de sa mort.

Jay Augustine s'assit devant le bureau à cylindre et alluma l'ordinateur.

— D'autres questions, inspectrice ? demanda-t-il en pivotant dans le fauteuil de bois. Si vous souhaitez visiter les lieux, n'hésitez surtout pas. Vous êtes ici chez vous. Mais je vais vous demander de bien vouloir nous excuser, Charlotte et moi. Nous avons beaucoup de travail.

— J'en ai terminé pour le moment, merci.

— Votre collègue n'est pas avec vous ? demanda Charlotte.

Jay se mit à pianoter sur le clavier de l'ordinateur.

— Mme Browning est venue seule, aujourd'hui, dit-il avant de se tourner de nouveau. N'est-ce pas, inspectrice ? ajouta-t-il en lui jetant un regard froid.

— Si vous pensez à quoi que ce soit qui puisse m'aider dans mon enquête, vous savez où me joindre, se contenta-t-elle de répondre.

Une fois au rez-de-chaussée, elle décida d'aller interroger le directeur du club de fitness. Il n'était pas là, mais elle laissa sa carte au jeune homme musclé qui se trouvait à l'accueil.

— Soyez gentil de lui dire de m'appeler, d'accord ?

Elle indiqua l'ordinateur d'un mouvement de tête.

— Vous consignez les arrivées et les départs des clients ?

— Seulement les arrivées.

— Et vous conservez tout là-dedans ?

— Oui, tout est archivé.

— M. et Mme Augustine sont inscrits chez vous ?

Le jeune homme hocha la tête.

— Mme Augustine est plus assidue que son mari. Mais quand il vient, il faut voir comme il se dépense ! Il utilise toutes nos machines.

L'image de Jay Augustine en short transpirant sur un tapis de course traversa l'esprit d'Abigaïl, dessinant un sourire sur ses lèvres.

— Merci pour votre aide.

— Pas de quoi, dit le jeune homme en mimant le salut militaire.

Elle éclata de rire, détendue pour la première fois de la journée, et retourna à sa voiture en songeant que son enquête n'avait pas avancé d'un pouce. Cinq minutes plus tard, elle tournait dans Beacon Street et se garait devant la maison des Garrison. Lorsqu'elle ouvrit sa portière, elle entendit de la musique irlandaise et se souvint que c'était son jour de repos. Rien ne l'obligeait à parler du diable, d'art médiéval ou de la façon dont un club de remise en forme archivait les allées et venues de ses clients. Elle était libre de faire ce qu'elle voulait, aujourd'hui. Comme danser avec Owen, même s'ils étaient aussi peu doués l'un que l'autre dès qu'il s'agissait de se trémousser sur la piste.

Alors qu'elle avait déjà un pied sur le trottoir, son téléphone portable se mit à sonner. Il s'agissait d'un homme au fort accent irlandais, un certain Seamus Harrigan, inspecteur de police de la *Garda*.

— Je crois que vous souhaitiez qu'on vous rappelle, inspectrice. En quoi puis-je vous être utile ?

Abigaïl rentra la jambe dans l'habitacle et referma sa portière.

— J'aimerais vous parler d'une affaire qui s'est déroulée sur la péninsule de Beara.

Elle hésita une fraction de seconde.

— Ça concerne une citoyenne américaine nommée Keira Sullivan.

20.

Péninsule de Beara, Irlande
Le 23 juin à 20 heures, heure d'été irlandaise

Eddie O'Shea rentra la tête dans les épaules tandis que le vent et la pluie cinglaient de plus belle son visage. Un début de tempête soufflait sur les collines depuis que la police et les Américains avaient quitté les lieux. C'était un temps pour les poètes exaltés, pas pour les tenanciers de pub, songea-t-il en accélérant l'allure sur le chemin escarpé. La main sur sa casquette en laine qui menaçait de s'envoler, il essaya de se rassurer : la soirée serait certainement calme, au village, et son frère Patrick — à qui il avait confié le pub — parviendrait sans doute à s'en tirer jusqu'à son retour sans catastrophe majeure.

Les gouttes d'eau lui fouettaient le visage avec tant de force qu'on aurait dit une pluie d'aiguilles acérées. Le paysage était une douce symphonie de vert et de gris. Lui-même y était habitué, mais Keira Sullivan avait dû le percevoir à sa façon, avec son regard d'artiste, et lui donner un relief particulier à l'aide de ses crayons et pinceaux. Eddie avait toujours habité la péninsule. A en croire sa mère, ses ancêtres vivaient déjà ici un millier d'années plus tôt. Au bas mot, ajoutait-elle toujours. Et au nom de quoi aurait-il mis sa parole en doute ?

Voir une Yankee avec du sang irlandais débarquer au village à cause d'un vieux récit plein de fées, de leprechauns ou d'autres fariboles du même acabit, ça n'était pas si rare que ça…

Simplement, ce récit et cette Américaine n'étaient pas comme les autres.

Il emprunta un pont de bois sous lequel serpentait un ruisseau, comme il l'avait si souvent fait depuis ce jour où il avait échappé à la surveillance de sa mère, traversant seul le ruisseau pour la première fois. Il avait alors trois ans.

Il s'arrêta un instant devant la clôture et reprit son souffle, dos au vent. L'herbe et les rochers promettaient d'être glissants, le sol boueux, et il faudrait se frayer un chemin entre les bouses de vaches et les crottes de moutons. Eddie soupira. Il ne s'était jamais senti l'âme d'un fermier.

Mais il savait qu'il fallait en passer par là s'il voulait retrouver sa tranquillité d'esprit.

Les flics, Keira et le type baraqué — Simon Cahill — avaient fouillé les abords des ruines sans rien découvrir d'autre que les restes sanguinolents d'une brebis étripée. Eddie était parvenu à glaner ces informations en discutant avec Seamus Harrigan, un inspecteur de la *Garda* qui avait fait une halte au pub pour avaler un bol de soupe. Le policier ne savait que faire de cette touriste américaine et de ce qu'elle lui avait raconté, d'autant qu'ils n'avaient rien trouvé dans les décombres. Ni son sac à dos ni le moindre « objet irlandais », comme avait dit Harrigan en faisant la grimace. Rien de rien. Pourtant, il ne prenait pas Keira pour une affabulatrice. Il avait expliqué à Eddie qu'il l'avait trouvée sincère — et, incidemment, franchement belle —, mais il se demandait si cette artiste un peu rêveuse n'était pas le jouet de son imagination.

Harrigan avait bien apprécié Cahill. Comme tout le monde, songea Eddie.

Il décida de se remettre en marche. La pause n'avait que trop duré. Gamin, il serait déjà arrivé à destination depuis belle lurette. Il grimpa sur un rocher pour franchir la clôture plus facilement, ce qui ne l'empêcha pas de s'enfoncer un barbelé dans la cuisse. Il crut entendre le rire goguenard de son frère résonner dans les collines. Pas le rire de Patrick, celui qui s'occupait du pub en son absence. Non, Patrick était un garçon désœuvré, au chômage depuis toujours, tire-au-flanc et fier de l'être... Le bon à rien dans toute sa splendeur. Mais c'était un garçon drôle et joyeux, pas fielleux ni amer pour un sou. Eddie n'aurait pas pu en dire autant du plus âgé des trois frères O'Shea, un fermier qui pouvait être mauvaise langue.

Oui, ils étaient trois, tout comme dans cette vieille histoire qui s'était transmise de génération en génération chez les O'Shea et dont ils étaient désormais les derniers dépositaires.

En tout cas pour ce qui concernait leur famille. Parce que c'était forcément cette même histoire qui avait conduit Keira en Irlande, et sa mère avant elle.

Il n'y avait pas d'autre explication.

La botte d'Eddie s'enfonça de trois bons centimètres dans la boue de l'autre côté de la clôture, mais il parvint à ne pas tomber. Ce n'était pas un temps à mettre le nez dehors. C'était un temps à se calfeutrer dans le pub, à mijoter un ragoût de mouton, à nettoyer le sol ou simplement à rester assis avec une bonne bière en faisant le point sur sa vie.

Il avait fait appel à son instinct plus qu'à sa mémoire pour retrouver ce chemin emprunté mille fois avec ses frères quand ils étaient encore gamins. Il restait quelques clôtures à franchir, sans parler de la pluie et du vent qui semblaient redoubler au fur et à mesure qu'il progressait en direction de la hutte. Alors qu'il pénétrait dans la partie boisée, Eddie ressentit un mélange d'appréhension et d'excitation. Les arbres le protégeaient un peu des éléments déchaînés, et il pouvait à présent voir l'herbe couchée là où Keira, Simon Cahill et les policiers étaient passés.

Eddie n'était pas surpris qu'ils n'aient rien trouvé. C'est le contraire qui l'aurait étonné.

Trente ans plus tôt, la mère de Keira était venue ici même. Elle avait pris le bus depuis Dublin et avait campé seule dans les collines. Eddie et ses frères, alors adolescents, ne l'avaient pas importunée. A cette époque, l'essor économique de l'Irlande était encore à venir et la Beara Way, ce parcours de près de deux cents kilomètres de routes, sentiers et chemins balisés qui faisait le tour de la péninsule, n'était même pas à l'état de projet. A présent, la Beara Way attirait vététistes et randonneurs du monde entier, et Eddie devait reconnaître que sa proximité avec le pub avait eu une incidence très positive sur ses affaires. Mais en ce temps-là, l'isolement — bien plus perceptible qu'il ne l'était aujourd'hui — n'avait pas paru déranger Eileen O'Reilly.

Elle n'était pas particulièrement jolie, se souvint Eddie. Mais si elle était loin de l'extraordinaire beauté de sa fille, Eileen O'Reilly ne manquait ni de charme ni d'allure. Il se rappelait ce jour où elle avait parlé du récit des trois frères avec sa mère, du passage où ils dansaient avec les fées autour de l'ange de pierre. Déjà à cette époque, la mère d'Eddie semblait être l'une des dernières à connaître cette vieille histoire. Tout comme Eileen, elle croyait à l'existence de cette statuette et à la nécessité de la retrouver pour mettre un terme au sortilège qui perdurait dans les collines du pays, et peut-être même au-delà.

De toute sa vie, Eddie n'avait jamais cherché cet ange.

Parce qu'à ses yeux, tout ça n'était qu'une légende, le genre d'histoire qui plaisait aux gamins et aux touristes. D'ailleurs, il ne croyait pas aux créatures féeriques censées peupler son pays.

Alors que faisait-il ici, au lieu d'être au sec et au chaud dans son pub ?

Furieux contre lui-même, Eddie se faufila entre les branches basses aux feuilles gorgées d'eau et atteignit enfin la ruine. Il était d'humeur aussi sombre que le ciel bas qui semblait toucher le sommet des collines. L'endroit n'avait rien de nouveau pour lui. Lui et ses frères étaient souvent venus jusqu'à la hutte de pierre. Et s'il y avait eu une statuette à découvrir, elle n'aurait pu leur échapper. Bien sûr, tout comme Patrick et Aidan, cela faisait des années qu'il n'avait plus remis les pieds ici.

Sur son lit de mort, sa mère avait tenu à ce qu'il lui raconte la fameuse histoire qu'elle lui avait transmise et qu'elle tenait elle-même de sa mère.

— Je t'en prie, avait-elle supplié. Celle avec le fermier, le moine ermite et le bon à rien. Raconte-la-moi, mon fils…

Eddie s'était assis sur un tabouret de bois posé près du feu et lui avait raconté l'histoire des trois frères, encore et encore, tandis qu'elle s'éteignait doucement.

— Je vais rejoindre les anges, Eddie, avait-elle murmuré dans un dernier soupir. Je vois sainte Ita, à présent…

Sa mère, profondément chrétienne, croyait aux anges. Curieusement, elle ne doutait pas non plus de l'existence des fées. Pour Eddie, anges ou fées, c'était du pareil au même : des balivernes, des inventions d'un autre temps.

Sa mère était morte deux jours après le départ d'Eileen O'Reilly pour Boston.

Le déluge se calma un peu et Eddie s'approcha de la ruine. Un arbre déraciné était couché sur le sol, le tronc dans le ruisseau. Seamus Harrigan lui avait expliqué comment lui et ses hommes l'avaient déplacé pour dégager l'entrée de la hutte. Simon, bien entendu, avait participé à l'opération. Il aurait été dommage de se passer d'une telle force de la nature, avait même ajouté l'inspecteur Harrigan avec un sourire. A l'intérieur, ils n'avaient retrouvé que les restes de l'escalier de fortune construit par Keira.

Quand il pensait qu'elle était restée prisonnière là-dedans toute une nuit et la journée du lendemain, tandis qu'il se trouvait tranquillement derrière son comptoir, à plaisanter avec ses amis… S'ils avaient su, lui et ses frères auraient été heureux de lui porter secours. Avait-elle eu peur, seule dans ce tombeau de pierres ? Non, à en croire ce qu'elle avait confié à Harrigan : jamais, au cours des longues heures passées dans la ruine, Keira n'avait douté qu'elle survivrait à cette épreuve. C'était en tout cas ce qu'elle avait affirmé à l'inspecteur perplexe. Qui n'aurait pas été mort de peur, enseveli dans ce trou noir au milieu de la nuit et loin de toute civilisation ? avait demandé Harrigan à Eddie en terminant sa soupe.

Qui, en effet, sinon Keira Sullivan ? songea Eddie. Il lui avait suffi de la côtoyer quelques heures pour comprendre qu'il avait affaire à une femme dont la force de caractère et la détermination étaient hors du commun. Des qualités qui, sans doute, pouvaient aussi lui jouer des tours.

Il marcha jusqu'à l'entrée de la hutte et observa un instant le triste état de ce qui en subsistait. Keira avait eu de la chance de ne pas être sérieusement blessée. Beaucoup de chance. Elle aurait même pu y laisser la vie.

Mais… Qu'est-ce que c'était que ça ?

Eddie fronça les sourcils et se dirigea lentement vers l'endroit d'où l'arbre était tombé.

Du houx poussait à flanc de colline, près de ce qui avait été le conduit de cheminée. Et là, posée au milieu des branches robustes aux feuilles cireuses, se trouvait une pelle. Comme si un fermier venait tout juste de l'y abandonner.

Les policiers s'en étaient-ils servis, ce matin, pour dégager des pierres ?

Non, songea Eddie en passant la main sur le solide manche de bois de l'outil. La pelle n'avait pas été oubliée par un fermier ou par les policiers. Sans pouvoir dire qui, il avait l'étrange certitude qu'elle avait été mise là pour lui, bien en évidence, comme si quelqu'un savait qu'il risquait de la manquer si elle n'était pas placée sous son nez.

De l'eau de pluie goutta de la visière de sa casquette tandis qu'il s'accroupissait pour regarder la pelle de plus près. On pouvait distinguer des marques fraîches sur la partie en métal rouge sang, preuve que quelqu'un s'en était servi récemment.

Il se releva et retira son couvre-chef, l'odeur de laine mouillée venant lui chatouiller les narines tandis qu'il s'essuyait le front avec son avant-bras. Quelqu'un était venu creuser ici, sans doute au moment où Keira se trouvait à l'intérieur de la hutte pour échapper au chien noir. Voilà ce qui avait causé l'éboulement.

Creuser pour chercher quoi ?

Mais Eddie connaissait parfaitement la réponse à cette question.

Creuser pour chercher cette maudite statuette.

Il se souvint du retour d'Eileen O'Reilly au village, cet automne-là. Malgré sa cape de laine, il était facile de voir qu'elle attendait un enfant.

Pour son second séjour, elle n'était restée qu'une semaine, parcourant les collines de long en large sans se soucier des caprices du climat. Eddie aurait aimé l'aider, mais lui et ses frères venaient tout juste d'enterrer leur mère. Et puis, elle semblait ne vouloir parler à personne.

— Tout ça est si vieux…, dit-il à haute voix.

Il s'empara de la pelle et la posa sur son épaule. Si vraiment elle avait été abandonnée là à son intention, c'était à lui de découvrir ce qu'il était censé faire avec, non ?

Il arrivait au chemin terreux qui traversait les pâturages quand quelque chose attira son attention près d'un amas de rochers, très au-dessus de lui. La pluie tombait de nouveau à verse, martelant son visage. Le vent se mit à hurler et un étrange brouillard monta soudain de la vallée comme une apparition fantomatique. Il s'imagina au pub, avec un mug de café arrosé au whisky, prêt à dévorer le plat que Patrick avait préparé ce soir. Il ne fallait pas s'attendre à ce que ce soit bon, songea-t-il, mais au moins, ce serait chaud.

Essuyant d'une main glacée l'eau qui entrait dans ses yeux, il essaya de comprendre quelle était cette forme étrange qu'il distinguait tout là-haut. S'il l'avait remarquée, c'était qu'elle n'aurait pas dû se trouver là.

L'appréhension contracta son estomac.

Pas envie d'aller là-haut.

Pourtant, il s'était déjà mis en marche vers les rochers. Le terrain était maintenant très abrupt et il utilisa la pelle à la manière d'un bâton de berger. Il lui vint vaguement à l'idée qu'en faisant ça, il détruirait toute trace exploitable par les experts scientifiques de la police. Les enquêtes criminelles n'avaient plus de secret pour lui depuis qu'il regardait les séries policières à la télévision.

Après cinq minutes d'ascension, il haletait, à bout de souffle. La pluie tombait si fort qu'il avait l'impression d'avaler un grand verre d'eau chaque fois qu'il ouvrait la bouche pour reprendre sa respiration. Il était maintenant entouré de rochers assez grands pour s'y asseoir et contempler le panorama. Encore aurait-il fallu que le temps s'y prête et qu'il ait l'esprit à ça…

A présent qu'il était là, Eddie ne voyait plus rien d'anormal : juste de l'herbe, des moutons et des crottes de moutons. Sans oublier les rochers qui luisaient sous la pluie. Il planta la pelle dans le sol détrempé et s'y appuya des deux mains, prêt à renoncer. Après tout, tant mieux si son imagination lui avait joué un tour…

Alors qu'il se redressait, les mains toujours jointes sur le manche de la pelle, ses yeux se posèrent sur un spectacle révoltant. Il eut un coup au cœur et sa respiration devint brutalement saccadée, comme si son corps réagissait avec un temps d'avance sur son esprit.

Abandonné au milieu des rochers se trouvait le cadavre d'une brebis, ou du moins ce qu'il en restait. Son manteau de laine ruisselait sous la pluie. Même de l'endroit où il se trouvait, Eddie pouvait voir qu'elle était morte depuis plusieurs jours.

Cet animal avait été tué par une main humaine.

Ça aussi, il pouvait le voir.

Voir qu'un salopard avait brutalisé l'innocente créature, qu'il l'avait torturée sans pitié jusqu'à ce que la mort vienne mettre fin à ses souffrances.

De toute sa vie, il n'avait jamais rien vu de tel.

Oubliant son peu de foi, Eddie se signa et prit ses jambes à son cou, glissant sur l'herbe et les rochers mouillés, dans la boue et les déjections animales, manquant cent fois de se rompre le cou sur le terrain en pente.

Il fallait qu'il appelle la police, qu'il raconte à Seamus Harrigan ce qu'il venait de découvrir.

Et il devait à tout prix chasser cette image de son esprit, songea-t-il avec un haut-le-cœur. Mais au fond de lui, il savait qu'il ne l'oublierait jamais.

La vision de cette pauvre brebis, dépecée avec une volonté manifeste de faire mal — de faire *le* mal —, resterait en lui jusqu'à la fin de ses jours.

Eddie regagna son pub trempé jusqu'aux os, la pelle pesant sur son épaule et le cœur encore affolé par la peur et l'horreur de ce qu'il avait vu dans les collines. La pluie avait cessé, et il décida de se sécher et de se réchauffer avant d'appeler Harrigan.

Alors qu'il se déchargeait de la pelle, son regard se posa machinalement sur la terrasse, pour voir si Patrick avait pensé à nettoyer les tables de pique-nique. C'était bien son genre d'oublier ces choses-là. Pourtant, pluie ou pas, la plupart des clients respectaient la nouvelle loi et allaient fumer leur cigarette dehors.

Il en était là de ses réflexions quand il remarqua un sac à dos abandonné sur un des bancs. Ce ne serait pas la première fois qu'un randonneur ou un cycliste oublierait quelque chose ici, songea-t-il en posant la pelle contre le mur du pub, pour aller vérifier ce qu'il y avait à l'intérieur. Avec un peu de chance, le nom et le numéro de téléphone du propriétaire s'y trouveraient.

Il se mit à fouiller, ravi de reprendre une activité normale, de s'occuper du bien-être de ses clients comme il l'avait toujours fait, d'oublier — ne serait-ce qu'un moment — la pelle, la brebis dépecée, la crainte que l'avenir ne réserve d'autres mauvaises surprises.

Il sortit une lampe de poche du sac, une couverture de survie soigneusement roulée, une casquette de l'équipe des Boston Red Sox…

La gorge sèche, il plongea de nouveau son bras au fond du sac à dos et ramena à l'air libre un carnet à dessins et une pochette en plastique remplie de crayons multicolores.

Il se redressa brusquement, le froid et la faim cédant le pas à la plus parfaite stupeur.

C'était le sac à dos de Keira. Celui qui avait disparu sous les pierres après l'effondrement de la hutte. Celui que la police n'avait pas réussi à retrouver. Que faisait-il là, posé en évidence sur la terrasse de son pub ?

21.

Boston
Le 23 juin à 16 heures

Keira avait vaguement conscience de rêver. Pourtant, elle était également convaincue de faire l'amour avec Simon. Convaincue que ses larges mains exploraient vraiment sa peau. Que tout ce qu'elle éprouvait était bien réel. La bouche de Simon, sa langue insatiable… Le soleil inondait le lit, ou l'herbe — peu importait où ils se trouvaient. Seules comptaient les caresses de Simon. Il était à la fois vorace et attentif, gourmand et délicat. Tellement sexy… Il la pénétra profondément et elle s'abandonna aux mille sensations qui irradiaient son corps liquéfié, à cette irrépressible envie de lui, tant émotionnelle que physique.

Un bruit la réveilla en sursaut.

— On atterrit, dit Simon, assis à côté d'elle.

Keira se redressa, droite sur son siège, encore terriblement excitée. Il jouait au Sudoku, l'air détendu. Dieu merci, rien sur son visage n'indiquait qu'il l'avait entendue pousser des gémissements de plaisir dans son sommeil.

— Tu étais en train de rêver ? demanda-t-il pourtant.

Mais là encore, le ton était neutre, dépourvu de sous-entendus.

— Oui, mais pas de limaces et d'araignées, cette fois-ci.

Elle remarqua qu'il avait presque rempli entièrement une des colonnes de sa grille.

— Tu n'es pas censé deviner, tu sais. Ça ne fait que t'induire davantage en erreur.

— Je n'ai pas essayé de deviner, je me suis juste trompé.

— C'est un six.

Il leva un sourcil.

— Tu viens à peine de jeter un œil sur la grille. On ne peut pas trouver la réponse en deux secondes.

— Moi, si. Regarde. Il y a un six dans la case au-dessus et un six dans celle en dessous et…

— Tu as raison, coupa-t-il. C'est bien un six.

Il se tourna vers Keira.

— Je déteste ce jeu, dit-il avec un grand sourire.

Moins de dix minutes plus tard, les roues de l'avion entraient en contact avec la piste d'atterrissage. Keira régla sa montre sur l'heure de Boston. Elle n'était pas restée suffisamment longtemps en Irlande pour que son organisme s'habitue à l'heure européenne, mais juste assez pour qu'il oublie celle du Massachusetts. Elle sentait qu'elle allait payer physiquement le fait d'avoir traversé l'Atlantique deux fois dans la même semaine. D'autant que son séjour de l'autre côté de l'océan n'avait pas été de tout repos.

Après sept heures quasiment collée à Simon, elle avait l'impression que le moindre frôlement de sa part pourrait déclencher un orgasme chez elle. Lui, en revanche, ne semblait pas spécialement troublé par leur longue promiscuité.

Elle eut une bouffée de chaleur et retira précipitamment son pull.

— J'espère que tu profiteras de ton séjour à Boston pour parler des projets de Fast Rescue avec Owen. Je m'en voudrais de t'avoir fait venir ici pour rien.

Il haussa les épaules.

— Je ne m'occupe pas de l'organisation de Fast Rescue, tu sais. Je me contente de répondre présent quand Owen me convoque.

— Et ton travail ?

— Je suis entre deux contrats, en ce moment.

— Tu as peut-être de la famille à qui tu pourrais rendre visite ?

Elle se pencha pour attraper son sac à main rangé sous son siège, essayant de contenir un début de panique à l'idée que Simon pourrait passer le plus clair de son temps avec elle, avant qu'elle ne reparte pour l'Irlande.

— Un père, une mère, des frères ou des sœurs, des animaux de compagnie, des enfants confiés à la garde d'une ex, que sais-je encore…

Il referma son cahier de Sudoku en réprimant un sourire.

— Non, rien de tout ça.

— Tu n'es pas seul au monde, quand même ?

— Je n'ai pas dit que je l'étais.

— Et des petites amies ? Ou une fiancée, peut-être ?

Ses beaux yeux verts brillèrent d'une lueur amusée.

— Tu as peur que je te colle aux basques ?

— C'est juste que je n'ai pas besoin de garde du corps, se défendit-elle. Et puis je suis certaine que tu as mieux à faire que de…

— Pas aujourd'hui, en tout cas, l'interrompit-il sans se départir de son air moqueur.

Il quitta son siège et alla s'étirer dans l'allée centrale. Sa grande taille et ses épaules de déménageur ne l'empêchaient pas de se mouvoir avec aisance, et même avec une certaine grâce.

— Pas de panique, ajouta-t-il. Il n'est pas rare de voir des victimes se sentir proches de la personne qui les a secourues.

— Je ne suis pas une victime et tu ne m'as pas secourue.

— Je t'ai sortie de cette hutte, oui ou non ?

— Je n'ai pas dit le contraire, mais je maintiens que j'étais sur le point de me libérer toute seule.

— Garde cette version pour tes petits-enfants ! Ça te fera une belle histoire à leur raconter au coin du feu, quand tu seras une mamie Keira.

Ils continuèrent à s'envoyer des piques jusqu'à ce qu'ils passent la douane et retrouvent Owen. Les derniers lambeaux de son rêve érotique avaient fini par se dissiper dans l'air chaud de Boston, mais Keira préféra quand même laisser Simon s'asseoir devant tandis qu'elle restait seule à l'arrière.

— Ton oncle t'invite à dîner, ce soir, lui dit Owen. Il fait un barbecue dans son jardin.

— Il m'invite ou il me convoque ?

— Ça ne revient pas au même, avec lui ? répliqua Owen en mêlant sa Volvo à la longue file de véhicules qui quittaient l'aéroport. Il n'est pas près de l'admettre, mais j'ai bien vu qu'il était soulagé que tu rentres d'Irlande en un seul morceau.

— Je n'ai jamais vraiment été en danger, tu sais.

Les deux hommes assis à l'avant ne firent aucun commentaire et Keira se recroquevilla sur son siège, épuisée par les effets conjugués du décalage horaire et du manque de sommeil. Sans parler de la tension nerveuse, songea-t-elle. Elle avait l'habitude de se débrouiller seule, et l'idée d'être chaperonnée ou que des gens s'inquiètent pour elle lui donnait l'impression de suffoquer. Il n'y avait que son oncle pour déclencher l'alerte rouge simplement parce qu'elle n'avait pas passé un coup de fil comme prévu. Elle avait toujours vécu entourée d'amis et de collègues de travail, mais jamais aucun d'eux ne serait inquiété en pareilles circonstances. Et tout ça parce qu'elle habitait désormais dans la même ville que l'oncle Bob. Si elle était restée à San Diego, il n'aurait même pas su qu'elle s'était envolée pour l'Irlande.

Elle ne put s'empêcher de remarquer la façon dont les cheveux de Simon ondulaient dans la lumière de cette fin d'après-midi. Après tout, son rêve érotique ne s'était pas volatilisé, pensa-t-elle tandis que les caresses de son amant rêvé lui revenaient avec une précision troublante.

Keira n'avait fait aucune rencontre significative depuis qu'elle était revenue vivre à Boston. Et avant ça… Elle devait reconnaître n'avoir jamais éprouvé quelque chose de comparable à ce qui la poussait vers Simon Cahill. Mais son incroyable attirance pour cet homme n'était sûrement due qu'aux circonstances très particulières dans lesquelles ils s'étaient rencontrés dans la maison des Garrison, puis retrouvés au cœur des collines irlandaises. Tomber amoureuse de lui ne la mènerait nulle part.

Simon paraissait toujours aussi détendu, pas le moins du monde perturbé par les baisers furieux qu'ils avaient échangés à Beara.

— Alors, Owen, vous avez arrêté une date de mariage, Abi et toi ?

Owen garda le silence un moment. Et quand il se décida enfin à répondre, ce fut d'un simple « Non ».

— Pourquoi attendre ? Il y a un problème ?

Les sourcils de Keira se froncèrent devant le manque de délicatesse de Simon, mais Owen ne sembla pas se froisser.

— Non, il n'y a pas de problème. C'est juste qu'Abigaïl est préoccupée par son boulot en ce moment. Elle n'a pas la tête à faire la fête. Mais ça ne me dérange pas, ajouta-t-il avec un petit haussement d'épaule. Je suis un homme patient.

— Prends garde qu'elle ne confonde pas patience et indifférence.

— C'est le quart d'heure de sagesse de Simon Cahill, à ce que je vois.

— Tu peux toujours te moquer, il n'empêche que le mariage va changer vos vies, répliqua Simon. Vous allez avoir des enfants, j'imagine ? Pour le moment, tu te déplaces entre tes différentes maisons comme bon te semble, sans parler de tes voyages aux quatre coins de la planète. Quant à Abi, elle n'est pas le genre de flic à oublier ses enquêtes une fois passé le seuil de son appartement. Mais avec les adorables bambins que vous allez nous faire…

— Arrête un peu, Simon, tu me donnes mal à la tête.

— Crois-moi, Owen, Abi y pense forcément.

— Elle déteste qu'on l'appelle Abi.

— Et Ab ?

— Elle trouve ça encore plus ridicule.

— C'est bon à savoir, lança Simon avec un petit sourire ravi.

*
* *

Abigaïl était en train de faire les cent pas dans sa cuisine quand Owen arriva flanqué de Simon et Keira. Owen avait beau les avoir prévenus, Keira fut surprise de voir à quel point Abigaïl semblait nerveuse.

Simon se dirigea droit vers elle, sourire aux lèvres, et posa son gros bras autour de ses épaules.

— Salut, Abi. Alors, c'est pour quand, ce mariage ?

Elle lui jeta un regard noir et se libéra de son bras.

— Tu me crois sans doute incapable de t'envoyer au tapis, Cahill, mais je pourrais te prouver le contraire plus vite que tu ne l'imagines.

Il fit la grimace.

— Est-ce que je viens de me faire rayer de la liste des invités ?

— Tu n'as jamais été dessus, répliqua-t-elle.

Son expression se radoucit tandis qu'elle se tournait vers Keira.

— Bob est dans le jardin. Moi, je vais rester ici. J'attends un appel.

Ils comprirent qu'elle souhaitait rester seule et partirent tous en direction du petit jardin situé à l'arrière de l'immeuble.

Scoop Wisdom était agenouillé devant son minuscule potager.

— Salut, Keira, dit-il en se levant, une passoire remplie de petits pois calée sous son bras.

Crâne rasé, trapu et musclé, Scoop avait un physique de bouledogue. Ce n'était pas le genre d'individu qu'on avait envie de provoquer.

— Heureux que tu sois de nouveau parmi nous. Tu as fait bon voyage ?

— Sept heures d'avion, c'est un peu long… Bob n'est pas là ?

Comme une réponse, des pas sonores retentirent sur l'escalier extérieur.

Bob interpella sa nièce avant d'avoir atteint la dernière marche.

— Tu en fais, une tête ! On dirait qu'on vient juste de te sortir des décombres d'une ancienne hutte en pierres… Bon Dieu, Keira, tu m'as foutu une de ces trouilles !

— Désolée que tu te sois inquiété pour moi.

Il s'approcha d'elle avec un grognement.

— Tu as toujours été comme ça, dit-il. Déjà petite fille, tu étais une risque-tout. Aussi téméraire qu'imprudente. Je devrais y être habitué, depuis le temps.

— J'étais peut-être une risque-tout, mais j'ai très vite appris à me prendre en charge, rétorqua Keira.

— Tu n'avais pas d'autre choix, reconnut Bob d'une voix plus douce. Avec une mère perdue dans son monde la moitié du temps… Quand tu avais quatre ans, Eileen m'a appelé, complètement affolée. Elle t'avait laissée seule cinq minutes alors que tu dessinais sous la véranda, et quand elle est revenue, tu avais disparu. Partie dans la forêt à la recherche de fées ou de je ne sais quelles créatures sorties de ton imagination.

— Je voulais trouver des grenouilles, dit Keira. Je m'en souviens. Tu ne crois pas aux grenouilles, oncle Bob ? ajouta-t-elle avec un petit air moqueur.

— N'empêche qu'on a failli ne jamais te retrouver, grommela-t-il. Tout comme dans cette foutue hutte.

Simon, qui semblait apprécier l'échange, s'assit devant la table de jardin et étira ses jambes, les mains à plat sur l'estomac comme s'il venait de faire un bon repas.

Keira s'assit également, mais elle se releva aussitôt, incapable de tenir en place.

— Je n'ai plus quatre ans depuis longtemps, tu sais, répondit-elle à Bob.

— Qu'est-ce qu'on connaît de la vie à vingt-neuf ans ? Pour moi, tu es encore une gamine.

Il fit un signe de tête en direction de Simon.

— Merci de l'avoir sortie de là, dit-il.

— J'ai connu des missions plus désagréables, répondit Simon, toujours avachi sur sa chaise.

Bob lui jeta un regard suspicieux, comme si cette réponse confirmait les doutes qu'il avait à son sujet.

— Je sais que Keira s'imagine qu'elle était sur le point de s'extraire seule de cette…

— Je ne m'imagine rien du tout, coupa Keira. Encore cinq bonnes minutes et j'étais dehors sans l'aide de quiconque.

Bob vint se poster devant elle.

— Ne va surtout pas croire que tu es différente de ta mère, dit-il en agitant un doigt sous le nez de sa nièce. Parce que tu ne l'es pas. Au lieu de recopier des versets de la Bible sur des parchemins en peau de chèvre et de vivre au milieu des bois, tu pars seule dans les collines irlandaises pour chasser les fées et dessiner des fleurs sauvages. Au fond, c'est du pareil au même.

— Maman ne travaille pas sur de la peau de chèvre, mais sur un magnifique papier de coton. Les véritables manuscrits enluminés étaient réalisés sur du vélin de veau, d'agneau ou de chevreau, mais ce type de papier est aujourd'hui très onéreux et difficile à trouver.

— Tu cherches à me faire sortir de mes gonds, c'est ça ?

Scoop quitta son petit potager et vint rejoindre Bob.

— Qu'est-ce que tu racontes sur ta sœur ? demanda-t-il en posant les petits pois sur la table de jardin.

Bob lui tourna le dos et saisit une bouteille d'allume-feu.

— Rien, dit-il en arrosant généreusement le charbon de bois. Laisse tomber.

Keira nota que le regard de Simon avait changé. Il la scrutait à présent, les yeux un peu plissés, comme si elle l'intriguait de plus en plus. Sans doute trouvait-il cette soirée très instructive. Elle se tourna vers Scoop.

— Ma mère mène une existence monacale par conviction religieuse. Elle habite seule dans un chalet perdu au fond d'une forêt du New Hampshire.

— Depuis longtemps ?

— Non, seulement depuis l'été dernier. C'est une des raisons pour lesquelles je suis revenue à Boston. Comme elle n'a pas de téléphone, il faut aller la voir, si on souhaite lui parler.

Scoop la regarda avec de grands yeux, incapable de dissimuler son étonnement. Il connaissait Bob depuis des années et avait même acheté un immeuble en copropriété avec lui et Abigaïl. Mais bien entendu, songea Keira, son oncle ne lui avait jamais dit que sa sœur menait désormais une vie d'ermite. C'était du Bob O'Reilly tout craché.

— Votre mère est-elle… euh… Vous voyez ce que je veux dire…

— Vous voulez savoir si elle est saine d'esprit ? demanda Keira. La réponse est oui. C'est une femme douce et bonne, mais très déterminée quand elle a décidé quelque chose. Je suis allée lui rendre visite juste avant mon départ pour l'Irlande. Elle se portait bien. Maman est en train de réaliser un manuscrit enluminé. Un mélange de calligraphie et d'illustrations de passages de la Bible. Les vrais manuscrits enluminés datent…

— D'avant Gutenberg, coupa Scoop, pragmatique.

Abigaïl sortit à ce moment-là de son appartement, le visage fermé. Son regard se posa aussitôt sur Keira.

— Je viens juste d'avoir une conversation avec l'inspecteur de police irlandais que tu as rencontré ce matin.

— Seamus Harrigan, dit Keira en se laissant tomber sur une chaise. Il y a du nouveau ?

— Eddie O'Shea, le propriétaire du pub du village, est tombé sur le cadavre d'une brebis non loin de la hutte où tu es restée prisonnière. Selon toute vraisemblance, le sang et les viscères que vous avez trouvés sur place provenaient de cet animal.

— Est-ce le chien que j'ai aperçu qui….

— Non, intervint Simon en se redressant sur sa chaise, l'air soudain grave. Ce n'est pas un chien qui a fait ça, n'est-ce pas ?

Abigaïl secoua la tête, confirmant l'intuition de Simon.

— Quelqu'un a délibérément brutalisé cette brebis. O'Shea a même parlé de torture. Apparemment, ce n'était pas beau à voir.

— Pauvre bête…, dit Keira, dont l'estomac se souleva au souvenir des entrailles, des morceaux de laine rougis et du sang visqueux sur son sweater.

Elle croisa le regard de son oncle, mais il resta muet.

— Comment va Eddie ? demanda-t-elle en se tournant de nouveau vers Abigaïl.

L'inspectrice émit un bref soupir.

— Un peu secoué, à en croire Harrigan. O'Shea a passé sa vie au milieu des moutons, mais il dit n'avoir jamais rien vu de tel.

— Tu as dit que le cadavre de brebis n'était pas loin de la hutte, intervint Simon. A quelle distance, exactement ?

— Si j'ai bien compris, il se trouvait à environ deux cent cinquante mètres au-dessus de la ruine, sur un amas rocheux situé au sommet d'une pente abrupte. Après que vous avez quitté les lieux, toi, Keira et les policiers, Eddie O'Shea y est allé à son tour. Il a dit à Harrigan qu'il voulait se rendre compte par lui-même. C'est sur le chemin du retour qu'il a aperçu les restes de la brebis.

— Donc, celui qui a fait ça…, commença Keira.

Le beau paysage avec son arrière-plan de montagnes découpées lui revint à la mémoire et elle s'interrompit un instant, les yeux perdus dans le vague.

— Celui qui a martyrisé cette brebis, reprit-elle, a aussi collecté son sang et ramassé ses viscères pour venir les répandre autour de la hutte.

— A moins qu'il ne l'ait tuée près de la hutte et qu'il ait traîné les restes jusqu'à ces rochers, intervint Simon.

— On peut aussi imaginer que le coupable utilisait la hutte comme cachette pour ses jeux étranges, dit Abigaïl. On a peut-être affaire à un détraqué qui pratique des sortes de sacrifices pour je ne sais quelle divinité païenne. Harrigan m'a dit qu'il allait chercher si d'autres actes de barbarie envers les animaux, similaires à celui-ci, avaient été perpétrés sur le territoire irlandais. Mais la *Garda* ne privilégie aucune piste pour le moment.

— Eddie a-t-il vu quelqu'un là-haut ? demanda Keira.

— Non. Ou alors, il n'en a pas informé la police. Si tu songes à des fées ou…

— Je n'ai pas dit ça, protesta vivement Keira, sur la défensive. Arrêtez de me prendre pour une espèce d'illuminée !

Abigaïl la scruta attentivement, l'air peu convaincu.

— Dis-moi, Abigaïl, intervint Bob d'une voix doucereuse qui n'annonçait rien de bon. Comment se fait-il que tu aies eu notre ami de la *Garda* au bout du fil ?

— Harrigan m'a appelée.

— Vraiment ? poursuivit Bob sur le même ton, versant nonchalamment un peu de charbon de bois sur les flammes du barbecue. Et peut-on savoir comment il s'est procuré ton numéro ?

— Je l'ai laissé aux collègues irlandais en demandant qu'un inspecteur me rappelle. Et c'est lui qui s'y est collé, voilà tout. Au début, j'ai eu du mal à le comprendre, à cause de son accent. Mais je dois dire que ça m'a donné envie d'aller faire un tour en Irlande, un de ces quatre.

— Abigaïl…

— Je voulais avoir des précisions et j'ai appelé, c'est aussi simple que ça.

— Il n'y a aucun lien entre ton noyé du jardin public et le cadavre sanguinolent d'une brebis étripée au fin fond de l'Irlande.

Abigaïl fit comme si elle ne l'avait pas entendu et se tourna vers Keira.

— Tu veux bien nous raconter ce qui t'est arrivé là-bas ? J'aimerais avoir les détails et la chronologie des faits. Je sais que tu as déjà dit tout ça à Seamus Harrigan, mais…

— Ça ne me dérange pas de recommencer.

Elle s'attendait à ce que son oncle intervienne, mais il ne broncha pas. Simon déplaça sa chaise pour être plus près d'elle tandis qu'Abigaïl, toujours tendue, prenait place sur un fauteuil de bois aux larges accoudoirs, juste à côté d'Owen. Son amour pour Abigaïl se voyait de manière flagrante, songea Keira, qui avait noté avec quelle intensité il observait sa fiancée. La réciproque était également vraie, mais Abigaïl était d'une humeur massacrante, aujourd'hui. Elle n'avait qu'un an ou deux de plus que Keira, mais toutes les deux avaient eu des parcours très différents : celui d'Abigaïl avait été marqué par l'assassinat de son mari, huit ans plus tôt, alors que Keira n'avait jamais eu affaire à une telle tragédie ni à une telle violence au cours de sa jeune vie.

Scoop s'assit à son tour à la table et se mit à écosser méticuleusement les petits pois fraîchement cueillis. Bob semblait perdu dans la contemplation du barbecue dont s'échappait maintenant une épaisse fumée, mais tous ceux qui le connaissaient savaient qu'il ne perdait pas une bribe des explications de sa nièce. Keira sentait surtout la présence de Simon, aussi proche et impénétrable que durant le vol qui les avait ramenés d'Irlande, tandis qu'elle racontait comment elle s'était retrouvée captive d'une ancienne hutte, sur une lointaine péninsule balayée par les vents.

Elle s'efforça de relater les faits et rien que les faits, laissant autant que possible émotions et interrogations de côté. Si elle n'avait appris qu'une chose durant son bref séjour à l'Académie de police, c'était la manière de parler aux policiers.

Lorsqu'elle en eut terminé, Scoop abandonna un instant ses précieux petits pois et secoua la tête.

— Cette hutte n'a pas pu s'effondrer toute seule, dit-il. Quelqu'un a dû y contribuer d'une manière ou d'une autre.

— C'est peut-être un coup des fées, lança Bob avec un sourire ironique.

Keira nota que l'expression d'Abigaïl avait changé.

— Ce n'est pas tout, n'est-ce pas ? lui demanda-t-elle.

— Non. Mais je voulais d'abord que tu me racontes ta version des faits.

— Alors ? dit Simon.

— Avant de tomber sur la brebis étripée, le patron du pub a trouvé une pelle juste à côté de la hutte.

— Où exactement ?

— Elle était posée en évidence contre un arbre. Harrigan est sûr qu'elle n'y était pas ce matin.

— Je confirme, dit Simon. Et hier soir non plus.

Le soleil de cette fin d'après-midi réchauffait la nuque de Keira.

— Je ne l'ai pas vue non plus, dit-elle. Qu'est-ce qu'en pense Harrigan ? Que quelqu'un est venu la placer là entre le moment où nous avons quitté les lieux, ce matin, et l'arrivée d'Eddie ?

— C'est une des hypothèses, répondit Abigaïl.

— On ne va pas se monter la tête à cause d'une pelle, intervint Bob avant de planter ses yeux dans ceux de sa collègue. Toi, tu ne nous as pas tout dit. Qu'est-ce qu'il y a encore ?

Abigaïl se renversa dans son fauteuil de bois et regarda Keira.

— Eddie O'Shea a également retrouvé ton sac à dos.

— Mais où ? Eddie n'est tout de même pas entré dans…

— Sur la terrasse de son pub, coupa Abigaïl.

Keira accusa le coup.

— Comment a-t-il pu atterrir là ? Il a été enseveli sous les décombres quand la hutte s'est effondrée. Les policiers ont bien jeté un œil à l'intérieur, mais ils n'ont vu que des gravats. Ils n'ont pas voulu s'aventurer trop profondément au-dedans, de crainte d'un nouvel éboulis.

— Tu as vécu des moments très éprouvants dans cette hutte, dit Abigaïl. Et tu pensais sans doute plus à sauver ta peau qu'à ton sac à dos, ce qui est bien normal. Se pourrait-il qu'il n'ait pas été recouvert de pierres comme tu l'as cru, mais que tu l'aies abandonné près de l'entrée, à portée de main de toute personne qui se serait trouvée à l'extérieur ?

— Je suppose, dit-elle avant de quitter subitement sa chaise. Oh, je n'en sais rien ! s'écria-t-elle, plus perturbée qu'elle ne voulait bien l'admettre. Ce qui me chiffonne, c'est que la clé du cottage se trouvait dans le sac à dos. Et comme Simon a trouvé la porte ouverte…

— Tu as aussi dit que ton itinéraire avait disparu, renchérit Scoop en jetant les derniers pois écossés dans la passoire. Ces deux mystères trouveraient donc là leur explication : le type qui a provoqué l'éboulement s'empare de ton sac à dos, pique ta clé et s'invite chez toi. Là, il trouve la note explicative, la détruit pour s'assurer que personne ne viendra à ton secours, puis oublie de refermer à clé en s'en allant. Quant au sac à dos, il a dû s'en débarrasser. Un randonneur l'a probablement aperçu sur le bord de la route et a décidé de le laisser bien en vue sur la terrasse du pub.

— Possible, dit Keira. Mais celui qui a dérobé mon sac n'a pas pu venir exprès pour détruire cette note. Comment aurait-il su que j'en avais laissé une ? Et son but n'était pas non plus de cambrioler le cottage : rien n'a disparu.

— Harrigan doit s'entretenir de nouveau avec O'Shea demain, dit Abigaïl. Il a également l'intention de retourner à la hutte pour une deuxième inspection.

Bob regarda sa nièce avec un soupir navré.

— Quand je pense que tu es partie en Irlande à cause d'une satanée légende…

— Je suis partie en Irlande faire mon travail, répliqua Keira. Toi, tu enquêtes sur des meurtres, et moi sur des récits anciens. Tu vois, ajouta-t-elle avec un sourire provocateur, on fait presque le même métier.

Bob quitta le barbecue pour s'approcher d'elle.

— Oh que non, mademoiselle, on ne fait pas le même métier ! Quand j'enquête sur un homicide, j'ancre mes recherches dans la réalité, pas dans l'imaginaire. C'est la seule façon de découvrir la vérité. Je n'ai jamais passé les menottes à une fée, et quelque chose me dit que ça n'arrivera pas de sitôt. Tu t'imagines peut-être dans la peau d'un détective ou d'un inspecteur de police, mais tu es loin d'en avoir les compétences. Ces choses-là s'apprennent, Keira. Et ce ne sont pas tes quelques mois à l'Académie de police qui vont faire de toi un vrai flic. Maintenant, tu sais ce qui arrive quand une illustratrice s'improvise enquêtrice…

Keira croisa les bras en le fusillant du regard.

— Qu'est-ce que tu racontes ? Je ne me suis pas retrouvée prisonnière de cette hutte parce que j'ai voulu jouer les Sherlock Holmes.

— Je sais, Keira, je sais, dit Bob en détournant le regard.

Quand il le posa de nouveau sur elle, il était plein d'inquiétude et de compassion.

— C'était affreux, là-dedans ?

Elle sentit sa gorge se serrer.

— Plutôt, oui.

Elle essaya de sourire.

— En plus, il y avait des limaces.

Scoop fit une grimace dégoûtée.

— Je déteste ces bestioles. J'ai dû partir en guerre contre elles durant une période pluvieuse, il y a quelques semaines. Si je les avais laissées faire, elles auraient tout dévoré dans mon potager. Elles sont comment, les limaces irlandaises ?

— Toutes noires. Et elles devaient mesurer une quinzaine de centimètres, mais il y en avait une qui…

— Arrête ! Arrête ! s'écria-t-il en se frottant les bras. Ça me file la chair de poule.

Les rires fusèrent, le petit numéro de Scoop arrachant même un sourire à Abigaïl.

— D'où tiens-tu cette histoire des trois frères et de l'ange de pierre ? demanda-t-elle à Keira.

Bob sortit des steaks hachés et des pains à hamburgers d'une glacière.

— Qu'est-ce que ça peut bien faire, de savoir qui lui a raconté ces sornettes ? dit-il en déchirant le plastique qui entourait les steaks. Scoop, tu as assez de petits pois pour nous tous ?

— Largement.

Mais Abigaïl était une femme tenace.

— Alors, Keira ? Qui te l'a racontée ?

— Laisse tomber, grogna Bob en posant les steaks sur la grille.

— Je ne fais que poser une question, Bob. Il ne s'agit pas d'un interrogatoire.

« Et pourtant… », songea Keira, soudain consciente qu'Abigaïl avait endossé ses habits d'inspectrice. Mais pourquoi cela énervait-il tellement Bob ? Sa réaction disproportionnée avait-elle un rapport avec le voyage de sa sœur en Irlande, trente ans plus tôt ?

— Désolée, Keira, dit finalement Abigaïl après quelques secondes de silence un peu tendus. Ton oncle a raison. Tu as eu une longue journée et tu dois en avoir marre de…

— C'est une vieille dame qui vit dans la rue où ma mère et Bob ont grandi, qui me l'a racontée. D'après elle, maman a elle aussi recherché cette statuette quand elle se trouvait en Irlande, juste avant ma naissance.

On sentait que Bob bouillait intérieurement.

— Elle est allée à beaucoup d'endroits lors de ce séjour, et c'était il y a trente ans. Alors fous-lui un peu la paix, d'accord ?

Keira se tourna vers Simon.

— C'est maintenant que j'ai besoin qu'on vienne à mon secours, dit-elle pour essayer de détendre l'atmosphère.

— Inutile, dit-il avec un petit sourire. Tu es sur le point de t'en sortir toute seule, comme d'habitude.

— Tu veux bien me dessiner l'ange que tu as vu dans cette hutte ? demanda Abigaïl.

— Je peux essayer, en tout cas, répondit-elle en se disant que Simon ne perdait rien pour attendre. Tu as du papier et des crayons ?

— Je vais voir ce que je peux dégoter pour toi, dit Abigaïl avant de disparaître dans son appartement.

Quelques minutes plus tard, elle revenait avec des feuilles de papier blanc dans une main et un mug rempli de crayons de couleur et de feutres dans l'autre.

— Désolée, ça n'a rien de professionnel, mais…

— Ça fera parfaitement l'affaire, merci.

— Ton dessin nous aidera à visualiser ce que tu as vécu. Et puis, ça te fera peut-être penser à des détails que tu as oubliés.

Keira choisit un feutre noir à pointe fine.

— Je ne suis par certaine de pouvoir capturer l'étrange beauté de cette soirée, dit-elle à Abigaïl. Tu sais que mes ancêtres sont irlandais. Mon arrière-grand-père O'Reilly est venu ici à la fin des années quarante pour fuir la famine qui sévissait dans son pays. Et sa fille — ma grand-mère, donc — est née en Irlande.

Elle fit glisser la pointe noire sur une des feuilles vierges pour voir l'effet que cela produisait.

— Quand je dis fin des années quarante, ajouta-t-elle avec un sourire, je parle de 1840, bien sûr.

— Mais c'était ton premier séjour là-bas, n'est-ce pas ? demanda Abigaïl.

Keira la détrompa d'un petit geste du doigt.

— Le quatrième. Eddie m'a appris que lui et ses frères ont passé toute leur existence sur la péninsule de Beara et que les O'Shea y sont établis depuis des centaines et des centaines d'années. Moi qui connais surtout la vie de bohême, j'avoue être fascinée par ces familles ancrées depuis des générations sur une même terre, par ce sentiment profond d'appartenir à un lieu.

Simon se pencha sur la table en prenant soin de laisser suffisamment d'espace à Keira.

— Patsy McCarthy est originaire de la péninsule de Beara ?

— Non, elle est née dans un autre village de West Cork, mais son grand-père travaillait à Beara, dans les mines de cuivre.

Elle s'interrompit un moment, fixant du regard la feuille blanche qu'elle venait de placer devant elle. Elle revoyait le paysage qu'elle avait quitté ce matin, la hutte bâtie à flanc de colline, cachée dans la partie boisée où passait le ruisseau, le lierre sauvage, le chien menaçant… Mais l'animal l'avait-il vraiment menacée avec ses grognements, ou avait-il senti le sang de cette malheureuse brebis ? Non, les viscères n'étaient pas là quand elle avait découvert la hutte, le soir du solstice d'été.

— La hutte a été construite sur les hauteurs de la colline, dit-elle. Au-dessus d'un alignement mégalithique en forme de cercle. On dit que les fées s'y donnent rendez-vous.

Personne ne fit de commentaire et elle laissa son instinct guider sa main. Elle dessina vite, mais avec application, s'efforçant d'être précise sans se perdre dans les détails.

Moins de dix minutes plus tard, elle posait le feutre sur la table. Le bruit des steaks hachés qui grillaient au barbecue lui parvint alors et elle se rendit compte que Scoop n'était plus là. Sans doute était-il monté chez lui. Confortablement installée dans son large fauteuil, Abigaïl semblait se détendre, Owen à son côté, tandis que Bob surveillait la cuisson du dîner. Simon avait conservé la même position, penché sur la table pour mieux voir le dessin.

— Quand je pense que je me sentais en sécurité alors que quelqu'un était en train de répandre du sang et des viscères de brebis à quelques mètres de moi…, murmura-t-elle avant de lever les yeux vers les deux sauveteurs et les deux inspecteurs de police. Oui, il y avait bien quelqu'un. Je n'ai pas imaginé cette voix qui a chuchoté mon prénom.

— Et pourtant, tu ne t'es jamais sentie en danger, dit son oncle.

Il n'y avait plus la moindre trace d'agressivité dans sa voix.

— Tout au début, peut-être, quand les pierres se sont mises à tomber. Mais ensuite, je me suis sentie apaisée, sûre de moi. Pas une seconde je n'ai craint pour ma vie.

Elle prit un peu de recul et observa son dessin d'un œil critique. Le décor était planté. Le chien, le ruisseau, la roche grise, les décombres. Et l'arbre déraciné qui obstruait la porte d'entrée. Elle était même parvenue à restituer en partie la lumière douce et un peu irréelle d'un soir de solstice.

— Je me sentais protégée, ajouta-t-elle comme pour elle-même.

— Et l'ange ? demanda Abigaïl. Tu pourrais le dessiner ?

— Pas aussi facilement. Je peux essayer de reproduire ce que j'ai vu, mais c'était bref. Je n'en ai pas conservé de souvenir précis, mais plutôt une impression. J'ai peur que tu ne sois déçue du résultat.

Elle se remit néanmoins à l'ouvrage, froissant plusieurs feuilles avant d'obtenir un croquis qui ne trahissait pas trop son sentiment. Elle eut pourtant le sentiment d'un échec.

— Je n'y arrive pas…

Elle soupira, frustrée.

— Il était plus beau que ça. Plus délicat, plus gracieux… Un véritable chef-d'œuvre.

Bob vint se placer derrière elle et se pencha sur son épaule.

— Patsy a toujours aimé ses anges, dit-il.

Il avait prononcé cette phrase énigmatique d'un ton si étrange que Keira se tourna vivement vers lui, mais il était déjà reparti s'occuper du barbecue. Scoop apparut sur les marches de l'escalier extérieur, un récipient rempli de petits pois fumants à la main. Abigaïl et Owen s'engouffrèrent alors dans l'appartement du rez-de-chaussée, la première revenant illico les bras chargés d'assiettes en carton, de serviettes en papier et de condiments, tandis que le second apportait une énorme salade, à l'étroit dans son bol de bois. Un rituel bien rôdé, songea Keira.

— Tu ressens les effets du décalage horaire ? lui demanda Simon, tout proche d'elle.

Elle ne pouvait oublier ses cuisses musclées collées aux siennes pendant le vol au-dessus de l'Atlantique.

— Tu peux le dire. Mais il n'y a pas que ça. Cette histoire de brebis étripée me perturbe, Simon. Sous ses airs de tenancier de bar qui ne s'en laisse pas compter, Eddie O'Shea est un hypersensible, tu sais. Cette vision d'horreur a dû lui faire un choc. Si c'est moi qui ai attiré au village le dingue qui a tué cette pauvre bête, je…

— Tu ne peux pas répondre des agissements de quelqu'un d'autre, coupa Simon.

Ces mots clairs et concis l'aidèrent à faire la part des choses, mais ils ne chassèrent pas complètement son sentiment de culpabilité. L'idée qu'elle pouvait être responsable, même indirectement, de la morbide découverte d'Eddie, la désolait profondément.

— L'effondrement de la hutte, la statuette de l'ange, la brebis dépecée, la pelle, la note disparue, le sac à dos sur la terrasse du pub… Tout ça est forcément lié.

— Je suis d'accord avec toi, dit Simon.

— Et ça ne peut pas être une coïncidence si tous ces événements se sont produits pendant mon séjour à Beara.

— Encore d'accord.

Et le noyé du jardin public ? songea-t-elle. Cette mort étrange était-elle également liée aux événements qu'elle venait de citer ?

— Je vais aller rendre visite à Patsy demain matin, dit-elle à brûle-pourpoint.

— C'est une vieille dame, Keira, dit Bob, les yeux mi-clos.

— Je sais. Et j'ai bien l'intention de la ménager. Je veux seulement savoir s'il existe un détail dans son récit qu'elle aurait oublié de mentionner, un passage a priori insignifiant auquel elle n'aurait plus songé depuis des années, et qui pourrait nous aider à comprendre ce qui s'est passé en Irlande. Ensuite, je compte aller parler avec Colm Dermott. J'aimerais connaître son avis sur la question.

— Tu as l'intention de retourner à Beara ? demanda Abigaïl.

— J'en ai envie, bien sûr, mais je suis pas très chaude pour rester seule dans mon cottage tant que je n'en sais pas plus sur ce que j'ai vécu là-bas. Qui sait, la police irlandaise va peut-être découvrir que la brebis a été victime d'un randonneur sadique qui n'a rien à voir avec moi.

Cette hypothèse se heurta au silence général. Un silence sceptique, se dit Keira. De toute évidence, ils étaient unanimement convaincus que l'animal mutilé avait beaucoup à voir avec sa mésaventure dans la hutte.

D'un seul coup, elle se rua sur un marqueur vert et dessina un leprechaun au visage espiègle sur une feuille encore vierge.

Scoop admira le résultat, mimant aussitôt un frisson d'effroi.

— Franchement, Keira, je crois que je préférerais me trouver face à un chien féroce émergeant de la brume irlandaise, plutôt que de croiser le chemin de ce petit bonhomme.

Tout le monde rit de bon cœur, mais quand le dîner fut servi, Keira ne toucha pas à son assiette.

22.

Quartier de Beacon Hill, Boston
Le 23 juin à 21 heures

A peine Owen s'était-il garé devant sa maison de famille que Keira attrapait son sac à main et quittait la voiture en claquant sa portière. L'instant d'après, elle se précipitait vers l'entrée de la belle demeure sous l'œil attentif de Simon.

— Pour quelqu'un qui a vécu ce qu'elle vient de vivre en Irlande, je trouve qu'elle a une sacrée énergie, dit-il.

— Elle est peut-être simplement impatiente de mettre le plus de distance possible entre elle et toi, suggéra Owen avec un petit sourire.

— Hélas…, soupira Simon. Je crains qu'il ne s'agisse là d'une hypothèse tout à fait crédible.

— Simon, dit Owen en reprenant son sérieux, qu'est-ce qui se passe ?

— Si seulement je le savais…

Il continuait à regarder Keira qui venait de poser son sac à main sur les marches et y plongeait les doigts à la recherche de ses clés. Si elle lui refermait la porte au nez, il pourrait toujours demander à Owen de le faire entrer. Le vol du retour avait été une véritable torture. Simon avait été contraint de remplir ces maudites grilles de Sudoku pendant tout le trajet pour éviter de s'assoupir. Chaque fois qu'il piquait du nez, il finissait par rêver qu'il faisait l'amour à la femme assise à côté de lui.

Il se rendait bien compte qu'il ne tenait pas en place depuis sa dernière mission pour Fast Rescue. Depuis longtemps, sa vie était une succession de voyages, de longs courriers. Une vie en perpétuel décalage horaire.

Dans ces conditions, il ne fallait pas s'étonner qu'il n'ait pu rester à se tourner les pouces dans un hôtel chic de Londres. Qu'il ait eu besoin de bouger. De sentir son cœur battre.

Et ça avait été Keira.

Keira et ses aventures à la frontière du réel et de l'imaginaire.

Keira belle comme une princesse de conte de fées.

Keira embrassée dans le vent qui balayait la campagne irlandaise.

— Et John March ? demanda Owen.

Le visage du directeur du FBI vint se superposer à celui de Keira. Adieu les baisers enchanteurs, bonjour la réalité… L'atterrissage était un peu brutal, mais il était trop tard pour décoller de nouveau.

— Quoi, John March ?

— Il sait que tu es ici après avoir transité par l'Irlande ?

— Je lui ai laissé un message avant de quitter Londres. Il sait que je suis allé secourir une femme en détresse, mais il ne m'a pas rappelé.

Simon haussa les épaules.

— Il a sûrement d'autres chats à fouetter, ajouta-t-il avant de se tourner vers son ami. Ecoute, Owen, mieux vaut pour toi comme pour moi que tu en saches le moins possible sur cette partie de ma vie.

— J'ai peut-être fait une bêtise en te demandant d'aller voir si Keira n'avait pas besoin d'aide.

— La bêtise aurait été de me priver d'une nuit avec une princesse dans un cottage irlandais, répliqua Simon.

— Simon, je suis sérieux…

Owen s'interrompit le temps d'un long soupir.

— Tu sais ce que tu fais, j'espère ?

— Je sais que je suis sur le point de prendre mes affaires et de les monter au dernier étage de ta maison de famille. Au fait, c'est quelle porte, l'appartement sous les toits sans ligne téléphonique ?

— Il n'y a qu'une seule porte. Et je te préviens, les marches du troisième sont hautes et étroites. Attention à ne pas te prendre une gamelle, ajouta Owen avec un regard plein de sous-entendus.

Simon esquissa un sourire et attrapa son sac de voyage posé sur la banquette arrière. Le temps de remercier Owen de l'avoir conduit jusqu'ici, il se ruait à son tour vers l'élégante maison de briques, retenant la porte d'entrée juste avant qu'elle ne se referme.

Keira avait pris une solide avance, et il monta l'escalier quatre à quatre pour combler son retard. Mais après le palier du deuxième étage, il dut ralentir l'allure. Owen avait dit vrai : les marches du dernier étage n'avaient pas été construites pour quelqu'un de son gabarit.

Lorsqu'il atteignit enfin le haut de l'escalier, il remarqua que la porte de l'appartement était entrouverte. *Plutôt bon signe, non ?*

— Tu peux entrer, dit-elle. Mais fais attention à ta tête.

L'avertissement lui épargna une bosse au sommet du crâne. Non seulement la porte était trop basse pour qu'il puisse la franchir sans se baisser, mais si on n'y prenait pas garde, une poutre se chargeait de vous assommer au moment où on se redressait après avoir triomphé du premier obstacle. Une fois ces pièges déjoués, il put se tenir droit sans problème, mais ses cheveux n'étaient qu'à quelques centimètres de la partie la plus haute du plafond mansardé. Pourtant, on ne se sentait pas à l'étroit chez Keira, sans doute parce que l'espace était presque entièrement décloisonné. Tout comme dans le cottage qu'elle avait loué en Irlande, une grande table servait à la fois pour le travail et les repas. A son extrémité se trouvait du matériel de dessin et de peinture soigneusement rangé. Le long des murs, des étagères accueillaient un joyeux mélange de livres et de crayons multicolores serrés dans des petits pots de verre. Près d'une fenêtre, un ordinateur portable doté d'un large écran trônait sur un guéridon branlant.

Un canapé, un fauteuil et une table basse formaient un petit coin salon face aux trois fenêtres qui donnaient sur le Boston Common.

Simon laissa tomber son sac de voyage sur le parquet éraflé, conscient que les yeux bleus de Keira étaient posés sur lui.

— Je te remercie pour tout ce que tu as fait pour moi, dit-elle quand leurs regards se croisèrent. C'est vrai que j'ai eu des moments difficiles, mais je ne veux pas abuser de ta générosité.

— Dis-moi les yeux dans les yeux que tu préfères rester seule ici ce soir.

— Je ne…

Elle s'interrompit, luttant visiblement pour rester maîtresse d'elle-même.

— Je ne sais pas pourquoi, mais cette brebis dépecée, ces viscères sanguinolents… Ça m'a affectée plus que je ne l'aurais cru. Je n'arrête pas de penser à tout ce sang. Et cette pelle, mon sac à dos…

Elle secoua la tête.

— Pauvre Eddie…

— Ecoute, Keira, je crois qu'il va s'en remettre, tu sais. Eddie O'Shea est peut-être un grand sensible, mais il m'a l'air d'un type qui en a vu d'autres dans sa vie. Franchement, je m'inquiète plus pour toi que pour lui.

— Oui, tu as sans doute raison… Et puis il a ses frères et tous ses amis du pub.

L'idée qu'il était entouré sembla la réconforter un peu.

— Je me demande comment mon sac à dos s'est retrouvé sur la terrasse du pub, reprit-elle. Scoop a peut-être raison, après tout… Un randonneur a pu le ramasser sur le bord d'un chemin et l'abandonner devant le pub avant de poursuivre sa route. Mais on peut aussi imaginer que la personne qui l'a déposé là savait qu'il m'appartenait ; qu'elle souhaitait qu'Eddie le découvre. Quelqu'un qui a préféré rester anonyme…

Elle hésita une seconde et Simon l'encouragea du regard.

— Hier soir, tu as dit avoir vu un homme attablé à la terrasse du pub.

— Tu l'as vu toi aussi, n'est-ce pas ?

Elle hocha doucement la tête.

— J'ai eu une étrange conversation avec lui, le soir où la hutte s'est écroulée sur moi. Rien d'inquiétant, tu vois, mais c'était… bizarre. On aurait dit qu'il me connaissait. Qu'il savait des choses sur moi.

— Un prince charmant? suggéra Simon.

Mais son ton badin cachait mal son inquiétude.

— Il était beau, mais un peu âgé pour le rôle, répondit Keira en réussissant presque à sourire. Je ne suis pas en train de te dire que cet homme est dans le coup, et encore moins qu'il est capable de faire du mal à un animal. Au contraire, il émanait de lui une grande douceur, une sérénité…

— Seamus Harrigan m'a l'air d'un type compétent. Il va mener son enquête et …

— Oui, tu as raison.

— La journée a été longue, reprit-il simplement.

Elle détourna le regard, mais il eut le temps de voir que ses yeux étaient pleins de larmes.

Simon sentit son cœur se serrer.

— Keira…

— Il y a une pièce du puzzle dont tu n'as sans doute pas encore entendu parler, Simon. Je ne sais pas où la placer, ni même si elle a vraiment un lien avec l'affaire qui nous occupe, mais je veux que tu saches.

Il hocha la tête et posa la main sur le bras de Keira pour lui donner la force d'aller jusqu'au bout.

— Il y a trente ans, ma mère est revenue d'un séjour en Irlande avec un enfant dans le ventre. Moi, en l'occurrence. Visiblement, elle n'avait pas fait que rechercher la hutte et l'ange de pierre, dans les collines de Beara. De retour à Boston, elle a abandonné ses études. Tout le monde s'accorde pourtant à dire qu'elle était très brillante… Elle n'a jamais voulu parler de ce qui s'est passé là-bas. Quand je lui demande qui est mon père, elle…

Keira inspira profondément et ravala les larmes qui étranglaient sa voix.

— Elle me répond invariablement que mon père est Michaël Sullivan.

Et c'est vrai qu'il mérite amplement ce titre. Il m'a adoptée juste après avoir épousé maman, alors que j'avais treize mois. Deux ans plus tard, il perdait la vie dans un accident de voiture. Je n'ai que de très vagues souvenirs de lui.

Simon lui prit la main et la serra doucement. Son regard plein de compassion en disait plus que tous les mots de réconfort.

— Mon père adoptif était un homme merveilleux. Même mon oncle l'adorait. C'était un électricien. A en croire Bob, c'était un type gentil mais solide, exactement le mari dont ma mère avait besoin.

— Alors, tu es partie en Irlande à la recherche de ton père biologique ? demanda doucement Simon.

— Oui et non.

La tension et la peur des derniers jours semblaient s'être accumulées en elle, formant une substance volcanique qui n'attendait qu'une occasion pour exploser. Mais elle souffla longuement et retrouva le contrôle d'elle-même.

— J'y suis d'abord allée pour mon travail, pour illustrer l'histoire de Patsy. Mais au-delà du livre que je prépare et de mon envie d'en savoir plus sur le récit des trois frères, j'espérais aussi trouver des réponses plus personnelles, ou du moins faire la paix avec mes interrogations. J'ai eu une enfance heureuse, Simon. Ma mère a toujours été très pieuse, mais ça ne l'a pas empêchée d'être une femme moderne et aimante, une maman joyeuse et pleine d'attentions. Ce n'est que ces dernières années qu'elle s'est éloignée du monde et de ceux qui l'entouraient. Jusqu'à aller au bout de sa logique l'été dernier, quand elle a décidé de vivre en ermite au fond des bois.

— Et tu lui en veux ?

— Si c'est vraiment ce dont elle a envie, je suppose qu'il faut l'accepter et s'en réjouir pour elle. C'est juste que…

Keira se passa la main dans les cheveux, l'air soudain épuisée.

— Je ne peux pas m'empêcher de me dire que si j'étais restée vivre plus près d'elle, si j'avais manifesté plus d'intérêt pour l'existence qu'elle menait…

— Alors c'est à toi que tu en veux? interrompit Simon. C'est absurde, Keira. Le bonheur de ta mère ne dépend pas de toi, mais d'elle-même. D'ailleurs, tu m'as dit que son existence ascétique lui convenait très bien.

— C'est vrai, mais… J'ai l'impression que sa grossesse l'a privée de beaucoup de choses. Sans moi, elle aurait poursuivi ses études, elle aurait eu une vie radicalement différente.

— Mais tu n'es pour rien dans sa grossesse, voyons! C'est elle qui t'a conçue, que je sache… Avec ton père biologique, ta mère est seule responsable de la situation créée par ta naissance.

— C'est une chose de le comprendre, et une autre de le ressentir au plus profond de soi, répliqua Keira. Si seulement j'en savais un peu plus sur la façon dont elle s'est retrouvée enceinte… Pour te dire la vérité, je ne suis même pas certaine que ce soit arrivé durant son séjour en Irlande.

— Le moine de ton histoire est un ermite. Tu penses qu'il a pu inspirer ta mère?

Les épaules de Keira se soulevèrent aussi lentement qu'elles retombèrent lourdement.

— Qui sait?

— Laisse-moi essayer de me représenter ta mère. Elle ressemble plus à toi ou à son frère? A toi, j'espère…

Keira le fixa longuement du regard et il se demanda s'il n'était pas allé trop loin. Mais il vit ses yeux bleus esquisser un sourire avant que sa bouche ne suive le mouvement.

— Tu sais que tu es impossible?

— Vraiment? demanda-t-il, l'air innocent, avant de se diriger vers la cuisine.

Il avisa deux verres et une bouteille de Jameson sur une étagère, et les posa sur le plan de travail. Keira n'avait aucun besoin de lui : elle vivait entourée de policiers prêts à tout pour la protéger. Sans compter qu'elle était indépendante, intelligente et débrouillarde… Pas si lunatique que ça, tout compte fait.

Peut-être avait-il voulu croire qu'elle était un peu folle pour ne pas tomber sous son charme.

Si c'était le cas, on ne pouvait pas dire que le stratagème avait été couronné de succès, se dit-il en versant le whisky dans les verres.

Il en tendit un à Keira et la regarda y tremper les lèvres.

— Je veux que tu saches qu'il n'est pas dans mes habitudes d'embrasser les femmes que je secours. D'ailleurs, rien ne se passe comme en Irlande, d'ordinaire. Par exemple, je n'avais jamais rencontré, avant toi, de victime qui prétende que mon intervention était parfaitement inutile. Ce matin…

— On dirait que c'était dans une autre vie, tu ne trouves pas ?

— Eh bien non, justement. C'est encore très vivace dans mon esprit. Certains passages, surtout.

Les joues de Keira se colorèrent. Venait-elle à son tour de se remémorer leurs baisers ?

— Simon, je sais que tu as fait tout ça par amitié pour Owen…

— Ça dépasse largement ce cadre-là, aujourd'hui.

— Oui, sans doute… Je ne te connais pas si bien que ça et… Eh bien, voilà où nous en sommes.

Elle tourna les talons et marcha vers la table en pin.

— Comment en vient-on à devenir sauveteur ? demanda-t-elle en s'y adossant, légèrement cambrée.

— J'ai commencé à m'entraîner au lycée. Mon père est mort quand j'avais quatorze ans. Apprendre à survivre et à aider les autres dans des conditions extrêmes m'a occupé l'esprit à un moment où j'en avais particulièrement besoin. Un dérivatif à mon chagrin, en quelque sorte.

— Qu'est-il arrivé à ton père ?

— Papa travaillait à la brigade des stupéfiants et il est mort en service.

— Mon Dieu… Et tu as des frères et des sœurs ?

Il secoua négativement la tête.

— Juste des cousins. Et ma mère s'est remariée assez vite, après la mort de mon père, avec un type qui avait déjà trois enfants.

Il se dirigea à son tour vers la table et s'empara d'un grand livre. Sur la couverture, une fillette courait dans une forêt enchantée. Simon reconnut aussitôt le style si particulier de Keira. C'était magnifique. Il s'agissait d'un recueil de contes de fées. Au dos de l'ouvrage se trouvait la photo de Keira qu'il avait vue sur son site internet. Celle où elle avait des fleurs dans les cheveux.

— C'est un livre récent ?

— Il a été publié l'année dernière. D'ordinaire, je regarde une fois les bouquins que j'ai illustrés, et puis je n'y touche plus. Je préfère me concentrer sur les projets en cours. Mais j'ai eu envie de relire un poème avant mon départ pour l'Irlande : « Les fées », de William Allingham.

— *Sur la colline venteuse, Au fond du vallon verdoyant…*

— … *Nous n'oserons pas aller chasser par peur du Petit Peuple.*

Un sourire éclaira le visage de Keira.

— Tu le connais ?

— Mon père me l'a appris.

— Je l'aime bien. Tu sais que certains pensent que les créatures féeriques sont des anges qui ne sont ni assez bons pour êtres sauvés ni assez mauvais pour être damnés ? D'autres estiment qu'il s'agit d'anciens dieux païens irlandais qui ont choisi cette vie à demi clandestine après l'avènement du christianisme. Pour ma part, je suis ouverte à toutes les explications. Ça vaut aussi pour l'histoire de Patsy : mon but n'a jamais été de prouver qu'elle a été inventée de toutes pièces ou qu'elle repose au contraire sur des faits véridiques. Tout ce que je veux, c'est avoir le plus de précisions possible sur son origine afin de me l'approprier. Etre capable d'en capturer l'essence quand je l'illustrerai.

— Tu as le sentiment d'un lien personnel entre toi et cette histoire, n'est-ce pas ?

— Un sentiment, oui… Mais c'est peut-être dans ma tête. Je suis allée rendre visite à ma mère quelques heures avant la vente aux enchères, et elle n'a rien voulu me dire là-dessus.

Simon se rendit compte que sa question avait fait resurgir la tension que Keira venait à peine d'évacuer.

— Tu as besoin de calme et de solitude pour travailler ? demanda-t-il pour changer de sujet.

— Ça dépend.

Elle retira son pull et le laissa tomber sur le dossier d'une chaise, l'air de nouveau plus détendue.

— Il m'arrive parfois de me laisser absorber par ce que je fais, au point que rien ne peut me distraire. Peu importe l'endroit où je me trouve, le monde alentour n'existe plus. Mais à d'autres moments, le moindre bruit me dérange. J'ai beau avoir un appartement sous les toits, ajouta-t-elle avec un sourire, le cliché de l'artiste affamé et reclus dans sa soupente ne me correspond pas vraiment.

— Et dans ton cottage irlandais, tu t'y sentais bien pour travailler ?

— Il aurait fallu que j'y séjourne un peu plus longtemps pour répondre à ta question. Mais de toute façon, je n'avais pas l'intention de rester scotchée à ma table de travail du matin au soir. Mon idée était de consacrer un tiers de mon temps à dessiner seule dans le cottage, un autre à explorer la nature environnante, et un dernier à rencontrer des gens.

— Pour voir si tu pouvais obtenir des renseignements sur ton père ?

Elle hocha la tête.

— Entre autres, oui.

Elle but deux rapides gorgées de whisky, puis posa son verre sur la table avant de pointer le doigt en direction du canapé.

— C'est un convertible.

— Contrairement à celui du cottage, dit-il. Que vas-tu faire si tu rêves encore de limaces et d'araignées, cette nuit ?

— Crois-moi, ça n'arrivera pas. Je vais aller te chercher des draps.

Elle planta ses yeux dans ceux de Simon. Il y avait une telle franchise dans son regard, songea-t-il, incapable de nier son trouble.

— Je vois bien que tu n'as pas l'intention d'aller passer la nuit sur ton bateau.

Sur ces mots, elle partit dans sa chambre, un espace sans porte délimité par un bout de cloison et deux poutres verticales. Simon s'assit sur le canapé, s'empara du recueil de contes et posa les pieds sur la table basse. L'appartement de Keira était le genre d'endroit où il se sentait autorisé à prendre ce genre de liberté. Il commença à feuilleter le livre. Son style et l'univers qu'il dépeignait, reconnaissables entre mille, étaient de ceux qui ravissaient les enfants comme les adultes. Même cet insupportable snob de la vente aux enchères avait été fasciné par les deux aquarelles dont elle avait fait don, ce soir-là. Ce Lloyd Adler avait eu beau s'en défendre, Simon n'avait pas été dupe.

Keira revint les bras chargés d'oreillers, de taies et de draps. Il se leva précipitamment pour la soulager de son fardeau.

— Va te coucher, Keira. Je vais me débrouiller seul.

— Ça ne me dérange pas de t'aider.

Mais dans l'état de désir où il se trouvait, l'idée de la regarder faire un lit lui semblait au-dessus de ses forces.

— Tu es épuisée, insista-t-il. Laisse-moi faire.

Mains sur ses hanches, elle le regarda un instant.

— Tu as été là pour moi vingt-quatre heures sur vingt-quatre depuis le moment où tu m'as sortie de cette ruine, dit-elle en posant la main sur son bras. Merci, Simon.

— Tout le plaisir a été pour moi, vraiment. Et maintenant, on arrête là les remerciements, d'accord ?

Il laissa tomber draps et oreillers dans le fauteuil.

— Au bout d'un moment, la gratitude peut devenir pesante.

Keira ne retira pas pour autant sa main. Bien sûr, Simon savait que ce geste n'avait rien à voir avec le sentiment de gratitude. Mais il était épuisé. Et elle l'était aussi. La meilleure chose à faire aurait été de la renvoyer dans sa chambre.

Seulement voilà… Simon Cahill n'avait jamais été du genre raisonnable. Et Keira était belle. Si belle…

Il murmura son prénom, et cela suffit à mettre le feu aux poudres. L'instant d'après, ils s'embrassaient comme des affamés, comme si leur vie en dépendait. Le goût des lèvres de Keira, de sa langue, la sensation de son corps élancé tout contre lui — c'était exactement ce qu'il avait imaginé dans les airs, pendant sept longues heures, entre deux parties de Sudoku.

Une envie irrépressible de la prendre, là, tout de suite, s'empara de lui. Son corps n'était pas impatient : il était fou. Fou d'elle, de son odeur, de sa peau, de sa voix, de ses yeux, de sa bouche…

Keira se pressa de toutes ses forces contre lui, comme si la moindre distance entre leurs corps lui était désormais insupportable.

— Je rêvais de ça chaque fois que je m'endormais, dans l'avion, murmura-t-elle entre deux baisers. C'était une torture… Bien pire que le cauchemar des limaces.

Elle se mit à rire et le son cristallin de sa légèreté retrouvée ne fit qu'attiser le désir de Simon. Quel plaisir de la sentir détendue et joyeuse, euphorique même, après ces dures journées qu'elle venait de vivre ! Détendue au point de s'abandonner sans la moindre retenue à ses baisers, à ses caresses de plus en plus audacieuses…

Il la souleva de terre et l'allongea sur le canapé. Elle était mince et douce, bâtie tout en longueur, gracieuse des pieds à la tête. Il avait envie de la voir nue depuis le jour où il avait posé les yeux sur elle, au rez-de-chaussée de cette même maison. Le T-shirt et le jean de Keira devaient disparaître maintenant, vite, encore plus vite… Il avait envie de promener ses mains sur sa peau blanche et lisse, de goûter la moindre parcelle de son corps, de la rendre folle de désir.

Elle devait être sur la même longueur d'onde, parce qu'elle croisa les bras autour de son cou et agrippa ses cheveux avec une sorte de tendresse sauvage.

— J'ai envie de toi, Simon. Je sais que je ne fais pas une erreur.

— Tu marches toujours à l'instinct, pas vrai ?

— Pas seulement. Je sais aussi être réfléchie.

Elle l'embrassa longuement.

— Souviens-toi…, reprit-elle d'une voix essoufflée, j'ai pris de l'eau, de la nourriture et une lampe de poche avant de me lancer à la recherche de la hutte. J'avais même une couverture de survie. Pourtant, mon instinct me disait qu'il n'y avait rien à craindre.

— Mais tu n'avais pas de corde, répliqua Simon avant d'enfouir le nez dans le cou offert de Keira.

— Si j'avais eu une corde, je me serais libérée à temps pour appeler mon oncle. Et toi, tu serais toujours à Londres. Et puis…

Elle s'interrompit, le temps d'un soupir, tandis que la langue de Simon remontait vers son oreille.

— … Est-ce qu'on a jamais vu un randonneur se munir d'une corde avant de partir en balade ?

Il embrassa ses lèvres, les emprisonnant l'une après l'autre entre les siennes, se retenant à grand-peine de lui arracher ses vêtements. Keira glissa ses mains sous le polo de Simon, paumes contre le creux de son dos, et il attrapa le bas de son T-shirt. Il l'entendit respirer plus vite, consciente de ce qui allait venir. L'instant d'après, elle était en soutien-gorge, et son T-shirt, lancé au hasard à travers la pièce, coiffait un chevalet de bois.

Elle frémissait sur le canapé, l'abandon ayant fait place à un léger embarras. Mais Simon ne détourna pas le regard. Il prit au contraire le temps de jouir du spectacle qui s'offrait à lui, ses yeux glissant comme une caresse sur sa peau laiteuse, presque translucide.

— Tu es tellement belle…, murmura-t-il, la voix un peu étranglée par l'émotion.

Etait-ce la nervosité qui faisait trembler les mains de Keira ? Non, décida-t-il en s'attaquant à la fermeture du soutien-gorge.

— Je n'arrive pas à l'ouvrir… C'est pas vrai…

Après plusieurs tentatives malheureuses, il l'arracha d'un coup sec.

— Je t'en achèterai un autre, dit-il en le jetant par-dessus son épaule.

Elle ne répondit rien, mais il doutait qu'elle soit en état de prononcer un mot. Lui-même avait le souffle court et l'esprit de plus en plus confus.

Il posa les mains sur ses seins gonflés, prenant autant de plaisir à entendre ses doux gémissements qu'à malaxer sa poitrine adorable, à sucer et mordiller ses mamelons aux larges aréoles rosées.

Elle commença à se tortiller sous lui pour retirer son jean et Simon prit le relais, faisant glisser le pantalon le long de ses jambes sveltes avant de l'envoyer à son tour voler dans l'appartement.

— Je ne sais pas…, haleta-t-elle. Je n'aurais jamais…

— Tu n'aurais jamais quoi, Keira?

— C'est si rapide, toi et moi.

— Moi, j'ai l'impression que ça fait une éternité que j'attends ce moment, répliqua Simon en glissant sa main entre ses cuisses.

Son sexe disait la même chose que ses yeux.

— Dis-moi si tu veux que je m'arrête, murmura-t-il, plus pour le plaisir de l'entendre exprimer son désir que parce qu'il croyait vraiment qu'elle pouvait s'en tenir là.

— Non, surtout pas…, supplia-t-elle, comme il l'avait espéré.

L'instant d'après, il voyait un sourire extatique se dessiner sur ses lèvres entrouvertes tandis qu'il enfonçait doucement son doigt en elle.

— Continue, continue…

Il retira son polo d'une main et elle se redressa un peu pour l'aider.

— Chacun son tour, dit-elle.

Le reste des vêtements de Simon subit le même sort et elle attira son corps nu contre elle, enfonçant ses ongles courts dans sa chair, frottant son sexe contre le sien, soupirant à son oreille.

Tout compte fait, songea vaguement Simon, la réalité était encore meilleure que les rêves.

— Maintenant, murmura-t-elle, le guidant en elle. Viens, viens…

Simon ne chercha pas à résister à son appel. Au point où il en était, l'appartement aurait pu prendre feu sans qu'il s'en aperçoive. Il avait envie de Keira, tellement envie, et son esprit submergé de sensations ne formulait plus de pensées. Elle, lui… Il n'y avait plus que ça au monde, comme une évidence. Il la pénétra autant qu'elle vint à lui, leurs corps affamés se rejoignant avec une sorte de fureur amoureuse. Puis ce furent des vagues, des grondements souterrains, des cris de joie et de surprise. Il la sentit bientôt se contracter sous lui, les mains de Keira agrippant ses bras tandis qu'elle ouvrait grand la bouche et que des spasmes la secouaient. Elle jouit, encore et encore, entraînant Simon dans un concert de râles heureux et impudiques, lui-même n'y tenant plus. Ses va-et-vient se firent plus rapides et profonds, Keira soulevant le bassin, les mains sur les hanches de Simon, l'entraînant dans son plaisir jusqu'à ce qu'un orgasme les réunisse dans un lieu enchanté, digne de l'imagination de Keira.

Dans le silence immobile qui suivit, Simon sentit battre sous lui le cœur affolé de Keira. Ou était-ce le sien qui tambourinait ainsi dans sa poitrine ?

— C'est un miracle qu'on ne soit pas tombés de ce canapé, dit-il avec un sourire de vainqueur.

— Il faut croire qu'on a le pied marin, répondit Keira en le repoussant doucement pour se dégager.

Elle quitta le canapé et ramassa ses affaires, enfilant aussitôt son T-shirt et sa culotte. Les feux de la ville s'invitaient par la fenêtre et faisaient briller ses cheveux blonds. Mais la lumière qui illuminait le bleu magnifique de ses yeux venait de l'intérieur.

Simon se jura que plus jamais un autre ne l'allumerait à sa place.

Elle fit un geste en direction des draps posés dans le fauteuil.

— N'hésite pas à m'appeler si tu as besoin d'aide pour ouvrir le canapé. Je sais qu'il est encore tôt, mais je ressens les effets du décalage horaire. Je suis claquée.

— Keira…

— Ne dis rien, Simon. S'il te plaît. C'était parfait et je n'ai aucun regret. J'ai juste…

Elle tira machinalement son T-shirt vers le bas et mit un peu d'ordre dans ses cheveux.

— On a besoin de dormir, tous les deux.

— Tu ne fais plus confiance à ta clôture électrique ?

— Je me méfie de tout ce qui sort de mon imagination, en ce moment, répondit-elle avec un sourire mi-figue mi-raisin.

Sur ces mots, elle disparut derrière la demi-cloison de sa chambre avant qu'il ne trouve quelque chose à répondre.

Après quelques minutes, il vit qu'elle n'avait pas éteint sa lampe de chevet. Peut-être s'était-elle endormie avec la lumière allumée. Elle devait être à bout de forces. Et même si sa fatigue n'était qu'un prétexte pour se retrouver seule, il ne lui en voulait pas. Sans doute avait-elle besoin de comprendre ce qui lui était arrivé ces derniers jours, avant de se lancer dans une histoire avec un homme.

Rester, ou prendre un avion pour Londres le lendemain matin ? se demanda-t-il en ouvrant le canapé-lit. En tout cas, lui non plus n'avait aucun regret.

Le matelas était fin comme du papier à cigarette, mais il avait connu bien pire au cours de ses missions. Un sachet en dentelle s'échappa du drap qu'il était en train d'étendre. Il alla le ramasser et huma l'agréable odeur qu'il exhalait.

De la lavande. Et la dentelle, bien sûr, ne pouvait être qu'irlandaise.

23.

Quartier de Jamaica Plain, Boston
Le 23 juin à 21 h 30

Abigaïl sortit dans le jardin avec son verre de vin blanc, persuadée qu'elle y serait seule. Mais Bob était attablé devant une bière tandis que Scoop désherbait son potager dans la demi-obscurité de cette longue soirée de juin. Owen était rentré après avoir ramené Keira et Simon, mais il passait un coup de fil professionnel à l'intérieur.

Scoop, agenouillé devant ses plants de tomates, se redressa avec une grimace de douleur.

— Aïe… Mon pauvre dos.

— Regarde-toi, maugréa Bob. On dirait un papy.

— Ta compassion me va droit au cœur, Bob, répliqua-t-il avec un sourire.

Mais il ne tarda pas à reprendre son sérieux.

— Il y a quelque chose qui n'est pas net dans l'histoire de Keira. En tout cas, je serai là demain, si tu as besoin de mon aide.

— Merci, répondit Bob, le regard fixé sur sa bière.

Abigaïl s'avança vers lui, notant qu'il avait sa tête des mauvais jours. Inutile d'être très perspicace pour comprendre que les dernières nouvelles d'Irlande n'avaient fait qu'assombrir un peu plus son humeur. La brebis dépecée mettait tout le monde mal à l'aise. Abigaïl avait également remarqué un changement dans la façon dont Seamus Harrigan abordait désormais cette affaire. Entre le ton décontracté de son premier coup de fil et la voix grave du second, il y avait eu la déposition d'Eddie O'Shea. De toute évidence, l'inspecteur de la *Garda* se posait maintenant beaucoup de questions.

— C'est moi qui devrais être l'interlocuteur de ce flic irlandais, dit Bob.

Abigaïl fronça les sourcils.

— Et en quel honneur, s'il te plaît ?

Il allait répondre quand Scoop se tourna vers l'appartement du rez-de-chaussée.

— Regardez qui est là, dit-il.

Fiona O'Reilly referma la porte coulissante derrière elle et avança dans le jardin.

— Salut, tout le monde. Owen m'a dit qu'il allait nous rejoindre dans une minute.

Elle vint plaquer un gros baiser sur la joue de son père.

— Ça va, papa ? Tu n'as pas l'air au mieux de ta forme.

— Salut, ma puce, répondit Bob en se forçant à sourire. Qu'est-ce que tu fais à te balader seule au milieu de la nuit ?

— Il n'est pas encore 10 heures, papa. Ce n'est pas exactement ce que j'appellerais le milieu de la nuit.

Elle se tourna vers Abigaïl et lui tendit une chemise cartonnée.

— Tiens. C'est de la part de Colm Dermott. Il m'a demandé de te la remettre quand je lui ai dit que j'allais faire un saut ici. Je suis allée assister à une conférence qu'il donnait à l'université de Boston. Ça s'appelait « Le folklore irlandais et la mer ». Passionnant, vraiment. Je me demande sérieusement si je ne vais pas laisser tomber les cours de harpe pour des cours de folklore irlandais.

— Tu as raison, railla Bob. Le secteur du folklore irlandais est en plein boom. Ça embauche à tour de bras, en ce moment.

— Encore plus que dans le secteur de la harpe irlandaise ? rétorqua Fiona sur le même ton.

— Tu feras moins la maligne quand tu seras obligée de réclamer de l'argent de poche à ton vieux père pour compléter tes allocations chômage. Au fait, qu'est-ce qu'il y a là-dedans ? ajouta-t-il en indiquant la chemise verte.

Fiona haussa les épaules.

— Colm ne me l'a pas dit.

— Tu appelles tes profs par leur prénom, maintenant ?

— C'est lui qui a insisté. Tu sais qu'il est ami avec Keira. En tout cas, j'adore parler de musique irlandaise avec lui.

Elle se tourna vers Scoop et Abigaïl.

— J'ai une passion pour tout ce qui touche à l'Irlande. D'ailleurs, j'ai bien l'intention d'aller rendre visite à Keira sur la péninsule de Beara.

— N'y compte pas, dit Bob.

Fiona leva les yeux au ciel.

— J'ai dix-neuf ans, papa. J'ai un passeport et rien ne m'empêche de m'acheter un billet toute seule.

— Si, rétorqua Bob, l'argent. Ou plutôt le manque d'argent. Je te rappelle que tu es étudiante et que tu ne gagnes pas encore ta vie. De toute façon, Keira est rentrée à Boston. Du moins pour quelques jours.

— Ah bon ? Et pourquoi ? Rien de grave, j'espère ?

— Non, rien de grave, répondit Bob. Tu as quelqu'un pour te raccompagner chez toi, ce soir ?

— Oui…, répondit distraitement Fiona, visiblement perturbée par la nouvelle du retour de sa cousine. D'ailleurs, je vais y aller. J'étais juste passée remettre cette chemise à Abigaïl. Papa…

Bob regarda sa fille droit dans les yeux.

— Ce quelqu'un, c'est *une* ou *un* ami ?

— Un.

— Le joueur de mandoline, c'est ça ?

Abigaïl se souvenait d'un garçon très mignon qui jouait de la mandoline avec l'ensemble folklorique, le soir de la vente aux enchères.

— C'est ça, dit Fiona.

Malgré le peu de lumière, Abigaïl vit les joues de la jeune fille se colorer un peu. Si elle-même l'avait remarqué, cette rougeur n'avait pu échapper à Bob.

— Pourquoi n'est-il pas entré avec toi ? demanda-t-il.

Sa fille se contenta de hausser les épaules avec une moue incertaine.

— Il est resté seul dans sa voiture à t'attendre ? insista Bob.

— Ben oui…

— Je vais te raccompagner, dit-il.

Mais au lieu de se lever, il tendit le bras vers Abigaïl et tapota la chemise cartonnée posée sur ses genoux.

— Alors, c'est quoi ?

Abigaïl soupira, agacée.

— C'est la liste des invités présents le soir de la vente aux enchères. J'ai croisé Colm Dermott par hasard ce matin, et je lui ai demandé s'il pouvait me la fournir.

— Tu ne l'as pas croisé par hasard, Abigaïl. Tu es allée spécialement le voir. Pourquoi ?

— Tu le sais très bien.

La mâchoire de Bob se contracta et Scoop poussa un soupir. Mais ni l'un ni l'autre ne fit de commentaire.

Fiona avait suivi l'échange, les sourcils de plus en plus froncés.

— Que se passe-t-il, à la fin ? Quelqu'un va-t-il me dire pourquoi Keira est rentrée à Boston ? Et qu'est-ce que cette liste vient faire…

Elle s'interrompit et regarda Abigaïl avec une moue entendue.

— Oh, j'ai compris… Tu veux savoir si le noyé du jardin public se rendait à la vente aux enchères, c'est ça ? Peut-être même pour aller voir Keira ?

— Abigaïl travaille sur plusieurs hypothèses, intervint son père.

Dans sa bouche, ces mots sonnaient comme une accusation.

— Il s'agit d'une liste incomplète, dit Abigaïl en s'efforçant de ne pas entrer dans le jeu de Bob. Colm Dermott m'a dit que son association n'avait pas les moyens d'avoir une organisation professionnelle.

Bob se leva enfin.

— Libre à toi de perdre ton temps, Abigaïl, maugréa-t-il avant de se tourner vers Fiona. Allez, viens, ma puce. Tu vas me présenter ce joueur de mandoline.

— Papa…

— Tu savais que j'ai pris des leçons de violon et de mandoline, quand j'étais gamin ?

— Je sais que tu as détesté le violon, mais tu ne m'as jamais parlé de la mandoline, répondit Fiona en jetant un coup d'œil inquiet à Abigaïl par-dessus son épaule.

Une fois les O'Reilly père et fille partis, Scoop se tourna vers Abigaïl en secouant la tête.

— Tu joues avec le feu, ma fille. Tu sais que pour Bob, la famille, c'est sacré.

— Je fais mon travail, c'est tout, répondit-elle en se recroquevillant, mains autour des genoux, dans son fauteuil de bois. Je ne pouvais pas imaginer que Dermott allait donner cette liste à Fiona.

— D'une manière ou d'une autre, Bob finira toujours par savoir ce que tu fais dans le cadre de ton enquête. Tu le connais, non ? Crois-moi, Abigaïl, laisse quelqu'un d'autre s'occuper de cette affaire.

Jusqu'à ce jour, Scoop ne s'était jamais permis de lui donner le moindre conseil professionnel, preuve qu'à ses yeux elle avait franchi la ligne blanche.

Abigaïl but une gorgée de vin.

— Mon but n'est ni de découvrir je ne sais quels secrets de famille, ni de provoquer Bob, dit-elle. Toi, tu ferais quoi à ma place ?

— Je viens de te le dire. Je refilerais le dossier à un collègue.

— Ça, je n'en crois pas un mot.

Elle s'interrompit pour boire une nouvelle gorgée de vin blanc.

— Quand je pense qu'il ne m'a jamais dit que sa sœur vivait maintenant en ermite au fond des bois… C'est à se demander ce qu'il nous cache d'autre.

— Je ne veux pas le savoir, dit Scoop en agitant fébrilement les mains. Changeons de sujet.

Mais Abigaïl n'avait pas envie de changer de sujet.

— Arrête de faire comme si tout ça ne t'intriguait pas, Scoop ! La sœur de Bob devient ermite, sa nièce part en Irlande retrouver une statuette d'ange et manque de se faire ensevelir sous les pierres, et le noyé du parc était obsédé par le diable…

— Tu crois qu'il aurait pu s'intéresser à cet ange de pierre, lui aussi ?

— On peut l'imaginer, en tout cas. Sa sœur et son beau-frère sont marchands d'art. D'après mes renseignements, ils s'intéressent particulièrement aux premières périodes de l'art médiéval. Je ne sais pas de quand date cette statuette, si toutefois elle existe ailleurs que dans les vieilles histoires et l'imagination de Keira…

— Elle-même ignore si elle a vu un véritable objet d'art ou un bibelot qui sortait des rayons d'un supermarché.

— Sauf qu'elle l'a trouvé très beau, nota Abigaïl. Et je ne pense pas qu'une artiste puisse être émue par l'esthétique d'une babiole à cinq dollars.

— Oui… C'est vrai. Je repense à ce que tu as dit tout à l'heure à propos de cette brebis. On a peut-être affaire à un rituel satanique : une statue d'ange, un animal sacrifié…

— Il faut être sacrément dérangé pour torturer un animal de cette façon-là.

— Un acte diabolique, dit Scoop avec une grimace comique. Mais quand j'y pense, c'est l'ange qui me dérange. Je n'ai pas beaucoup de religion, mais je sais quand même que les anges s'opposent au diable.

— Sauf Lucifer. C'est un ange déchu, ou plutôt un archange, le plus haut rang dans la hiérarchie des anges.

— Gabriel et Michel. Ces gars-là sont des archanges, pas vrai ?

Abigaïl ne put retenir un sourire. *Ces gars-là sont des archanges…* Scoop avait le don de l'amuser avec ses raccourcis et son côté parfois un peu balourd. Ce qui ne l'empêchait pas de tenir des propos toujours frappés au coin du bon sens.

— N'oublie pas Raphaël, dit-elle. Quant à Lucifer, il n'acceptait pas le règne de Dieu, poursuivit-elle. Il s'est révolté et a été banni du royaume des cieux.

— Dur pour lui…

— Comme tu dis. Du coup, Lucifer est devenu Satan. Le diable. Engagé dans un combat sans fin contre son créateur qu'il renie et dont il conteste la suprématie, il n'a de cesse de recruter de nouveaux soldats chargés de contrer la volonté de Dieu. Il exige d'eux une parfaite loyauté, mais se moque d'être craint ou aimé. Il puise sa force dans la haine, et en particulier dans la haine de Dieu.

— Et nous, on se retrouve obligés de choisir notre camp, lança Scoop avec son pragmatisme habituel.

— La notion de choix est fondamentale lorsqu'on appréhende le sujet du diable et du mal, approuva Abigaïl, qui avait attentivement lu le livre prêté par Charlotte Augustine. Bien entendu, Satan fait tout pour qu'on choisisse le chemin du mal au bout duquel il nous attend.

Elle termina son verre et le posa sur le large accoudoir de son fauteuil.

— C'est un vaste sujet, reprit-elle, mais beaucoup de choses tiennent dans le simple concept que je viens d'évoquer.

— Oui, un vaste sujet…, répéta pensivement Scoop avant de la regarder droit dans les yeux. Tu penses que l'intérêt de ton noyé pour Lucifer a quelque chose à voir avec sa mort ?

— Je me pose la question.

— Il ne serait pas le seul à croire à l'existence du diable, tu sais.

— Y croire est une chose, intervint Bob en les rejoignant dans le jardin. Avoir une pièce remplie de démons aux langues fourchues en est une autre.

Il avança tranquillement vers la table et ramassa sa bouteille de bière vide avec un calme qu'Abigaïl jugea inquiétant.

— C'est ça qui met Abigaïl dans tous ses états, ajouta-t-il.

Elle se fit violence pour ne pas répondre.

— Quant à Keira, poursuivit Bob, elle illustre des contes folkloriques et dessine des paysages fleuris. Pas la queue d'un diablotin là-dedans.

— C'est bon, dit Scoop en partant d'un pas décidé vers l'escalier extérieur. J'en ai par-dessus la tête de vous entendre vous disputer. Soyez assez aimables pour attendre que j'aie refermé la porte de mon appartement avant de reprendre vos chamailleries.

Abigaïl ne lui en voulut pas. A sa place, elle aurait fui depuis longtemps.

Elle ouvrit la chemise cartonnée et en sortit la liste des invités à la vente aux enchères. La mort de Victor Sarakis avait fait la une des journaux locaux et Colm pouvait fort bien avoir compris ce qu'Abigaïl cherchait à savoir. A partir de là, il avait pu manipuler cette liste à sa convenance, effaçant des noms et en ajoutant d'autres. Sauf qu'il n'avait aucune raison d'agir ainsi, songea-t-elle, regrettant pourtant de ne pas avoir fait preuve de prudence.

— Tu ignorais ce que ta nièce partait faire en Irlande, n'est-ce pas ? demanda-t-elle.

Bob sembla hésiter, ce qui ne lui ressemblait pas.

— Keira n'est pas du genre à se confier, répondit-il finalement. Ni à moi ni à personne d'autre. C'est une O'Reilly, après tout. Elle fait ce qu'elle a à faire sans en référer à quiconque.

Il se laissa tomber sur une chaise, sa bouteille vide toujours à la main.

— De l'extérieur, Keira a tout d'une femme libre, reprit-il. Elle vit de son art, voyage, rencontre des gens et travaille aux horaires qui lui conviennent. Mais au fond, je crois qu'elle a peur de terminer comme sa mère, recluse au fond d'une forêt.

— Elle se sent responsable de la décision d'Eileen ?

Bob resta muet, le regard perdu dans le vague.

— Bob ? Est-ce que…

Elle hésita une dernière fois avant de se lancer à l'eau.

— Bob, c'est toi qui te sens responsable ?

Elle s'attendait à ce qu'il l'envoie sur les roses, mais il n'en fit rien, lui répondant au contraire avec une sorte de douceur.

— Il y a trente ans, Eileen est partie en Irlande. Elle est rentrée à Boston enceinte de Keira et a mis fin à ses études. Elle avait dix-neuf ans. Elle n'a jamais parlé de ce qui s'était passé en Irlande. Ni à moi ni à nos parents. Pour autant que je sache, elle ne s'est confiée à personne. Pas même à son mari. Pourtant, c'était un type en or, compréhensif et généreux. Il a adopté Keira et lui a donné tout l'amour dont un enfant a besoin. Et il aimait aussi Eileen, ça oui…

Bob s'interrompit, s'épongeant le front avec son avant-bras.

— Et il a fallu qu'il se tue au volant de sa voiture dans le tunnel de Callahan. Un accident stupide. Ça arrive, tu sais, les accidents stupides…

Abigaïl ignora l'allusion.

— Tu crois que Keira s'est focalisée sur le récit de Patsy McCarthy quand elle a su que sa mère avait elle-même cherché à retrouver la hutte et l'ange de pierre ? Peut-être a-t-elle espéré que cette histoire la mènerait à son père ?

— Son père était John Michaël Sullivan. Keira a beaucoup souffert de sa mort. Elle n'était encore qu'un bout de chou de trois ans, mais elle le réclamait sans cesse. C'était à vous briser le cœur. Déjà à cet âge-là, elle voulait que sa mère lui lise des histoires et des poèmes. Ça l'intéressait plus que de jouer à la poupée. Ma sœur en était heureuse et l'a beaucoup encouragée dans cette voie. Après la mort de Michaël, elles sont parties vivre dans le New Hampshire, où Eileen a ouvert un magasin de matériel pour le dessin et la peinture. Je m'y rendais quand j'avais un moment.

Il leva les yeux vers le ciel bleu nuit où on distinguait déjà quelques étoiles.

— Je ne sais pas ce que j'aurais pu faire de plus.

— Tu n'y es pour rien, Bob.

— Tu te rends compte de ce qu'a fait ma sœur ? s'écria-t-il. Elle a abandonné sa famille et ses amis, elle a tourné le dos au monde entier pour aller vivre seule dans un putain de chalet sans eau courante ni électricité ! Et cette cinglée refuse d'avoir un téléphone portable… Comme sa fille, d'ailleurs, ajouta-t-il en se massant le visage.

Il resta un moment silencieux et Abigaïl se fit discrète, attendant patiemment qu'il reprenne le cours de ses pensées.

— Je respecte les convictions religieuses d'Eileen, dit-il d'une voix qui avait retrouvé son calme. Mais cette vie d'ermite ne lui ressemble pas, Abigaïl. Son choix fait de la peine à ceux qui l'aiment, mais on pourrait l'accepter si on pensait qu'elle était à sa place, seule au fond des bois. Seulement, ce n'est pas le cas. Eileen ne s'est pas remariée après la mort de Michaël, mais elle a toujours été quelqu'un de gai et sociable. Elle sortait beaucoup, elle avait plein d'amis… Et voilà que du jour au lendemain elle n'a plus que les arbres et le vent pour interlocuteurs.

— Et Keira ? Elle doit se sentir abandonnée par sa mère, même si Eileen ne le vit pas comme ça.

— On n'en a pas beaucoup parlé, elle et moi. Mais je n'ai pas l'impression que faire changer Eileen d'avis soit sa priorité. Ce qui l'intéresse en premier lieu, c'est d'essayer de comprendre sa propre histoire à travers la décision radicale de sa mère. Et quand elle a décidé quelque chose, celle-là… Keira a beaucoup de qualités, mais tu sais comme moi qu'elle n'en fait qu'à sa tête.

— Ça doit être dans les gènes des O'Reilly, dit Abigaïl avec un sourire.

— Tu ne crois pas si bien dire, répliqua Bob, l'air soudain plus détendu. Malgré son indépendance d'esprit, Keira accorde une grande place à la famille. Tu sais pourquoi elle s'est inscrite à l'Académie de police ? Parce qu'elle s'imaginait que c'était ce qu'une O'Reilly se devait de faire.

— Elle pense t'avoir déçu en abandonnant la police ?

— Je ne pense pas. Et même si c'était le cas, l'idée de m'avoir déçu ne lui ferait sans doute ni chaud ni froid. Non, si quelque chose l'attriste dans cette « erreur d'aiguillage », comme elle dit, c'est d'avoir perdu du temps à vider des chargeurs quand elle aurait pu le consacrer à dessiner des fleurs ou à illustrer des histoires à dormir debout.

— Tout le monde n'a pas la chance de savoir ce qu'il veut faire dans la vie à l'âge de cinq ans.

Il lui adressa un sourire. Le premier de la soirée.

— Comme moi, tu veux dire ?

— Oui, comme toi. La plupart des gens tâtonnent avant de trouver leur voie. S'ils la trouvent un jour…

— Tu es un bon flic, Abigaïl.

Le compliment la prit au dépourvu.

— Merci.

— Je suis désolé que ce soit un drame personnel qui t'ait amenée à embrasser la carrière, mais je suis persuadé que tu aurais rejoint nos rangs d'une façon ou d'une autre. Quand on a ça dans le sang…

— Je n'en suis pas aussi sûre que toi, répondit-elle avec une moue dubitative. Je pense que j'aurais terminé mes études de droit, si Chris n'avait pas été assassiné. Ma vie a pris un tournant inattendu après sa mort.

— Qu'est-ce que tu es en train de faire, Abigaïl ? demanda-t-il à brûle-pourpoint. Si tu as une raison légitime de penser qu'il existe un lien entre l'affaire du noyé et ma nièce, pourquoi ne cèdes-tu pas l'enquête à quelqu'un d'autre ? C'est pour me faire enrager que tu t'obstines à enquêter sur cette histoire ?

— Non, Bob. Ce n'est pas pour te faire enrager. Je ne fais que mon…

— Tu ne fais que ton travail, c'est ça ? Arrête ton cinéma, tu veux bien ? Ça fait un moment que tu n'es pas dans ton état normal. Qu'est-ce qui ne tourne pas rond chez toi ?

— Rien.

En tout cas, rien qu'elle pût nommer. Même si elle admettait ne pas être dans son état normal, comme disait Bob, Abigaïl n'avait pas vraiment pris le temps de réfléchir à ce qui la perturbait autant.

— Tout va bien avec Owen ?

— Mais oui, répliqua-t-elle d'un ton impatient. On n'a pas la vie de couple de M. et Mme Tout-le-monde, c'est tout.

— Tu as peur de le perdre ?

« Non », songea-t-elle en secouant la tête. Ce n'était pas ça. Pas ça du tout, même. Alors quoi ?

— Je n'ai peur de rien, Bob. Vraiment.

— On a tous peur de quelque chose, répliqua-t-il.

— Je parlais de ma relation avec Owen. Et toi, de quoi as-tu peur ? rétorqua-t-elle avec un petit mouvement provocateur du menton.

— Moi ? Du mariage. D'accord, d'accord, dit-il en mettant aussitôt les mains en opposition, comme s'il devinait ce qu'elle s'apprêtait à dire. Avec mes deux divorces, je suis sans doute mal placé pour te donner des conseils sur la meilleure façon de mener ta vie de couple.

Voilà qu'il se servait de nouveau de son humour pour esquiver une conversation trop personnelle. Mais cette fois-ci, Abigaïl décida de ne pas le laisser s'en tirer à si bon compte.

— Quand tu t'es marié, tu pensais que ce serait pour la vie, n'est-ce pas ?

A son grand étonnement, il répondit à sa question.

— La première fois, oui. Mais la deuxième…

Il haussa les épaules.

— La deuxième fois, j'ai eu le sentiment d'avoir les yeux plus gros que le ventre. Ça ne m'a pourtant pas empêché de dire oui.

Abigaïl connaissait mieux la première femme de Bob — la mère de ses trois enfants — que la seconde, mais elle comprenait ce qu'il entendait par là. Ses deux épouses avaient été l'exact opposé l'une de l'autre, Bob ayant voulu oublier avec la seconde ce qu'il considérait être les défauts de la première.

— Maintenant que tu sais ce qui ne te convient pas, tu vas pouvoir rectifier le tir et trouver la femme idéale.

Il souffla par le nez avec un petit ricanement.

— C'est elle qui va devoir me trouver, parce que je n'ai pas l'intention de chercher. D'ailleurs, je suis sur le point de prendre une maîtresse…

Abigaïl ouvrit de grands yeux et Bob fit durer le plaisir quelques secondes avant d'ajouter :

— Scoop et moi, on a décidé d'acheter un bateau.

Il soupira, la tête levée vers le ciel désormais sombre.

— Abigaïl… J'aimerais vraiment comprendre ce qui est arrivé à Keira en Irlande.

— Je sais, Bob. Moi aussi.

— Ce Simon Cahill m'a l'air d'un dur-à-cuire. Et j'ai l'impression qu'il n'a aucune envie de s'éloigner de Keira pour le moment. Il saura quoi faire si elle se met de nouveau dans le pétrin. Et puis, même sans son garde du corps, Keira est capable de se débrouiller seule. Elle a toujours su.

Il se tourna vers Abigaïl. Le regard songeur était devenu alerte et acéré.

— Si tu savais que Keira a des ennuis, tu me le dirais, n'est-ce pas ?

— Oui. Mais je ne sais rien de tel.

— Comment se fait-il que tu n'aies pas haussé le ton une seule fois depuis que je suis revenu dans le jardin ?

— Scoop a plaidé ta cause. Il m'a rappelé que ta famille est au centre de cette affaire. Ta nièce, ta sœur, et peut-être même Fiona.

Mais au lieu de répondre, Bob bondit sur ses pieds et serra le poing en signe de victoire.

— Ça y est ! Je sais !

Il frappa la table du plat de la main, visiblement excité par ce qu'il venait de comprendre.

— Ce n'est pas la crainte de ne pas avoir d'enfant qui t'angoisse !

C'est la crainte d'en avoir. Tu te demandes si tu es prête à bouleverser ta vie pour un bambin.

Chemise cartonnée dans une main et verre de vin dans l'autre, Abigaïl se leva à son tour, bien décidée à battre en retraite. Pas question d'aborder ce sujet avec Bob.

Mais il ne perçut pas son malaise, ou alors il passa outre.

— Owen est toujours par monts et par vaux, et toi, tu penses à tes enquêtes jour et nuit. Vous avez l'un et l'autre des métiers passionnants, mais aussi très prenants. Avoir des gosses serait pour vous un changement de vie radical. Tu as peur qu'Owen…

— Bonsoir, Bob.

Il attendit qu'elle ait ouvert la porte coulissante de son appartement pour l'interpeller.

— Je sais que c'est ça ! s'écria-t-il d'une voix triomphante. C'est ça qui te trotte dans la tête et te rend si nerveuse !

Elle ne prit pas la peine de se retourner.

— C'est pour ça que tu es invivable, en ce moment !

Abigaïl referma la porte derrière elle et alla poser le verre vide dans l'évier. Elle faisait simplement son boulot, se répéta-t-elle pour la énième fois en ouvrant la chemise cartonnée sur le plan de travail. Bob avait tort d'imaginer qu'elle avait pris cette affaire à bras-le-corps pour oublier ses angoisses intimes. Et pourtant… Sous ses airs d'ours mal léché, il avait toujours eu le don de percer les gens à jour. L'avait-il fait avec elle ?

Elle passa en revue les noms imprimés sur le document fourni par Colm Dermott et se rendit compte qu'ils étaient classés par ordre alphabétique. Mais elle ne trouva ni Augustine en début de liste, ni Sarakis à la fin. Il y avait bien un Butler, mais son prénom n'était pas Liam.

Pour Bob, le fait qu'elle ait réclamé cette liste ne prouvait ni sa perspicacité ni son professionnalisme, mais simplement qu'elle avait décidé de lui pourrir la vie. Il ne voulait surtout pas qu'il existe de lien entre la vente aux enchères et la mort de Victor Sarakis. Et ça, Abigaïl pouvait le comprendre.

Elle abandonna la liste dans la cuisine et partit dans sa chambre. Elle n'avait qu'une envie : se réfugier sous la couette avec Owen et oublier tout le reste.

Elle le trouva debout face au mur, l'air perplexe, le pot de peinture ouvert à ses pieds.

— Ça va? demanda-t-elle en allant le rejoindre.

— Réflexion faite, je me demande si c'est la couleur qu'il nous faut, dit-il en lui prenant la main. A vrai dire, je ne suis pas fou de ce bleu. Mais si tu y tiens vraiment, ce n'est pas un problème, ajouta-t-il en passant le bras autour de sa taille. Je m'en accommoderai.

— Donc, tu le détestes.

Il l'embrassa sur le sommet du crâne.

— On peut le dire comme ça.

Elle éclata de rire.

— Alors, allons choisir la couleur ensemble, d'accord? Pour moi, cet appartement est autant le tien que le mien. Je veux qu'il nous ressemble à tous les deux.

— Merci, dit-il en la serrant brièvement dans ses bras. Comment va Bob?

— Il est inquiet pour Keira. Dis donc, tu as remarqué la façon dont elle regardait Simon ce soir? Et vice versa, d'ailleurs.

— Non, dit-il en prenant l'air innocent.

Elle lui donna un petit coup de coude.

— Mais si, tu as remarqué… Je sais que tu apprécies Simon, mais moi je ne le connais pas tant que ça. Tu penses qu'il pourrait la rendre heureuse?

— Ça, je serais incapable de te le dire. Mais si tu me demandes si c'est un type bien…

Il s'interrompit, la mine soudain grave.

— Si tu l'avais vu en Arménie, Abigaïl… J'ai une entière confiance en lui.

— Tu sélectionnes les volontaires de Fast Rescue avec le plus grand soin, n'est-ce pas ?

— Oui. Et Simon est l'un de nos tout meilleurs éléments.

Abigaïl quitta les bras d'Owen et s'accroupit pour refermer le pot de peinture.

— Je n'ai pas encore envie de dormir, dit-elle en se redressant. Et puisqu'il n'est pas question de couvrir les murs d'une couleur qui ne te plaît pas, pourquoi tu ne m'en dirais pas un peu plus sur ton ami le sauveteur ?

— J'ai une meilleure idée, dit Owen en la soulevant dans ses bras pour la déposer sur le lit.

Abigaïl se laissa faire. Après tout, parler de Simon Cahill pouvait très bien attendre le lendemain matin.

24.

Quartier de Beacon Hill, Boston
Le 24 juin à 7 heures

« Mon royaume pour une tasse de café ! » songea Keira, surprise du silence qui régnait dans l'appartement. Elle ouvrit les yeux et tendit l'oreille, à l'affût d'un bruit de pas, d'un jet de douche ou du goutte-à-goutte de la cafetière électrique. Rien. Simon dormait-il encore ? Ou était-il déjà parti ? Elle quitta son lit et jeta un œil entre les poutres verticales qui séparaient sa chambre de la pièce principale. Au fond, elle craignait davantage de le surprendre en train de s'étirer, torse nu sur le canapé, que de trouver son lit vide et un petit mot sur la table du salon.

— Ne t'inquiète pas, je suis visible, dit-il avec une trace d'ironie dans la voix.

— Je tiens à préciser que je ne t'espionnais pas, répliqua Keira en venant le rejoindre, gênée et un peu vexée d'avoir été repérée.

Il avait dû sentir sa présence, parce qu'il n'avait même pas tourné la tête vers elle.

Il était habillé — pantalon de lin et polo sombre — et feuilletait un recueil de contes folkloriques irlandais sur le canapé soigneusement replié. Elle n'avait pas entendu le jet d'eau, mais il semblait pourtant douché et rasé de frais.

— Dommage, dit-il avec un sourire. Alors, pas de cauchemars ?

— Non, répondit Keira en secouant la tête. Et toi, tu as bien dormi ?

— J'ai rêvé d'une princesse avec de longs cheveux blonds. Une princesse de conte de fées.

Elle ne répondit rien. Pas question de se laisser entraîner sur ce terrain-là.

— Ces histoires sont une vraie drogue, dit-il. Je n'arrive pas à poser ce bouquin.

— Elles sont super, hein ? Ce recueil est l'un des nombreux ouvrages d'une collection créée par Sean O'Sullivan. Il était le responsable des archives de la Irish Folklore Commission, une institution gouvernementale fondée au milieu du XXe siècle dans le but de recueillir et de préserver les contes folkloriques irlandais. Le travail considérable effectué par O'Sullivan et ses collaborateurs fait aujourd'hui partie de la *National Folklore Collection* de l'université de Dublin. On y trouve des dizaines de milliers de contes soigneusement retranscrits, mais aussi des photos et des enregistrements sonores et audiovisuels. C'est toute la mémoire d'un pays qui se trouve là, Simon. Un trésor inestimable, vraiment.

— Ça a dû être un sacré boulot de réunir tout ça.

— O'Sullivan était un vrai passionné. Et figure-toi qu'il était natif de la péninsule de Beara.

Simon posa le livre et quitta le canapé.

— Et si on allait voir cette Mme McCarthy ?

La proposition surprit un peu Keira, mais elle avait de toute façon l'intention d'aller voir Patsy à un moment ou un autre de la journée. Elle rassembla les nombreux dessins réalisés en Irlande et ils partirent récupérer sa voiture du côté de Back Bay. Une demi-heure plus tard, alors qu'ils étaient en route vers les quartiers sud de Boston, Keira emprunta le portable de Simon pour appeler Patsy.

Pas de réponse.

Elle but une gorgée du café acheté dans une station-service et rendit l'appareil à Simon.

— Patsy va prier à l'église presque tous les matins. Je me souviens que ma grand-mère faisait la même chose, surtout à la fin de sa vie.

— Tes grands-parents ont toujours habité les quartiers sud de Boston ? demanda Simon.

— Non. Ils sont partis en Floride quand mon grand-père a pris sa retraite. Il était policier, lui aussi. Il vit toujours là-bas.

Un sourire se dessina sur ses lèvres tandis qu'elle songeait au vieil homme.

— Il me dit toujours que je devrais me mettre au golf. Papy adore le climat de la Floride. Il peut s'adonner à sa passion en toutes saisons.

— En Irlande, j'ai vu des gens jouer sous des vents à décorner les bœufs, dit Simon.

Keira se rendit compte qu'elle aimait beaucoup parler de tout et de rien avec cet homme. Elle lui indiqua la maison toute simple où ses grands-parents avaient élevé sa mère et son oncle, ne pouvant s'empêcher d'imaginer la famille O'Reilly se réveillant derrière les volets bleus, quarante ans plus tôt, un matin ensoleillé de juin pareil à celui-ci.

Trente secondes plus tard, elle se garait devant chez Patsy puis allait sonner à la porte. A la mort de son mari, la jeune femme qu'était alors Patsy avait pu conserver sa maison grâce à la bonne assurance-vie contractée par M. McCarthy. Patsy avait travaillé comme secrétaire dans plusieurs entreprises au fil des années, mais c'était le pécule de l'assurance qui lui avait permis de s'en sortir. Elle avait tenu à ce que Keira le sache dès leur première rencontre.

Keira sonna une nouvelle fois, sans plus de succès.

— Patsy ? cria-t-elle en frappant à la porte.

Toujours aucune réponse.

— Elle devrait être rentrée, à l'heure qu'il est. L'église se trouve juste au bout de la rue.

— Elle est peut-être derrière, dit Simon. Dans son jardin.

Pour y accéder, ils durent rebrousser chemin et remonter la rue sur quelques mètres jusqu'à un portail bringuebalant placé entre la maison de Patsy et la maison voisine, une impressionnante construction à deux étages. Un chemin étroit menait à un jardinet rempli de nichoirs et de mangeoires à oiseaux. Mais Patsy n'était pas là non plus.

Keira grimpa les quelques marches qui menaient à la véranda de derrière, où elle fut accueillie par le tintement d'un carillon à vent. Elle avait déjà levé la main pour frapper à la porte quand elle se rendit compte qu'elle était légèrement entrouverte.

— Simon, regarde…

Il la rejoignit, posant la main sur son bras.

— Laisse-moi y aller en premier.

L'instant d'après, il ouvrait lentement la porte et se faufilait dans la cuisine.

— Madame McCarthy ? Vous êtes là ? Je suis un ami de Keira Sullivan.

— Je suis là aussi, dit Keira en le rejoignant à l'intérieur. Vous m'entendez, Patsy ?

Mais le ton joyeux qu'elle avait adopté pour rassurer la vieille dame — et pour se rassurer elle-même — ne rencontra que le silence.

Imitant Simon, elle pénétra plus avant dans la pièce, s'attendant à moitié à tomber sur Patsy endormie devant une tasse de thé. Mais la théière, décorée de trèfles à quatre feuilles, se trouvait dans l'évier. Sur le réfrigérateur, des aimants aux couleurs du drapeau américain tenaient une multitude de cartes postales envoyées d'Irlande. Lors de leurs quelques rencontres, Keira avait apprécié l'humour dont Patsy savait faire preuve quand elle évoquait son pays natal. Elle était la première à rire du regard qu'elle portait sur l'Irlande ; une Irlande idéalisée par les souvenirs d'enfance et les récits folkloriques.

— Sa chambre se trouve à l'étage ? demanda Simon.

— Je crois, oui, répondit Keira avant d'indiquer le couloir qui s'étendait devant eux. Ça mène à la salle à manger et dans le salon. Il y a également un petit bureau. L'escalier se trouve face à la porte d'entrée principale.

Simon hocha brièvement la tête.

— Ne t'éloigne pas de moi, d'accord ?

Arrivé au milieu du couloir, il s'arrêta net à hauteur de la salle à manger. Keira ne tarda pas à découvrir pourquoi : des dizaines d'anges étaient disposés sur la table ovale, leurs visages tournés vers la porte grande ouverte comme pour accueillir d'éventuels visiteurs. Les figurines avaient été disposées par ordre de grandeur, la plus petite mesurant peut-être deux ou trois centimètres, la plus grande au moins soixante. Elles étaient construites en toutes sorte de matériaux : porcelaine, céramique, argent, étain, or, bois, verre, papier plié…

Trois photos encadrées d'une jolie fille blonde avaient été placées au milieu de cette armée céleste. La première semblait avoir été prise lors de sa première communion. Sur la seconde, on voyait la fillette vaciller sur des rollers à onze ou douze ans. Sur la troisième, elle était un peu plus âgée et se tenait aux côtés d'un Bob O'Reilly encore adolescent. Tous deux étaient tirés à quatre épingles, sans doute sur le point de se rendre au bal de fin d'année du lycée.

Simon pointa du doigt une image pieuse posée contre un ange de verre multicolore.

Deirdre Ita McCarthy, pouvait-on lire au-dessus d'une croix et de deux dates bien trop rapprochées.

— Deirdre devait être la fille de Patsy, murmura Keira. Oh, Simon, elle venait d'avoir dix-neuf ans quand elle est morte… Patsy ne m'en a jamais parlé.

— Alors, ces photos n'étaient pas là quand tu es venue lui rendre visite ?

— Non. Ni les anges ni les photos.

— Il faut qu'on retrouve cette dame, dit Simon.

Keira sentit l'angoisse monter en elle tandis qu'ils parcouraient le reste du couloir. Lorsqu'ils arrivèrent devant la porte du bureau, également ouverte, Simon lâcha un juron et fit volte-face, empoignant Keira par la taille pour l'empêcher d'avancer.

— Ne regarde pas.

Elle agrippa le bras de Simon.

— Quoi ? Qu'y a-t-il ?

— Ton amie est morte.

— Oh, non… Non ! s'écria Keira en s'élançant droit devant elle.

Mais Simon la tenait fermement. Elle aperçut néanmoins des projections de sang sur les boiseries blanches de la bibliothèque murale et ses yeux s'emplirent de larmes.

— Tu es sûr qu'elle…

— Oui, Keira. Sûr et certain. On ne peut plus rien pour elle, maintenant. Elle est morte depuis plusieurs heures. Au moins depuis hier, à mon avis.

Il posa un baiser sur son front.

— Je suis vraiment désolé, Keira.

— Simon, tout ce sang…

Elle s'interrompit, le souffle court comme si elle venait de courir un cent mètres.

— Elle n'a pas succombé à une crise cardiaque, n'est-ce pas ?

— Non.

— Il faut que je regarde, Simon.

Il hésita une ou deux secondes, puis retira ses mains.

— Je comprends, dit-il. Je te demande simplement de ne pas entrer dans la pièce. Il faut faire attention à ne pas effacer d'éventuelles empreintes ou traces d'ADN. Et puis je te préviens, Keira, c'est un spectacle difficile à supporter. Il y a beaucoup de sang.

Les doigts enfoncés dans le bras de Simon, Keira jeta un œil dans le bureau. Elle vit Patsy étendue, face contre terre, sur un tapis au crochet. Son peignoir rose baignait dans le sang.

— Tu penses qu'elle… Est-ce que tu peux…

Elle inspira profondément, se ressaisissant un peu tandis que sa main libérait progressivement le bras de Simon.

— Tu peux voir si elle a souffert ? Si elle a été torturée comme la brebis…

— Elle n'a pas été torturée, Keira.

— Celui qui a dépecé cet animal a eu le temps de faire le trajet jusqu'ici et de…

Sa voix se brisa, l'empêchant d'aller au bout de sa pensée.

— Si tu veux appeler la police, dit-elle en ravalant ses larmes, il y a un téléphone dans la cuisine.

Mais Simon était déjà en train de composer le numéro de police-secours sur le clavier de son portable. Keira, encore sous le choc, l'entendit vaguement faire un rapport concis et détaillé à la personne qu'il avait au bout du fil. Elle s'adossa au mur, les jambes en coton, tandis que des images défilaient dans son crâne : le noyé du jardin public, le sang et les viscères répandus près de la hutte… Elle s'élança brusquement en direction de la cuisine qu'elle traversa en coup de vent avant de sortir sous la véranda, manquant renverser l'homme qui se trouvait là.

C'était le prêtre qui avait accompagné Patsy à la vente aux enchères. Il se tenait aux sommets des marches, blême et immobile.

— Père Palermo…, bredouilla Keira.

Il semblait avoir compris que quelque chose de grave était arrivé à sa paroissienne.

— Mme McCarthy n'est pas venue à la messe ce matin, dit-il d'une voix blanche. J'ai voulu savoir si tout allait bien. Ça fait deux jours qu'elle ne s'est pas rendue à l'église et…

Il dut s'interrompre un instant, visiblement ému.

— Ça ne lui ressemble pas, termina-t-il. Mademoiselle Sullivan, je…

— J'ai une bien triste nouvelle à vous annoncer, mon père. Patsy est morte.

Keira se demanda aussitôt si elle avait bien fait d'en informer le prêtre. Dans une situation pareille, le mieux était d'en dire le moins possible en attendant l'arrivée de la police.

Il ouvrit la bouche, l'air abasourdi.

— Que… Comment…

Mais avant qu'il ne parvienne à formuler une phrase complète, la fille de Bob apparut à son tour. Cheveux blonds soigneusement tirés en arrière et harpe irlandaise sous le bras, elle regarda alternativement le père Palermo et sa cousine avec de grands yeux effarés.

— Fiona… Qu'est-ce que tu fais là ? demanda Keira.

Mais au lieu de répondre, elle fit volte-face et repartit en direction de la rue.

Keira se tourna vers le prêtre alors qu'on entendait déjà des sirènes de police hurler dans le lointain.

— Excusez-moi, je dois y aller, dit-elle avant de se lancer à la poursuite de sa cousine.

25.

Quartiers sud de Boston
Le 24 juin à 9 h 30

Abigaïl sauta hors de sa voiture et courut le long du trottoir, rattrapant Bob juste avant qu'il n'atteigne la maison de Patsy McCarthy.

Elle se planta devant lui.

— Tu ne peux pas faire ça, Bob. Tu sais que c'est contraire à…

— Laisse-moi passer, Abigaïl.

Mais elle ne bougea pas d'un pouce. Bien sûr, les policiers en uniforme postés devant la maison n'empêcheraient pas Bob de se rendre sur la scène de crime s'il se présentait à la porte. Mais ce ne serait pas une bonne idée.

Abigaïl faisait de la paperasse au siège de la police quand elle avait appris qu'une femme de soixante-neuf ans venait d'être poignardée à mort dans les quartiers sud. Instinctivement, elle avait tout de suite su qu'il s'agissait de la conteuse de Keira.

Quelques minutes plus tard, on l'informait que le corps avait été découvert par la nièce de Bob.

Et que Fiona se trouvait aussi sur place.

Même son équipier avait accusé le coup en apprenant la nouvelle. Tom Yarborough avait les dents qui rayaient le parquet. A vingt-neuf ans, il se voyait déjà à la tête de la brigade criminelle. Il en voulait sûrement un peu à Abigaïl de faire cavalier seul depuis quelques jours, mais il avait compris qu'elle délaisse ses dossiers et son ordinateur pour se rendre sans délai sur la scène du crime.

La rue était envahie de véhicules de police. Des voisins s'étaient massés en nombre sur le trottoir d'en face, silencieux et choqués. D'autres regardaient le sinistre ballet des gyrophares depuis leur jardin ou penché à une fenêtre.

— Bob, dit Abigaïl, tu ne peux pas enquêter sur cette affaire. Reste en dehors de tout ça. C'est ce que tu me dirais si les rôles étaient inversés. Tu sais que…

— Où est ma fille ? coupa-t-il, la voix et le regard également inflexibles. Où est Keira ?

— Je vais aller me renseigner, d'accord ? Elles doivent être avec les inspecteurs dépêchés sur place.

Il jeta un regard à la modeste maison de Patsy.

— Qu'est-ce que Fiona pouvait bien foutre ici ?

— Je n'en sais rien, Bob. Je suis comme toi, je viens tout juste d'arriver.

Elle regarda son collègue, qui avant tout était son ami. Sous l'expression dure de son visage, Abigaïl devinait sa peine et son angoisse.

— Je vais aller voir ce qui se passe là-dedans, dit-il. Tu comptes essayer de m'en empêcher ?

Abigaïl s'écarta avec un long soupir.

— Non.

A sa place, elle ferait la même chose, songea-t-elle. Comment lui donner des leçons de déontologie alors qu'elle était entrée dans la police pour élucider la mort de son mari ? On pouvait difficilement être impliqué de façon plus personnelle dans une enquête.

Elle le suivit tandis qu'il franchissait sans le moindre problème le barrage des policiers en uniforme.

Ils se frayèrent un passage jusqu'au bureau où le corps menu de Patsy McCarthy gisait sur un tapis gorgé de sang.

— Elle a fabriqué elle-même ce tapis il y a trente ans, dit Bob d'une voix à peine audible. Regarde la qualité de ce travail… Regarde comme il a résisté au temps… On dirait qu'il vient d'être terminé. C'est un paysage irlandais. Tu vois, il y a une ferme, des moutons…

— Bob…

Le voir aussi bouleversé lui donna envie de pleurer.

— Je sais que tu avais beaucoup d'affection pour elle, dit Abigaïl en chassant tant bien que mal l'émotion qui la submergeait. Je suis vraiment désolée…

— Pourquoi ? Ce n'est pas ta faute. Tu ne l'as pas tuée, que je sache.

Abigaïl ne répondit rien, consciente que sa brusquerie n'était que l'expression de sa pudeur.

Les inspecteurs chargés de l'enquête — deux hommes aux visages également sombres que Bob et Abigaïl connaissaient bien — leur apprirent que la victime avait vraisemblablement été poignardée à deux reprises.

Une fois pour faire couler le sang.

Une fois pour tuer.

— Ce n'est pas une façon de mourir pour une vieille dame, dit doucement Bob. Pour personne.

Il quitta le bureau et longea le couloir. Visiblement, il connaissait la maison comme sa poche. Abigaïl l'imagina gamin, en train de courir dans ce même couloir. Le meurtrier n'avait pas seulement assassiné une femme que Bob aimait et respectait — il avait aussi assassiné un peu de son enfance.

Mais elle n'eut pas le temps de se laisser aller à sa compassion. Bob venait de s'arrêter sur le seuil de la salle à manger. Abigaïl ne connaissait pas l'expression qui durcissait de nouveau ses traits, mais elle ne lui disait rien qui vaille. Elle arriva à sa hauteur et vit à son tour l'étrange mise en scène, dont chaque détail était soigneusement répertorié par deux autres collègues. L'un muni d'un calepin, l'autre d'un appareil photo, les policiers tournaient autour d'une table ovale où étaient alignées une quantité impressionnante de figurines angéliques, ainsi que trois photos encadrées.

— Nom d'un chien, murmura Abigaïl, les yeux rivés sur l'un des cadres en métal argenté. C'est toi, sur cette photo. Et la fille…

— Ce n'est pas Patsy qui a organisé cette mise en scène, dit-il d'une voix sourde. C'est son meurtrier.

Bob tourna les talons et rebroussa chemin jusqu'à la porte d'entrée. Une fois dans la rue, il alla s'adosser au tronc d'un érable et fourra un chewing-gum dans sa bouche.

— Patsy croyait aux fées, dit-il sans regarder Abigaïl, qui venait de le rejoindre dans l'ombre maigre qu'offraient les branches décharnées de l'arbre. Elle avait du mal à l'admettre, mais elle y croyait dur comme fer. Elle m'a dit avoir entendu la plainte lugubre d'une fée banshee la nuit où sa fille est morte. Et à l'en croire, ça lui était déjà arrivé avant, chaque fois qu'un être qui lui était cher disparaissait. La première fois, elle vivait encore en Irlande quand les cris nocturnes d'une banshee lui ont annoncé la mort de sa petite sœur, emportée par une maladie fulgurante.

— Brrr…, fit Abigaïl. Ça fait froid dans le dos.

— Je me souviens que les récits de Patsy m'émerveillaient souvent, mais il arrivait aussi qu'ils me fichent une sacrée trouille. A neuf ou dix ans, les trente mètres qui séparaient nos deux maisons pouvaient me paraître bien longs, quand je rentrais chez moi après une soirée à écouter ses histoires. Pour peu que la nuit soit tombée, je t'assure que je n'étais pas fier.

Bob mâchait son chewing-gum avec une sorte de rage qui contrastait avec la douceur de sa voix.

— Patsy était une femme simple, Abigaïl. Elle n'a jamais attendu grand-chose de la vie. D'ailleurs, la vie ne lui pas donné grand-chose.

— On va coincer celui qui a fait ça, Bob.

— Tu sais combien de dossiers non élucidés attendent sur mon bureau ? On ne peut jamais être sûr de mettre la main sur un assassin. Garde tes belles paroles pour quelqu'un de plus naïf que moi.

Il tourna la tête vers la maison de Patsy. Les rideaux en dentelle qui ornaient les fenêtres lui semblèrent soudain d'une tristesse infinie.

— Désolé, dit-il. Je ne voulais pas être désagréable.

— Ce n'est pas grave.

— Je vais aller dire un mot à Fiona et Keira.

— D'accord. Si je peux faire quoi que ce soit…

— Je n'hésiterai pas, merci.

Abigaïl vit justement la fille et la nièce de Bob qui sortaient par le portail branlant du jardin. Il partit à leur rencontre tandis qu'elle retournait dans la maison, où elle tomba sur Simon Cahill qui discutait dans la cuisine avec des policiers en uniforme. Elle le trouva particulièrement calme, pour quelqu'un qui venait tout juste de découvrir une vieille dame sauvagement assassinée. Il fallait dire qu'Owen était un peu pareil. Capable de conserver son sang-froid en toutes circonstances. Restait à savoir si c'était leur travail au sein de Fast Rescue qui les rendait ainsi maîtres d'eux-mêmes, ou s'ils étaient capables d'effectuer des missions de sauvetage par ce qu'ils étaient naturellement ainsi. Sans doute un peu les deux…

— Salut, Simon. Tu dois regretter de n'être pas resté à Londres, non ?

— A quoi bon perdre du temps à regretter ce qu'on ne peut pas changer ? répondit-il. Bob O'Reilly est là ?

— Il est dehors avec Fiona et Keira.

Simon la regarda quatre ou cinq secondes sans rien dire, reprenant la parole juste au moment où elle ouvrait la bouche pour rompre le silence.

— Toi et O'Reilly, vous vous tenez à la frontière qui sépare vie privée et professionnelle.

— Moi, je suis à la frontière, dit-elle. Bob l'a franchie.

Les yeux de Simon se plantèrent dans les siens.

— J'ai trouvé ça par terre, dit-il en glissant une carte de visite dans sa main. Un petit bout dépassait de sous le frigo.

Abigaïl fit la grimace en reconnaissant le logo de la police de Boston sur le rectangle de papier. Grimace qui s'aggrava lorsqu'elle y découvrit aussi le nom de Bob.

— J'ai pensé qu'il valait mieux que ça tombe entre tes mains.

Elle le considéra avec une certaine curiosité. Il n'était pas donné à tout le monde de remarquer une carte de visite qui avait atterri sous un frigo, surtout en pareilles circonstances. Sans compter qu'il avait songé à la ramasser et à la glisser discrètement dans sa paume.

— Simon, dit-elle, ça t'ennuierait de bien vouloir me dire qui tu es vraiment ?

— Se creuser la cervelle à mon sujet ne t'aidera pas à découvrir qui a tué Patsy McCarthy.

Sur ces mots, il quitta la maison par la porte de derrière. Abigaïl s'apprêtait à lui emboîter le pas avec la ferme intention de le faire parler, quand les deux inspecteurs qu'elle connaissait arrivèrent dans la cuisine. Elle hésita à leur donner la carte de visite. Bob l'avait-il lui-même laissée à Patsy ? Ou bien était-ce sa fille ? Après tout, Fiona pouvait fort bien avoir quelques cartes de son père en sa possession… Ou alors Keira ?

Mais ce n'était pas à elle de répondre à ces questions.

En tout cas, à la place des inspecteurs qui venaient d'entrer dans la pièce, elle aurait voulu connaître l'existence de cette carte de visite. Abigaïl avait une grande conscience professionnelle, et l'idée de faire des cachotteries à ses collègues la rendait mal à l'aise.

Elle enfouit pourtant la carte dans sa poche.

— Vous devriez avoir une conversation avec Bob, leur dit-elle. Demandez-lui quand il a vu la victime pour la dernière fois.

— Pourquoi ? Il ne…

— Faites ce que je vous dis, insista-t-elle en sortant de la cuisine.

Fiona pleurait, le nez rouge et les joues en feu, un mouchoir en papier en boule dans sa main. Elle avait beau sécher ses larmes, d'autres revenaient aussitôt inonder ses joues.

— Ne me laisse pas seule avec lui, Keira, dit-elle tandis que son père venait à leur rencontre. Papa va... Il ne va pas comprendre.

— Donne-lui une chance de te prouver le contraire, murmura Keira en lui frottant doucement le bras. De toute façon, je reste avec toi.

Son oncle affichait un visage impassible, mais Keira avait appris à décrypter les petits signes qui dénonçaient chez lui une agitation intérieure. Et ce qu'elle devinait sous cet air tranquille et rassurant n'était pas seulement de l'angoisse et du chagrin, mais aussi une immense colère que la moindre étincelle risquait de faire exploser. Une femme qu'il avait connue toute sa vie venait d'être poignardée à mort chez elle, et qui trouvait-on sur les lieux du crime ? Sa fille et sa nièce. Bob devait s'en vouloir, songea Keira en le regardant s'approcher. En tant que policier — l'un des inspecteurs les plus expérimentés de la brigade criminelle de Boston —, il s'imaginait forcément qu'il avait une part de responsabilité dans cette tragédie, qu'il aurait dû anticiper et empêcher l'assassin de faire subir ce sort ignoble à Patsy.

Keira pouvait aisément se mettre à sa place, elle qui avait le sentiment d'être à l'origine de la réaction en chaîne dont Patsy venait de faire les frais.

— Salut, ma puce, dit Bob en venant embrasser sa fille.

Il fallait vraiment bien le connaître pour ne pas être dupe de la douceur de son ton et de son sourire.

— Comment ça va ?

— Oh, papa... Je me sens tellement mal...

— Je sais, ma puce, je sais. Ce qui est arrivé est vraiment terrible.

Fiona hocha tristement la tête, le visage inondé de larmes.

— J'avais tellement d'affection pour elle. Mme McCarthy me faisait penser à mamie, avec sa gentillesse et son accent irlandais qui ressortait parfois...

— Ta grand-mère et Patsy étaient des personnages, dit Bob. Si tu les avais vues quand elles étaient jeunes, toutes les deux, en train de rire comme des collégiennes sur ce même trottoir. Elles s'entendaient comme larrons en foire, mais il leur arrivait aussi de se chamailler. Tu te souviens comme ta grand-mère pouvait être de mauvaise foi, quand elle le voulait ?

— Elle détestait avoir tort, dit Fiona en reniflant avec un sourire bancal.

— Eh bien, Patsy était pareille, figure-toi. Je te laisse imaginer ce que ça donnait quand elles se crêpaient le chignon.

Bob posa un baiser sur le front de sa fille.

— La prochaine fois que je t'emmènerai en Floride, ton grand-père te racontera des histoires sur ces deux-là. Il trouvait Patsy un peu timbrée, mais il l'aimait bien.

Fiona se remit à pleurer. Bob ouvrit les bras et elle ne se fit pas prier pour s'y réfugier, sanglotant contre la poitrine de son père.

Il en profita pour jeter un regard noir à Keira par-dessus l'épaule de sa fille.

— Tu veux me dire ce qu'elle faisait ici ? Je suppose que c'est toi qui l'as présentée à Patsy.

— Non, papa, fit la voix étouffée de Fiona. Ce n'est pas Keira.

Mais les sanglots reprirent le dessus et elle ne put en dire plus. Ravalant sa propre peine, Keira prit le relais et répéta à Bob ce que sa jeune cousine lui avait expliqué.

— Depuis quelques semaines, Fiona prend des cours de musique irlandaise à deux pas d'ici. Elle est tombée sur Patsy, un jour où elle se promenait dans le quartier pour voir la maison où tu as grandi. Patsy lui a fait penser à sa grand-mère et elles ont engagé la conversation. Tu vois, Fiona ne te cache rien…

— J'ignorais qu'elle prenait des leçons de musique irlandaise, coupa Bob. Et j'ignorais qu'elle connaissait Patsy. Si c'est ça que tu appelles ne rien me cacher…

Fiona quitta les bras de son père pour lui faire face, le visage rouge et luisant.

— Papa…

— Alors, tu as reconnu Patsy, l'autre soir à la vente aux enchères ?

— Je n'ai jamais dit le contraire.

Il tendit le doigt vers elle.

— Ne te fiche pas de moi, ma fille. Pas maintenant. Je suis triste qu'elle soit morte et que ça te fasse de la peine, mais tu dois absolument me dire tout ce que tu sais. Tout, tu m'entends ? N'omets aucun détail, même si c'est quelque chose que tu trouves insignifiant ou embarrassant, compris ?

Fiona hocha la tête. Au lieu de l'accabler, le coup de sang de son père semblait lui avoir fait du bien.

— Je n'arrive pas à croire que quelqu'un ait pu lui vouloir du mal, papa. C'est… Ça dépasse l'entendement.

— Oui…, répéta-t-il, soudain songeur. Ça dépasse l'entendement.

Il se tourna brusquement vers Keira, le regard toujours aussi noir. Elle ne se souvenait pas l'avoir déjà vu dans un état pareil.

— Et toi ? Quand es-tu arrivée ici ?

— Vers 8 h 30. J'ai sonné et frappé à la porte sans obtenir de réponse. Je l'ai même appelée, mais sans plus de succès. Alors, avec Simon, on a décidé de faire le tour par le jardin pour s'assurer que…

— Nom d'un chien, Keira ! coupa Bob dans un nouvel accès de colère. Le noyé du jardin public, la hutte en Irlande, et maintenant ça…

— Parce que tu crois que ça me fait plaisir ?

Fiona, qui s'était remise à sangloter, leva les yeux vers son père.

— Mme McCarthy était la gentillesse même, dit-elle avant de se moucher bruyamment dans le Kleenex que venait de lui tendre Keira. Comment quelqu'un a-t-il pu lui faire ça ?

— Je ne sais pas, mon trésor. Mais même si elle avait été une vieille enquiquineuse, elle n'aurait pas mérité de mourir comme ça.

— Je n'ai pas vu son corps, papa. Keira est intervenue avant que je…

— Enfin une décision censée, maugréa Bob. Dis-moi, Fiona, quand tu rendais visite à Patsy, vous étiez toujours seules, toutes les deux ? Tu n'as jamais croisé un plombier, un électricien, le facteur ou un voisin, par exemple ?

— Non. On était toujours en tête à tête. J'ai dû la voir une demi-douzaine de fois, généralement après ma leçon, parfois avant. La plupart du temps, je la rejoignais dans la rue, alors qu'elle rentrait de l'église. C'est ce que je comptais faire ce matin.

Les yeux de Fiona s'emplirent une nouvelle fois de larmes.

— Je suis venue un jour ici pour voir le quartier où tu vivais dans ta jeunesse. En passant devant l'église Sainte-Ita, j'ai aperçu des femmes qui préparaient une kermesse sur le thème des anges. Il y en avait partout : sur les gâteaux, les tricots, les bibelots, les affiches…

Les mots se bousculaient dans la bouche de Fiona, comme si elle avait besoin de tout sortir d'un coup.

— Plusieurs collections de figurines étaient présentées par les volontaires de la paroisse. Celle de Patsy était de loin la plus impressionnante. Tu l'as vue, papa ? C'est vraiment quelque chose.

— Patsy collectionne les anges depuis longtemps, dit-il.

— Le père Palermo a dit que certaines pièces avaient sans doute de la valeur. J'espère que… Tu ne penses pas que quelqu'un a voulu lui voler sa collection après l'avoir vue à la kermesse ?

— Il est encore trop tôt pour le dire, ma puce. Tu t'es rendue à cette kermesse ?

Fiona acquiesça d'un signe de tête, un peu revigorée par le souvenir de cette belle journée.

— J'ai acheté deux petits anges faits main — des décorations de Noël —, et j'ai aussi mangé une part de gâteau en forme d'ange avec un glaçage vert.

— Quelle horreur ! dit Bob avec une grimace dégoûtée.

Fiona esquissa un sourire, mais on sentait qu'elle se forçait pour faire plaisir à son père.

— Ce n'était pas si mauvais que ça… Papa, tu savais que Patsy avait tous les livres illustrés par Keira ?

Fiona pâlit de nouveau.

— Je ne peux pas croire qu'elle ait vraiment été assassinée.

— Je sais, ma puce, je sais. C'est difficile à encaisser.

Bob se tourna vers sa nièce. Si Keira déchiffrait bien son regard, la fureur avait cédé du terrain au profit de l'angoisse.

— Tu connaissais déjà Patsy quand Fiona l'a rencontrée à l'église ?

— Elle m'a envoyé un e-mail à peu près à la même période, mais elle ne m'a jamais dit qu'elle connaissait Fiona. Elle…

Keira hésita une seconde avant de reprendre.

— Elle ne m'a jamais dit non plus qu'elle avait une fille. Bob, cette photo placée au milieu des anges où on te voit tout jeune avec cette jolie blonde…

— Il faut que j'emmène Fiona loin d'ici, dit-il.

Le moment était mal choisi pour essayer de lui soutirer des informations sur le sujet, songea Keira. Il faudrait attendre un moment plus propice pour revenir à la charge.

— Je dois aller rejoindre des amis, dit Fiona qui semblait avoir retrouvé des couleurs. On s'est donné rendez-vous chez les Garrison pour répéter et je suis déjà en retard. Papa, je t'en prie, j'ai juste envie de jouer de la harpe pour le moment. S'il te plaît…

— Pas de problème, ma puce. Je vais te déposer. Et toi, Keira, que comptes-tu faire ?

— Je vais attendre Simon.

— C'est ce que mon petit doigt m'avait dit.

Il avait voulu adopter un ton badin, prétendre que tout était normal, mais c'était tombé à plat.

— Je sais que tu vis un moment difficile, Keira, reprit-il, et j'en suis désolé pour toi. On parlera de tout ça plus tard, d'accord ?

— D'accord.

— Tu sais que tu peux m'appeler si tu as besoin de quoi que ce soit.

— Oui. Merci.

Keira le regarda s'éloigner avec Fiona. Bob était pour elle une figure paternelle, le rocher sur lequel s'appuyer en cas de coup dur. Mais il était aussi cet homme incapable d'exprimer ses émotions, cet homme bourru et secret qui ne lui avait jamais avoué s'être rendu au bal de fin d'année du lycée avec la fille de Patsy.

La fille de Patsy…, songea Keira. Que lui était-il donc arrivé ?

Elle avait une migraine et le moral à zéro, et pourtant ses nerfs à vif la maintenaient curieusement alerte, le film de la matinée défilant pour la énième fois sous son crâne : son doigt sur la sonnette, le détour par le jardinet et la porte de derrière entrouverte, la progression dans la maison silencieuse, le corps ensanglanté de Patsy gisant sur le tapis, la rencontre inopinée avec Fiona et le père Palermo. Puis les sirènes de police, de plus en plus proches. Le sang-froid de Simon, son calme et son professionnalisme lorsqu'il avait accueilli les policiers.

Elle se mit à le chercher du regard, mais ne vit que des hommes en uniforme, des techniciens de la police, et même quelques journalistes qui cherchaient à savoir ce qui s'était passé et si la chose méritait d'être portée à la connaissance du public.

L'inspecteur qui avait pris sa déposition plus tôt dans la matinée vint la rejoindre sur le trottoir. Il était grand, les cheveux gris, et elle ne se souvenait pas avoir vu son visage grave à l'un de ces barbecues où Bob invitait parfois des collègues.

— Je viens de parler à l'inspectrice Browning, dit-il avec un geste de la tête en direction de la maison. Elle m'a dit que vous aviez eu des petits ennuis en Irlande. Ça vous ennuierait de me raconter ce qui s'est passé là-bas ?

Comme si elle avait le choix…, songea-t-elle. Mais elle n'allait pas se plaindre de tomber sur un policier qui mettait les formes.

— Pas du tout, répondit-elle. Mais j'aimerais d'abord vous demander quelque chose. Si vous n'y voyez pas d'inconvénient, ajouta-t-elle non sans malice.

D'un geste de la main, l'inspecteur l'invita à poursuivre.

— Jusqu'à ce matin, j'ignorais que Patsy McCarthy avait une fille. Savez-vous comment elle est morte ?

— Vous êtes bien une O'Reilly, dit l'homme en esquissant un sourire. Vous préférez être celle qui pose les questions.

— Ça signifie que vous n'allez pas me répondre ?

Il soupira.

— Je ne sais pas comment elle est morte, mademoiselle Sullivan. Ça fait partie des choses que nous sommes en train de vérifier.

Les photos et l'image pieuse avaient aussi piqué la curiosité de la police, songea-t-elle. Mais avant qu'elle ne puisse poser une autre question, l'inspecteur — elle venait de se souvenir qu'il s'appelait Boucher — lui rappela poliment qu'il attendait le récit de ses mésaventures irlandaises.

26.

Quartiers sud de Boston
Le 24 juin à 10 h 30

Simon trouva le prêtre dans le jardinet de Patsy McCarthy, en train de marcher d'un gnome bigarré à un autre, comme si ces êtres aux visages ingrats pouvaient lui dire qui avait tué leur propriétaire.

— Je l'ai encouragée à partager sa collection d'anges avec les fidèles de ma paroisse, dit-il, la tête basse, comme s'il se parlait à lui-même. Nous avons organisé une kermesse sur le thème des anges il y a quelques semaines. Cette idée m'est venue après avoir vu sa collection. Je l'ai aidée à les réunir, à les emballer soigneusement, à les transporter jusqu'à l'église, puis à les déballer, à les remballer après la kermesse…

Il soupira et leva les yeux vers Simon, le visage luisant de larmes et de transpiration.

— Ça en valait la peine, mais entre nous, c'était une sacrée corvée. Je ne comprends pas qu'elle ait eu envie de tous les ressortir. La police m'a demandé ce que j'en pensais. Je n'ai su que répondre.

— Rien ne dit que ce soit elle qui les ait placés sur cette table.

— Ah, je vois où vous voulez en venir…

Son teint devint encore plus blafard.

— Vous êtes en train de suggérer que le meurtrier a pu s'en charger.

— Je suis même en train de suggérer que le meurtrier s'en est très probablement chargé, rectifia Simon.

— Voilà qui est…

Simon vit Palermo déglutir.

— Voilà qui est difficile à admettre, monsieur Cahill.

— Dites-moi, mon père, savez-vous quand Mme McCarthy a commencé à collectionner les anges ?

— Elle m'a dit que sa fille Deirdre avait entamé la collection alors qu'elle n'était qu'une enfant. Après sa mort, Patsy a continué à ajouter de nouvelles pièces. C'était pour elle une façon de rester en contact avec sa fille, je suppose. Elle aimait tous les anges de la collection, mais je sais que ceux de Deirdre étaient ses préférés.

Le père Palermo tapota affectueusement le chapeau vert d'un leprechaun.

— Vous ne vous êtes jamais demandé qui achetait ce genre d'objets ? demanda-t-il en forçant un sourire. Mais il ne fallait pas tout prendre au premier degré, avec Patsy. Elle était restée très espiègle, pour une dame de son âge.

— C'est ce que j'ai cru comprendre, dit Simon.

Le sourire du prêtre s'effaça tandis que ses yeux s'emplissaient de larmes.

— La kermesse était très réussie, reprit-il en détournant la tête. On a tous passé un moment formidable. Patsy avait fait du pain irlandais et un crumble aux pommes. Ce que je vais dire va vous paraître étrange, mais c'était comme si… Comme si sa fille était présente à ses côtés.

— Mon père…

— Deirdre a été assassinée il y a une trentaine d'années, monsieur Cahill.

Curieusement, cela ne surprit pas Simon.

— C 'est une histoire épouvantable, reprit le prêtre. Patsy n'a jamais voulu m'en parler, mais des fidèles m'ont renseigné et j'ai trouvé à la médiathèque des journaux de l'époque qui relatent l'affaire. Deirdre a été enlevée alors qu'elle rentrait chez elle après une journée de travail.

Elle a disparu pendant plusieurs semaines avant que son corps ne vienne s'échouer sur la grève, pas très loin d'ici.

Le père Palermo marcha jusqu'à une petite fée rose entourée de fleurs.

— Elle a été violée et torturée. Un crime barbare, monsieur Cahill. Oui, barbare...

— On a retrouvé son assassin ?

— Oui. Un ouvrier du bâtiment. Un certain Stuart Fuller. Il avait emménagé dans ce quartier peu de temps avant d'enlever Deirdre.

— Et il est toujours derrière les barreaux ? demanda Simon.

Le prêtre secoua la tête.

— Il n'est jamais allé en prison. Fuller s'est donné la mort avant que la police ne puisse l'appréhender. Patsy refusait de parler des circonstances de la mort de sa fille, vous savez. D'ailleurs, elle n'évoquait Deirdre que très rarement, et seulement pour dire qu'elle croyait de tout son cœur que son enfant unique était un ange. Et il ne s'agissait pas d'une image, monsieur Cahill.

— Vous saviez que Mme McCarthy connaissait Keira Sullivan ?

— Patsy était en admiration devant son travail. Elle m'a souvent dit qu'elle aimerait la rencontrer. Aussi n'ai-je pas été surpris lorsqu'elle m'a demandé de la conduire à cette soirée à laquelle Mlle Sullivan l'avait invitée.

— C'est vous qui l'avez conduite à la vente aux enchères ?

— En effet. Et je l'ai aussi ramenée chez elle.

Le prêtre retrouva soudain le sourire.

— Elle avait très envie qu'une de ses histoires soit illustrée par Keira Sullivan. Pour tout vous dire, je crois que c'était une idée qui la flattait énormément.

— Elle n'a jamais parlé de sa fille à Keira, dit Simon.

— Ça ne m'étonne pas. Comme je vous l'ai dit, elle était peu diserte sur le sujet. Patsy pensait que Deirdre avait le don de prophétie, que les anges avaient communiqué avec elle et l'avaient guidée tout au long de sa courte vie. Vous connaissez l'histoire de sainte Ita et de saint Brendam, monsieur Cahill ? demanda le père Palermo à brûle-pourpoint.

— Non, répondit Simon, notant du coin de l'œil que Keira se tenait immobile dans un coin du jardinet, assez proche pour entendre les propos du prêtre.

— Des liens très forts unissaient sainte Ita — qui, au passage, s'appelait Deirdre avant de prononcer ses vœux — et saint Brendan. Ce dernier est entré très jeune au couvent où se trouvait sainte Ita, et c'est elle qui s'est chargée de son éducation. Elle était pour lui comme une seconde mère. Plus tard, alors qu'il avait quitté le couvent et menait sa vie d'homme, il revenait fréquemment la voir pour lui témoigner son affection et demander conseil. Brendan était un explorateur. Certains affirment qu'il a découvert l'Amérique du Nord mille ans avant Christophe Colomb.

Un sanglot vint briser la voix de l'ecclésiastique. Il sourit à travers ses larmes, sans paraître remarquer la présence de Keira.

— On le connaît aujourd'hui sous le nom de Brendan le Navigateur. Ça sonne bien, vous ne trouvez pas ?

— Mon père s'appelait Brendan, dit Simon, sans autre but que de faire retomber un peu la tension. Lui-même était du genre aventurier.

— Vraiment ? dit le prêtre qui se ressaisissait peu à peu. Laissez-moi encore vous raconter un épisode des vies de saint Brendan et de sainte Ita.

Simon l'encouragea d'un signe de tête et d'un bref sourire.

— Un jour, reprit le père Palermo, Brendan demanda à Ita quelles étaient les trois choses qui faisaient le plus plaisir à Dieu. Elle lui répondit aussitôt : un cœur pur, une vie simple et une grande générosité.

— Ce n'est pas un mauvais programme.

— Heureux de vous l'entendre dire, lança l'homme d'église avec un sourire ravi. Mais Brendan, qui avait l'enseignement d'Ita en haute estime, voulut en savoir plus. Il lui demanda alors quelles étaient les trois choses qui déplaisaient le plus au Très-Haut. Ita répondit : la haine des autres, l'amour du mal et la cupidité.

— Qu'en pensez-vous, mon père ?

— J'en pense que sainte Ita était une femme d'une grande sagesse, et j'espère qu'elle n'a jamais rencontré au cours de sa vie des êtres aussi bas que ceux qui se sont attaqués à Patsy et à sa fille à trente ans d'intervalle. Une telle violence, une telle dépravation dépassent l'entendement.

Il s'interrompit un instant, une expression douloureuse sur le visage.

— Ça ne fait pas longtemps que je suis arrivé dans cette paroisse, et pourtant, j'ai le sentiment de connaître Deirdre. Personne ici n'a oublié sa personnalité lumineuse.

Simon vit Keira blêmir et il comprit que, comme lui, elle avait noté un détail troublant : Deirdre McCarthy avait été assassinée lors de ce même été où sa mère était revenue enceinte d'Irlande.

Il fit un pas dans sa direction, mais elle quitta le jardin en courant.

Simon se tourna vers le prêtre.

— Je vous prie de m'excuser, mon père, mais…

— Bien sûr, bien sûr. Dites à Mlle Sullivan à quel point je suis triste pour elle.

— Je n'y manquerai pas, promit Simon en s'élançant derrière Keira.

Mais le temps d'arriver à son tour sur le trottoir, elle avait bondi dans sa voiture. Il la regarda s'éloigner en trombe avec un soupir, puis sortit son portable et composa le numéro d'Owen. Abigaïl et Bob O'Reilly avaient quitté les lieux et il n'avait aucune envie de demander à un des autres policiers encore présents de le dépanner.

— Salut, Owen, c'est Simon. Désolé, mais je vais encore te demander de faire le taxi.

— Je suis au courant pour Patsy McCarthy. Simon, je voulais te dire… Abigaïl m'a appelé et…

— Je sais, elle se pose des questions à mon sujet. Elle se moquera bien de découvrir que je travaille pour son père, Owen. Ce qu'elle va mal prendre, c'est que j'ai été comme un fils pour John depuis l'âge de quatorze ans et qu'il ne lui en a jamais parlé. Et je doute qu'elle apprécie ton propre silence.

— Elle ne se pose pas de questions à ton sujet, dit calmement Owen. Elle a tout découvert.

Simon ne put s'empêcher de sourire.

— Eh bien... En voilà une qu'il ne faut pas sous-estimer, dis donc. Encore une raison pour fixer au plus vite votre date de mariage. Mieux vaut qu'Abigaïl pense à trouver une belle robe que des raisons de t'en vouloir.

— Ne t'en fais pas pour moi, Simon. Je ne pense pas que ça remette en question la confiance qu'Abigaïl a en moi. Et March ? Il faudrait peut-être lui en toucher un mot.

— Pas de problème, je m'en charge. Alors, tu viens me chercher, oui ou non ?

— Où es-tu ?

Simon lui donna l'adresse et raccrocha pour appeler Will Davenport à Londres.

— Ça te dirait, un voyage en Irlande ?

— Pourquoi pas ? Je peux être prêt dans dix minutes.

— Tu ne me demandes pas ce qui se passe ?

— Si tu y tiens. Qu'est-ce qui se passe ?

Simon lui fit un résumé des récents événements.

— Quand tu seras en Irlande, va voir un inspecteur de la *Garda* du nom de Seamus Harrigan. Va aussi voir Eddie O'Shea. Rends-moi ce service et nous serons quittes. Je ne plaisante pas, Will.

— Cette Keira Sullivan...

— Joker.

— Je suis en train de jeter un œil à son site internet. Vraiment très jolie. Tu sais que ma bicoque écossaise est à votre disposition pour le mariage.

En fait de « bicoque », il s'agissait d'un magnifique château.

— Tiens-moi au courant, d'accord?

Simon referma le clapet de son portable sur ces mots et glissa l'appareil dans la poche de son blouson.

A présent, il était temps d'en apprendre davantage sur le meurtre de Deirdre McCarthy.

27.

Quartier de Back Bay, Boston
Le 24 juin à 11 heures

Keira pénétra dans un immeuble couvert de lierre du quartier de Back Bay et gravit l'escalier étroit jusqu'au quatrième étage, où se trouvait le bureau de Colm Dermott. Elle entra en coup de vent par la porte grande ouverte, posa ses croquis réalisés en Irlande sur un coin du bureau et ravala ses larmes.

— Je vais tout t'expliquer, dit-elle, mais j'ai d'abord besoin d'utiliser ton téléphone.

— Keira, que se…

— Patsy McCarthy a été assassinée. Colm…

Elle était hors d'haleine après avoir monté les nombreuses marches au pas de course.

— C'est affreux, articula-t-elle.

— Tiens, dit Colm en lui tendant un sans-fil. Reprends ton souffle et passe ton appel.

Elle se posta devant une fenêtre qui donnait sur le fleuve Charles, observant un rameur solitaire pendant qu'elle composait le numéro de Simon. Il avait insisté pour qu'elle le note alors qu'ils attendaient la police dans la maison de Patsy.

Il décrocha à la première sonnerie, mais elle parla avant qu'il ne puisse prononcer le moindre mot.

— Je peux venir te chercher, si tu veux.

— Trop tard. Owen a été plus rapide que toi. Je viens de le déposer devant sa maison de famille et j'ai conservé sa Volvo. Je me suis dit que si on devait passer du temps ensemble, ce serait plus pratique d'avoir ma propre voiture.

— Je suis désolée d'être partie comme une voleuse.

— Je comprends très bien que tu sois bouleversée, Keira, dit-il avec une surprenante gravité. Tout ce qui m'importe, c'est de savoir si tu vas bien.

— Ça va, Simon. Je suis dans le bureau de Colm Dermott.

Elle remarqua que le rameur avait levé ses avirons, laissant son embarcation glisser au fil de l'eau comme s'il voulait simplement jouir de cette belle matinée de juin.

— Quand je pense à ce qui est arrivé à la fille de Patsy..., murmura-t-elle, encore sous le choc de ce qu'elle venait d'apprendre sur la mort de Deirdre McCarthy.

— Sale histoire, dit Simon.

— Tu te rends compte qu'elle a été tuée pendant l'été où ma mère est revenue enceinte d'Irlande... Elles avaient le même âge, toutes les deux. Et mon oncle qui l'a emmenée au bal de fin d'année du lycée... Ils ont tous grandi ensemble, Simon. Pourquoi n'en ai-je jamais rien su ? Deirdre McCarthy a fait partie de leur vie pendant toutes ces années, et moi, j'ignorais jusqu'à son existence.

— A en croire le père Palermo, son meurtre a été particulièrement ignoble, répondit-il, comme si cela expliquait trente ans de silence.

Keira tourna le dos à la fenêtre et à l'eau gris-bleu du fleuve qui scintillait au soleil. Colm tenait le dessin du chien noir dans sa main, mais son regard anxieux était posé sur elle, comme s'il craignait de la voir soudain se briser en mille morceaux.

— J'ai l'impression qu'il y a un sens caché à tout ce que m'a raconté Patsy depuis que je la connais, dit-elle dans le combiné.

Colm la regardait d'un air toujours aussi inquiet, tandis qu'elle s'efforçait de décontracter les muscles de son cou par de petits mouvements de tête.

— Quelque chose qui est là sous mon nez et qui pourtant m'échappe... Comme quand on a un mot sur le bout de la langue, tu sais ? Peut-être qu'en visionnant une nouvelle fois l'enregistrement vidéo...

— La police va vouloir récupérer cette cassette, dit Simon.

— L'originale est restée dans le cottage, mais Colm en possède une copie. Je ne sais pas si c'est dessus, mais je me souviens que Patsy exprimait parfois sa crainte de trop parler, d'accorder sa confiance trop facilement. Sur le moment, je me suis simplement dit qu'elle était nerveuse à cause de la caméra. C'est souvent comme ça : les gens sont excités à l'idée de se faire interviewer, jusqu'au moment où on leur braque un objectif sous le nez.

Keira se tourna de nouveau vers le fleuve, mais le rameur n'était plus qu'un petit point à l'horizon.

— Simon, et si ce n'était pas la caméra qui la rendait nerveuse ? Si Patsy s'était sentie vraiment menacée ?

— Keira, contente-toi de dire tout ce que tu sais à la police, et laisse-les mener leur enquête. Il n'y a rien d'autre que tu puisses faire pour le moment.

— D'accord, mais imagine que Patsy ait raconté cette histoire à quelqu'un d'autre... Quelqu'un qui soit aussi parti à la recherche de la hutte et de l'ange, et qui ait ensuite décidé de tuer Patsy. En éliminant celle qui lui a donné les éléments nécessaires pour retrouver la statuette, le voleur s'est assuré que nul ne pourrait l'identifier.

Simon resta muet.

— Tu as pensé à ça, toi aussi, reprit Keira. Alors, ce serait la même personne qui a tué cette brebis, m'a laissée pour morte dans les décombres de la hutte et a dérobé l'ange de pierre, sans doute à des fins mercantiles...

— En tout cas, celui qui est derrière tout ça aime faire couler le sang, dit Simon.

Keira sentit son ventre se nouer. Le sang de cet animal torturé, celui de Patsy qui avait taché de rouge le paysage verdoyant de son tapis au crochet…

— Je vais informer la police de Boston et la *Garda* de l'existence de cette cassette vidéo, reprit Simon.

— Où es-tu ? Devant la maison des Garrison ?

La réponse arriva après une seconde de silence.

— Non, je suis au siège de la police.

— Tu fais des recherches sur l'assassinat de Deirdre McCarthy, c'est ça ? Mais comment les policiers ont-ils accepté de te…

Elle s'arrêta net et soupira.

— Que je suis bête…, dit-elle. Tu es un flic, n'est-ce pas ? Ou alors un agent fédéral. Pour qui bosses-tu, Simon ? La douane ? La répression des fraudes ? Le FBI ?

— C'est compliqué.

— Que se passerait-il si j'entrais ton nom dans un moteur de recherche ? Est-ce que mon ordinateur s'autodétruirait ? Est-ce que je serais fichée par les renseignements généraux ?

Silence à l'autre bout du fil.

— Tu sais que le père d'Abigaïl dirige le FBI, n'est-ce pas ?

— Oui, je le sais, dit Simon.

Le ton de sa voix lui donna la réponse qu'elle attendait.

— C'est bon, j'ai compris. Tu es un agent du FBI. Owen et Abigaïl sont au courant ?

— Tu ferais mieux de t'intéresser à ta propre situation, Keira. A plus tard.

Elle songea à ses yeux verts et s'imagina en train de passer la main dans ses cheveux. Elle s'était complètement donnée à lui, la veille au soir. Mais elle avait beau s'être sentie proche de Simon durant leur étreinte — et même maintenant au téléphone —, elle se rendait compte qu'elle le connaissait bien mal. Au fond, que savait-elle de lui ? C'était un bel homme, charmant et très sexy, mais aussi peu enclin à se dévoiler. Et il travaillait pour le FBI.

— Tu as des secrets, Simon.

— Qui n'en a pas ?

Elle pensa à sa mère, à son oncle, à Patsy. A leurs propres secrets. A cette jeune fille violée et assassinée trente ans plus tôt.

— Je vais aller rendre visite à ma mère tout à l'heure. Simon... Je suis désolée de t'avoir entraîné chez Patsy, ce matin. Mais d'un autre côté, je ne sais pas ce que j'aurais fait si tu n'avais pas été là.

— Keira...

Mais il n'en dit pas plus.

— En bon spécialiste des catastrophes, dit-elle, je suppose que tu aimerais que je t'explique comment te rendre au chalet de ma mère.

Elle l'entendit soupirer doucement dans l'appareil. C'était comme s'il avait soupiré à son oreille.

— Il se pourrait que je tombe amoureux de toi, tu sais.

Le cœur de Keira fit un bond et ses yeux s'emplirent de larmes.

— Ça me plairait bien, répondit-elle avant de lui indiquer le chemin.

Lorsqu'elle raccrocha, Colm se précipita vers elle et la serra brièvement dans ses bras.

— Keira..., dit-il d'une voix inquiète. Vas-tu enfin me dire ce qui se passe ?

Il l'écouta attentivement tandis qu'elle lui racontait ses malheurs dans les grandes lignes.

Un court silence suivit son récit, Colm secouant la tête avec une émotion palpable.

— Ma pauvre Keira... Tu viens de vivre des choses très dures. Oui, très dures, répéta-t-il en lui prenant la main. Je veux que tu saches que tu peux compter sur moi dans ces moments-là, d'accord ? Quant à cette cassette vidéo, elle se trouve chez moi. Je t'avoue que je n'ai pas encore eu le temps de la visionner, mais sois certaine que j'irai la donner à la police dès aujourd'hui.

Elle trouva un morceau de papier et y inscrivit le numéro de son oncle. Après une hésitation, elle y ajouta celui de Simon.

— En cas de besoin, appelle mon oncle ou Simon Cahill, d'accord ? On ne sait jamais, il se passe tellement de choses étranges en ce moment… Je n'ai pas le numéro d'Abigaïl Browning, mais tu peux également la contacter en appelant le…

— Ne t'en fais pas, Keira. J'ai tout ce qu'il me faut. Et compte sur moi pour regarder attentivement les dessins que tu m'as apportés. Si je peux contribuer d'une manière ou d'une autre à faire arrêter le salaud qui est responsable de ces horreurs…, ajouta-t-il, la voix soudain tendue et la mâchoire serrée.

— Je veux absolument éviter qu'on fasse du mal à quelqu'un d'autre. J'ai le sentiment d'avoir une part de responsabilité dans tout ce qui arrive et je…

— Ne commence pas à culpabiliser, l'interrompit Colm. Tu n'as absolument rien à te reprocher. Laisse la police faire son travail, et songe aux bons moments que tu as passés avec Patsy.

Un sourire triste se dessina sur les lèvres de Keira.

— J'aime t'entendre prononcer son prénom avec ton bel accent irlandais.

Il posa un baiser sur sa joue.

— Demain sera un jour meilleur, dit-il.

— J'ai du mal à l'imaginer, pour l'instant. Mais tu as sans doute raison.

Elle inspira profondément et regarda autour d'elle.

— Bon, je crois que je ferais bien de te laisser. Il faut que j'aille dire à ma mère ce qui est arrivé à Patsy.

Colm sortit son téléphone portable de sa poche et le fourra dans la main de Keira.

— Prends ça. Je me souviens de ce Simon Cahill et je crois qu'il serait dommage que tu ne puisses rester en contact avec lui. Et je ne dis pas ça seulement parce qu'il a déboursé dix mille dollars pour une de tes aquarelles, ajouta-t-il avec un clin d'œil.

Keira eut soudain très chaud.

— Oui… tu as sans doute raison, bredouilla-t-elle en empochant le petit téléphone. Merci beaucoup, Colm.

— Je vais organiser une autre vente aux enchères dont les profits serviront à te payer un portable, dit-il alors qu'elle lui tournait déjà le dos.

— Je n'en attendais pas moins d'un ami comme toi, répondit-elle, toujours avec ce petit sourire triste.

Elle dévala l'escalier et déboula dans la rue, manquant de renverser une vieille dame qui passait par là. Quelques secondes plus tard, elle était au volant de sa voiture, roulant beaucoup trop vite en direction de Storrow Drive. Dans moins de deux heures, elle frapperait à la porte du chalet de sa mère.

28.

Siège de la police de Boston,
Quartier de Roxbury
Le 24 juin à 11 h 25

Simon se trouvait dans une petite pièce surchauffée au premier étage de l'immense siège de la police de Boston, le dossier du meurtre de Deirdre McCarthy dans une main et le téléphone dans l'autre.

Norman Estabrook, sur le point d'être arrêté par les agents du FBI, était à l'autre bout du fil.

— Tu es un homme mort, Cahill.

Simon n'avait pas envie de perdre du temps à écouter des menaces.

— Oui, oui, si tu le dis…

— Je t'ai fait confiance.

C'était un mensonge. Estabrook n'avait confiance en personne. Mais Simon ne prit pas la peine de le contredire, ni même de lui répondre.

Abigaïl Browning apparut à ce moment-là dans l'embrasure de la porte, les bras croisés, l'air parfaitement maîtresse d'elle-même. C'était incroyable comme elle lui rappelait son père, mais Simon jugea le moment malvenu pour lui en faire la remarque.

D'autant qu'Estabrook n'en avait pas terminé.

— A cause de toi, les abords de mon ranch grouillent de fédéraux.

— Un conseil, Norm.

Estabrook détestait qu'on l'appelle Norm.

— Rends-toi sans faire d'histoires, ou ils n'hésiteront pas à te tuer.

— Tu crois que c'est en baissant les bras que je suis devenu milliardaire ?

— Comment as-tu trouvé que c'était moi ?

— Par élimination. Ecoute-moi bien, maintenant. Tu peux aller toi-même organiser tes obsèques, si tu veux épargner ça à tes proches. Parce que tu es mort, Cahill. Mort, mort, mort.

Estabrook était connu pour s'emporter facilement, mais il n'était pas du genre à brandir des menaces en l'air. C'était un quadragénaire au visage quelconque, un homme dangereux qui aimait les défis et le risque. Mais Simon n'était pas inquiet pour autant. Après des mois à côtoyer le milliardaire, à rire de ses mauvaises blagues, à le suivre dans ses frasques — parfois au péril de sa vie —, il était soulagé de mettre un terme définitif à sa mission. L'homme d'affaires richissime à la recherche de sensations fortes s'était peu à peu transformé en criminel international. Personne ne l'avait obligé à passer du mauvais côté.

— Je vais d'abord m'occuper de March, reprit Estabrook. Et ensuite ce sera ton tour.

— Envoie-moi une carte postale de prison. Toi qui aimes les aventures extrêmes, tu vas être servi.

Estabrook l'abreuva de jurons et Simon lui raccrocha au nez.

La fille de John March pénétra dans la petite pièce.

— Alors, agent spécial Cahill…

Elle s'interrompit et le considéra avec un petit sourire.

— Je peux te demander de quoi tu parlais au téléphone, ou est-ce classé top secret ?

Mais elle indiqua le dossier qu'il tenait en main sans attendre sa réponse.

— Je vois qu'on est ici pour la même raison. Alors, qu'est-ce que tu as trouvé ?

— Un meurtre barbare, inspectrice, dit-il en posant le dossier ouvert sur le bureau.

Elle se saisit d'une photo de classe qui dépassait sous un document imprimé. Deirdre souriait à l'objectif, jambes croisées et mains à plat sur les cuisses. Elle semblait avoir seize ou dix-sept ans.

— Il y a quelque chose de si doux chez cette fille, dit Abigaïl. Ça ne m'étonne pas qu'elle ait collectionné les anges.

Simon hocha la tête. Deirdre était belle, mais les témoignages compilés dans le dossier indiquaient que les gens avaient d'abord retenu sa grande gentillesse. S'il existait des anges dont la mission était de combattre le démon, Deirdre n'était pas l'un d'entre eux.

Sa mère, en revanche… Patsy McCarthy avait calmement affirmé à plus d'un inspecteur qu'elle combattrait le diable jusqu'à son dernier souffle. Simon revit le corps menu gisant sur le tapis au crochet et se demanda si elle avait quitté ce monde comme elle l'avait promis.

Abigaïl replaça la photo dans le dossier.

— Je vois que tu es armé, dit-elle.

— Il fallait bien que j'aie l'air crédible, pour tes collègues.

Mais il sentait que son humour était forcé. Pas facile de retrouver un peu de légèreté après avoir lu le résumé de la longue enquête menée par les policiers de l'époque. Deirdre avait été enlevée, torturée, violée et assassinée. Et trente ans plus tard, c'était au tour de sa mère d'être poignardée chez elle. Il regarda une nouvelle fois la photographie de Deirdre, prise à un âge où les jeune filles songent à tout ce que l'avenir leur réserve. Deux ou trois ans plus tard, des employés des pompes funèbres refermaient un cercueil sur son corps martyrisé.

— Son assassin a épié ses faits et gestes pendant au moins deux semaines avant de passer à l'action. Il la photographiait. La police a retrouvé les clichés en fouillant son appartement après son suicide.

— Deirdre ne s'est jamais doutée que quelqu'un la suivait à la trace ?

Simon haussa les épaules avec une moue incertaine.

— En tout cas, elle n'a rien dit à sa mère ni à la police.

— Elle n'était peut-être pas du genre à porter plainte parce qu'un garçon se montrait un peu trop insistant, voire carrément obsédé par elle.

— Possible, mais elle en aurait parlé à Patsy, dit Simon sans hésiter. Elles étaient très proches, toutes les deux. Une jeune femme sans problème qui confiait tout à sa maman.

— Une fille qui raconte tout à sa mère, ça n'existe pas, répliqua Abigaïl, qui semblait parler d'expérience.

Simon la vit déglutir tandis qu'elle fouillait dans le dossier.

— Elle a été enlevée le soir du solstice d'été, reprit-elle. Pas étonnant que Bob déteste ce jour de l'année. Quand je pense que j'ignorais tout de cette pauvre fille et de son destin tragique… Tu crois que Bob m'aurait dit quelque chose ? Il faut toujours qu'il garde tout pour lui ! Ça va finir par le bouffer.

— C'est sa façon de fonctionner, voilà tout.

Elle ne répondit rien, se contentant de secouer la tête d'un air révolté.

— Combien de temps ce monstre l'a-t-il séquestrée ?

— Trois semaines. Inutile de lire le rapport d'autopsie pour savoir ce qu'il lui a fait subir.

— Je suppose que non, murmura-t-elle en réprimant un frisson d'horreur.

— A en croire ce qu'il y a là-dedans, dit Simon en indiquant le dossier du doigt, il n'avait pas forcément prévu de la tuer. Mais il a dû se lasser d'elle, ou il s'est rendu compte qu'elle ne survivrait pas longtemps à ses blessures.

— Et à moins qu'il n'ait fait ça masqué, il ne pouvait prendre le risque qu'elle le décrive à la police, intervint Abigaïl. Sans compter qu'elle le connaissait peut-être.

— Oui… Toujours est-il qu'il a jeté son corps dans le port après lui avoir tranché la gorge.

— Bob n'a même jamais fait allusion à…

Les traits d'Abigaïl se durcirent tandis qu'elle parcourait du regard les photos prises une fois que le cadavre de Deirdre avait été rejeté par le fleuve.

— Huit ans que je travaille ici et je n'ai jamais entendu parler de cette affaire.

Elle referma brusquement le dossier.

— Parle-moi du tueur. C'était qui, ce Stuart Fuller?

— Un gars de vingt-quatre ans qui travaillait sur des chantiers de terrassement. Il n'avait jamais eu affaire à la police. Il a grandi dans un environnement familial très violent. Le père faisait de fréquents allers-retours en prison, profitant de ses rares moments de liberté pour filer des trempes à sa femme, qui elle-même dérouillait ses enfants. De motels sordides en hôtels minables, la famille Fuller a parcouru en moins de dix ans à peu près tous les Etats de notre beau pays. Stuart Fuller était arrivé à Boston deux mois avant qu'il ne s'en prenne à Deirdre. Apparemment, il avait décidé de fuir sa famille.

— Mais la violence l'a rattrapé, murmura Abigaïl comme pour elle-même. Comment lui a-t-on mis la main dessus?

— Une semaine après la découverte du corps de Deirdre, Fuller s'est immolé par le feu et s'est jeté à l'eau dans le port.

— C'était bien lui le coupable?

— Les enquêteurs ont trouvé des preuves accablantes chez...

— Ce n'est pas ce que je demande, coupa Abigaïl.

Simon s'en était douté, mais il n'avait pas d'autre réponse à lui donner.

Elle croisa de nouveau les bras et se mit à arpenter la petite pièce, le front soucieux.

— Pendant sept ans, j'ai cherché à comprendre pourquoi mon mari avait été assassiné. Qui l'avait tué? Pour quelle raison? Comment s'étaient passés ses derniers instants? Je ne pensais qu'à ça. Alors je me suis engagée dans la police en espérant que ça me permettrait d'obtenir plus facilement des réponses.

Elle s'arrêta de marcher et leva les yeux vers Simon.

— Quand j'ai rencontré Bob pour la première fois, je n'étais encore qu'une jeune recrue. Gagner sa confiance n'a pas été chose facile.

— J'imagine.

Mais elle ne parut pas entendre Simon.

— Il m'a appris tellement de choses, dit-elle, poursuivant sa pensée. Quand je pense que je lui expliquais ce que c'était de perdre quelqu'un de proche de cette façon-là, que les questions soulevées par une mort violente vous empêchaient de tourner la page... Et lui, il m'écoutait chaque fois, sans rien dire de sa propre expérience. De sa propre souffrance...

— Certaines personnes préfèrent enfouir ce genre de choses tout au fond d'eux, Abigaïl. Ils apprennent à ne plus y penser.

— Peut-être Bob était-il différent, avant que son amie ne se fasse assassiner par un sadique? Peut-être était-il capable d'exprimer ses émotions.

Elle tourna les talons et s'éloigna brusquement en direction de la porte. Mais elle s'arrêta avant de l'avoir franchie et se tourna vers Simon, une expression plus douce sur le visage.

— Tu sais où est Owen?

— Il m'a prêté sa voiture et je l'ai déposé devant sa maison de famille. Fiona O'Reilly était en train de répéter avec ses amis dans la salle de réception.

Un faible sourire éclaira le visage de Simon.

— J'aurais pu me laisser guider par la musique. Tout le quartier doit être initié aux complaintes irlandaises, à l'heure qu'il est.

— J'espère que ça lui fait du bien, dit Abigaïl. Fiona semblait drôlement secouée.

— Oui. Je ne sais pas si la musique soigne, mais on dit qu'elle adoucit les mœurs. On ne devait pas en jouer beaucoup, chez les Fuller.

Abigaïl inspira profondément.

— Et Bob?

— Je l'ai vu sortir de la maison des Garrison au moment où Owen descendait de voiture.

— Est-ce qu'il a dit où...

— Non, il ne nous a rien dit du tout. A vrai dire, c'est à peine s'il nous a jeté un coup d'œil.

— Il doit être dans tous ses états.

Simon hocha la tête.

— Je dirais même qu'il semblait remonté comme une pendule.

— Il ne manquait plus que ça, soupira Abigaïl. La dernière chose dont on ait besoin, c'est qu'il fonce tête baissée.

Son regard sombre se planta soudain dans celui de Simon.

— Encore une question, monsieur l'agent spécial. J'aimerais savoir quel type de rapports tu entretiens avec mon père.

— Comme je te l'ai dit, certaines personnes préfèrent enterrer ce qui les fait souffrir et y penser le moins possible.

Non seulement John March avait perdu un ami, mais il s'était senti responsable de l'exécution de Brendan Cahill. Raconter ce sombre épisode de sa vie à sa fille l'aurait obligé à affronter sa souffrance quand le silence l'en préservait.

Abigaïl resta un moment silencieuse, comme si elle réfléchissait aux mots de Simon.

— J'ai un rendez-vous, dit-elle enfin, mais ne compte pas t'en tirer comme ça. On en reparlera, Simon.

— J'espère que non, dit-il avant de lui adresser son plus beau sourire. J'aime bien les mariages, tu sais.

Elle le fusilla du regard.

— Tu es encore moins invité qu'hier soir.

Mais il vit qu'elle se retenait de sourire. Il attendit que la porte se referme derrière elle pour rouvrir le dossier de Deirdre McCarthy et s'emparer du dernier document qu'avait consulté Abigaïl.

Il s'agissait d'un rapport sur la famille Fuller, rédigé par un jeune inspecteur du nom de John March.

Abigaïl avait forcément vu le nom de son père, pensa Simon. Rien n'échappait à cette femme. Elle qui pointait du doigt ceux qui gardaient tout pour eux, elle n'avait pas pipé mot.

Tous ceux qui avaient côtoyé Marsh à l'époque où il était inspecteur de police à Boston se souvenaient de lui comme d'un jeune homme travailleur et ambitieux, qui étudiait le droit la nuit et réfléchissait à la meilleure façon de gravir les échelons, sans pour autant sacrifier sa famille.

Sa famille et ses amis, songea Simon, tandis que, malgré lui, les images insoutenables de l'exécution de son père lui revenaient à la mémoire.

Et comme si ça ne suffisait pas, John avait pris en charge le fils de son ami mort en service. Parce qu'il se sentait coupable, bien sûr, mais aussi et peut-être surtout par amitié pour le père du jeune orphelin.

Simon rangea le rapport et referma le dossier. Il avait envie d'être avec Keira. Là, maintenant, tout de suite. Le meurtre de Deirdre avait pesé sur son existence depuis l'été où elle avait été conçue. Pourtant, personne ne lui avait parlé du destin tragique de cette jeune femme, dont la vie et la mort avaient profondément marqué son oncle et sa mère.

D'une certaine manière, Simon comprenait ce silence.

Il quitta le siège de la police et attendit d'être au volant de la Volvo d'Owen, naviguant dans les rues encombrées du quartier de Roxbury, pour appeler John March sur son portable. Un numéro que peu de gens possédaient.

— Les menaces d'Estabrook vous rendent nerveux ? demanda Simon en guise de bonjour.

— Non.

— C'est ce que je pensais. Combien de temps avant l'arrestation ?

— Encore quelques heures. Inutile de précipiter les choses. De toute façon, il est cuit. Et avec le nombre d'hommes postés autour de son ranch, il n'ira nulle part.

March s'interrompit un instant avant d'ajouter :

— Tu te doutes bien qu'on l'a mis sur écoute.

Simon s'en doutait, en effet.

— Mais tu ne m'appelles pas pour me dire que Norman Estabrook a une dent contre moi, reprit March. Tu t'es fourré dans une situation qui risque de nous péter à la gueule à tous les deux.

— Alors vous êtes au courant de ce qui est arrivé à Patsy McCarthy ?

— Bien sûr.

Simon aurait juré avoir entendu un soupçon d'émotion dans la voix de March.

— Vous vous souvenez d'elle, n'est-ce pas ?

— Le meurtre de sa fille est l'une des affaires les plus sordides que j'ai rencontrées au cours de ma carrière, Simon. Parfois j'aimerais l'oublier, mais au fond, je crois qu'il ne vaut mieux pas. Ça me permet de ne jamais oublier ce dont les êtres humains sont capables.

— Comment avez-vous appris que Patsy McCarthy a été assassinée ? C'est moi que vous avez placé sur écoute, ou bien Abigaïl ? A moins que Mme McCarthy ne l'ait été depuis toutes ces années…

March ne répondit rien.

— Sans doute les trois, soupira Simon.

— Est-ce qu'Abigaïl… ?

— Je me demande comment vous avez fait pour lui cacher des choses pendant si longtemps, John. Votre fille est un radar ambulant.

— Alors, elle sait que j'ai enquêté sur le meurtre de Deirdre, à l'époque. Mais peu importe. Ce qui compte pour le moment, c'est de retrouver l'assassin de Patsy McCarthy. Quant à toi, Simon, laisse ma fille et ses collègues faire leur travail. Ça ne te concerne pas. Va donc pêcher en Ecosse avec ton ami sir Davenport.

— Will est en Irlande.

— J'aurais dû m'en douter. Vous êtes trop indépendants, tous les deux. Votre côté franc-tireur vous perdra. Oserais-je te demander où tu en es avec Keira Sullivan ?

Ce fut au tour de Simon de laisser la question sans réponse.

Il entendit March soupirer doucement à l'autre bout du fil.

— Tu as vraiment le chic pour te compliquer la vie, Simon. Tu sais qu'une fois que j'ordonnerai l'assaut du ranch d'Estabrook, la messe sera dite. J'espère que tu ne te fais aucune illusion à ce sujet.

— Que vous l'arrêtiez ou non, il sait que je l'ai trahi. Et puis on ne peut jamais revenir en arrière, dans la vie.

— Oui, c'est vrai, dit March d'un ton mélancolique qui prit Simon au dépourvu. Déjà à quatorze ans, tu étais un garçon perspicace et vif d'esprit.

— Si vous le dites. John…

Simon freina pour éviter un livreur à vélo qui venait de lui couper la route.

— Le type qui s'est immolé par le feu et qui a sauté dans l'eau il y a trente ans… C'était bien lui le coupable ?

— Oui, dit March sans l'ombre d'une hésitation. On se tient au courant.

Et il raccrocha sur ces mots.

Simon appuya sur l'accélérateur, faisant vrombir le moteur de la Volvo. John March était un type bien, il pouvait en témoigner. Et pourtant, il n'avait jamais parlé de son ami Brendan Cahill à Abigaïl.

Ni du fils de Brendan.

Oui, tout le monde avait ses secrets.

Je vivais une aventure extraordinaire en Irlande pendant que ma meilleure amie, la personne la plus merveilleuse qu'il m'ait été donné de connaître sur cette terre, subissait d'innommables sévices entre les mains d'un monstre.

Simon ne pouvait oublier ces mots qu'Eileen O'Reilly, alors âgée de dix-neuf ans, avait prononcés lors de sa déposition. Qui pouvait lui reprocher d'avoir ensuite enfoui sa souffrance au plus profond d'elle-même ? Qui pouvait lui reprocher de n'avoir jamais parlé de Deirdre McCarthy à sa fille ?

Et qui pouvait reprocher à Keira de vouloir connaître les secrets de sa mère ? songea-t-il, les mains crispées sur le cuir du volant.

Il restait encore pas mal de route jusqu'à cette forêt au sud du New Hampshire. Mais à l'allure à laquelle il roulait maintenant, il y serait en moins de deux heures.

Il jeta un œil au compteur de vitesse.

Beaucoup moins, même.

29.

Quartier de Back Bay, Boston
Le 24 juin à midi

A l'heure du déjeuner, une clientèle aisée se pressait dans le club de fitness situé sous le showroom des Augustine. Abigaïl regardait ces femmes et ces hommes aux vies si différentes de la sienne se ruer vers les vestiaires, puis revenir en tenues de sport colorées dans la salle aux immenses verrières. Ils se démenaient sur leurs machines, sous l'œil indifférent des passants, les uns trottant sur des tapis de course, les autres s'étirant sur des matelas, d'autres encore soulevant des haltères avec des grimaces comiques.

Quitte à faire du sport, Abigaïl aurait plutôt choisi d'aller courir le long du fleuve Charles, son iPod à la ceinture et Radiohead dans les oreilles. Histoire d'oublier, le temps d'un jogging, cette vieille dame poignardée, sa fille violée et égorgée trente ans plus tôt, ainsi que cet homme brillant et cachottier qu'elle appelait « papa ». Elle avait essayé de le joindre en quittant le siège de la police, mais n'avait eu droit qu'à sa boîte vocale. Elle n'y avait pas laissé de message. Cherchait-il à l'éviter ou était-il déjà en ligne avec Simon ? Les deux, sans doute.

Elle était sur le point d'appeler Owen pour partager sa frustration quand elle avait compris qu'il était forcément au courant, pour Simon. Owen ne recrutait jamais un volontaire pour Fast Rescue sans avoir passé son CV au crible. Et il disposait pour cela de moyens terriblement efficaces.

Secrets et mensonges faisaient partie intégrante de la vie professionnelle d'Abigaïl. On la payait pour percer les uns et démasquer les autres.

Mais secrets et mensonges n'étaient pas censés faire partie intégrante de sa vie personnelle.

Elle posa les yeux sur une dizaine de serviettes blanches empilées sur le bureau de réception, décidée à chasser ces pensées jusqu'à nouvel ordre.

Un homme élancé et bronzé, vêtu d'un survêtement noir, apparut par une porte dérobée. Il avait à peu près le même âge que Bob, mais la comparaison s'arrêtait là : l'un avait une bonne bedaine, quand on devinait chez l'autre des tablettes de chocolat.

— Excusez-moi de vous avoir fait attendre, inspectrice, dit l'homme en avançant main tendue vers Abigaïl. C'est moi que vous avez eu au téléphone, ce matin. Ron Zytka, ajouta-t-il en lui serrant la main. Je dirige le club. On peut se parler ici ou vous préférez un endroit plus discret ?

— On peut se parler ici.

— Les Augustine sont venus faire un saut au club, aujourd'hui. Juste avant votre appel. Les pauvres ne se sont toujours pas remis de la mort du frère de Charlotte.

Ron Zytka s'empara d'une serviette parfaitement pliée en haut de la pile, la secoua brièvement et l'ouvrit sur le bureau de réception.

— C'est bien compréhensible, ajouta-t-il. Le drame est encore tout récent.

— Vous connaissiez Victor ? demanda Abigaïl.

— Pas vraiment.

Il replia la serviette avec des gestes sûrs.

— Charlotte me l'a présenté un jour où ils se quittaient à la porte du club. J'ai dû le revoir deux ou trois fois, toujours avec sa sœur. J'aurais été capable de le reconnaître si je l'avais croisé dans la rue, mais ça s'arrêtait là. Le frère de Charlotte n'était pas membre du club. Il n'avait pas vraiment le profil, si vous voyez ce que je veux dire.

Le directeur reposa délicatement la serviette au sommet de la pile et Abigaïl chercha en vain ce que son intervention avait modifié. Elle l'avait appelé tôt ce matin, avant d'apprendre la mort de Patsy McCarthy. A présent qu'elle se trouvait face à lui, elle se demandait à quoi cela pouvait bien servir, de s'intéresser au club de fitness des Augustine. Mais elle n'était pas du genre à se décourager. Et puis l'expérience lui avait appris que la vérité pouvait se cacher n'importe où…

— J'ai remarqué que vous consigniez chaque entrée dans l'ordinateur, dit-elle. Vous devez posséder un historique.

— En effet. Et j'ai déjà vérifié si les Augustine se trouvaient au club le jour du drame, parce que je me doutais que vous alliez me le demander. Ils n'y étaient pas, mais le jeune homme qui travaille maintenant pour eux est venu. Je crois que ce garçon était alors employé par le frère de Charlotte.

— Liam Butler était là ?

Ron Zytka acquiesça d'un signe de tête.

— Oui, c'est bien son nom. Il pourrait d'ailleurs profiter de nos installations en tant qu'invité des Augustine. Nous distribuons chaque année vingt entrées gratuites à tous les habitants de l'immeuble. Libre à eux, ensuite, de les utiliser ou de les offrir. Mais M. Butler a préféré prendre un abonnement de six mois à son nom.

Le directeur du club indiqua du doigt plusieurs tapis de course alignés devant une des verrières.

— Il utilise toujours une de ces machines.

Elles étaient placées à un endroit d'où l'on pouvait observer l'entrée de l'immeuble sans craindre d'être vu, nota Abigaïl.

— Vous êtes certain qu'il était là le jour…

— … où le frère de Charlotte s'est noyé ? Oui, inspectrice. Je peux vous imprimer l'historique de la journée en question, si vous avez un doute.

— A quelle heure est-il arrivé ?

— Il s'est présenté à l'accueil juste avant 18 heures.

Abigaïl remarqua que les mains de son interlocuteur tremblaient un peu tandis qu'il soulevait la serviette repliée et prenait celle juste en dessous.

— Avez-vous remarqué quelque chose d'inhabituel dans son comportement ? demanda-t-elle.

Ron Zytka se passa nerveusement la langue sur les lèvres, évitant le regard d'Abigaïl. Pourtant, elle n'avait pas l'impression qu'il lui cachait quelque chose. On aurait plutôt dit qu'il était mal à l'aise, voire apeuré. Mais de quoi pouvait-il donc avoir peur ? Avec son côté policé, M. Zytka devait être un homme soucieux du qu'en-dira-t-on. Peut-être était-il simplement inquiet qu'un client ne surprenne leur conversation et ne le juge indiscret. Et puis, la présence de la police dans un établissement chic faisait toujours un peu désordre. Et à voir la façon dont il pliait et repliait ces serviettes, M. le directeur était plutôt un partisan des choses bien rangées.

Non, ce n'était pas ça. Ou pas seulement, songea Abigaïl. Plus elle l'observait, plus elle avait le sentiment que le malaise du directeur avait quelque chose à voir avec la mort de Victor Sarakis et le comportement de Liam Butler ce soir-là.

— On peut aller discuter dans votre bureau si vous préférez, dit-elle, guettant sa réaction.

Mais il ne parut pas entendre sa proposition.

— J'ai vérifié sur l'ordinateur, inspectrice, dit-il, les yeux rivés sur la nouvelle serviette qu'il manipulait de ses mains expertes. M. Butler a pris sa carte de membre et son abonnement il y a deux mois. Je peux vous fournir la date exacte, si vous voulez. Depuis, il vient ici plusieurs fois par semaine et parfois même deux fois dans la même journée.

Il baissa un peu la voix.

— Certains de nos clients paient des abonnements qu'ils n'utilisent jamais, mais on peut dire que M. Butler rentabilise le sien.

— J'imagine qu'il vient avant ou après son travail. Ou pendant la pause déjeuner, peut-être ?

— Détrompez-vous. Liam Butler ne nous rend visite que pendant ses jours de congés. Ce sont mes employés qui me l'ont fait remarquer. Vous voulez savoir ce que j'en pense ?

Ron Zytka balaya machinalement les alentours du regard et tendit le cou vers Abigaïl.

— Pour moi, dit-il à voix basse, ce garçon espionne les Augustine.

— Il s'entraîne peut-être pour un marathon. Celui de New York, par exemple. Après tout, ça se déroule à peu près au moment où se terminera son abonnement.

— Non, je sais reconnaître quelqu'un qui se prépare pour un événement sportif.

Abigaïl croisa les bras et le regarda un instant avant de reprendre la parole.

— Monsieur Zytka, Liam Butler ou les Augustine vous ont-ils jamais parlé des anges, du mal ou du diable ?

La question le fit tressaillir au point que son coude heurta la pile de serviettes.

— Non, non..., bredouilla-t-il en rattrapant de justesse les serviettes. Qu'allez-vous chercher là, inspectrice ?

— Je ne vais pas vous déranger plus longtemps, dit Abigaïl en sortant sa carte de visite. Merci d'avoir répondu à mes questions.

Elle posa la carte sur le bureau de réception.

— Si vous pensez à quoi que ce soit qui pourrait m'intéresser, vous avez maintenant mon numéro direct.

— Comptez sur moi, inspectrice.

Il se massa la nuque, une grimace gênée sur le visage.

— Ecoutez, reprit-il, je ne voudrais pas que Liam Butler ait des ennuis à cause de moi s'il n'a fait que... Enfin, s'il n'a rien fait de mal. Je ne l'accuse pas, vous comprenez ?

Abigaïl le rassura, et quitta le club après l'avoir une nouvelle fois remercié du temps qu'il avait bien voulu lui consacrer.

Une fois dans sa voiture, elle appela son équipier et lui demanda s'il pouvait la rejoindre au domicile de Sarakis.

— Que se passe-t-il ? demanda Yarborough.

— Le soir où Sarakis s'est noyé, son assistant se trouvait dans un club de fitness situé à quelques pas du jardin public. J'ai l'impression que ce Liam Butler ne nous a pas dit toute la vérité.

— Donne-moi l'adresse de Sarakis, dit Yarborough. Je préviens la police de Cambridge et je saute dans ma voiture. On se retrouve là-bas dans une demi-heure, d'accord ?

30.

Près de Mount Monadnock
Au sud du New Hampshire
Le 24 juin à midi et demi

Eileen O'Reilly Sullivan chantait à pleins poumons pour se donner du cœur à l'ouvrage. Cela faisait maintenant une bonne heure qu'elle entassait des bûches le long du mur de son chalet tandis que sa mémoire ressuscitait les Clancy Brothers, ces quatre frères aux pulls tricotés et aux ballades puisées dans le folklore irlandais. Elle n'avait pourtant pas écouté la radio depuis une éternité. Mais sa mémoire était un fabuleux juke-box.

Dieu merci, songea-t-elle, ses seuls auditeurs étaient les animaux de la forêt. Eileen avait conscience d'être une piètre chanteuse, tout comme sa fille, d'ailleurs. Dans la famille O'Reilly, Keira et elle étaient certainement les moins douées pour la musique. Même Bob avait une plus belle voix.

Mais rares étaient ceux qui pouvaient se vanter d'avoir entendu son frère chanter, songea-t-elle tandis qu'un petit vent frais se levait, la faisant doucement frissonner. Durant quelques secondes, Eileen se laissa aller à imaginer que c'était la brise de la baie de Kenmare qui venait caresser son visage. Elle ferma les yeux et se revit en train de danser dans les collines irlandaises, au centre d'un cercle de pierres surplombant les eaux grises du petit port de Beara. Elle serra contre son cœur la bûche qu'elle portait, comme si ce geste pouvait la ramener là-bas, en Irlande. Comme s'il pouvait lui permettre de remonter le temps.

Avant la mort de Deirdre.

Le monstre tenait Deirdre en son pouvoir la nuit où j'ai dansé dans le cercle de pierres.

Eileen rouvrit les yeux. Elle voulut chanter de nouveau, mais notes et mots refusèrent de sortir. La source joyeuse s'était déjà tarie.

Chanter, transpirer et prier n'avait pas réussi à chasser longtemps les sombres pensées qui l'assaillaient depuis la dernière visite de Keira.

Pourtant, elle ne tenait pas sa fille pour responsable de son accablement. D'ailleurs, rien n'était la faute de Keira. Comment aurait-on pu la tenir pour responsable de quoi que ce soit, alors qu'elle ignorait jusqu'à l'existence de Deirdre ?

J'aurais dû lui parler de Deirdre.

De sa mort atroce, mais aussi et surtout de sa vie lumineuse.

De merveilleuses aventures t'attendent en Irlande. Oh, Eileen ! Je sais que tu vas vivre des choses très fortes, là-bas. Il faudra que tu me racontes tout quand tu rentreras à Boston.

Elles avaient ri en imaginant ce qu'allait faire Eileen sur la terre de leurs ancêtres : grimper sur les falaises de Mohr, embrasser la pierre enchantée de Blarney, retrouver des cousins et des cousines perdus de vue… Et ce qui promettait alors d'être sa plus grande aventure : rechercher la hutte et l'ange de pierre mentionnés dans l'histoire de Patsy.

Tu dois y aller seule, Eileen. Tu sais que c'est la seule façon d'y parvenir. Tu ne retrouveras jamais cette hutte si tu es accompagnée. Etre toute seule dans les collines rendra ta quête d'autant plus excitante. Toi aussi, tu sens que c'est ainsi qu'il faut procéder, n'est-ce pas ?

Deirdre avait toujours su ce qu'il convenait de faire. Une sorte de don qui lui permettait de saisir les situations et les gens, de toujours voir au-delà des apparences. Pas vraiment le don de prophétie tel qu'Eileen le comprenait, mais plutôt une extraordinaire sensibilité qui prenait forme d'intuition.

Et cette intuition avait exprimé toute sa dimension divinatoire durant les semaines qui avaient précédé le départ d'Eileen pour l'Irlande.

Tu dois me promettre de ne jamais t'en vouloir si quelque chose m'arrivait pendant ton séjour en Irlande. Tu dois me promettre de ne jamais regretter d'être partie. S'il te plaît, Eileen, promets-le-moi…

Eileen ravala ses larmes en se souvenant qu'elle avait refusé de promettre, prétextant que cela porterait la poisse. Au fil du temps, à force de songer encore et encore à l'étrange requête de son amie, Eileen avait fini par comprendre que Deirdre n'avait pas eu de prémonition. Simplement, elle se savait épiée. Et elle avait réagi selon sa nature profonde — la nature d'une jeune fille qui voyait des gens souffrir et mourir dans l'hôpital où elle travaillait, d'une jeune fille qui avait perdu son père à l'adolescence et dont la mère avait elle-même perdu une petite sœur. Une jeune fille qui connaissait la valeur de la vie, parce qu'elle était consciente de sa fragilité.

Et puis Deirdre savait que son amie ne se pardonnait rien. Autant Eileen pouvait être douce et compréhensive avec les autres, autant elle était dure et exigeante avec elle-même. Avec son étonnante faculté de sonder les cœurs, Deirdre avait voulu qu'Eileen parte en Irlande l'esprit aussi léger que possible. Qu'elle pense d'abord à elle et n'ait — quoi qu'il arrive — aucun regret au terme de son voyage.

Qu'avait vu Deirdre quand elle avait sondé le cœur de son bourreau ?

— Stuart Fuller.

Eileen avait prononcé ce nom à voix haute comme pour se rappeler que l'assassin de Deirdre était un être humain. Non, son amie n'avait pas été violentée par une créature venue d'un autre monde. C'était un homme, un être de chair et de sang comme elle l'était elle-même qui avait sciemment décidé d'enlever Deirdre, de la torturer, de la violer et de l'égorger.

Le visage inondé de larmes, elle déposa la bûche sur le tas de bois. Il fallait qu'elle se remette à travailler sur le manuscrit enluminé. Après s'être échinée une semaine entière à chercher le serpent idéal pour illustrer la chute d'Adam et Eve, elle avait décidé de s'attaquer à un passage plus joyeux de la Bible.

Une semaine à dessiner des serpents maléfiques. Pas étonnant que j'aie des idées noires…

Eileen essuya ses larmes avec sa manche. Heureusement, la nature environnante était toujours là pour lui remonter le moral. Elle balaya du regard le paysage magnifique qui entourait son modeste chalet, s'attardant un instant sur un rouge-gorge perché sur la branche d'une ciguë tachetée. Sa solitude, rythmée par des rituels et des activités routinières, parvenait à l'apaiser.

Jusqu'à un certain point, en tout cas.

Il faut que tu cherches cette hutte, Eileen. Imagine, si tu retrouvais l'ange de pierre ! Maman serait aux anges !

Le jeu de mots involontaire les avait fait éclater de rire. Eileen retrouva un peu de gaieté à ce souvenir et à l'idée que sa fille était en ce moment même en Irlande, en train de vivre ses propres aventures.

Une fois la dernière bûche posée en haut du tas de bois, elle laissa tomber sa hache contre la souche qui lui servait de billot et retourna dans le chalet. Elle comptait faire un peu de ménage, puis travailler sur les nouveaux croquis. Elle n'avait pas le talent de Keira ; ni son inspiration, ni sa joie de créer, ni son extraordinaire facilité pour le dessin et la peinture. C'était plus laborieux pour Eileen, mais cela ne l'aurait pas dérangée si, au bout du compte, les résultats avaient été à la hauteur de ses espérances.

Ils ne l'étaient jamais.

Voilà pourquoi elle avait l'intention de mettre tout son cœur dans la réalisation de ce manuscrit enluminé, et de s'arrêter là. Il n'y en aurait pas d'autres.

Elle venait d'ôter son gilet de laine et de le poser sur le dossier d'une chaise quand elle entendit un son inhabituel.

Elle se figea et tendit l'oreille.

De la musique…

Le son d'une harpe. Une mélodie si douce qu'Eileen eut le sentiment qu'elle pénétrait son âme.

Les jambes en coton, elle plaqua une main sur sa table de travail pour retrouver un semblant d'équilibre.

C'est alors qu'elle entendit un murmure.

— Deirdre Ita… Elle est morte pour racheter tes péchés, Eileen… Tu le sais, n'est-ce pas ?

Elle fit volte-face et poussa un cri de surprise.

Une statuette en pierre était posée sur son poêle.

Un ange.

31.

Kenmare, côte sud-ouest de l'Irlande
Le 24 juin à 17 h 35, heure d'été irlandaise.

Eddie O'Shea attendait impatiemment que Mary Feeney, la femme de son cousin Joe, en termine avec un couple d'Américains qui venait d'arriver dans son hôtel. L'établissement n'était pas aussi chic que les cinq étoiles de Kenmare, mais Eddie le trouvait bien assez chic comme ça, avec ses meubles modernes aux lignes épurées et sa situation idéale, en plein cœur de la ville. Eddie aimait bien Kenmare, mais au fond, il n'avait qu'une envie : en finir au plus vite avec ce qu'il était venu faire ici et retourner dans son village.

Munis de leur clé, les touristes américains partirent d'un pas léger vers la chambre qui leur avait été attribuée, laissant la voie libre à Eddie. Un large sourire aux lèvres, il s'avança vers le bureau de réception.

— Salut, Mary. Tu crois au destin ?

— Non.

Elle avait tout juste vingt-neuf ans et ses cheveux étaient d'un roux qui frôlait le sublime. Eddie s'était toujours demandé si leur couleur flamboyante n'avait pas aveuglé ce pauvre Joe, l'empêchant de voir qu'il épousait une harpie.

— Eh bien, moi, j'y crois, dit-il sans se départir de son sourire. Et c'est justement le destin qui m'amène ici. Je ne t'ai jamais rien demandé, n'est-ce pas ? Je préférerais d'ailleurs que ça reste comme ça. Seulement, je n'ai pas le choix. La police va venir me chercher avant la tombée de la nuit, si je ne trouve pas une solution à mon problème.

Elle leva ses yeux bleu pâle vers lui. Ils n'exprimaient rien qu'une profonde indifférence.

— J'espère qu'ils ne te relâcheront pas trop vite.

Il se força à rire pour essayer de l'amadouer un peu.

— Arrête de faire ta méchante, Mary. N'oublie pas que tu fais partie de la famille, maintenant.

— Hélas…, dit-elle en posant les mains à plat sur le comptoir de l'élégant bureau de réception, légèrement penchée vers Eddie. Qu'est-ce que je peux faire pour toi ?

— Je cherche un Américain qui a dormi ici le soir du solstice d'été.

— Son nom ?

— Je ne connais pas son nom.

— Alors, je ne peux rien faire pour toi.

— La personne qui nous intéresse est un homme, enfin je crois.

— La personne qui *t'*intéresse, *toi,* corrigea Mary.

Eddie hocha la tête, conciliant.

— Il portait un gilet de laine noire avec une fermeture Eclair et il était seul. Il a dîné au restaurant de l'hôtel. J'ai retrouvé sa note.

— Ah bon ? Dans ce cas…

— Enfin, plus exactement un morceau de sa note, corrigea Eddie. Elle a été déchirée.

Par un mystérieux chien noir.

Mais Eddie n'avait pas l'intention de fournir ce genre de détail à quelqu'un d'aussi dépourvu de fantaisie et d'imagination que Mary Feeney.

— Il n'y a pas le numéro de la chambre sur la partie que j'ai récupérée.

Mary leva les yeux au ciel, comme si elle avait affaire à un parfait demeuré.

— Voyons, Eddie, je ne peux pas me souvenir d'un homme grâce à la couleur de son gilet. La plus belle fille du monde ne peut donner que ce qu'elle a.

Et la plus désagréable ? faillit rétorquer Eddie. Mais il était décidé à obtenir ce qu'il voulait et se contenta de hocher la tête d'un air compréhensif.

— Bien sûr, bien sûr… Mais j'ai oublié de te dire le principal, Mary. J'ai retrouvé le portefeuille du type en question et je pense qu'il serait prêt à offrir une récompense à la personne qui le lui restituerait.

Elle le toisa avec un sourire goguenard, comme si elle savait pertinemment qu'il venait d'inventer cette histoire pour l'inciter à en faire plus. De fait, ce n'était pas un portefeuille qu'Eddie avait retrouvé, mais un gilet noir. Quelques heures plus tôt, un chien noir avait surgi d'un des massifs de roses qui bordaient le cottage loué par Keira Sullivan. Il avait déposé le gilet — déchiré et taché de sang — aux pieds d'Eddie, puis s'en était allé d'un pas tranquille vers les collines. Etant donné l'état du vêtement, Eddie n'avait pas voulu prendre le risque de prévenir la police. Pour se retrouver derrière les barreaux ? Très peu pour lui. Il avait préféré appeler Patrick et Aidan à la rescousse, et ses frères l'avaient emmené à Kenmare.

— Si ton gars avait perdu son portefeuille, dit Mary d'un ton supérieur, tu n'aurais pas besoin de mon aide pour connaître ses nom et adresse.

Il haussa les épaules avec une mimique fataliste.

— Je n'ai jamais su mentir.

— C'est bien là ta seule qualité, Eddie.

Elle se tourna vers l'écran de son ordinateur et pianota quelques instants sur le clavier, la bouche pincée comme à son habitude.

— Même si tu avais vraiment retrouvé son portefeuille, ce type n'est pas du genre à offrir la moindre récompense, lança-t-elle après quelques secondes de silence.

— Vraiment ? Alors tu te souviens de lui ?

— Oui, je m'en souviens, dit-elle doucement avant de se tourner vers

Eddie, l'air moins sûre d'elle. Tu vas rester planté là tant que tu n'auras pas eu ce que tu voulais, c'est ça ?

— Il y a quelque chose chez cet homme qui t'a mise mal à l'aise, n'est-ce pas ? demanda Eddie, alerté par le visage un peu trop pâle de la jeune femme.

Mais avant qu'elle puisse répondre, un homme aux cheveux blonds s'approcha du bureau de réception.

Mary regarda l'inconnu, un rose tendre chassant la pâleur de ses joues. Mariée ou pas, Eddie pouvait comprendre qu'elle ne soit pas insensible au charme du nouveau venu. Il n'était pas seulement bel homme, mais aussi d'une élégance rare. Le genre de client qu'on s'attendait plus à croiser dans un palace que dans le petit hôtel.

Au lieu d'aller parler à la propriétaire des lieux, l'homme s'adressa à Eddie.

— Je m'appelle Will Davenport, dit-il, son accent trahissant l'aristocrate anglais. Je viens vous voir de la part de Simon Cahill.

L'image rassurante du colosse américain vint aussitôt à l'esprit d'Eddie.

— Vous êtes M. O'Shea, n'est-ce pas ? poursuivit Davenport. Vous tenez le pub du village où Keira Sullivan a loué un cottage.

Eddie le regarda un instant bouche bée avant de se ressaisir.

— Comment avez-vous fait pour me…

— Les gens honnêtes sont toujours faciles à trouver, répondit l'Anglais.

Curieux compliment, songea Eddie en jetant un regard suspicieux à Davenport.

— Qu'est-ce qui me prouve que vous me dites la vérité ?

Davenport ne sembla nullement vexé de voir sa parole mise en doute.

— L'autre soir, Simon s'est amusé à provoquer des clients de votre pub avec une remarque sur le folklore irlandais. Il m'a dit qu'il avait payé sa tournée et que ça s'était terminé dans la bonne humeur.

Ça correspondait à peu près à la vérité, mais Eddie n'était pas du genre à faire confiance au premier venu. Et les récents événements n'avaient fait qu'attiser sa méfiance naturelle.

— Bon, je vois que vous n'êtes pas tout à fait convaincu, dit Davenport devant le visage fermé de son interlocuteur. Je peux vous donner le nom de l'inspecteur de la *Garda* qui enquête sur les faits étranges survenus dans votre village. Il s'appelle Seamus Harrigan.

— N'importe qui peut savoir ça.

Les yeux noisette de l'Anglais se plissèrent légèrement, et Eddie dut admettre qu'il se dégageait de lui quelque chose de sérieux et de compétent.

— C'est une histoire ancienne qui a donné envie à Keira Sullivan de venir sur la péninsule de Beara, dit Davenport d'une voix toujours aussi calme. Elle la tenait d'une vieille dame qui a été retrouvée morte ce matin à Boston. Sauvagement assassinée, monsieur O'Shea.

Mary étouffa un cri tandis qu'Eddie, le ventre affreusement noué, tendait la main à cet Anglais tombé du ciel.

— Ravi de faire votre connaissance, monsieur Davenport. Toutes les bonnes volontés sont les bienvenues pour empêcher ce monstre de frapper de nouveau.

32.

Cambridge, Massachusetts
Le 24 juin à 12 h 40

Comme lors de sa première visite, Abigaïl fut frappée par le triste état dans lequel se trouvait la propriété de Victor Sarakis. On aurait dit une maison abandonnée depuis de longs mois, voire depuis des années. L'herbe avait encore poussé, et la brise dispersait les aigrettes des pissenlits aux quatre coins de ce qui ressemblait de plus en plus à un terrain vague. Difficile de croire que le propriétaire des lieux était mort depuis tout juste une semaine. Il n'avait pourtant pas disparu dans l'indifférence générale. Que ce soit sa sœur, son beau-frère et même son jeune assistant, tous les proches de Sarakis qu'elle avait rencontrés semblaient sincèrement affectés par son décès. Mais ils avaient une drôle de façon d'honorer sa mémoire, se dit-elle encore en posant le regard sur la voiture de Liam Butler, garée dans l'allée qui menait au garage.

Butler, par exemple, continuait à profiter du studio mis à sa disposition par Sarakis, mais il n'avait manifestement pas trouvé le temps, l'énergie ou la motivation pour passer la tondeuse.

Ni pour fermer la porte d'entrée, nota Abigaïl en choisissant néanmoins d'appuyer sur la sonnette.

Pas de réponse.

La porte n'était que légèrement entrouverte, et elle la poussa un peu plus pour passer la tête à l'intérieur et s'annoncer de vive voix.

Mais, alors qu'elle s'apprêtait à parler, elle perçut de la musique. Elle tendit l'oreille, immobile. Les sons semblaient venir de la pièce consacrée au diable.

Et c'était de la musique irlandaise.

Un air entraînant, qu'elle avait déjà entendu quelque part.

Qui pouvait avoir envie de jouer une musique aussi joyeuse dans la maison d'un homme qui venait tout juste de mourir ?

Un air aussi… endiablé ?

La musique s'arrêta brusquement, cédant la place à une conversation entrecoupée de rires.

Des jeunes gens, de toute évidence.

— C'est pas encore ça, les gars. On la refait depuis le début, d'accord ?

Fiona…

Fiona et son ensemble folklorique.

Et si c'était un enregistrement sonore destiné à la mettre en confiance ?

Dégainant son arme de service, Abigaïl pénétra dans le vestibule. Yarborough et la police de Cambridge seraient là d'une minute à l'autre.

La musique reprit et Abigaïl remarqua que les portes coulissantes qui donnaient dans la pièce dédiée au diable étaient grandes ouvertes. Pourtant, elle ne voyait personne.

Il s'agissait forcément d'un enregistrement.

Mais où se trouvait le haut-parleur ? Et surtout, pourquoi cette mise en scène ?

Elle entra dans la pièce, essayant de faire abstraction du décor diabolique des lieux et du malaise qu'il faisait naître en elle. A l'autre bout de ce musée sulfureux, la porte du réduit où Sarakis contrôlait la climatisation était à demi ouverte, comme une invitation.

Fiona éclata de rire, bientôt imitée par ses amis, aussi amusés qu'elle par les fausses notes qui avaient émaillé leur interprétation.

— Un peu de sérieux, les gars !

Pistolet au poing, Abigaïl se faufila dans le cagibi sans fenêtre. Sa main libre trouva un interrupteur, et la lumière crue d'un plafonnier éclaira une sorte de grand placard converti en salle de climatisation, ce qui n'avait pas empêché le maître de maison d'y entreposer d'autres objets reflétant sa passion pour Satan.

La musique et les voix provenaient d'un magnétophone placé sur une étagère. Quelqu'un avait voulu jouer avec ses nerfs… Quelqu'un qui savait qu'elle viendrait aujourd'hui.

Oh, mon Dieu…

Un tableau en liège était posé par terre, contre un mur. Des dizaines de photos s'y trouvaient punaisées.

Abigaïl s'accroupit pour mieux voir.

Fiona… Madeleine… Jayne.

Les filles de Bob.

La blonde Fiona devant la maison des Garrison.

La rousse Madeleine en plein match avec son équipe de football.

La petite Jayne, toute blonde elle aussi, en train de manger une glace dans une rue de Lexington.

Abigaïl se redressa, la main crispée sur la crosse de son arme. Où diable était Liam Butler ?

Elle quitta le réduit et composa le numéro de Scoop sur son portable.

— Il faut que tu trouves les filles de Bob et que tu les mettes à l'abri, dit-elle après lui avoir brièvement expliqué la situation. Toutes les trois. Fiona doit être avec Owen dans la maison de Beacon Hill. Mais j'ignore où sont Madeleine et Jayne.

— Et Keira ?

— Trouve-la aussi.

Il n'y avait pas de photos de Keira sur le tableau en liège, mais c'était manifestement la famille de Bob qui était visée, et Abigaïl ne voulait prendre aucun risque.

— Yarborough et la police de Cambridge ne devraient pas tarder à arriver, ajouta-t-elle.

— Tu as besoin de moi pour autre chose ? demanda Scoop.

— Je n'ai pas encore appelé Bob.

Elle préférait laisser cette tâche ingrate à Scoop et se concentrer sur ce qu'elle avait à faire.

— Préviens-le, Scoop. Préviens-le tout de suite.

— C'est comme si c'était fait.

Elle retourna dans le vestibule, le doigt sur la détente de son pistolet.

— Scoop, je ne sais pas si c'est l'œuvre d'un petit plaisantin ou si on a affaire à quelqu'un de dangereux, mais…

— Peu importe, coupa-t-il. On tirera ça au clair plus tard. Pour le moment, on met tout le monde en sécurité. Sois prudente, Abigaïl. Reste où tu es et attends Yarborough.

Mais Scoop n'avait pas encore fini sa phrase qu'elle remarquait du sang sur le parquet. L'instant d'après, des gémissements lui parvenaient en provenance du couloir.

Butler ? Une des filles de Bob ?

— Impossible d'attendre, Scoop.

33.

Quartiers sud de Boston
Le 24 juin à 12 h 50

Bob O'Reilly remontait la rue où il avait vécu toute son enfance, en direction de l'église Sainte-Ita, comme il l'avait si souvent fait dans sa jeunesse. Ses collègues travaillaient toujours sur la scène de crime. Cela faisait maintenant un bon moment qu'ils avaient investi la maison de Patsy. Bob n'acceptait pas que la vie de cette femme si bonne ait pu s'achever ainsi. Et pourtant… Combien de fois lui avait-elle dit qu'elle mourrait en combattant le diable à mains nues ? Au moins la mort avait-elle été rapide, même s'il s'agissait d'un meurtre particulièrement sanglant. Contrairement à Stuart Fuller, l'assassin de Patsy n'avait pas fait durer le plaisir.

L'inspecteur chargé de l'enquête, un gars que Bob avait formé, l'avait pris à part pour lui confirmer que Patsy avait été poignardée à deux reprises. Le second coup, en plein cœur, avait entraîné la mort. Il lui avait aussi appris que les anges et les photos semblaient avoir été disposés dans la salle à manger après que le crime eut été commis.

C'était déjà quelque chose, songea Bob tandis qu'il arrivait devant Sainte-Ita, une construction d'un blanc immaculé qui n'aurait pas juré dans un de ces charmants villages de la Nouvelle-Angleterre. Une vieille dame en pleurs était assise sur les marches de l'église. Lorsque Bob lui demanda si elle avait besoin d'aide, elle lui répondit qu'elle venait de perdre une amie chère. Après avoir échangé quelques souvenirs sur

Patsy, l'inconnue, un peu rassérénée, lui indiqua l'endroit où se trouvait le père Palermo.

Bob se dirigea vers la salle paroissiale qui jouxtait Sainte-Ita, soulagé de ne pas avoir à entrer dans l'église. Il n'y avait plus mis les pieds depuis trente ans. Depuis l'enterrement de Deirdre.

Il trouva le prêtre assis sur un vieux banc de bois, contemplant une figurine en porcelaine nichée au creux de sa main. Un ange aux contours délicats qui tenait sous son bras une harpe irlandaise. Bob le reconnut immédiatement.

— C'était l'un des préférés de Deirdre, dit Bob. Un bon nombre de pièces de sa collection sont des cadeaux, mais elle avait acheté cet ange elle-même.

Le père Palermo hocha la tête sans lever les yeux.

— Patsy vous l'a donné ?

— Oui. Au terme de la kermesse que nous avons organisée ici même il y a quelques semaines. Sur le thème des anges, justement.

— Je suis surpris qu'elle se soit séparée de celui-ci, dit Bob en balayant la salle vide du regard.

Il imagina l'endroit décoré pour l'occasion : les tables alignées couvertes de gâteaux, de boissons et de figurines angéliques. Et Patsy rayonnante au milieu de tout ça, fière de sa collection qui était forcément la plus belle, et heureuse de sentir la présence de sa fille à travers ces anges qui l'avaient accompagnée jusqu'à sa fin tragique.

Voyant que sa remarque restait sans réponse, Bob reprit :

— Si je fouillais un peu dans votre passé, mon père, est-ce que je découvrirais que vous ne vous appelez pas vraiment Michaël Palermo ?

Le prêtre leva ses yeux noirs vers Bob, qui n'essaya même pas d'en déchiffrer l'expression. S'il avait vu juste, l'homme assis devant lui avait dû se préparer depuis longtemps à ce moment de vérité. Pourtant, le prêtre ne trouva rien à répondre et se contenta de fixer Bob en silence.

Ce dernier laissa passer un moment avant de reprendre la parole, le mutisme du père Palermo se faisant plus pesant à chaque seconde qui s'écoulait.

— Stuart Fuller avait un jeune frère, poursuivit Bob. Un gentil garçon, d'après mes renseignements. Personnellement, je ne l'ai jamais rencontré. Il avait quatorze ans quand Deirdre a été assassinée. Son enfance, comme celle de son grand frère, était rythmée par les insultes et les coups de ses parents, par d'incessants déménagements, par l'échec scolaire... Une vie sordide et un avenir bouché. Alors vous savez ce qu'a fait ce gamin ?

Le prêtre se remit à contempler l'ange à la harpe.

— Il a trouvé une porte de sortie, dit-il. Un chemin qui lui a permis d'échapper aux ténèbres de son existence.

— Il s'est créé un monde imaginaire, renchérit Bob. Il découpait des articles du *National Geographic* et les collait dans des cahiers à spirales. Uniquement les articles qui parlaient des îles méditerranéennes.

— Comment êtes-vous au courant pour ces cahiers, inspecteur O'Reilly ?

Il n'y avait aucune agressivité dans sa voix. Seulement de la curiosité, comme s'il avait toujours su que ce moment devait arriver, mais qu'il l'avait imaginé autrement.

— Mon père était aussi policier, dit Bob.

Le prêtre secoua la tête.

— Ce n'est pas votre père qui vous a parlé de ces cahiers, monsieur O'Reilly. Il n'était qu'un simple flic, et je dis ça sans le moindre mépris. Les anciens de la paroisse m'ont toujours parlé de lui en termes élogieux. Ils disent qu'il aimait la rue, le contact quotidien avec les gens du quartier.

Bob haussa les épaules.

— C'est vrai. Mon père n'a jamais voulu être inspecteur. Mais il savait que c'était mon ambition. Tout le monde le savait, d'ailleurs. A l'époque, j'étais entouré de flics et je n'avais pas les oreilles dans ma poche. Le gamin que vous étiez et ses cahiers à spirales ne se trouvent pas dans le dossier de Deirdre McCarthy, monsieur Fuller. A part moi, je doute que quelqu'un se souvienne de vous, aujourd'hui.

Et pourtant si. John March s'en souvenait. C'était même lui qui avait donné l'information. Bob savait qu'il avait enquêté sur l'affaire, à l'époque, et il l'avait appelé juste avant de se rendre à Sainte-Ita. Quand il lui avait demandé s'il se rappelait quoi que ce soit concernant la famille de Stuart Fuller, le directeur du FBI avait évoqué l'histoire du petit frère et de ses cahiers pleins d'articles découpés.

Devant le silence du prêtre, Bob décida de poursuivre.

— Palermo est le nom italien de Palerme, capitale de la Sicile… Et la Sicile est la plus grande île de la Méditerranée. CQFD.

Le père Palermo se contenta de hocher doucement la tête.

— Patsy avait compris qui vous étiez, n'est-ce pas ?

— Nous n'en avons jamais parlé.

— Mais elle avait compris, insista Bob. Croyez-moi, je la connaissais mieux que quiconque. J'ai grandi à deux pas de chez elle, j'ai passé une partie de mon enfance dans sa cuisine, je… Je lui ai tenu la main pendant que le cercueil de sa fille unique disparaissait dans la terre du cimetière. Vous donner cet ange a été sa façon de vous dire qu'elle ne vous en voulait pas. Qu'elle ne faisait pas l'amalgame entre vous et les crimes de votre frère.

Palermo releva le visage, et cette fois-ci, ses yeux étaient pleins de larmes.

— Elle ne méritait pas de vivre ce cauchemar. Elle ne méritait pas de perdre sa fille. Je ne sais pas comment Stuart a pu commettre un crime aussi abominable.

Personne ne méritait une telle souffrance, songea Bob. Et Patsy moins que quiconque.

— Patsy a beaucoup souffert à cause de votre frère, dit-il. Et je n'ose imaginer le calvaire de Deirdre.

Le père Palermo se renversa sur le dossier du banc, la main crispée sur la figurine en porcelaine.

— J'ai compris qu'elle savait le soir où je l'ai conduite à cette vente aux enchères. Elle n'a pas eu besoin de parler, inspecteur. Elle s'est contentée de me regarder dans les yeux, juste une seconde ou deux, au moment où elle descendait devant cette belle maison de Beacon Hill. Quand elle a refermé la portière, je n'avais plus le moindre doute.

— A-t-elle tué votre frère, mon père ?

Le prêtre le regarda un moment, une expression d'une grande douceur sur le visage. Bob pouvait comprendre que ses paroissiens l'aient aussi vite adopté. Mieux, ils l'adoraient. C'était les propres mots de Boucher, l'inspecteur chargé de l'enquête : *D'après les premiers témoignages qu'on a pu recueillir, Mme McCarthy adorait le père Palermo. Comme tous les gens du quartier, du reste.*

— Une fois que le fleuve a eu rejeté le corps de Deirdre, Patsy a su où le meurtrier l'avait séquestrée. Où il l'avait torturée, violée, puis égorgée. Où il se trouvait. Pourtant, elle n'a rien dit à la police.

— Comment a-t-elle pu savoir ça ? demanda Bob.

— Elle m'a dit qu'un ange était venu la voir. Mais j'ai mon idée sur ce qui s'est réellement passé.

— Votre frère l'a appelée, c'est ça ?

— Forcément. Il a dû implorer son pardon. Mon frère était un manipulateur et un sadique. Il jouissait de la souffrance des autres. Il a dû se délecter du chagrin de Patsy — de son épouvante quand elle a su ce que sa fille avait subi — tout autant que des sévices infligés à Deirdre.

Il se leva brusquement de son banc.

— Je ne sais pas si Patsy a été dupe, mais elle s'est rendue sur le petit voilier de Stuart. Elle m'a raconté qu'il s'est immolé par le feu sous ses yeux et qu'elle s'en est voulue de n'avoir pu l'en empêcher.

— Aurait-elle seulement pu ? demanda Bob.

Le prêtre haussa les épaules.

— Comment le savoir avec certitude ? Pour ma part, j'en doute fort. Au bout du compte, elle était heureuse qu'il ne puisse plus faire de mal, et elle m'a même avoué avoir éprouvé du plaisir à le voir souffrir. Elle n'en était pas fière, inspecteur, et si je vous révèle ça, c'est qu'elle n'a pas tenu ces propos dans le confessionnal.

Le père Palermo sembla hésiter avant de poursuivre.

— Je suis convaincu que Stuart avait prévu de passer ce coup de fil avant même d'enlever Deirdre. Il voulait les faire souffrir toutes les deux. La mère et la fille.

Bob fit la grimace.

— C'est le suicide que je ne comprends pas, dit-il. Ça ne cadre pas avec le profil que vous me décrivez.

Le cadet des Fuller ne fit aucun commentaire. Il semblait soudain épuisé, le teint hâve, mais il se força néanmoins à composer un sourire.

— Patsy était si heureuse de connaître Keira… Mlle Sullivan est entrée dans sa vie comme un rayon de soleil.

Un petit rire passa le seuil de ses lèvres.

— Et quelle joie pour elle de trouver quelqu'un qui ne demandait qu'à écouter ses histoires !

— Patsy savait les raconter comme personne, dit Bob.

— Ce n'est pas moi qui vous dirais le contraire. J'ai passé des moments merveilleux dans sa cuisine, autour d'une tasse de thé et de son fameux pain complet.

Les deux hommes restèrent un moment sans rien dire, partageant en silence ce souvenir commun. Le prêtre fut le premier à reprendre la parole.

— Patsy aimait raconter des histoires à Keira, mais elle était surtout une inconditionnelle de son travail, dit-il. Elle a partagé sa passion avec un grand nombre de fidèles, vous savez. Mlle Sullivan a un vrai fan-club dans cette paroisse.

— C'est bien, dit Bob un peu sèchement, mal à l'aise dès qu'on évoquait un membre de sa famille.

— Patsy était persuadée que de bonnes choses se produiraient si l'ange de son histoire était un jour retrouvé. Enfin, je ne sais pas si elle y croyait profondément, mais elle aimait beaucoup l'idée que ça puisse être vrai. Inspecteur O'Reilly, je n'ai…

Le prêtre secoua la tête d'un air accablé, les yeux de nouveau pleins de larmes.

— Mon frère a commis des actes révoltants, mais moi… Moi, je n'ai pas su protéger Patsy.

— Avez-vous jamais eu le sentiment qu'elle était en danger ? demanda Bob.

— Non, jamais.

— Alors, le seul responsable de sa mort est son assassin. Point final. Et ça vaut aussi pour Deirdre.

— La vie n'est pas toute noire ou toute blanche, inspecteur.

— Elle l'est parfois, mon père. Oui, elle l'est parfois.

Bob songea à Abigaïl et à son enquête sur le noyé du jardin public. Il s'était montré impatient avec elle. Certes, il n'était pas le seul dans ce cas, mais combien de fois lui avait-il dit d'apprendre à résister à la pression ? De ne pas faire machine arrière devant les critiques ? Si elle était intimement persuadée d'œuvrer pour l'intérêt de l'enquête — de la vérité —, elle devait aller au bout de ses convictions.

— Vous connaissiez Victor Sarakis, mon père ?

— Je n'avais jamais entendu parler de lui avant qu'il se noie dans l'étang du jardin public, le soir où j'ai conduit Patsy à cette réception.

— Et Liam Butler ?

— Ça ne me dit rien.

— Charlotte et Jay Augustine ?

Il secoua négativement la tête et alla ouvrir la porte de la salle paroissiale. Lorsqu'il se retourna vers Bob, sa silhouette se découpait à contre-jour dans un rayon de soleil.

— Si vous avez d'autres questions, inspecteur, je serai toujours là pour y répondre.

— Je vais être dans l'obligation de faire un rapport sur ce que j'ai découvert sur vous, mon père.

— Je comprends. Je suis désolé d'avoir caché ma véritable identité.

Le prêtre sembla hésiter à sortir, main sur la poignée de la porte, mais il finit par se tourner une nouvelle fois vers Bob.

— J'ai beaucoup de peine pour Patsy. Je ne la connaissais pas depuis très longtemps, mais j'éprouvais pour elle une sincère affection.

— Je suis heureux que vous ayez été là pour elle, dit Bob. Pour ma part, j'ai le sentiment de l'avoir délaissée depuis bien trop longtemps.

— Ne vous faites pas de reproches, monsieur O'Reilly. Patsy était très entourée. Bien sûr, elle restait marquée par les actes barbares commis par mon frère il y a trente ans. Ne le sommes-nous pas tous ? ajouta-t-il avec un sourire triste. La nouvelle vie de votre sœur, par exemple, est certainement en partie la conséquence de…

Bob l'interrompit sans ménagement.

— Que savez-vous au sujet de ma sœur ?

Malgré le contre-jour, Bob vit le prêtre rougir.

— Ce que tout le monde sait dans la paroisse, rien de plus. Votre sœur est venue quelquefois assister à ma messe avant que son chalet ne soit terminé. Les gens ici l'apprécient et respectent son engagement religieux, mais je ne vous cache pas qu'ils sont surpris qu'elle ait choisi cette vie. Il ne s'agit pas de la juger et encore moins de la critiquer… C'est simplement qu'ils ne s'attendaient pas à ça de la part d'une femme aussi sociable.

— Eileen a toujours été très exigeante avec elle-même.

Palermo ne répondit rien.

— Savez-vous si Keira a recueilli d'autres contes et légendes auprès des fidèles de votre paroisse ?

— Pas à ma connaissance, mais j'ai entendu dire qu'elle souhaitait rencontrer des personnes ayant émigré d'Irlande au siècle dernier.

— Hormis ma nièce, vous connaissez quelqu'un qui soit impliqué dans l'organisation de cette conférence sur le folklore irlandais ?

— Non.

— Et tous ceux qui collectionnent l'art et les bibelots irlandais ?

— Il y en a tellement dans ma paroisse que je…

— Des collectionneurs qui connaîtraient à la fois Patsy, ma sœur et ma nièce ?

— Eh bien, les Murphy me viennent à l'esprit, bien sûr. Ce sont des collectionneurs passionnés. J'ai entendu dire qu'ils avaient enchéri sur une des aquarelles de votre nièce lors de cette vente aux enchères. Mais ils ont dû le faire par l'intermédiaire de quelqu'un qui se trouvait sur place, parce que je ne crois pas qu'ils se soient rendus eux-mêmes à cette soirée.

Bob connaissait les Murphy. Ils possédaient la forêt où vivait Eileen et ils avaient été les premiers à évoquer la conférence Boston-Cork devant Patsy. Elle le lui avait dit la dernière fois qu'ils s'étaient vus.

La dernière fois…, songea-t-il avec tristesse.

— Vous avez parlé des Murphy aux inspecteurs qui vous ont interrogé chez Patsy ?

— Non, je ne voyais pas ce que…

— Allez les voir tout de suite. Ils sont encore chez Patsy. Allez les voir et parlez-leur des Murphy. Ça va les intéresser.

Bob sentit son portable vibrer dans la poche de son pantalon.

— Je dois vous laisser, mon père. Restez en ville, d'accord ? Il faut qu'on puisse vous trouver si on a besoin de vous.

Le prêtre acquiesça d'un signe de tête, l'ange serré dans sa main et le visage défait, tandis que Bob quittait la salle paroissiale. Ce dernier jeta un œil sur l'écran de son téléphone et soupira en y découvrant le nom de Scoop.

— J'espère que tu ne m'appelles pas pour me parler de ton potager, dit-il en guise de bonjour.

— Tout le monde est en sécurité, Bob. Tout le monde va bien. Je suis en route vers la maison des Garrison. Fiona s'y trouve avec Owen. Les collègues de Lexington ont récupéré Madeleine et Jayne. Tes filles vont bien. Tu peux être tranquille.

Bob se demanda un instant s'il s'agissait d'un canular.

— Bon Dieu, Scoop ! lança-t-il dans l'appareil. Je ne comprends rien à ce que tu me racontes…

Les yeux posés sur le décor de son enfance et le visage au soleil, Bob écouta Scoop lui parler des photos de ses trois filles et du magnétophone découverts par Abigaïl dans la maison de Sarakis. Victor Sarakis… L'homme qui, selon Bob, s'était noyé accidentellement. Il avait toujours affirmé que sa mort n'avait rien à voir avec la vente aux enchères qui se tenait dans Beacon Street, ce soir-là. Qu'elle n'avait rien à voir avec Keira ou un quelconque membre de sa famille.

Mais inutile de se lamenter sur ses erreurs de jugement. Il aurait tout le temps de s'en vouloir quand le dingue qui s'amusait à photographier ses enfants serait derrière les barreaux. En attendant, il devait mobiliser toute son énergie pour le coincer.

— Et Keira ? demanda-t-il quand Scoop en eut terminé avec ses explications. On sait où elle est ?

— En route pour aller voir sa mère.

Bob poussa un juron et se tourna vers la salle paroissiale. Et si le meurtre de Patsy faisait partie d'un plan ? Les anges alignés sur la table de sa salle à manger, les photos encadrées, l'image pieuse distribuée à l'enterrement de Deirdre… Et si cette mise en scène s'inscrivait dans un projet funeste beaucoup plus vaste ? Quelqu'un avait-il décidé de finir la sale besogne commencée par Stuart Fuller ? Patsy et Deirdre étaient mortes toutes les deux, maintenant. *La mère et la fille.*

Bob songea à tous ces diables entassés dans la maison de Sarakis.

Ils avaient affaire à une saloperie de démon, ça ne faisait aucun doute…

Jeannette et Billy Murphy, fidèles paroissiens de Sainte-Ita depuis toujours, avaient autorisé Eileen à construire son chalet dans leur forêt. Ils avaient parlé à Patsy de la conférence Boston-Cork, avaient enchéri sur une aquarelle de Keira et ils étaient connus pour collectionner l'art irlandais.

Patsy avait raconté à Keira ses vieux récits irlandais.

Et quelqu'un avait observé tout ça, ourdissant de sinistres plans. Quelqu'un avait manipulé son monde et, finalement, était passé à l'action.

Il voulait les faire souffrir toutes les deux. La mère et la fille.

Un frisson glacé lui parcourut l'échine.

— Scoop, c'est Eileen et Keira. Ce sont elles, les cibles de ce salopard.

— Comment peux-tu… Oh, laisse tomber. On va demander aux collègues du coin de partir immédiatement chez ta sœur. Tu peux leur indiquer comment s'y rendre ?

— Il faut suivre les petits cailloux blancs semés à travers les fougères… Non, Scoop, je ne peux pas leur dire comment s'y rendre ! Je n'ai jamais foutu les pieds là-bas. Il faut appeler les Murphy. Cette maudite forêt leur appartient. Ils savent forcément comment aller chez Eileen.

— Je m'en occupe.

Scoop prit les renseignements nécessaires pour joindre Jeannette et Billy Murphy.

— Au fait, dit-il, Cahill est également en route vers le New Hampshire. Keira a dû lui dire comment faire pour la retrouver chez sa mère. Tu savais que ce type bosse pour le FBI ?

— Cahill, un fédéral ? Je suis impatient de voir la tête de Keira quand elle découvrira qu'elle s'est entichée d'un agent spécial.

Plus la situation était grave, plus Bob avait tendance à sourire. C'était une façon de se protéger, mais aussi de garder la juste distance avec les événements.

— Tu penses qu'elle a un coup de cœur pour lui ?

— Un coup de cœur ? Elle est raide dingue de ce type, tu veux dire !

Mais, malgré tous ses efforts pour chasser l'angoisse, Bob sentit son ventre se nouer affreusement.

— Scoop… Je ne veux pas les perdre. Je ne m'en remettrais pas, tu sais.

— Tu ne vas pas les perdre. Je dois te laisser, maintenant. Le temps presse.

— Tu as raison. Moi, je pars à Cambridge, chez Sarakis. Scoop…

Bob déglutit.

— Merci, vieux.

Mais son ami avait déjà raccroché.

34.

Près de Mount Monadnock
Au sud du New Hampshire
Le 24 juin à 13 heures

Boston et sa banlieue avaient cédé la place à des collines ondoyantes, des bois et des terres agricoles, mais le paysage pittoresque ne parvenait pas à soulager le cœur lourd de Keira. Elle s'arrêta sur le bord d'une route de campagne, téléphone en main. Colm Dermott était en ligne et elle savait que cinq cents mètres plus loin, là où commençait la forêt où vivait sa mère, il n'y aurait plus de réseau.

Colm appelait pour lui dire que Jeannette et Billy Murphy — le couple qui possédait la forêt en question — avait acquis la seconde aquarelle mise aux enchères dans la maison des Garrison.

— Ah bon ? Je ne me souviens pourtant pas de les avoir vus, ce soir-là. Mais c'est vrai que je suis arrivée très en retard…

— Tu ne les as pas vus parce qu'ils n'étaient pas là, dit Colm.

D'ordinaire si gai, il semblait tendu, sur le qui-vive.

— Jay et Charlotte Augustine, des marchands d'art de Boston, ont servi d'intermédiaires. Charlotte Augustine qui, au passage, est la sœur de Victor Sarakis.

— Victor Sarakis ? Mais c'est l'homme qui s'est noyé dans le jardin public !

— Oui. Troublant, non ?

Keira accusa le coup. En proie à une brusque bouffée de chaleur, elle descendit sa vitre jusqu'en bas et écouta un instant le ruisseau qui coulait le long de la route, le cœur battant à cent à l'heure. Elle était seule, ici. Pas la moindre voiture à l'horizon, pas la moindre maison. Pas même un paysan sur son tracteur.

Comprenant qu'elle ne répondrait pas, Colm poursuivit :

— Et le plus incroyable, c'est que les Augustine n'étaient même pas sur place. Ils ont téléphoné pour donner le montant de l'enchère maximale des Murphy. Je suis en train de chercher la personne qui a pris cet appel.

— Tu es sûr que ces marchands d'art n'ont pas fait un saut chez les Garrison, ce soir-là ? Juste le temps de voir mon aquarelle et de déposer leur enchère dans la corbeille.

— Sûr et certain. Leurs noms ne se trouvent ni sur la liste des invités, ni sur le livre d'or. Tout le monde n'y a pas inscrit quelque chose, bien sûr, mais s'ils étaient venus, je me souviendrais d'eux. J'ai accueilli personnellement tous les invités et j'ai une excellente mémoire des noms.

Il s'interrompit quelques secondes et elle l'entendit inspirer profondément à l'autre bout du fil.

— Keira… Je devrais peut-être prévenir la police, tu ne crois pas ?

— Bien sûr, Colm. Il faut que tu les appelles dès que tu auras raccroché.

— Oui, c'est ce que je vais faire… Dis-moi, Keira, tu as déjà entendu parler de M. et Mme Augustine ?

— Non, et toi ?

— J'ai fait une recherche rapide sur internet. D'après ce que j'ai pu lire, ils ont très bonne réputation.

— Ils sont spécialisés dans l'art irlandais ?

— Je ne pense pas. En tout cas, rien ne l'indiquait dans les informations que j'ai trouvées.

— Je ne demandais pas ça à cause de mon aquarelle, dit-elle, mais à cause de l'ange dont parle l'histoire de Patsy McCarthy.

Une brise tiède s'invita par la vitre abaissée, caressant son visage. Au loin, elle entendit les croassements d'un vol de corbeaux.

— Tu penses qu'une telle statuette pourrait intéresser des marchands d'art comme le couple Augustine ? Ou bien des collectionneurs comme les Murphy ?

— Si on parle d'une statuette celtique très ancienne, elle pourrait intéresser beaucoup de monde, Keira.

Elle soupira.

— J'ai du mal à imaginer des marchands d'art ayant pignon sur rue en train de fouiller une ruine à la recherche d'une statuette dont rien ne dit qu'elle existe vraiment.

Keira se tut, la gorge serrée. Elle se sentait soudain isolée sur cette route déserte.

— D'un autre côté, je n'arrive pas non plus à imaginer que quelqu'un puisse être assez abject pour tuer une vieille dame à coups de couteau, ajouta-t-elle d'une voix étranglée.

— C'est un crime odieux, Keira. Un crime parfaitement odieux.

— Quelqu'un est venu chercher l'aquarelle achetée par les Murphy ?

— Pas encore.

— Merci pour ton aide, Colm. Ça ne t'ennuie pas d'appeler la police ? Le réseau est très faible, ici, et j'ai peur que ça coupe.

— Compte sur moi. J'ai tous les numéros que tu m'as donnés. Je vais d'abord essayer de joindre ton oncle. Fais attention à toi, Keira, ajouta-t-il d'une voix où perçait l'inquiétude. Toute cette histoire est franchement angoissante…

— Ne t'en fais pas, je suis presque arrivée au chalet de ma mère.

Deux minutes plus tard, elle engageait sa voiture sur un étroit chemin de terre, qui s'enfonçait dans les bois sur une cinquantaine de mètres, avant de s'achever par une petite clairière permettant de faire demi-tour. Elle sortit et resta un moment immobile sous les pins et les érables à sucre, laissant à son cœur le temps de retrouver un rythme à peu près normal. Dire qu'elle était venue ici une semaine plus tôt pour annoncer à sa mère qu'elle partait en Irlande… Malgré ses sentiments mitigés à l'égard de sa vie ascétique, Keira avait été impatiente de la voir. Bien sûr, elle avait naïvement espéré obtenir des informations sur son père biologique, mais c'était surtout l'histoire de Patsy qui avait frappé son imagination, et dont elle avait eu envie de parler.

Alors qu'elle venait de repérer la sente qui menait au chalet, une bourrasque rabattit brusquement des mèches sur son visage. Pressée d'aller voir Patsy et de faire sortir Simon de son appartement avant qu'il ne se passe autre chose entre eux, Keira n'avait même pas pensé à s'attacher les cheveux.

Dire qu'il travaillait pour le FBI… Et sans doute n'était-ce pas là son unique secret. Simon Cahill était certainement le charme incarné, mais c'était aussi un personnage à tiroirs.

Un autre coup de vent lui fit presser l'allure malgré les racines, les pierres et les branches basses qui encombraient la sente, sans parler des hautes fougères qu'il fallait repousser à chaque pas. D'ordinaire, elle aurait apprécié la balade, surtout par un si beau jour d'été. Mais aujourd'hui, elle était submergée d'angoisse à l'idée de devoir annoncer la mort de Patsy à sa mère et de la supplier de lui en dire plus sur un autre été sanglant : l'été où Eileen était tombée enceinte — l'été de son voyage en Irlande et de la mort de son amie Deirdre.

Et si vraiment elle ne pouvait pas en parler, Keira voulait qu'au moins sa mère l'écoute comme elle le faisait si bien auparavant, ne serait-ce que pendant quelques minutes. Etait-ce vraiment trop demander ?

Sauf que si quelqu'un devait être consolé aujourd'hui, songea-t-elle, c'était surtout sa mère. Après tout, elle-même ne fréquentait Patsy que depuis quelques semaines, alors qu'Eileen l'avait connue toute sa vie.

Pourquoi ne pas faire demi-tour et rentrer à Boston ? Pourquoi aller troubler sa tranquillité pour lui annoncer une si triste nouvelle ?

Elle trébucha sur une pierre, mais évita la chute de justesse grâce à un tronc d'arbre providentiel. L'incident l'arracha à ses pensées, et son attention se focalisa de nouveau sur ce qui l'entourait.

Pendant tout le trajet en voiture, elle s'était demandé s'il ne valait pas mieux laisser sa mère dans l'ignorance. La laisser prier et vaquer à ses occupations routinières, détachée du monde et de ses contingences. N'est-ce pas là ce qu'elle désirait ? Mais Keira avait continué à rouler, et maintenant elle continuait à marcher. Parce qu'elle n'avait pas le choix. Il lui suffisait de se souvenir du corps ensanglanté de Patsy, des anges et des photos sur la table de sa salle à manger, pour savoir qu'il n'était pas question de rebrousser chemin.

Alors qu'elle approchait du modeste chalet, elle fut frappée par les similitudes qui existaient entre le site choisi par sa mère et celui où se dressaient les ruines de la hutte irlandaise. Bien sûr, c'était plus boisé ici, et il n'y avait ni moutons ni alignement mégalithique. Mais la colline verdoyante qui surplombait un ruisseau et l'atmosphère particulière aux lieux reculés lui rappelaient étrangement cette nuit du solstice d'été où elle était partie à la recherche de l'ange.

Elle se secoua, comme pour se débarrasser de son imagination envahissante, et marcha jusqu'à la porte arrière du chalet, appelant sa mère à travers le panneau anti-moustiques. En l'absence de réponse, elle écarta sans hésiter le panneau et passa la moitié du corps à l'intérieur.

— Maman ? Tu es là ? C'est moi !

Toujours aucune réponse. Elle n'avait pas prévu que sa mère pourrait être ailleurs que chez elle. Sans doute était-elle allée chercher de l'eau au ruisseau, à moins qu'elle ne se soit rendue à la résidence secondaire des Murphy pour vérifier que tout y était en ordre. Ou alors elle faisait tout simplement une promenade dans la forêt. Après tout, les activités extérieures ne manquaient pas, ici. Il était ridicule de s'attendre à la trouver toujours vissée à sa table de travail.

Elle entra dans le chalet, continuant à appeler tandis qu'elle traversait la cuisine spartiate pour se rendre dans la pièce principale. Elle y trouva plusieurs croquis de serpents, abandonnés sur la planche de bois qui servait de bureau. Sa mère avait dû s'accorder une pause, songea Keira en sortant par la porte de devant.

Une légère odeur de sciure flottait dans l'air et quelques bûches récemment fendues attendaient d'être posées sur le tas de bois parfaitement aligné le long du mur. Seule source de chaleur du logement, le poêle devait être constamment alimenté. Un travail sans fin. Elle aurait bien fendu quelques bûches supplémentaires, mais sa mère lui avait déjà fait comprendre qu'elle ne souhaitait pas être aidée dans ses tâches quotidiennes. Apparemment, cela faisait partie des règles de sa nouvelle vie.

Keira remarqua que sa mère avait planté des fleurs tout autour du potager clôturé, signe que sa vie isolée la rendait heureuse.

Elle ferma les yeux et laissa le soleil de l'après-midi chauffer son visage, tendant l'oreille pour distinguer les divers bruits de la forêt.

Mais ce qu'elle entendit alors n'avait rien à voir avec le gazouillis des oiseaux ou le bruissement des feuilles sous la brise estivale.

C'était une plainte sourde qui semblait venir du ruisseau.

Un râle.

Son cœur fit un bond dans sa poitrine tandis qu'elle remarquait une tache brune, poisseuse, sur la souche qui servait de billot à sa mère. Elle eut soudain la sensation vertigineuse de se retrouver en Irlande, devant l'arbre déraciné qui obstruait la hutte. L'arbre couvert de sang. Sauf que cette fois, ce n'était pas du sang de mouton.

Maman… Où es-tu ?

Un hache à fendre était posée contre le billot. Elle s'en saisit d'une main tremblante, mais il n'y avait pas de sang sur sa lame.

Le vent se mit à souffler à travers les arbres, portant jusqu'à Keira le gargouillis du ruisseau sur son lit de cailloux.

Elle revit le visage de Simon apparaissant à travers le toit naturel de la hutte de pierres, si calme, si sûr de lui. Comme elle aurait aimé l'avoir à son côté, en cet instant…

Elle se ressaisit et empoigna l'outil à deux mains. Elle avait déjà coupé du bois avec sa mère, quand elle était enfant. Manier une hache ne lui faisait pas peur.

Elle vit une silhouette — une ombre furtive — se faufiler parmi les ciguës tachetées qui poussaient à flanc de colline.

Ce n'était pas un écureuil ou un dindon sauvage.

Quelqu'un était là.

35.

Près de Mount Monadnock
Au sud du New Hampshire
Le 24 juin à 13 h 25

Le portable de Simon sonna quelques minutes après qu'il eut laissé le Massachusetts derrière lui pour entrer dans le New Hampshire.

— J'ai des infos, dit Will Davenport avant que Simon ne puisse placer un mot.

— Tu as du mal à trouver un vol pour l'Irlande ?

— Je suis déjà à Kenmare, Simon.

— Même ta « Miss Moneypenny » n'aurait pas pu te dégoter un avion aussi vite. Hélicoptère ou téléportation ?

— Je chausse toujours mes bottes de sept lieues quand un ami a besoin de moi.

Simon se crispa. Il sentait une certaine gravité sous l'humour britannique.

— Je t'écoute, Will. Que se passe-t-il ?

— Un de tes compatriotes nommé Jay Augustine est arrivé le 21 juin à l'aéroport de Shannon sur un vol en provenance de Boston. Il a loué une voiture à sa descente d'avion et a dormi cette nuit-là dans un hôtel de Kenmare. Il a mis les voiles dès le lendemain : décollage de Shannon et atterrissage à Boston en milieu d'après-midi.

Avec les réseaux dont Will disposait, Simon ne s'étonna pas qu'il ait réussi à obtenir toutes ces informations en si peu de temps.

Will était aussi un homme rigoureux et perspicace, qui ne prenait jamais ce qu'on lui disait pour argent comptant.

— Ça colle au niveau du timing, dit Simon. Il a pu se trouver à la hutte au même moment que Keira et revenir à temps pour tuer Patsy McCarthy. Qui c'est, ce type?

— Jay Augustine est le beau-frère de Victor Sarakis, l'homme que ta Keira a retrouvé noyé à Boston.

Simon poussa un juron, mais resta concentré sur la route qui défilait à toute allure sous les pneus de la Volvo. Le chemin de terre dont lui avait parlé Keira ne devait plus être bien loin, et à la vitesse où il roulait, il fallait prendre garde à ne pas le manquer.

— Ce n'est pas tout, j'imagine? dit-il d'une voix tendue.

— En effet, répondit Will. Je dispose d'une preuve matérielle : Eddie O'Shea a trouvé devant le cottage de Keira un gilet noir taché de sang appartenant à notre homme. Il semblerait qu'il se soit fait attaquer par un chien errant. Autre chose : ce M. Augustine et sa femme sont des antiquaires et des marchands d'art ayant pignon sur rue à Boston. Autant dire qu'ils connaissent la valeur d'une statuette celtique, et qu'ils sont idéalement placés pour trouver des acheteurs.

— L'appât du gain pourrait expliquer qu'il ait voulu s'emparer de l'ange avant Keira, et même qu'il ait abandonnée celle qu'il considérait comme une gêneuse sous les décombres de la hutte. Mais la brebis, Will…

Simon s'interrompit, le temps de maîtriser la colère qu'il sentait monter en lui. Keira était partie en Irlande faire des recherches sur une innocente histoire folklorique, une histoire de magie et de sortilèges. Elle avait aussi espéré que ce voyage lui permettrait de mieux comprendre sa mère et d'élucider les circonstances mystérieuses de sa naissance. Au lieu de quoi, elle se retrouvait au cœur d'une affaire sanglante dont l'origine semblait être la cupidité.

Il repéra le chemin et donna un brusque coup de volant, s'engageant sur le sol terreux dans un crissement de pneus spectaculaire.

— Simon?

La voix de Will était soudain hachée, presque incompréhensible.

— Il n'y a presque plus de réseau, Will. Je crois que ça va couper. Je suis dans les bois. Je vais rejoindre Keira et sa mère. Elle habite au milieu d'une forêt.

Will prononça une nouvelle phrase inaudible.

— Will, tu m'entends ?

— Mieux, maintenant.

— On dirait que Jay Augustine n'a pas pris trop de précautions pour effacer ses traces, lors de son passage en Irlande. Ça t'inspire quoi ?

— Il est peut-être un peu trop sûr de lui. Ou alors il a un plan en béton pour s'en sortir en cas de pépin. Que veux-tu que je fasse, Simon ?

— Informe les flics irlandais…

— Tu plaisantes ? Je les ai sur le dos depuis…

La communication cessa pendant plusieurs secondes avant que Simon n'entende de nouveau la voix de son ami.

— Ce type est dangereux…

— Oui, dit Simon.

Mais cette fois-ci, il n'y avait plus du tout de réseau.

La voiture rebondit une dernière fois sur une des nombreuses ornières du chemin étroit et s'immobilisa devant une petite clairière. Will et la police irlandaise allaient transmettre l'information sur Jay Augustine aux autorités de Boston. Pendant ce temps, Simon comptait rejoindre Keira et sa mère, et s'assurer qu'elles n'étaient pas en danger.

Il ouvrit sa portière et entendit les oiseaux chanter, tandis qu'une brise s'invitait dans l'habitacle. Simon comprenait qu'on puisse être tenté de s'installer dans un chalet au fond des bois. Lui-même habitait seul sur un bateau, même s'il avait passé les cent trente kilomètres qui séparaient Boston de cette forêt à imaginer ce que serait la vie à bord en compagnie de Keira. Il se voyait déjà lui apprendre les rudiments de la navigation. Et si ça l'ennuyait ou qu'elle était déjà un marin confirmé, elle pourrait toujours poser son chevalet sur le pont en teck du grand voilier et dessiner des fées irlandaises et des arc-en-ciel.

Simon le savait : regarder cette femme suffirait à son bonheur.

L'image de Patsy McCarthy baignant dans son sang mit fin à ces visions idylliques.

Il sortit de la voiture.

36.

Cambridge, Massachusetts
Le 24 juin à 13 h 30

Charlotte Augustine gesticulait en poussant de grands cris devant la maison de son frère.

— Vous n'avez pas le droit de m'empêcher d'entrer ! Je suis le parent le plus proche de Victor !

Elle poussa des deux mains le policier qui lui bloquait le passage.

— Laissez-moi entrer, je vous dis !

Abigaïl sortit de la maison et passa sous le ruban de plastique jaune que deux hommes en uniforme étaient en train de dérouler pour délimiter la scène de crime. Un inspecteur de la police de Cambridge lui lança un regard noir, mais il ne fit aucun commentaire.

Tom Yarborough apparut dans le sillage d'Abigaïl. Blond, une expression toujours déterminée sur le visage, ce type était le flic le plus cynique qu'elle ait rencontré au cours de sa carrière. Et elle en avait connu un paquet. Il ne l'avait pas lâchée d'une semelle depuis qu'il était arrivé, vingt minutes plus tôt, et qu'il l'avait trouvée à genoux dans une marre de sang, en train d'essayer de maintenir Liam Butler en vie. La police de Cambridge et les premiers secours avaient pris le relais, depuis.

Abigaïl se campa devant Charlotte et lui saisit les deux bras avec une fermeté bienveillante.

— En fait, ils ont le droit de vous empêcher d'entrer, dit-elle.

— Que s'est-il passé ? Est-ce que mon mari... ? Liam ?

— Liam est dans un état grave, madame Augustine. Il a été poignardé à plusieurs reprises.

Mais volontairement laissé en vie, songea Abigaïl, même si celle-ci ne tenait plus qu'à un fil. Pour le faire souffrir ? Pour détourner l'attention de la police pendant un moment ? Sans doute les deux.

— Je l'ai trouvé dans le salon et j'ai fait ce que j'ai pu. Les secours s'occupent de lui, maintenant.

— Est-ce qu'il…

Charlotte se mit à trembler de tous ses membres et Abigaïl crut un instant qu'elle allait se trouver mal.

— Il ne va pas mourir, n'est-ce pas ?

— Je l'ignore.

Charlotte Augustine plaqua la main sur sa bouche.

— Oh, mon Dieu… Mon Dieu…

— Où se trouve votre mari, Charlotte ? demanda Abigaïl.

— Liam a-t-il… Vous a-t-il dit qui l'avait agressé ?

Voilà une question à laquelle Abigaïl n'avait pas l'intention de répondre. Elle avait trouvé le jeune homme à demi conscient, incapable de prononcer un mot ou d'exécuter les instructions qu'elle lui donnait. Finalement, elle s'était contentée d'appliquer une pression sur les blessures les plus profondes pour contenir l'hémorragie, en attendant le médecin urgentiste.

— Charlotte…, insista Abigaïl.

— J'ignore où se trouve Jay.

— Saviez-vous que Liam vous espionnait, vous et votre mari ?

Charlotte Augustine chancela et sa respiration se fit saccadée.

— Je ne sais pas de quoi vous parlez.

Abigaïl secoua la tête, l'air peu convaincue.

— Je pense au contraire que vous le savez très bien, Charlotte.

— Allez vous faire voir ! s'écria-t-elle. De quel droit me parlez-vous comme ça ?

Toujours derrière Abigaïl, Yarborough fit un pas en avant, mais il n'intervint pas. Abigaïl posa les yeux sur les pissenlits disséminés dans l'herbe haute, tandis que l'image de Victor Sarakis lui revenait à la mémoire. Quel contraste entre ce jardin à l'état d'abandon et les vêtements classiques et coûteux qu'il portait le soir de sa mort... Un homme plein de contradictions, songea-t-elle. Mais au fond, ne pouvait-on en dire autant de tout le monde ? Les contradictions étaient plus apparentes chez les uns que chez les autres, voilà tout.

Question vêtements, Charlotte Augustine était la version féminine de son frère : pantalon kaki clair, chemise Lacoste rose, chaussures de tennis d'un blanc immaculé, bijoux en or tout simples. Une élégance décontractée et sans ostentation. Rien d'ancien, rien de celtique — rien qui puisse désigner Mme Augustine comme une passionnée d'art et d'artisanat irlandais.

— Quand êtes-vous allée pour la dernière fois dans la petite pièce qui servait de salle de climatisation à votre frère ?

Charlotte Augustine regarda Abigaïl avec des yeux ronds.

— Quoi ? Pourquoi cette question ?

Abigaïl hésita un instant avant de se résoudre à répondre franchement.

— J'y ai trouvé des photos punaisées sur un tableau en liège. Les photos des enfants d'un de mes collègues.

— Ce n'est pas Victor qui a fait ça !

— Vraiment ? Qui, alors ?

Abigaïl laissa passer quelques secondes sans quitter Charlotte Augustine du regard. Mais cette dernière resta muette.

— Ecoutez bien ce que je vais vous dire, Charlotte. Je pense que nous avons affaire à un tueur en série. Si vous savez quoi que ce soit qui puisse nous aider à l'arrêter, vous devez me le dire tout de suite.

Les épaules de Charlotte Augustine s'affaissèrent d'un coup et elle s'accrocha, livide, à la rambarde de la véranda. Abigaïl fit un pas en avant, prête à la soutenir si elle perdait connaissance. Mais elle sembla se ressaisir, levant vers l'inspectrice un visage baigné de larmes.

— C'est vrai que Liam nous espionnait… C'est Victor qui lui avait demandé de faire ça. Ils…

La voix de Charlotte se brisa et elle dut attendre de longues secondes avant de pouvoir reprendre.

— Ils voulaient m'aider, bredouilla-t-elle en essuyant ses larmes avec le plat de la main.

— Vous aider ? Comment ça ?

— Tout va si vite…

— Tenez-vous-en aux faits, Charlotte. Essayez autant que possible de laisser vos émotions de côté, d'accord ? Vous aurez tout le loisir de les exprimer par la suite.

Elle hocha la tête en reniflant.

— Vous avez dit que votre frère essayait de vous aider en vous espionnant. Expliquez-moi ça.

— Je veux divorcer, lâcha Charlotte Augustine avant d'enfouir brièvement le visage dans ses mains. Jay est sans cesse en voyage. Aujourd'hui encore, il a quitté la ville.

— Où est-il allé ?

— Je n'en sais rien, figurez-vous. La plupart du temps, il ne juge pas utile de me dire où il va. Il voyage beaucoup à cause de son travail. *Notre* travail, je veux dire.

Elle s'interrompit et regarda Yarborough en fronçant les sourcils, comme si elle découvrait seulement sa présence. Ses joues étaient encore rouges, mais ses larmes avaient séché.

— Jay est un homme distant… Oui, c'est quelqu'un de très secret.

— Vous lui avez dit que vous souhaitiez divorcer ?

— Non, non…

Elle se frotta les bras comme si elle avait froid.

— J'espère que la mort de Victor était un accident, dit-elle. S'il a été assassiné… Vous imaginez les conséquences que ça aurait sur ma vie ?

Abigaïl se raidit et échangea un rapide coup d'œil avec son équipier. Les derniers mots de Charlotte semblaient l'intriguer, lui aussi.

Mais la marchande d'art ne sembla pas se rendre compte de l'étrangeté de sa remarque.

— Inspectrice, dit-elle en retrouvant un peu d'aplomb, je sais que vous êtes tenue de tout envisager, mais mon mari et moi n'avons rien à voir avec ces photos et l'agression de Liam. Et si c'était lui, justement, qui avait épié la famille de votre collègue et avait pris des clichés de ses enfants ? Il a peut-être pris goût à jouer les espions. Le policier en question a pu très mal le prendre et venir ici le poignarder.

— Trouvez quelque chose de plus vraisemblable, dit sèchement Yarborough.

Charlotte blêmit.

— Je suis désolée, je…

De nouvelles larmes coulèrent sur ses joues.

— Je suis disposée à vous aider de mon mieux. Allez-y, posez-moi des questions. Tout ce que vous voulez.

— Keira Sullivan, dit Abigaïl. Vous la connaissez ?

Un regard fuyant, un léger froncement de sourcil, une respiration plus profonde.

Yarborough fit un pas vers elle.

— Nous voulons la vérité, madame Augustine.

Elle recommença à se frotter les bras, son regard glissant vers la porte d'entrée d'où sortait une civière portée par deux hommes en chemisette blanche.

— Liam…, murmura-t-elle au passage du blessé.

Elle semblait bouleversée, complètement perdue.

— Charlotte, dit Abigaïl, dans quelles circonstances avez-vous rencontré Keira Sullivan ?

— Je ne l'ai jamais rencontrée. Je la connais seulement de nom. Quelques heures avant sa noyade, Victor m'a montré un livre qu'elle a illustré. Je ne vous l'ai pas dit, mais cet après-midi-là, il est venu à la maison.

Elle se mordit la lèvre inférieure.

— C'est la dernière fois que je l'ai vu vivant.

Conscients qu'elle n'en avait pas fini, Abigaïl et son équipier attendirent patiemment qu'elle reprenne la parole.

— Je me souviens d'avoir été surprise que Victor apprécie ces dessins. Je les ai trouvés très beaux, très gais. Ça semblait à l'opposé de son obsession du diable et du mal. Entre les gravures de l'enfer dont il se repaissait et les illustrations de Mlle Sullivan, c'était littéralement le jour et la nuit. On pourrait même dire la lumière et les ténèbres, ajouta-t-elle en déglutissant.

— Pourquoi votre frère vous a-t-il montré un livre illustré par Keira Sullivan ?

— Je n'en sais rien, moi !

Mais ce n'était pas la vérité réclamée deux minutes plus tôt par Yarborough. L'équipier d'Abigaïl, visiblement à bout de patience, secoua la tête. Mais au lieu de brusquer Charlotte, il s'adressa à elle d'une voix calme, presque douce.

— Nous savons que vous venez de perdre votre frère et que vous vivez un moment très difficile, madame Augustine. Garder des choses aussi graves en vous ne fait qu'accroître votre souffrance. Soulagez votre conscience et dites-nous tout ce que vous savez. Accordez-vous ce cadeau, Charlotte, et laissez-nous faire la part des choses entre ce qui est important et ce qui ne l'est pas.

Elle laissa tomber les bras le long de son corps.

— Ça a été dur. Tellement dur… Je regrette de ne pas avoir insisté auprès de Victor pour qu'il m'en dise plus. Mais il est trop tard, maintenant.

— Il y avait une réception dans une maison de Beacon Street, le soir où votre frère s'est noyé, dit Abigaïl. Une vente aux enchères au profit d'une conférence sur le folklore irlandais. Keira Sullivan s'y trouvait, ainsi qu'une des filles dont la photo est punaisée sur le tableau en liège. Est-ce que Victor…

— Il n'était pas invité. Jay et moi non plus.

— Charlotte…

— J'ignore pourquoi Victor a tenu à me montrer ce bouquin ! Il m'espionnait, inspectrice… Je sais qu'il essayait de m'aider, mais quand même…

Elle descendit brusquement les quelques marches qui menaient au jardin et donna un coup de pied dans un pissenlit, envoyant ses graines et ses aigrettes blanches voler dans l'air.

— Mon frère n'aimait pas Jay, dit-elle en se tournant vers les deux inspecteurs qui venaient de la rejoindre au bas du petit escalier.

Quelque chose dans le ton de sa voix avait changé, et Abigaïl résista à l'envie de lui poser immédiatement une nouvelle question. Yarborough resta également impassible tandis que Charlotte écrasait avec le pied ce qui restait du pissenlit.

— Je voudrais que tout ça n'existe pas, dit-elle. Que ça disparaisse dans l'air comme les graines de ce pissenlit. Mais c'est impossible…

Elle leva une nouvelle fois les yeux vers Abigaïl.

— Liam ignorait pourquoi Victor lui avait demandé de nous espionner. Mon frère n'avait rien voulu lui dire. Moi, je n'avais besoin de personne pour comprendre ce qui se passait. Je savais, même si je me refusais à l'accepter.

— Mais Victor vous l'a dit quand même, n'est-ce pas ?

Charlotte hocha la tête. Elle semblait s'être calmée.

— Il avait parfois le sentiment que Jay était le diable en personne. Je voulais croire qu'il s'agissait d'une exagération. Je ne pouvais me résoudre à admettre que mon mari était quelqu'un d'aussi mauvais.

— Il l'est pourtant, dit Yarborough. N'est-ce pas ?

— J'en ai peur, inspecteur, répondit Charlotte en baissant la tête. Oui, j'en ai peur.

Abigaïl vit Bob se garer le long du trottoir, juste devant la maison de Victor Sarakis. L'instant d'après, il bondissait hors de sa voiture et montrait son insigne à un policier de Cambridge qui s'écarta sans discuter.

Abigaïl ne lui laissa pas le temps de parler.

— Bob ! Tes filles…

— Elles sont en sécurité, dit-il simplement avant de se planter devant Charlotte Augustine et de la regarder droit dans les yeux. Jeannette et Billy Murphy, ça vous dit quelque chose ?

Elle poussa un cri étouffé, comme s'il venait de lui planter une aiguille dans la chair, et voulut s'élancer vers la rue. Mais Abigaïl et son équipier la ceinturèrent avant qu'elle ne puisse faire un pas. Ils attendirent qu'elle se calme pour la libérer.

Bob n'avait pas esquissé un geste.

— Lors de la vente aux enchères qui a eu lieu le soir où votre frère s'est noyé, vous avez acquis une des aquarelles peintes par ma nièce.

— J'ai déjà indiqué à l'inspectrice Browning que mon mari et moi n'étions pas invités à cette soirée.

— Mais vous avez enchéri au téléphone, n'est-ce pas ? Je viens juste de parler au professeur irlandais qui organise la conférence sur…

— Il se trompe, coupa-t-elle.

— Les Murphy sont des Irlando-Américains qui s'intéressent à leurs origines. Des amateurs d'art irlandais qui sont devenus vos clients.

Bob parlait calmement, sans se presser.

— Ils ont de gros moyens et sont prêts à payer cher pour une statuette celtique comme celle qui est mentionnée dans l'histoire de Patsy McCarthy.

Charlotte se tourna vers Yarborough, comme s'il pouvait lui être d'une aide quelconque. Mais celui-ci croisa les bras, une expression parfaitement neutre sur le visage. Elle se mit de nouveau à trembler.

— Je vous en prie… Les Murphy n'ont rien à voir avec tout ça. Je ne vous ai pas parlé de l'aquarelle parce que je savais que vous vous imagineriez des choses.

Bob resta de marbre.

— Vous êtes allée chercher le tableau ce matin.

— Non, je…

— Charlotte, dit Abigaïl d'une voix dure, assez de mensonges et de demi-vérités.

Elle fixa le bout de sa chaussure. Les trois inspecteurs voyaient qu'elle luttait entre l'envie de tout dire et la peur de… De quoi, au juste ?

— Après avoir récupéré l'aquarelle, je suis allée la livrer au bureau de Billy Murphy, mais il n'était pas là. Je l'ai laissée à la jeune femme qui se trouvait à l'accueil.

— Qui a eu l'idée d'enchérir sur cette œuvre ? demanda Bob.

Charlotte serra les lèvres, le visage fermé.

Yarborough souffla, l'air excédé. Adieu le rôle du gentil policier, patient et compréhensif. Mais Bob restait calme à faire peur.

— Madame Augustine, dit-il, vous allez nous dire ce que vous savez.

Abigaïl jeta un œil en direction des infirmiers qui hissaient la civière à l'arrière d'une ambulance. Un jeune homme luttait pour la vie, et Charlotte Augustine ne trouvait rien de mieux à faire que de tergiverser. Un pas en avant, deux pas en arrière… Il fallait que cesse ce petit jeu.

— Arrêtez de penser aux conséquences de tout ça sur vos affaires et votre vie sociale, dit-elle. Ce n'est pas en dissimulant la vérité que vous allez vous en sortir. Au contraire, vos mensonges risquent de vous conduire directement en prison.

La menace d'un séjour derrière les barreaux sembla faire son effet. Charlotte Augustine tapota ses cheveux roux d'une main mal assurée et releva le visage.

— Les Murphy sont des nouveaux clients, dit-elle d'une voix faible. Ils sont issus d'un milieu populaire, mais ils vivent maintenant dans un luxueux appartement en front de mer. Ce sont des gens délicieux qui ont un goût très sûr et…

— Je sais qui sont les Murphy, coupa Bob. On a usé nos fonds de culotte sur les bancs de la même école. Ils ont pris soin d'une vieille dame qui vient d'être poignardée à mort dans sa maison. Patsy McCarthy, ça vous dit quelque chose, peut-être ? Jeannette et Billy se sont bien occupés d'elle, poursuivit-il sans attendre la réponse. Ils ont aussi autorisé ma sœur à construire un chalet dans la forêt qu'ils possèdent au sud du

New Hampshire. Je serais curieux de savoir comment vous les avez rencontrés.

— C'est mon mari qui me les a présentés. J'ignore comment il les a connus.

— Il s'est infiltré dans la vie des Murphy, dans celle de Patsy McCarthy, et même dans la mienne, dit Bob en desserrant à peine les dents. Où est-il ?

— En voyage, comme je l'ai dit à l'inspectrice Browning.

— Mensonge ! grommela Bob.

— Je vous en prie, bredouilla Charlotte. Je vous en prie…

— Ma sœur s'appelle Eileen Sullivan. Elle vit en ermite dans…

— Je sais, dit Charlotte tandis que de grosses larmes roulaient de nouveau sur ses joues. Je ne la connais pas personnellement, mais Jay et moi sommes allés voir les Murphy dans leur maison du New Hampshire et ils nous ont parlé d'elle.

Bob ne pipa mot, mais Abigaïl sentit ses propres jambes se dérober sous elle. Jay Augustine savait comment se rendre au chalet d'Eileen. Et elle s'y trouvait forcément, puisqu'elle ne le quittait jamais. Quant à Keira, elle était partie lui rendre visite.

Dans la gueule du loup.

— Bob…

Mais il faisait déjà demi-tour en direction de sa voiture.

D'un signe de la main, Yarborough encouragea Abigaïl à le suivre.

— Vas-y. Je m'occupe de Mme Augustine et je mets les collègues de Cambridge au courant.

— Tom…

— Vas-y, je te dis. C'est de la famille de Bob qu'il s'agit.

Elle se força à sourire.

— Je vais peut-être devoir réviser mon opinion à ton sujet.

Il conserva un visage neutre, comme insensible à son humour, et elle se mit à courir pour rejoindre Bob avant qu'il ne démarre.

37.

Près de Mount Monadnock
Au sud du New Hampshire
Le 24 juin à 13 h 45

Keira se laissa tomber à genoux sur la rive du ruisseau où se trouvait sa mère, assise à l'ombre d'un pin blanc. A l'instant où elle la vit, les gémissements de douleur qui l'avaient guidée jusqu'au bord de l'eau prirent tout leur sens. Un sens affreux. Sa mère était solidement ligotée, une corde ensanglantée liant chevilles et poignets.

Le sang provenait d'une douzaine de coupures au niveau des bras et des épaules. Des blessures superficielles, constata Keira avec un immense soulagement. Des entailles destinées à faire souffrir et à faire couler le sang, mais pas à tuer. Pas encore, en tout cas.

— Je sens le vent d'Irlande sur mon visage, murmura Eileen.

Ses lèvres étaient craquelées, ouvertes, sans doute de les avoir mordues pendant qu'on la torturait.

— Je vois le vert, l'inimitable vert du pays de mes ancêtres... Deirdre refuse de prendre l'avion. Pourtant, elle aimerait tant voir le village natal de sa mère et rencontrer ses cousins irlandais. Mais elle a bien trop peur de l'avion.

— Maman... C'est moi, Keira.

Elle devait faire un effort surhumain pour retenir ses sanglots.

— Tu es chez toi, maman. Dans ta forêt du New Hampshire. Ouvre les yeux, d'accord ?

Eileen battit des paupières comme si elle sortait d'un rêve, puis essaya de trouver une position moins inconfortable.

— Keira, je t'en prie, dis-moi que tu ne m'en veux pas. Si je ne t'ai jamais parlé de Deirdre, c'est que je n'en avais pas la force. Elle était… C'était une fille merveilleuse, aimée de tous, et un monstre l'a enlevée à notre affection…

— Je sais, maman. Et je ne t'en veux pas du tout.

Keira crut entendre un bruit. Quand elle leva les yeux, elle vit l'ange de pierre à deux ou trois mètres d'elle, posé au milieu des fougères qui s'élevaient en bordure du ruisseau. Il était aussi beau que le soir du solstice d'été, quand elle l'avait aperçu dans les restes de la cheminée, après l'effondrement de la hutte.

— Laisse-moi, Keira, dit sa mère entre deux gémissements. Fuis tant que tu le peux encore.

— Ne parle pas, maman. Tu ne dois pas te fatiguer.

— Si tu restes, il va s'en prendre à toi.

Il était là, réalisa Keira. Tapi derrière un arbre, tout comme il avait été là en Irlande. Oui, il était là à les observer, à jouir de la peur et de la souffrance qu'il causait.

Jay Augustine.

Avec la lame de la hache, elle parvint à couper les liens qui entravaient les chevilles de sa mère. La corde imbibée de sang qui liait ses poignets pénétrait dans la chair tant elle était serrée. Elle voulut la couper aussi, mais renonça vite : l'opération était beaucoup trop risquée avec un tel outil. Elle avait besoin d'un couteau bien aiguisé.

— Tu peux marcher ?

— Oui, mais… Keira, prends la hache et pars d'ici tout de suite. Laisse-le s'amuser avec moi. Je vais essayer de le retenir le plus longtemps possible.

— Pas question de t'abandonner aux mains de ce dingue.

Keira se releva, glissant sur la terre humide, la hache dans la main droite. Avec la gauche, elle aida sa mère à se mettre debout. *Distraire et déstabiliser l'adversaire.* Ce mot d'ordre, appris à l'Académie de police, lui revint à la mémoire. Elle n'était pas obligée de combattre Jay Augustine. Eviter l'affrontement était même une bien meilleure tactique. Pour cela, elle devait trouver un moyen de le distraire et de perturber ses plans. Ensuite, il s'agirait de profiter de la confusion pour fuir avec sa mère.

— Cet homme est profondément mauvais, Keira… Ce n'est pas un psychopathe. Il a délibérément choisi le camp du mal.

— Je sais, maman.

Pour une femme blessée, attachée aux poignets, et probablement traumatisée par une séance de torture, Eileen marchait remarquablement bien.

— Cet homme ne croit en rien, Keira. Pas même au diable. Il n'est motivé que par le plaisir de faire le mal pour le mal. J'ai vu dans ses yeux le plaisir qu'il prend à faire souffrir. Il se sent tout-puissant.

— Quelles armes a-t-il sur lui ?

— Des couteaux. J'en ai vu deux. Des couteaux et la peur. Il se sert de la peur comme d'une arme.

Au moins, il n'avait pas d'arme à feu, songea Keira. Il ne pouvait pas leur tirer dessus depuis sa cachette. Elle était persuadée qu'il n'avait pas perdu une miette de ce qui était pour lui un spectacle : sa réaction horrifiée en découvrant sa mère attachée et couverte de sang, et maintenant, les grimaces de douleur de sa victime. Oui, il se délectait de leur détresse tout en réfléchissant, comme un joueur d'échecs, à son prochain coup. Si la hache ne le dissuadait pas, il ne tarderait pas à se manifester d'une manière ou d'une autre. Et quelque chose disait à Keira que rien ne pouvait dissuader un homme comme Jay Augustine.

Sa mère chancela et frissonna violemment. La brise n'y était pour rien, de toute évidence. C'était la souffrance physique qui la faisait frissonner, et sans doute la peur que cet homme démoniaque avait plantée en elle.

— Il m'a dit avoir tué Patsy. Elle lui avait raconté l'histoire des trois frères et de l'ange. Il l'a manipulée, elle aussi. Ce n'est ni ta faute ni celle de Patsy. Oh, ma petite fille…

Keira se concentrait sur chacun de leurs pas, attentive au moindre mouvement autour d'elles, au moindre bruit.

— Ne t'arrête pas de marcher, maman.

Eileen réprima un sanglot, puis hocha la tête d'un air déterminé, puisant visiblement dans ses réserves de volonté et de courage.

Un craquement se fit entendre sur la colline qui surplombait le ruisseau.

— Keira, Keira…

Une voix d'homme qui s'adressait à elle comme on réprimande un enfant dissipé.

— Tu ne vois donc pas que ta mère veut souffrir pour les péchés de sa jeunesse ? Elle a besoin de souffrir.

Keira crispa la main sur la hache.

Il sortit soudain de derrière un arbre. C'était un homme soigné, très bon chic bon genre avec ses cheveux courts, son pantalon de coton beige et sa chemise bleu ciel. Mais il avait aussi des taches de sang sur les vêtements et les mains, ainsi que sur une joue. Pourtant, le plus impressionnant chez lui était sans conteste son regard. Un regard qui brillait d'une excitation que Keira ne pouvait qualifier autrement que de sexuelle.

Elle s'efforça de dominer sa propre peur pour faire face à l'homme qui avait failli la tuer en Irlande. L'homme qui avait poignardé Patsy. L'homme qui venait de torturer sa mère.

— Vous êtes Jay Augustine, n'est-ce pas ?

Il ne put dissimuler son étonnement, mais l'effet de surprise ne le déstabilisa pas longtemps. Sourire narquois aux lèvres, il la salua d'une courbette théâtrale.

— Pour vous servir. Je me doutais bien que je serais démasqué tôt ou tard, ajouta-t-il en se redressant. Mais ça fait partie du jeu. Au fond, ça ajoute un peu de piment aux réjouissances.

Keira ouvrit la bouche pour lui répondre, mais il ne lui en laissa pas le temps.

— Pendant que votre dévote de mère folâtrait en Irlande, batifolant avec les fées et s'adonnant aux plaisirs de la chair, sa meilleure amie subissait chaque jour son lot de viols et de tortures. Elle ne vous en a jamais parlé, Keira ?

— Pourquoi m'en aurait-elle parlé ? Une mère aimante et responsable pense d'abord à protéger son enfant, à…

— Oui, oui, c'est ça, coupa-t-il d'une voix pleine de mépris. Vous la défendez, c'est très touchant, mais moi, j'ai mieux à lui offrir que des paroles convenues. Je lui offre la possibilité de se racheter. La rédemption, mademoiselle Sullivan. Si je l'ai laissée en vie, c'est pour qu'elle puisse me regarder vous faire subir des sévices dignes de ceux perpétrés par l'assassin de Deirdre McCarthy. Contrainte de voir sa fille violée et torturée sous ses yeux, votre mère connaîtra enfin une souffrance à la hauteur de ses péchés ; une souffrance qui la délivrera du mal. Vous voyez, ajouta-t-il avec un sourire carnassier, mon seul souci est le salut de son âme.

Fais-le parler, songea Keira.

— Vous vous moquez bien du salut de son âme, dit-elle.

— Alors vous me croyez sans cœur ? Ça me fait beaucoup de peine, dit Jay Augustine en mimant la tristesse. Regardez ce que j'ai fait à Patsy McCarthy. Je l'ai délivrée de ses péchés. Elle avait transformé l'assassin de sa fille en torche vivante, vous savez.

Eileen secoua la tête.

— Non, dit-elle d'une voix faible. Patsy n'aurait jamais fait ça. Moi, j'aurais tué Stuart Fuller si l'occasion m'en avait été donnée, mais Patsy était trop proche de Dieu pour vouloir se substituer à lui.

— Elle voulait le tuer, ce qui revient au même. La preuve, elle ne l'a pas empêché de s'arroser d'essence et d'y mettre le feu. Elle a toujours su qu'elle devrait payer pour ça. Quand je suis entré chez elle, ce soir-là, elle savait pourquoi j'étais là. Je l'ai vu dans ses yeux. Elle savait que l'heure de la rédemption avait sonné.

Keira lui rit au nez.

— N'importe quoi ! La vérité, c'est que vous avez tué Patsy parce qu'elle pouvait aider la police à remonter jusqu'à vous. Vous vous êtes insinué dans sa vie et elle vous a raconté l'histoire des trois frères et de l'ange de pierre. Après ce qui s'est passé en Irlande, vous avez eu peur qu'elle ne comprenne que vous étiez derrière tout ça, et vous l'avez tuée pour vous protéger. Le reste est de la littérature, juste bonne à nourrir vos fantasmes de justicier tout-puissant.

— Ça y est ? C'est fini ? demanda-t-il tandis que son sourire narquois revenait hanter son visage taché de sang.

Il pointa le doigt vers la hache.

— Vous ne pensez pas sérieusement vous servir de cet outil ridicule ?

Seulement si je n'ai pas d'autre choix, songea Keira.

— Et cette pauvre brebis ? C'est aussi pour la délivrer de ses péchés que vous l'avez torturée ?

— Il faut bien s'entraîner, ma chère Keira, répondit Augustine en brandissant un couteau d'assaut dont la lame à double tranchant était couverte de sang.

Le sang de maman, songea encore Keira. *Et peut-être celui de Patsy.*

— Oui, reprit le tueur en contemplant son arme d'un air satisfait. Il faut bien s'entraîner.

Keira fit de son mieux pour cacher la peur et l'horreur que lui inspirait ce couteau.

— Vous n'allez pas vous arrêter là, monsieur Augustine. Les gens comme vous en veulent toujours plus et finissent immanquablement par commettre une faute. Tôt ou tard, vous paierez pour vos crimes. Quelqu'un va vous présenter la note et elle sera salée, croyez-moi.

— En tout cas, ce ne sera ni vous ni votre mère, dit-il, toujours avec la même assurance.

— Pourquoi ne pas m'avoir tuée, en Irlande ? s'empressa de demander Keira.

Si la conversation retombait, il s'intéresserait de nouveau à son couteau.

Pour la première fois, Jay Augustine parut un peu mal à l'aise.

— Vous ne vous attendiez pas à ce que je découvre la ruine, n'est-ce pas ? reprit Keira.

Elle faisait de son mieux pour parler d'une voix forte et assurée, pour que rien dans son attitude ne trahisse sa peur.

— Vous pensiez la trouver avant moi, c'est ça ? insista-t-elle. Vous êtes calculateur, il n'y a rien de spontané en vous. Mais vous avez dû improviser quand je suis arrivée sur les lieux. Avouez, vous avez cru que j'allais périr sous les décombres, hein ?

— Je ne voulais pas vous tuer ce jour-là.

Il semblait sincère, comme si l'idée qu'elle ait pu mourir en Irlande l'avait alors contrarié, au point que le souvenir de l'incident le tracassait encore.

— Je voulais que ça se passe ici, maintenant. Votre mort n'était prévue ni ce jour-là, ni à cet endroit-là. Et surtout pas de cette façon-là.

— Le chien noir… Il ne vous appartenait pas. Un autre grain de sable dans votre belle organisation.

— Vous avez disparu à l'intérieur avant que je puisse intervenir. La hutte a commencé à s'effondrer et l'ange s'est trouvé exposé à la lumière du jour. Je n'avais plus qu'à me baisser pour le ramasser.

Il indiqua la statuette, fascinante de grâce et de simplicité, avec la pointe de son couteau.

— Regardez-le, Keira. Sa beauté est stupéfiante. Avez-vous vu des photos de Deirdre ? On croirait qu'elle a inspiré l'artiste qui a taillé ce chef-d'œuvre.

— Comment avez-vous connu Patsy ? demanda Keira.

Elle n'attendait qu'une occasion pour agir et espérait que Jay Augustine, tout au plaisir de raconter, baisserait un peu sa garde. Et puis, le fait de l'inciter à parler permettait de gagner du temps en attendant l'arrivée de Simon.

— Nous nous sommes rencontrés le jour où elle a exposé sa ridicule collection d'anges dans la salle paroissiale de son quartier. A l'exception de deux ou trois pièces, ces figurines sont de la camelote.

Il leva le couteau à hauteur de ses yeux.

— J'aime bien bavarder avec vous, mais ce que je m'apprête à vous faire va m'apporter infiniment plus de plaisir. Ne vous faites pas d'illusions, Keira. Vous n'avez aucune influence sur les événements. C'est moi, le maître du jeu. Vous êtes entièrement à ma merci, toutes les deux.

La voix posée et le ton arrogant avaient laissé la place à un débit rapide, saccadé. Ce n'était pas de la nervosité, mais de l'excitation. L'excitation de ce qui allait venir. La torture et le meurtre. Les cris de douleur et les supplications.

Keira sentit ses jambes se dérober sous elle tandis que ses mains moites se crispaient plus que jamais sur le manche de bois de la hache. Surtout, ne pas laisser la peur la paralyser. S'il voulait continuer à parler, elle parlerait avec lui. Mais elle devait se préparer à se défendre et à défendre sa mère.

— Si je sais que vous êtes le coupable, dit-elle en le regardant approcher, la police le sait aussi.

Ces mots semblèrent le déstabiliser, mais cela ne dura qu'un instant.

— Jette cette hache, petite garce.

Keira comprit qu'il était passé à autre chose et qu'il n'y aurait plus moyen de le faire parler.

— Soyons précis, voulez-vous ? dit-elle néanmoins, dans un dernier effort pour reprendre l'initiative. Cet outil n'est pas une hache ordinaire. C'est une hache à fendre.

A fendre le crâne des ordures dans ton genre, songea-t-elle tandis qu'il s'approchait encore, couteau d'assaut pointé vers elle.

Il était à moins d'un mètre quand Eileen bondit en avant et lui marcha violemment sur le pied. Un incroyable sursaut d'énergie, comme seul pouvait en provoquer l'instinct maternel. Profitant de la surprise, Keira balança la hache de toutes ses forces et le plus haut qu'elle put. Augustine parvint à esquiver de justesse la lame tranchante, mais Keira frappa de nouveau dans le mouvement, l'atteignant au sternum avec la tête de l'outil. C'était la partie non coupante, mais elle était aussi en acier forgé. Le tueur poussa un glapissement de douleur et vacilla comme un ivrogne, laissant tomber son couteau au sol. L'instant d'après, il prenait ses jambes à son cou et disparaissait dans les bois.

— La police le rattrapera, dit Keira en soutenant sa mère qui semblait à bout de forces.

Elle l'assit sur un rocher et alla ramasser le couteau d'Augustine.

Eileen secoua la tête.

— Il va revenir. Ce type n'est pas du genre à lâcher sa proie aussi facilement. Il veut faire encore mieux que Stuart Fuller. On dit que la souffrance de Patsy lui a donné presque autant de satisfaction que celle de Deirdre. Jay Augustine veut éliminer le « presque » et nous torturer l'une après l'autre. Il veut qu'on souffre doublement et sous ses yeux, de nos blessures comme de celles de l'autre.

— Peut-être, mais n'oublie pas qu'il est aussi marchand d'art. Il va vouloir tirer profit de cette statuette. Tu sais s'il a un acheteur ? Est-ce qu'il t'en a parlé ?

— Les Murphy. Ils ne sont au courant de rien. Pour eux, la transaction est tout à fait légale.

— Ils ne tarderont pas à voir les choses autrement.

A l'aide du couteau d'assaut, Keira coupa la corde qui entravait encore les poignets de sa mère.

— Il faut que ça s'arrête là, Keira, dit Eileen en massant la chair violacée de ses poignets meurtris avec une grimace de douleur. On ne peut pas laisser cet homme dans la nature. Il va encore tuer.

— On va le mettre hors d'état de nuire, maman. Simon devrait être là d'une minute à l'autre. Il ne le laissera pas s'échapper.

— Simon ? dit sa mère avec un faible sourire. Je ne t'ai jamais entendue prononcer un prénom de cette manière. Tu l'as rencontré en Irlande ?

— Non, à Boston.

Keira esquissa à son tour un sourire.

— Mais c'est à Beara que je suis tombée amoureuse de lui.

Simon marchait depuis un petit moment à travers bois en direction du chalet d'Eileen Sullivan, quand il crut entendre quelqu'un chanter.

Il ralentit le pas et tendit l'oreille.

Oui, c'était bien quelqu'un qui chantait.

Ou plutôt qui massacrait *Irish Rover*, une chanson que son père aimait fredonner sous la douche. Mais cette version avait quelque chose d'à la fois comique et désespéré. Une mise en garde ? Une diversion ?

Simon quitta l'étroit chemin, les hautes fougères engloutissant ses jambes jusqu'aux genoux tandis qu'il se cachait derrière le tronc d'un grand chêne.

Un homme d'une cinquantaine d'années déboula de la forêt et tourna brusquement pour s'engager sur la sente, les bras écartés pour maintenir son équilibre.

Il haletait, le visage en sueur.

C'était forcément Jay Augustine.

Simon lui coupa la route.

— Arrêtez-vous ! FBI ! Mains sur la tête et…

C'est à peine si Augustine lui jeta un regard. Il bifurqua et s'enfonça de nouveau dans les bois, Simon à ses trousses. Il ne fallut pas dix secondes à Simon pour rattraper le fuyard et le plaquer au sol sans ménagement, face contre terre. Le visage d'Augustine s'écrasa contre un buisson épineux, la douleur lui arrachant un grognement sourd. Il essaya en vain de se relever et poussa un juron.

L'instant d'après, Simon posait un genou dans le dos de son prisonnier et le menottait avant qu'il ait le temps de comprendre ce qui lui arrivait. Il le fouilla et trouva un couteau d'assaut dans un étui en cuir accroché à sa ceinture. Il y avait un autre étui, taché de sang, mais celui-là était vide.

— Où est Keira ? demanda Simon, le genou toujours pressé contre le dos du tueur. Et sa mère ?

— Libérez-moi et je vous le dirai.

— Vous n'avez pas l'air dans votre assiette, dites-moi. Keira vous a filé une raclée ?

— Je la regarderai se vider de son sang, siffla Jay Augustine. Lentement, douloureusement. Et sa mère subira le même sort. Vous savez que j'en suis capable.

— Ce n'est pas vous que j'ai entendu chanter, dit Simon en balayant la forêt du regard. J'en déduis donc qu'elles sont en vie.

Keira apparut alors derrière une rangée d'arbres, brandissant une hache à deux mains.

— On se calme, dit Simon, qui reconnaissait à peine sa princesse de conte de fées dans la guerrière qui se tenait devant lui, le souffle court et les cheveux en bataille.

Lorsqu'elle s'approcha d'Augustine, les yeux pleins de fureur, Simon se demanda si elle n'avait pas l'intention de le décapiter ou de le couper en rondelles.

— Doucement, Keira, doucement, dit-il, prêt à intervenir tandis qu'elle hurlait sa colère à la face du tueur.

— Alors, tu crois toujours que tu vas t'en sortir, espèce d'ordure ? Et si je te faisais subir ce que tu as fait subir à ma mère, hein ? Et à Patsy ?

Mais elle laissa tomber son arme de fortune à ses pieds, se contentant de donner un coup de pied rageur dans le flanc d'Augustine.

Celui-ci poussa un cri étouffé, avant de relever la tête autant qu'il put pour la provoquer d'un sourire radieux. Il semblait se délecter de la fureur de Keira, de sa haine, comme si c'était déjà pour lui une victoire. Simon lui enfonça la tête dans le buisson épineux.

Il vit alors une femme qui devait être la mère de Keira avancer d'un pas incertain sur la sente toute proche. Elle était couverte de sang et sa main tremblante tenait un long couteau qui avait manifestement servi. Elle s'approcha d'eux et Simon se tint une nouvelle fois sur ses gardes, au cas où lui prendrait l'envie bien compréhensible de planter la lame à double tranchant dans le corps de Jay Augustine. Si elle essayait, il lui faudrait l'en empêcher.

— C'est vous qui chantiez, madame Sullivan ? demanda-t-il.

Elle hocha la tête, les yeux rivés sur son bourreau.

— J'ai pensé que ça couvrirait le bruit que faisait Keira en courant et que ça pourrait peut-être déstabiliser cet être démoniaque.

Dans un geste identique à celui qu'avait eu sa fille quelques minutes plus tôt, elle laissa tomber le couteau à ses pieds.

— Et puis je ne voulais pas crier, reprit-elle. Je ne voulais pas lui faire ce plaisir. C'est une chanson que j'aime et je ne savais pas quoi faire d'autre.

— Vous, moi et les *Clancy Brothers,* on poussera la chansonnette un de ces jours, dit-il avec un petit clin d'œil.

Keira se tourna vers sa mère.

— Maman…

Mais Eileen posa ses yeux rougis sur Simon.

— Chantez-vous plus juste que moi, jeune homme ?

Il la gratifia de son plus beau sourire.

— Un tout petit peu, madame.

Le hurlement des sirènes de police, encore lointain, s'invita dans le calme retrouvé de la forêt. Les autorités locales seraient bientôt sur place, songea Simon, et peut-être même quelques flics de Boston pour faire bonne mesure.

Il vit l'ombre d'un sourire éclairer le visage exsangue d'Eileen Sullivan tandis qu'elle se tournait vers Keira.

— Il a l'air sympathique, dit-elle avant de perdre connaissance dans les bras de sa fille.

38.

Cambridge, Massachusetts
Le 24 juin à 20 heures

Abigaïl présenta son insigne au policier en faction devant la chambre d'hôpital où Liam Butler était soigné. Compte tenu de l'importance de ses blessures et de la faiblesse des charges qui pesaient contre lui, le juge hésitait encore à le mettre en examen. Mais Abigaïl doutait que le jeune homme soit jamais poursuivi.

C'était la fin de la journée. La fin d'une très longue journée.

Liam semblait dormir. Jay Augustine l'avait poignardé à de nombreuses reprises, mais la blessure la plus sérieuse concernait l'abdomen. Dieu merci, les secours étaient intervenus à temps. Une fois l'hémorragie arrêtée, il avait été transfusé et recousu. Liam était maintenant sous analgésiques, et les médecins estimaient qu'il avait surtout besoin de temps pour se remettre. De temps et de repos. Sa terrible mésaventure lui laisserait fatalement un certain nombre de cicatrices, mais il ne souffrirait pas d'autres séquelles physiques.

En revanche, qui pouvait dire comment il surmonterait cette épreuve d'un point de vue psychologique ? Il avait connu la torture et l'épouvante — le genre d'horreur dont on ne pouvait revenir tout à fait indemne.

Bien sûr, Liam Butler avait commis des erreurs. Mais il n'était pas le seul dans ce cas, loin de là.

Une enquête qui s'annonçait longue et minutieuse avait débuté. Les autorités de Boston, Cambridge et du comté de Cork, en Irlande, avaient déjà commencé à retracer l'itinéraire de Jay Augustine ; l'itinéraire d'un homme qui, en quelques semaines, avait troqué ses habits de marchand d'art respecté contre ceux de tueur barbare. Un bien curieux parcours qui avait trouvé son épilogue dans une forêt du New Hampshire.

Charlotte Augustine n'avait pas perdu de temps pour organiser sa défense : elle avait fait appel aux services d'une avocate réputée, mais aussi à ceux d'un attaché de presse chargé de la faire apparaître aux yeux du public comme une victime de son mari.

Peut-être l'était-elle, après tout, mais elle avait caché beaucoup de choses à la police.

Abigaïl se demanda si Liam était conscient de sa présence.

— Salut, Liam, dit-elle. C'est Abigaïl. L'inspectrice Browning. Vous êtes réveillé ?

— Je suis désolé, marmonna-t-il sans ouvrir les yeux.

Abigaïl sursauta légèrement. Elle avait posé la question plus par acquit de conscience que dans l'espoir d'une réponse.

— Vos parents et votre frère seront là demain, dit-elle.

Cette fois-ci, Liam resta muet.

Bob O'Reilly entra à son tour dans la chambre, désignant du pouce la salle des infirmières.

— Elles sont pires que les flics de Cambridge, dit-il. J'ai cru qu'elles allaient me faire une fouille à corps avant de me laisser entrer ici…

Abigaïl se sentit un peu réconfortée par l'humour bon enfant de Bob.

— Dans tes rêves, dit-elle.

Il vint la rejoindre devant le lit de Liam.

— Les collègues de Cambridge te reprochent de ne pas leur avoir parlé de la pièce consacrée au diable, dit-il.

— Tu ne leur en as pas parlé non plus, que je sache.

Bob haussa les épaules.

— Pourquoi j'aurais fait ça ? Je croyais que c'était une mort accidentelle.

— Pour l'instant, rien ne prouve que tu avais tort.

— C'est gentil de ménager ma susceptibilité, mais tu sais comme moi que je me suis planté.

— Les résultats complets de l'autopsie nous en apprendront peut-être plus. En attendant, le médecin légiste a décidé de réexaminer le corps en s'intéressant de plus près à certains détails. Curieux, tout de même, qu'on n'ait pas trouvé de signes visibles de lutte. A croire qu'il n'a pas cherché à se défendre.

— Sarakis s'est peut-être imaginé qu'il était attaqué par un diable, dit Bob. Il a été paralysé par la peur.

— Pas *un* diable, Bob. *Le* diable ou un de ses serviteurs. Il faut faire la distinction entre…

— Par pitié, Abigaïl, ne m'inflige pas un cours sur le royaume des ténèbres !

Bob fit la grimace en regardant le jeune homme, bandé comme une momie sur son lit de souffrance.

— Au moins, Augustine n'a pas dépecé son beau-frère comme cette malheureuse brebis. Quand je pense à ce qu'il comptait faire à Eileen et Keira…

— Bob…

— Elles s'en sont sorties, dit-il, c'est ce qui compte.

— Comment va ta sœur ?

— Elle se remet. Les coupures étaient superficielles, mais le traumatisme psychologique aurait pu être profond. Heureusement qu'Eileen a d'énormes ressources spirituelles. Quant à Keira, ce salopard n'a pas réussi à l'approcher. Keira et sa hache…, ajouta-t-il en secouant la tête d'un air à la fois incrédule et admiratif. J'ai toujours dit qu'elle était beaucoup plus forte qu'elle en a l'air.

— Tu crois qu'il avait vraiment l'intention de s'en prendre à tes filles ?

— Non… Je pense que c'était plutôt destiné à détourner l'attention. Mais je n'ai pas fini pour autant de m'angoisser pour elles, dit-il avec un soupir. Je crois que Fi s'est amourachée de Scoop.

Exit le joueur de mandoline, songea Abigaïl. Dommage, il était mignon. Mais on était versatile, à cet âge-là.

— Augustine était censé être à New York, le jour où Sarakis s'est noyé, reprit Bob. En tout cas, c'est ce que croyaient toutes ses connaissances.

— Tout le monde le croyait aussi à New York quand il était en Irlande, nota Abigaïl.

— Il voulait absolument mettre la main sur cette statuette avant Keira. Il savait que les Murphy lui en donneraient une fortune. Sans doute comptait-il utiliser cet argent pour disparaître et recommencer de zéro sous un autre nom.

— Charlotte et lui ne sont mariés que depuis deux ans, dit Abigaïl. Qui sait ce qu'on va découvrir quand on fouillera son passé ?

— A propos de Charlotte Augustine, elle a dit à Tom qu'elle avait rencontré son futur mari lorsqu'il avait trouvé des pièces pour son frère. Pour sa collection de diables, j'entends. Elle ne t'en avait pas parlé, je parie.

Abigaïl secoua la tête.

— Non, en effet. Encore un détail à ajouter à la longue liste de ses mensonges. Et Patsy ? Il s'est introduit dans sa vie par le biais des Murphy ?

Bob se massa la nuque. Il semblait épuisé. Cette journée l'avait secoué, songea Abigaïl. Mais elle savait qu'il était déjà sur la brèche. Il ne lâcherait pas ce dossier avant de savoir ce que Jay Augustine avait fait, heure par heure, depuis les jours qui avaient précédé la mort de Sarakis jusqu'à son arrestation dans la forêt du New Hampshire. Quand, quoi, comment, pourquoi.

— Il s'est rendu à la kermesse où Patsy a présenté sa collection d'anges, dit-il. Je viens tout juste de faire un saut à Sainte-Ita pour montrer sa photo au père Palermo. Il m'a dit que quelques antiquaires étaient venus y traîner leurs guêtres. Ces types savent que les vieilles dames conservent parfois depuis de longues années des objets dont elles ne connaissent pas la valeur. Ça me dégoûte que des gens puissent profiter de l'ignorance d'une mamie, ajouta-t-il avec une moue furieuse. Bref, tout ça pour dire que le prêtre se souvient que Patsy et Jay Augustine ont accroché tout de suite.

— Salopard de manipulateur… Il a dû lui faire son grand numéro de charme.

— Idem avec les Murphy. Jannette et Billy n'avaient aucune raison de se méfier des Augustine. Le couple a bonne réputation à Boston, et même au-delà. Mais je pense que Patsy a fini par se douter qu'il n'était pas le gentleman doux et prévenant qu'il prétendait être.

Bob cessa de se masser la nuque et regarda Abigaïl. Une profonde tristesse assombrissait le bleu de ses yeux.

— Quand elle a compris à qui elle avait affaire, il était trop tard.

— L'histoire de l'ange de pierre et la perspective de s'approprier une statuette de grande valeur. Le calvaire et la mort de Deirdre. La fin étrange de Stuart Fuller. Tout ça, c'était du pain bénit pour Augustine.

Abigaïl se mordit la lèvre inférieure pour endiguer une vague d'émotion.

— Keira et sa mère, ajouta-t-elle.

— Ouais, dit Bob. Du pain bénit pour le diable.

— J'espère que Keira a compris qu'elle n'est pour rien dans tout ce qui est arrivé.

— Je crois, oui. Mais je ne sais pas si ça suffira à lui ôter tout sentiment de culpabilité. Quand on cherche, on trouve toujours une raison de s'en vouloir.

Les paupières de Liam, violacées et gonflées, s'ouvrirent lentement. Son regard un peu vague se posa sur les deux inspecteurs debout à son chevet.

— J'aurais dû tout vous dire…

Bob soupira.

— La vie est pleine de « J'aurais dû », mon garçon. Crois-moi, jeune comme tu es, tu n'as pas fini de faire des erreurs et de les regretter.

— Tu parles d'une façon de lui remonter le moral ! s'exclama Abigaïl. Fais-moi penser à t'interdire de venir me rendre visite, si je suis hospitalisée un jour.

Il la regarda comme s'il ne comprenait pas ce qu'elle lui reprochait.

— Quoi ? Qu'est-ce que j'ai dit encore ? demanda-t-il avant de se tourner de nouveau vers le blessé. L'inspectrice Browning et moi-même sommes des enquêteurs expérimentés, et pourtant Jay Augustine nous a menés en bateau. J'aurais dû comprendre que quelque chose clochait quand ce fils de pute n'a manifesté aucune gêne en pénétrant dans la salle consacrée au diable.

— Moi aussi, j'aurais dû comprendre…, balbutia Liam. Mais Victor…

Il referma les yeux, laissant sa phrase en suspens.

— Drôle de bonhomme, si j'ai bien compris, dit Bob. Mais c'était un type bien, non ?

Liam s'agita sur son lit avec des grognements sourds, comme s'il s'arrachait à un profond engourdissement. Quand il rouvrit les yeux, son regard semblait plus éveillé.

— Victor l'avait percé à jour, dit-il. Moi, je pensais que Jay volait Charlotte. Qu'il mettait de l'argent dans sa poche sans le dire à sa femme, rien de plus. A la demande de Victor, j'ai réussi à trouver le mot de passe qu'il utilisait pour accéder en ligne à ses divers comptes en banque. Victor les a tous consultés. Il a dû découvrir quelque chose.

— Les billets d'avion pour l'Irlande, peut-être. Ils devaient apparaître sur ses relevés de carte bancaire.

— Victor ne me l'a pas dit. Ce jour-là…

Bob et Abigaïl virent les paupières de Liam se fermer une nouvelle fois.

— Il m'a dit que le diable était à ses trousses, articula-t-il péniblement, au bord de l'inconscience. Je n'y ai… Je n'y ai pas vraiment prêté attention sur le moment… Je pensais que c'était juste… Vous savez, Victor disait beaucoup de choses curieuses…

— Repose-toi, mon garçon, dit Bob. Tu vas avoir besoin de ton énergie pour trouver un nouvel emploi. Et cette fois-ci, évite tout ce qui a rapport avec le diable, d'accord ?

Liam esquissa un faible sourire qui mourut aussitôt, puis s'enfonça dans le sommeil.

Les deux inspecteurs quittèrent la chambre d'hôpital et restèrent muets jusqu'à ce qu'ils arrivent dans le parking en plein air où étaient garées leurs voitures. Le ciel était encore bleu azur malgré l'heure tardive.

— Yarborough n'a toujours pas digéré que tu aies vu juste à propos de la noyade, dit Bob.

— Et toi ?

— Moi, je suis beau joueur, tu sais. Je l'ai eu en travers de la gorge au début, mais c'est passé.

— Mon œil !

— Avoue que tu es ravie d'avoir eu raison.

— C'est tout le contraire, Bob. Au fond, j'aurais préféré avoir tort.

— Ouais… Il vaut sans doute mieux mourir en trébuchant par mégarde qu'en se croyant poursuivi par le diable.

— On parviendra à prouver qu'Augustine se trouvait à Boston ce soir-là, dit Abigaïl.

— N'empêche que ce salopard m'a bien eu, dit Bob, le visage fermé. Eileen et Keira ne doivent qu'à elles et à Cahill d'être en vie. Moi, je n'y suis pour rien. J'ai confondu suppositions et conclusions.

— Augustine nous a eus tous les deux, Bob.

— D'un autre côté, qu'est-ce qu'on aurait pu faire de plus ? Remonte le cours des événements et tu t'apercevras qu'il nous aurait fallu un gros coup de chance pour démasquer Augustine plus tôt que nous ne l'avons fait. Après tout, Butler le prenait pour un escroc, par pour un assassin.

Même s'il nous avait révélé que lui et Victor l'espionnaient, ça n'aurait pas vraiment changé la donne.

Il s'arrêta de marcher et se tourna vers son amie.

— On est juste des enquêteurs de police, Abigaïl. Pas des magiciens.

Ils se remirent à marcher et arrivèrent bientôt à leurs voitures, parquées l'une derrière l'autre. Abigaïl sortit ses clés, mais resta immobile devant son véhicule.

— Tu veux me dire quelque chose? demanda Bob, qui avait déjà ouvert sa portière.

— L'un des enquêteurs qui ont travaillé sur le meurtre de Deirdre McCarthy était mon père.

— Je sais. Ecoute, Abigaïl…

Il s'interrompit et ferma les yeux un instant, comme à la recherche des mots justes pour exprimer sa pensée.

— Ça fait des années que j'ai décidé de ne plus parler de la mort de Deirdre. C'est trop douloureux, tu comprends?

Elle ne se souvenait pas avoir jamais entendu Bob O'Reilly dire quelque chose d'aussi personnel. Si c'étaient des excuses pour son silence, elle les acceptait.

— Toi, je peux comprendre. Après tout, tu étais un gamin, à l'époque. Mais mon père…

— Il n'est pas tellement plus âgé que moi, tu sais. Je n'ai aucune raison de le défendre, mais songe que tu n'étais toi-même qu'un bébé quand Deirdre a été assassinée.

Bob sortit un paquet de chewing-gum de la poche de son pantalon, et en proposa à Abigaïl avant d'en enfourner un dans sa bouche.

— Pourquoi ton père t'aurait-il parlé d'une chose aussi atroce alors que tu portais encore des couches?

Abigaïl décida de passer à autre chose. D'une part, Bob n'avait pas entièrement tort, et d'autre part, elle n'avait pas envie de se disputer avec lui. Il avait eu une journée suffisamment difficile comme ça.

Elle aussi, d'ailleurs.

— J'avais deux ans et demi et je ne portais plus de couches, dit-elle simplement.

— Tu plaisantes ? A deux ans et demi ! Moi qui ai longtemps cru que mes filles ne seraient pas propres avant le cours préparatoire !

Il disparut dans sa voiture, mais baissa aussitôt sa vitre pour l'interpeller.

— Abigaïl !

— Quoi ?

— Tu seras une bonne mère, tu sais.

Elle sentit sa gorge se serrer.

— Oui. Je le crois aussi.

Deux minutes plus tard, elle était au volant de sa voiture banalisée, jetant le chewing-gum que lui avait donné Bob dans le cendrier. Elle n'aimait que les chewing-gum sans sucre.

Elle s'efforça de chasser la fatigue qui raidissait sa nuque, impatiente de regagner l'immeuble qu'elle partageait avec Bob et Scoop.

Et Owen, songea-t-elle, tandis que ses yeux s'emplissaient soudain de larmes.

Oui, elle avait vraiment envie de rentrer à la maison.

39.

Quartier de Jamaica Plain, Boston
Le 24 juin à 21 heures

Keira déposa une laitue dans la passoire cabossée de Scoop en soupirant.

— Je dois vraiment avoir l'air mal en point, pour que tu m'autorises à mettre les pieds dans ton potager.

Lui-même ramassait des laitues un peu plus loin dans l'alignement de feuilles vertes. Le potager était son domaine réservé. C'était tout juste s'il n'y avait pas planté une pancarte « Défense d'entrer ! ».

— Qui ne serait pas mal en point à ta place ? dit-il avec un sourire.

— Ça a été une journée difficile, répondit-elle simplement.

— Voilà ce qui s'appelle un euphémisme, Keira. Mais travailler dans un jardin est le meilleur remontant que je connaisse. Ça remet les choses en perspective.

Elle hocha faiblement la tête.

— Je vais laver la salade, reprit-il, et y ajouter cette bonne vinaigrette balsamique que je viens juste de faire.

Il se releva et la regarda d'un air protecteur.

— Je parie que tu te sens déjà mieux.

— Oui. Merci, Scoop. Merci pour tout.

— De rien. Et quand je dis « de rien », ce n'est pas qu'une formule, Keira. Qu'est-ce que j'ai fait, sinon écouter Fiona O'Reilly jouer de la harpe pendant deux bonnes heures ?

— Tu as mis Madeleine et Jayne en sécurité. Et puis, c'est toi qui as prévenu Bob pour les photos de ses filles.

L'idée que Jay Augustine ait épié ses cousines la rendait malade. Bob avait dû très mal le vivre. Mais Fiona, Madeleine et Jayne n'avaient jamais été les cibles du tueur. Il avait simplement agi ainsi par goût du jeu, pour créer une fausse piste et pour éprouver son pouvoir. Pour le plaisir de se dire : « Si je voulais leur faire du mal, je le pourrais. »

— J'aurais dû m'impliquer davantage dans cette affaire, dit Scoop. Donner mon avis, poser des questions… Bob et Abigaïl avaient besoin d'un point de vue extérieur, objectif, et je n'ai pas répondu présent. Bien sûr, ces deux-là veulent toujours tout faire tout seuls, mais j'aurais dû passer outre leurs sales caractères et m'imposer.

— On a tous fait de notre mieux, répliqua Keira en frottant l'une contre l'autre ses mains couvertes de terre.

Elle se mit debout à son tour et Scoop lui confisqua sa passoire.

— Ce Cahill et toi, vous formez un beau couple, tu sais… Je suis passé à côté d'un certain nombre de choses, la semaine dernière, mais ce qu'il y a entre vous ne m'a pas échappé.

Ces mots la prirent au dépourvu.

— Scoop…

Il s'était déjà esquivé en direction de l'escalier, une passoire remplie de laitues sous chaque bras. Keira le regarda monter jusqu'à son appartement, puis quitta le jardin potager en prenant soin de ne pas écraser ses précieuses plantations. Scoop n'était pas quelqu'un de simple à saisir, mais aucun des habitants de cet immeuble ne l'était.

Et Simon ? songea-t-elle. Ce n'était pas non plus un personnage d'une grande transparence, loin de là. Il était resté auprès d'elle une fois que la police était venue cueillir l'homme qu'il avait plaqué au sol et menotté. Augustine avait fini par se taire, mais Keira savait qu'elle n'oublierait jamais son regard fixe et glacial. Dieu merci, il était sous bonne garde, à présent, et il ne risquait pas de recouvrer sa liberté de sitôt.

Simon se trouvait dans la cuisine d'Abigaïl, avec Bob et la maîtresse des lieux. Keira avait préféré rester auprès de sa mère, qui récupérait dans le jardin. Sur l'insistance de son frère, Eileen avait accepté de faire recoudre ses plaies dans un hôpital du New Hampshire. Bien sûr, elle avait d'abord essayé de convaincre Bob de la ramener immédiatement à son chalet.

« Pauvre maman… », songea Keira, le cœur serré. Augustine ne l'avait pas ratée.

La convalescente s'était réfugiée dans un large fauteuil de bois qui engloutissait presque entièrement son corps menu. C'était sa première visite à l'immeuble que Bob avait acheté avec ses deux collègues et amis.

— Ça va, maman ?

Un sourire fatigué éclaira le visage d'Eileen.

— Je ne me suis jamais sentie mieux.

Owen arriva dans le jardinet avec deux grands verres de thé glacé. Il en tendit un à Eileen et l'autre à sa fille.

Boire du thé glacé pendant une chaude soirée d'été avait quelque chose de léger et de rassurant, pour Keira. Comme si la vie normale reprenait enfin ses droits.

— Tu savais que Simon travaillait pour le FBI ? demanda-t-elle.

— Oui, répondit sans hésiter Owen.

— Depuis combien de temps le sais-tu ?

— Depuis un an et demi.

— Et tu n'as rien dit à Abigaïl ?

Elle avait essayé de conserver un ton neutre, mais le reproche avait percé malgré elle dans sa voix.

— Ce n'est pas le genre d'information qu'on crie sur les toits, Keira. Et puis, Simon m'a demandé de garder le secret. Lui et moi, on se connaît depuis un moment, mais notre amitié est assez récente, tu sais. Même si je l'appréciais avant, on a vraiment commencé à se rapprocher pendant les opérations de sauvetage en Arménie. Il travaillait jour et nuit… Je l'ai vu s'endormir debout, littéralement. Il allait au bout de ses forces, et

Dieu sait qu'il n'en manque pas. Sans compter que Simon est l'un des hommes les plus courageux qu'il m'ait été donné de rencontrer.

Keira ne put s'empêcher de sourire à cette évocation de l'homme qui faisait battre son cœur.

— Et ce calme qu'il affiche en toutes circonstances, renchérit-elle.

Au fond, elle ne l'avait vu perdre son flegme qu'à une seule occasion. Mais elle n'avait pas l'intention d'évoquer ce moment d'intimité devant Owen. D'autant qu'elle sentait déjà ses joues se colorer au souvenir de leurs ébats. Elle se laissa tomber sur une des chaises qui entouraient la table et avala une gorgée de thé glacé.

— Tu sais ce qu'il fait exactement pour le FBI ?

La question mit visiblement Owen mal à l'aise.

— Keira…

— Je parie que son boulot de consultant en catastrophes n'est qu'une couverture.

Owen haussa les épaules avec la moue de quelqu'un qui ignore tout du sujet. Mais Keira avait envie de parler de Simon.

— J'imagine qu'il a été contraint de révéler à la police de Boston son statut d'agent fédéral.

— Oui, il a dû montrer son insigne du FBI pour accéder au dossier de Deirdre McCarthy.

— Ça ne va pas lui créer des problèmes ?

— Rien de bien méchant. C'est en tout cas ce qu'il m'a affirmé.

Owen s'assit sur une chaise à côté d'elle. S'il avait la réputation d'être exigeant — voire intraitable — dans le cadre de son travail avec Fast Rescue, le fiancé d'Abigaïl était aussi un des hommes les plus gentils qu'ait jamais connus Keira.

— Alors, Abigaïl ne t'en veut pas ? demanda-t-elle.

Le sourire d'Owen était déjà une réponse. Il n'avait pas l'air inquiet à ce sujet.

— Ce n'est pas comme si je lui avais présenté le Dr Jekyll sans lui parler de Mister Hyde. Je crois connaître suffisamment Simon pour dire qu'il est le même avec ou sans son insigne du FBI.

Elle comprenait ce qu'il voulait dire. L'homme dont elle venait de tomber amoureuse — l'homme avec qui elle avait fait l'amour dans son appartement sous les toits — était tout sauf un poseur.

— En tout cas, dit-elle, heureusement qu'il est intervenu à temps, cet après-midi. Autrement, j'aurais été contrainte de blesser sérieusement cette pourriture d'Augustine.

— Parce que tu penses que tu t'en serais sortie seule ? demanda Owen avec un petit sourire en coin. C'est vrai que j'ai entendu dire que tu savais manier la hache.

— La hache à fendre, nuance. Et je ne sais pas si j'aurais réussi à mettre Augustine hors d'état de nuire, mais tu peux être sûr que j'aurais essayé.

— Je n'en doute pas une seconde, Keira.

— Pourtant, Dieu sait que l'idée de tuer ou d'infliger des blessures graves à quelqu'un m'est pénible, reprit-elle. Même dans le cas d'un agresseur aussi ignoble que Jay Augustine. Tu vois, c'est ça qui m'a empêchée de poursuivre l'Académie de police jusqu'au bout. D'ailleurs, c'est souvent cette histoire de recours à la force armée en cas de nécessité qui provoque un blocage chez les élèves et les fait échouer.

— Tu n'as pas échoué. Tu as volontairement choisi d'arrêter.

— Au bout du compte, ça revient au même.

— Peut-être. Mais pas besoin d'être flic pour savoir que le but de la réponse armée est d'arrêter le criminel, pas de le tuer.

— Essaie de doser ton coup avec une hache et on en reparlera après.

— Une hache à fendre, corrigea Owen avec un clin d'œil, satisfait d'arracher un sourire à Keira.

Simon avait été adorable avec sa mère et professionnel avec la police, songea-t-elle, mais il n'aurait pas hésité à faire usage de son arme si la chose s'était révélée nécessaire. En plus des menottes, il portait sur lui un Sig

Sauer P228, un pistolet semi-automatique de calibre 9 mm Parabellum. Bien sûr, une fois le danger passé, il avait détendu l'atmosphère avec son humour habituel. Il avait cette étonnante faculté de saisir le moment où les gens étaient sur le point de craquer, et il savait adopter la juste attitude pour les détendre, les faire sourire quand ils croyaient ne plus pouvoir verser que des larmes. C'était comme s'il leur disait que la vie était trop courte pour être prise au sérieux, et qu'il fallait savoir en rire, même — et peut-être surtout — dans les moments les plus tragiques.

Malgré tout ce qu'il avait forcément mis entre parenthèses pour venir à son secours, malgré les ennuis que cela risquait de lui causer, Simon avait réussi à conserver cette façon d'être à la fois rigoureuse et décontractée, tout au long de l'aventure qui les avait rapprochés.

Non seulement il était sexy à se damner, mais il était d'une rare élégance morale.

La longue journée de juin cédait lentement la place à la nuit quand Fiona apparut flanquée de ses deux sœurs, bientôt suivies de leur père. Difficile de ne pas voir à quel point Bob était ému de les avoir retrouvées saines et sauves.

— Allez embrasser votre tante, dit-il en les poussant gentiment vers le gros fauteuil de bois d'où dépassaient les cheveux blond vénitien de sa sœur. Elle a de la chance d'être en vie, vous savez. Si on l'avait laissé faire, ce sale type en aurait fait des escalopes.

« Toujours aussi délicat… », songea Keira en regardant ses cousines se précipiter vers sa mère avec de grands cris de joie.

Malgré tous ces mois passés seule au fond des bois, Eileen sortit de sa réserve pour embrasser chaleureusement ses nièces. Elle laissa même Jayne, la cadette, s'asseoir sur le large bras du fauteuil.

D'un seul coup, Bob se mit à chanter en allumant le barbecue.

Il avait une voix splendide. Keira et ses cousines le regardèrent bouche bée.

— Quoi ? dit-il avec un large sourire. Vous ne m'avez jamais entendu chanter un air irlandais ?

— Pas comme ça, papa, répondit Keira qui semblait ne pas en revenir.

Simon sortit à son tour de l'appartement d'Abigaïl. Le cœur de Keira fit un bond dans sa poitrine à la vue de ses cheveux noirs qui ondulaient un peu, de ses yeux verts, de sa force tranquille.

Il lui adressa un clin d'œil et, d'une voix tout aussi magnifique, se mit à chanter avec son oncle. Fiona alla se placer entre eux et tous trois se mirent à lever les jambes, bras dessus, bras dessous, comme des danseurs de french cancan.

C'était un de ces moments magiques, spontanés, comme il en existait trop peu dans la famille O'Reilly. Quelques minutes après vinrent les larmes, alors qu'ils entamaient une chanson particulièrement poignante. Fiona, ses sœurs, Eileen, et même Bob… Tous pleuraient sans retenue. Keira, secouée de sanglots, remarqua que seul Simon gardait les yeux secs. Il continuait à chanter, contribuant de sa belle voix et de sa simple présence à rendre ce moment unique. Lorsqu'ils passèrent à un air plus joyeux, il vint la prendre dans ses bras et l'entraîna dans une valse endiablée sur la pelouse rase du jardinet. Il la serrait doucement contre lui et elle se laissa conduire, plongeant les yeux dans ceux de son cavalier, heureuse d'y lire de la tendresse et du désir tandis qu'il chantait et dansait avec elle.

Il la serra un peu plus fort dans ses bras.

— Je ne te demande qu'une chose, murmura-t-il à son oreille. Empêche ta mère de chanter.

Avant qu'elle puisse répondre, il la souleva de terre avec une facilité déconcertante. Keira poussa un cri de surprise et se mit à rire, le cœur soudain léger. Pour la première fois de sa vie, dans les bras de cet homme, elle eut le sentiment d'avoir enfin trouvé sa place.

*
* *

Comme Keira s'y était attendue, ils revinrent sur les événements à la fin du dîner.

Colm Dermott se joignit à eux alors qu'Abigaïl, murée dans un silence tendu, débarrassait la table. Il lui proposa de l'aide, mais elle refusa d'un geste de la main. Colm n'insista pas et sortit un DVD de sa poche.

— La police a l'original, mais j'en ai gravé une copie, dit-il en plaçant le disque au centre de la table. Ce n'est pas parce qu'on s'intéresse au folklore qu'on est forcément dépassé par la technologie moderne.

Mais son humour tomba à plat et il soupira.

— J'ai visionné tout l'entretien filmé par Keira et je peux vous dire que Patsy ne dit pas un mot au sujet du monstre qui l'a tuée. Elle se contente de raconter l'histoire.

Il tapota du doigt le boîtier en plastique transparent qui contenait le disque.

— Et quelle histoire ! dit-il avec une moue admirative. J'ai rarement vu une conteuse aussi douée.

Un silence pesant s'abattit sur la petite assemblée, bientôt rompu par Bob.

— Voilà ma théorie au sujet de la mort de Stuart Fuller, dit-il avant de jeter un coup d'œil vers ses filles.

Keira crut qu'il allait leur demander de monter chez lui, mais il poursuivit après une brève hésitation.

— Je ne doute pas que Michaël Fuller — maintenant connu sous le nom de Palermo — m'ait dit la vérité quand il a affirmé que son frère a appelé Patsy et s'est jeté à l'eau, en flammes, alors qu'elle venait de monter à bord de son bateau.

Jayne fit une grimace qui ne parvint pas à enlaidir sa jolie petite frimousse.

— Berk! C'est super dégueu, papa.

— Oui, le monde est moche, parfois... Ça n'explique pas tout, mais ce garçon qui s'est suicidé avait eu des parents très méchants quand il était enfant.

Il lui fit un clin d'œil.

— Que veux-tu, mon trésor, tout le monde n'a pas la chance d'avoir un papa merveilleux comme le tien. Bon, qu'est-ce que je disais ? Ah oui, ma théorie... Imaginons que le petit Michaël, alors âgé de quatorze ans, ait su ce que Stuart avait fait. Qu'il ait compris que son grand frère était devenu un monstre.

Abigaïl s'était assise face à Owen, mais elle semblait éviter son regard.

— Stuart Fuller s'était pourtant éloigné de sa famille au moment des faits, dit-elle.

— Vrai, mais il a pu rester en contact avec Michaël. Qui sait, peut-être avait-il réalisé que son frère soupçonnait quelque chose. Donc, voilà l'adolescent confronté à une situation très difficile à gérer, surtout pour un garçon de son âge. D'un côté, il pense manquer de preuves pour prévenir la police. De l'autre, il a peur que Stuart s'évanouisse dans la nature et commette d'autres actes barbares.

— Si ce scénario est exact, dit Abigaïl, Michaël Fuller a dû avoir un poids immense sur les épaules. Le pauvre gamin s'est sûrement senti seul au monde.

Bob ne répondit pas tout de suite. Il adressa un nouveau clin d'œil à Madeleine et Jayne, cette fois-ci pour les rassurer. Il alla ensuite se poster derrière Fiona, assise entre Owen et Scoop, et se tourna vers sa sœur.

— Ça va, Eileen ? demanda-t-il en massant doucement les épaules de sa fille aînée. Tu tiens le coup ?

— Continue, dit-elle d'une voix tendue.

Keira suivit son oncle du regard tandis qu'il abandonnait Fiona et partait vers le barbecue. Venait-il d'élaborer ce scénario ou le ressassait-il depuis trente ans ?

— Face à ce dilemme, reprit Bob en étalant le charbon de bois à l'aide d'un long ustensile chromé, Michaël se dit que la seule solution est de prendre lui-même les choses en main. Au moment où il décide ça, l'eau du fleuve a déjà rejeté le corps de Deirdre sur la grève et la police mène l'enquête pour retrouver l'assassin. Michaël connaît l'identité du psychopathe et le lieu où il se terre, mais il choisit de ne pas en informer les autorités. Pourquoi ? Parce qu'il a une autre idée en tête. Il attend que son frère prenne une cuite et s'effondre pour l'arroser d'essence et le brûler vif.

Fiona et Jayne l'écoutaient en silence, les yeux écarquillés, mais Madeleine poussa un petit cri horrifié. Keira imagina son oncle à vingt ans, apprenant la fin spectaculaire du monstre qui avait égorgé son amie après lui avoir fait subir les pires sévices pendant trois longues semaines.

La fille qu'il avait emmenée au bal de fin d'année du lycée.

La fille dont il était forcément un peu amoureux, et peut-être même beaucoup plus.

La fille de Patsy.

— Il existait sans doute des solutions moins violentes, dit Abigaïl.

Scoop secoua la tête.

— Le gamin avait besoin de cette violence pour exprimer son dégoût et sa colère.

— Et pour purifier le monstre qu'était devenu Stuart, renchérit Bob. Michaël ne voulait pas que son frère brûle en enfer, mais ici, sur terre. Ce garçon qui allait devenir prêtre était sans doute déjà profondément religieux, et il espérait ainsi sauver son frère de la damnation éternelle, tout en débarrassant le monde d'un prédateur sadique.

— Est-ce que des témoins ont entendu Stuart Fuller prononcer des paroles de repentir avant de sauter à l'eau ? demanda Fiona.

— Pas que je sache, dit Bob.

— Et tu penses que Michaël l'a regardé mourir ? demanda Keira.

— Aucun témoignage ne mentionne la présence d'un adolescent sur le bateau ou sur le quai. Mais ça ne veut rien dire, ajouta-t-il en posant le couvercle en métal sur le barbecue. Personne n'a parlé de Patsy non plus.

Abigaïl se balança sur sa chaise. Une vieille habitude qui lui avait valu pas mal d'ennuis à l'époque où elle était elle-même adolescente.

— Il faut essayer de se mettre à la place de ce gamin, dit-elle. D'abord il comprend que son grand frère est un assassin doublé d'un tortionnaire, ensuite il s'imagine dans son esprit d'ado qu'il est le seul à pouvoir l'empêcher de nuire.

Simon étira ses longues jambes.

— Et si, dans son délire, Stuart Fuller pensait être le diable en personne ? Il s'est peut-être immolé en croyant qu'il survivrait au feu ?

Bob fronça les sourcils.

— Ça, c'est une idée tordue, Cahill. Ça me file la chair de poule rien que d'y penser.

Colm Dermott fit semblant d'être secoué par un frisson.

— Brrr..., fit-il. Moi aussi.

Keira n'était pas loin d'avoir la chair de poule elle-même. Elle s'apprêtait à exprimer son sentiment de répulsion quand sa mère se pencha en avant, les traits déformés par une grimace de douleur.

— On peut aussi imaginer que Stuart Fuller était vraiment Satan, dit-elle.

Son frère balaya cette remarque d'un rire dédaigneux.

— Si Fuller était Satan, alors le diable est mort. C'est une bonne nouvelle, non ? Parce que j'ai vu son cadavre comme je te vois maintenant.

Il se tourna vers Abigaïl.

— En fait, c'est ton père qui m'a fait voir les restes calcinés de ce salopard. Mais tout ça est si vieux, ajouta-t-il, l'air soudain accablé.

Fiona se leva pour aller le serrer dans ses bras.

— Je suis désolée pour ton amie, dit-elle.

— C'est la vie, ma puce... C'est la vie.

Owen se leva alors et proposa aux trois sœurs de venir avec lui choisir une glace chez Abigaïl. Keira nota à quel point il était à l'aise avec les deux plus jeunes et se demanda si Abigaïl l'avait aussi remarqué.

— J'aurais peut-être été plus inspiré de la fermer, dit Bob en retournant à la table.

— Je crois au contraire que tu as bien fait, assura Abigaïl.

Elle s'interrompit quelques secondes pour suivre des yeux Owen et les filles O'Reilly qui disparaissaient derrière la porte coulissante de son appartement.

— Tes filles te sauront gré de les avoir traitées en adultes et elles auront une idée plus précise du travail de leur papa. On ne peut pas toujours mentir aux enfants et leur faire croire qu'on vit dans un monde sans violence. Tôt ou tard, elles s'en rendront compte par elles-mêmes. Et ce jour-là, mieux vaut qu'elles y soient préparées.

— Qu'est-ce que tu t'imagines ? dit Bob. Entre la télé et internet, Jayne en sait plus sur le sexe et les horreurs de ce monde que moi à vingt ans.

— En tout cas, si j'avais une baguette magique et que je pouvais débarrasser cette planète de toute violence, je n'hésiterais pas une seconde, reprit Abigaïl. D'accord, on n'aurait plus de boulot. Mais dans ces conditions, je serais heureuse d'aller pointer au chômage avec toi.

— Si tu as besoin de pouvoirs magiques, il faut t'adresser à Keira. C'est elle, la spécialiste de la famille. Elle dispose de tout un arsenal enchanté à sa disposition : fées, leprechaun, banshee… Il n'y a qu'à demander.

— Arrête de me faire passer pour une illuminée ! dit Keira en lui lançant une cuillère.

— Bien joué ! approuva Abigaïl.

Bob éclata de rire tandis que Simon se penchait vers Keira, la main sur sa cuisse.

— J'ai une urgence professionnelle, dit-il à voix basse. Il faut que je m'en aille.

— De quel travail parles-tu ? De ton boulot de consultant ou de ton boulot au FBI ?

— Ça risque de prendre un peu de temps.

— Ce n'est pas une réponse, Simon.

— Tu ne pourras pas me joindre pendant un moment, mais ne t'en fais pas.

Il serra doucement la cuisse de Keira et lui adressa un sourire rassurant.

— Je saurai toujours te retrouver.

Après le départ de Simon, Abigaïl et Scoop regagnèrent leurs appartements respectifs tandis que Colm souhaitait le bonsoir à tout le monde, glissant au passage à Keira que l'histoire de Patsy serait vraiment parfaite pour son nouveau livre.

— Elle aurait été si fière que tu l'illustres…, dit-il.

Bob rangea les accessoires du barbecue sous le regard de ses trois filles, de retour dans le jardin avec leurs bols remplis de crème glacée. Elles l'observaient avec une évidente curiosité, comme si elles découvraient une facette de leur père qu'elles n'avaient pas soupçonnée jusque-là. Lui faisait comme s'il ne s'apercevait de rien, mais Keira était certaine du contraire.

— On dirait que ça va être l'invasion des folkeuses, ce soir, dit-il. Je n'ai pas assez de lits, mais j'aimerais que vous passiez toutes la nuit chez moi. Keira, ça s'adresse aussi à toi. Ça va faire beaucoup de monde, mais ça a été une journée particulière. Pendant un moment, j'ai bien cru que…

Il laissa sa phrase en suspens, renonçant à exprimer sa pensée.

— On va faire comme au bon vieux temps, pas vrai, Eileen ? Tu te souviens comme on était excités de dormir sur des couvertures étalées sur le parquet du salon ?

— On avait l'impression de vivre une aventure, répondit-elle avec un sourire nostalgique.

Il sortit son portefeuille et en tira une vieille photo toute craquelée.

— Regardez, les filles, je ne vous ai jamais montré cette photo. C'était le jour du bal de fin d'année du lycée.

Il la leva devant la lumière de la bougie à la citronnelle et ses enfants se massèrent autour de lui.

— Voilà. Le beau gosse, là, c'est moi. Et là…

Il s'interrompit pour s'éclaircir la voix, puis désigna du doigt la jolie blonde qui se trouvait à ses côtés.

— Et là, c'est Deirdre Ita.

Fiona posa la main sur le bras de son père.

— Papa…

— Son prénom lui venait d'une sainte irlandaise et elle collectionnait les anges. C'était une fille lumineuse.

— Oui, c'est le mot, dit Eileen. Elle était lumineuse.

Pendant que Keira écoutait sa mère et son oncle, tantôt gais et tantôt graves, échanger des souvenirs de leur amie disparue, elle se demanda si Simon n'avait pas choisi de s'éclipser un peu plus tôt que prévu parce qu'il avait senti ce moment arriver.

Prisonniers de leur douleur, l'un comme l'autre avaient si longtemps retenu ces mots qu'ils prononçaient maintenant…

Quand ils soufflèrent les bougies pour aller se coucher, Bob mit le bras autour des épaules de Keira.

— Alors, où est ton prince charmant ?

— Qui ? Simon ? Il a dû partir. Mais je ne suis pas certaine qu'il aimerait qu'on l'appelle comme ça.

— Vraiment ? Singulier personnage, ce Cahill. En revenant de Cambridge, tout à l'heure, j'ai reçu un appel d'un inspecteur du New Hampshire que je connais depuis des années. Le genre de type qui suit toujours les instructions à la lettre. Pire que l'équipier d'Abigaïl, ce fayot de Yarborough, ce qui n'est pas peu dire. Bref, voilà qu'il me dit, au détour d'une phrase, qu'ils n'ont pas retrouvé la moindre statuette d'ange près du ruisseau, et qu'on ferait bien de cesser de prétendre qu'il y en avait une, si on ne veut pas se faire interner chez les fous.

— Mais, Bob…, dit Keira. Je l'ai vue de mes propres yeux.

— Tu as vu une pierre, tout comme ta mère, d'ailleurs. Les bois en sont pleins, par là-bas. On n'appelle pas le New Hampshire « l'Etat du granit » pour rien.

Il bâilla longuement, puis se massa le visage.

— Le stress peut vous jouer de drôles de tours, tu sais. Ou alors c'est votre imagination, à toutes les deux.

— Une hallucination collective, en quelque sorte ? répliqua Keira, sur la défensive.

— En quelque sorte, répondit Bob sans se démonter.

— Alors, la police considère qu'il n'y a jamais eu de statuette celtique dans cette forêt ?

— Ni dans cette forêt ni sans doute ailleurs. Bien entendu, j'ai défendu ta version face à mon collègue du New Hampshire. Tu connais mon sens de la famille, Keira. Je lui ai dit qu'il y avait bien un ange de pierre, mais que les fées l'avaient probablement subtilisé. Il a menacé de venir à Boston pour me passer lui-même la camisole de force. Ce gars-là n'a aucun humour, et encore moins le sens du merveilleux. Il faut dire qu'il n'est pas d'ascendance irlandaise.

Keira se tourna vers lui, sourcils froncés.

— Parce que tu crois aux fées, maintenant ?

— Bien sûr que non. Mais il faut garder l'esprit ouvert, pas vrai ?

— Eh bien, à ce propos… J'ai rencontré un vieil homme en Irlande qui…

— Quel vieil homme, Keira ?

— Je ne devrais pas dire qu'il était vieux. Il devait avoir… une soixantaine d'années.

Bob lui sourit.

— Tu voulais dire un homme qui semblait vieux par rapport à ton jeune oncle, c'est ça ?

Elle sourit à son tour et lui raconta sa rencontre avec le mystérieux inconnu attablé à la terrasse du pub, le soir qui avait précédé le solstice d'été. Bob l'écouta attentivement, l'air amusé et intrigué, tandis qu'ils montaient tous l'escalier jusqu'au dernier étage.

— Je crois que tu devrais retourner en Irlande, dit-il quand elle se tut.

— Je le crois aussi.

Bob avait une chambre pour ses filles, mais elles avaient déjà commencé à étendre des couvertures sur le parquet du salon. Eileen refusa le canapé, déclarant qu'elle préférait dormir avec ses nièces.

— Tu restes avec nous? demanda-t-elle à Keira.

— Bien sûr, maman.

Elle aussi dédaigna le canapé et s'installa sur les couvertures avec sa mère et ses cousines, pendant que Bob insérait le disque apporté par Colm dans le lecteur DVD.

Patsy apparut sur l'écran de la télévision, attablée dans sa cuisine devant une théière et une assiette de pain complet. Elle portait un pull bleu ciel, ses yeux pleins de vie fixant la caméra, comme si elle s'adressait directement à la famille O'Reilly réunie sur le sol du salon.

— Il était une fois trois frères, commença-t-elle avec son léger accent irlandais, qui vivaient sur la côte sud-ouest de l'Irlande…

Keira sentit les larmes lui monter aux yeux.

— Voilà comment Patsy aurait aimé qu'on se souvienne d'elle, murmura sa mère en lui prenant la main. Comme d'une formidable conteuse, toujours prête à raconter une histoire dans sa cuisine. Ton film est le plus bel hommage qu'on puisse lui rendre.

C'était vrai, songea Keira. Et elle savait ce qu'il lui restait à faire. Elle allait camper ici cette nuit avec sa famille, et au matin, elle irait acheter un billet d'avion pour l'Irlande. Départ immédiat si possible. Sans parvenir à mettre le doigt sur ce dont il s'agissait, elle sentait au plus profond d'elle-même qu'il lui restait quelque chose à faire là-bas.

Bien sûr, il y avait aussi Simon.

Mais n'avait-il pas dit qu'il saurait toujours la retrouver?

40.

Quartiers est de Boston
Le 24 juin à 22 heures

Assis dans un fauteuil en rotin sur le pont de son voilier, Simon ne prit pas la peine de se lever pour accueillir John March. Cela semblait improbable, voire tout bonnement impossible, mais le directeur du FBI semblait pourtant s'être rendu seul dans le port de Boston.

Sa venue n'était pas une surprise : March avait appelé Simon une demi-heure plus tôt pour le prévenir de son arrivée.

— Je suis enroué, dit Simon en croisant les pieds sur la table basse. J'ai passé une partie de la soirée à beugler des refrains irlandais.

— Beugler ? Permets-moi d'en douter. Tu as toujours eu une belle voix.

— Je pourrais devenir chanteur. C'est plus lucratif que plombier, non ?

— Tu as eu une journée bien remplie, Simon.

— Plutôt, oui…

March sembla se perdre quelques instants dans la contemplation du port, et des lumières de la ville qui se reflétaient dans l'eau calme.

— Le meurtre de Deirdre McCarthy est une de ces affaires qu'on garde toujours dans un coin de son esprit. Je sais qu'un représentant de la loi ne devrait pas se soucier de savoir si les victimes sont des anges ou des démons. Notre job, c'est de coincer les coupables, point final. Mais Deirdre…

March secoua la tête, visiblement ému.

— Deirdre avait quelque chose de si pur…

— Ce n'est pas à cause de cette affaire que vous avez quitté la police de Boston. Vous avez toujours eu de l'ambition.

— C'est vrai, mais le meurtre de Deirdre m'a aidé à comprendre pourquoi je n'étais pas fait pour ce boulot. Abigaïl est un bien meilleur flic que je n'aurais jamais pu l'être.

Il soupira en secouant une nouvelle fois la tête.

— Tu m'as compliqué la vie, Simon. Tu en as conscience, n'est-ce pas ?

Simon haussa les épaules.

— Je ne me fais pas de souci pour vous, John. Vous allez réussir à gérer la situation.

— Il y a déjà des journalistes qui essaient de me joindre pour que je leur parle de l'enquête que j'ai menée à l'époque. Ils sont tout excités d'avoir découvert qu'Abigaïl est ma fille.

— Je vois d'ici les gros titres, dit Simon. « Trente ans après, la fille réussit là où le père avait échoué. »

March lui adressa un sourire sombre.

— Attends qu'ils s'intéressent à toi.

— Vous ne parlez pas seulement de mon statut d'agent spécial, n'est-ce pas ?

— En effet. Il y a aussi ton père.

— Oui, il y a mon père.

— Quelqu'un va finir par découvrir que nous étions amis et la façon dont il est mort. Le moment est peut-être venu de sortir Brendan Cahill de la trappe où je le maintiens depuis toutes ces années. Ton père était un homme d'honneur, un ami plein d'attentions et un agent dévoué. Je crois qu'il mérite mieux que mon silence.

— Vous n'avez rien à cacher, dit Simon.

— Je sais. Mais parler de lui m'obligera à regarder mes échecs en face. J'aurais tellement voulu le sauver, Simon… Je ne me pardonnerai jamais sa mort.

Mais March ne s'attarda pas sur le sujet et son expression changea brusquement.

— Ton père avait une très belle voix, lui aussi, dit-il avec un large sourire. Tu t'en souviens ?

— C'est lui qui m'a appris ma première chanson à boire. Une chanson irlandaise, bien sûr.

Simon songea à Keira et à tout ce qu'elle ignorait encore de lui. Mais elle découvrirait vite ses secrets, fouineuse comme elle l'était… Pourtant, il ne voyait pas la curiosité de Keira comme un vilain défaut. Sa curiosité faisait partie de son tempérament d'artiste, au même titre que son don d'observation et sa sensibilité exacerbée. C'était sans doute aussi grâce à cette curiosité toujours en éveil qu'elle pouvait envisager de passer six mois seule en Irlande sans craindre de se sentir seule ou de s'ennuyer.

— Simon ?

Ce dernier se fit violence pour chasser l'image de Keira.

— Où en est-on avec Estabrook ? demanda-t-il.

— L'assaut est en cours. J'attends un appel d'une minute à l'autre. Ça va faire beaucoup de bruit, Simon. Tu devrais aller te mettre au vert en attendant que tout ça retombe.

Simon avait prévu le coup.

— Je suis sur le point de m'envoler pour l'Ecosse. Will m'a invité à passer quelques jours dans son château. Je ne sais pas pourquoi, il tient absolument à m'apprendre à jouer au golf.

— Et si Fast Rescue a besoin de toi ?

— Owen sait comment me joindre.

— Tu es un bon agent, Simon. Je ne t'ai jamais vu craquer sous la pression.

— Il faut voir. Je viens de tomber amoureux d'une folkloriste qui peint des fleurs et des leprechauns. C'est grave, docteur ?

March éclata de rire. Ce n'était pas un son qu'on entendait souvent dans les bureaux du FBI.

— J'ai ouï dire qu'elle maniait la hache avec autant de dextérité que le pinceau. J'ai l'impression qu'elle est faite pour toi, mon garçon.

— Elle va avoir besoin d'un peu de temps pour se remettre de tout ça.

Simon retira les pieds de la table basse et se leva.

— Parlez-moi de Stuart Fuller, John.

— J'étais en train de boire du thé et de manger du pain complet dans la cuisine de Patsy McCarthy quand il l'a appelée. Elle pensait que cet homme était le diable en personne, Simon. Et lui en était également convaincu. Il se prenait pour Satan.

— C'est elle qui vous l'a dit ?

March secoua la tête.

— Non. Je l'ai compris plus tard. Comme j'ai compris plus tard que c'est Fuller que Patsy avait eu au téléphone, ce jour-là. Elle aurait dû m'en parler, mais elle ne l'a pas fait. Je me moque bien que ce détraqué ait souffert le martyre en brûlant vif, mais j'ai toujours regretté qu'elle ait assisté à ça.

— Alors c'est vraiment lui qui s'est arrosé d'essence et qui y a mis le feu ?

— Oui, mais ce n'était pas un suicide. Fuller s'imaginait que les flammes n'avaient aucun pouvoir sur lui.

Simon prit le temps de digérer cette révélation. Il avait donc vu juste, quelques instants plus tôt, quand il avait apporté une variante au scénario de Bob. Il se laissa aller un moment à imaginer la scène hallucinante : un tueur de vingt-quatre ans qui attirait la mère de sa victime dans son repaire pour qu'elle le regarde s'immoler par le feu.

— C'était quoi, son idée ? S'enflammer pour démontrer qu'il était bien le diable avant de faire subir le même sort à Patsy ?

— Probablement.

March s'adossa au bastingage.

— J'ai promis à ton père de veiller sur toi, s'il lui arrivait quelque chose.

— Et c'est ce que vous avez fait, John.

Simon marcha vers lui, la main tendue.

— Merci.

Mais au lieu de lui serrer la main, John March prit Simon dans ses bras. Quelques minutes plus tôt, il l'avait appelé « mon garçon », et voilà qu'il l'étreignait avec émotion. C'était décidément une journée particulière.

— Brendan serait fier de toi.

— John… Parlez de mon père à Abigaïl.

Simon tourna les yeux vers l'eau noire ornée des reflets de la ville tandis que le visage de son père lui revenait à la mémoire.

— Brendan est le prénom d'un saint irlandais, dit-il. Brendan le Navigateur.

— La cassette vidéo de son exécution…

— Vous avez bien fait de me permettre de la trouver et de la visionner. Sans doute n'aurait-il pas fallu faire ça avec un autre adolescent, mais moi, je me suis senti compris. C'est à partir de ce moment-là que j'ai commencé à vous écouter. Si vous ne l'aviez pas fait…

Simon adressa un large sourire à son père d'adoption.

— Je serais probablement en prison, à l'heure qu'il est.

Pour la seconde fois en moins d'un quart d'heure, John March fit ce qu'il n'avait pas fait depuis des années en présence de Simon : il éclata de rire.

41.

Quartier de Jamaica Plain, Boston
Le 24 juin à 23 h 30

A peine Abigaïl était-elle entrée dans son salon que ses yeux se posèrent sur l'aquarelle qui lui avait tant plu à la vente aux enchères. Elle n'était jamais allée en Irlande et ne se connaissait pas d'ancêtres irlandais, mais quelque chose dans ce cottage peint par Keira la touchait profondément.

— Owen ! s'écria-t-elle, incapable de contenir son excitation. Qu'est-ce que ce tableau fait ici ?

— C'est le cadeau de mariage de Simon. A vrai dire, c'est plus pour toi que pour moi, mais il a compris que ton plaisir est aussi le mien.

— Alors tu dois être très content, dit-elle en s'approchant de l'aquarelle. J'avoue que j'étais drôlement déçue que mon enchère n'ait pas été la plus élevée.

— Il veut savoir si tu comptes le réintégrer dans la liste des invités.

— Je crois que je n'ai plus le choix, répondit Abigaïl, perdue dans la contemplation du paysage enchanteur, à la frontière entre réalité et imagination.

Elle se retourna brusquement vers Owen, un sourire mi-figue mi-raisin aux lèvres.

— Encore faut-il qu'on se marie un jour…

Il vint poser ses mains sur sa taille.

— Bien sûr qu'on va se marier ! Et le plus vite possible, j'espère.

— C'est compliqué…

— Seulement parce qu'on a décidé que ça l'était, Abigaïl. On a beaucoup de chance, tu sais. On a des amis, de la famille, plus d'argent qu'il n'en faut et des métiers qui nous passionnent. Et surtout, on s'aime. Je veux passer le restant de mes jours avec toi, Abigaïl. Je suis patient, mais ça commence à faire long… Marions-nous, mon amour.

— Mais… C'est toute une organisation. Il faut…

— Inutile de s'y prendre des mois à l'avance, coupa-t-il. On s'aime et c'est l'essentiel. Le reste est accessoire.

Cela semblait si simple, dans sa bouche !

— J'ai recommencé à me projeter dans l'avenir, dit-elle. Je ne l'avais plus fait depuis si longtemps… Avant la mort de Chris, j'avais mille projets. Mais après son assassinat, je les ai tous abandonnés au profit de deux obsessions : devenir inspectrice de police et retrouver son meurtrier. Pendant sept ans, il n'y a que ça qui m'a donné envie de me lever le matin.

Owen l'embrassa tendrement.

— L'idée, à présent, c'est de se projeter *ensemble* dans l'avenir, Abigaïl.

Elle hocha la tête et il l'embrassa de nouveau.

— Je n'arrête pas de penser au fait que Bob n'a jamais évoqué le calvaire et le meurtre de cette pauvre fille. Owen, je ne veux pas qu'on se cache des choses, tous les deux. Bob est un type formidable, tu sais… Sous ses airs d'ours mal léché, il a un cœur en or et une sensibilité à fleur de peau. Sans compter que c'est un excellent policier. J'ai une confiance aveugle en lui. Pourtant, je te parie qu'il n'a jamais parlé de Deirdre aux femmes qu'il a épousées.

— Peut-être par délicatesse. Il a dû être très amoureux de cette jeune fille et il n'a pas voulu blesser celles avec qui il vivait. Elles auraient pu s'imaginer qu'il était avec elles par défaut.

— Je crois que c'était plus pour se protéger, lui, que pour protéger les autres. Simon a raison de dire que Bob a enfoui cette période de sa vie quelque part dans son cœur, et qu'il a appris à ne plus y songer. C'est comme s'il avait mis des barbelés autour de ses souvenirs avec Deirdre. Moi, je n'ai jamais fait ça avec Chris. Après sa mort, je pensais à lui tous les jours.

— Parce que son meurtre n'était pas élucidé.

— Je veux que tu saches que j'ai tourné la page, Owen. Je t'aime tellement… Maintenant, c'est à toi que je pense tous les jours.

Elle l'embrassa à pleine bouche, puis se tourna une nouvelle fois vers l'aquarelle de Keira.

— Notre premier cadeau de mariage… C'est tellement gentil à lui ! Il va falloir que je trouve un moyen de le remercier.

— Si tu y tiens… Mais surtout, n'en fais pas trop. Simon déteste qu'on se sente obligé de lui témoigner une quelconque gratitude.

Elle remarqua soudain qu'une carte accompagnait le cadeau.

— *Chère Ab,* lut-elle à haute voix. *J'espère que cette aquarelle te plaira autant qu'à moi. Fais-moi signe dès que tu auras arrêté une date de mariage. Bien que tu n'aies pas une goutte de sang irlandais dans les veines, sache que je te considère comme une sœur perdue de vue depuis longtemps.*

Elle releva les yeux et secoua la tête.

— C'est quelqu'un, ce Simon. Mais je le trouve quand même un peu culotté, non ?

Avant qu'Owen puisse traduire son sourire amusé en paroles, quelqu'un frappa sans ménagement sur la porte coulissante qui menait au jardin. Abigaïl ne s'étonna pas de voir Bob et Scoop derrière la vitre, tous deux munis de calepins jaunes et de crayons de papier affûtés.

— Elles se sont toutes endormies, là-haut, dit Bob quand elle les fit entrer. Mais moi, je ne trouverai pas le sommeil si je ne passe pas une nouvelle fois les événements en revue.

— Je ne dors pas, dit Keira en se glissant par la porte encore ouverte. Ça ne vous ennuie pas qu'une simple citoyenne se joigne aux brillants policiers que vous êtes ?

Abigaïl se tourna vers Owen, mais il était déjà en train de débarrasser le plancher, peut-être déçu de ne pouvoir passer cette fin de soirée en tête à tête avec elle. Elle hésitait à le rattraper quand la sonnette de la porte d'entrée retentit.

Qui pouvait venir à une heure pareille? se demanda-t-elle en traversant le petit couloir en direction du vestibule. Yarborough? Un journaliste?

Mais c'est son père qui apparut sur le seuil.

— Bonsoir, Abigaïl. Je peux entrer?

Le front d'Abigaïl se plissa, tandis qu'une pensée affreuse lui traversait l'esprit.

— Qu'est-ce que tu fais là, papa? Il n'est rien arrivé à Simon, au moins?

— Non, non, s'empressa-t-il de répondre. Il va très bien.

— Cahill est un type sympathique, dit Bob, surgissant derrière Abigaïl. Mais j'ai le sentiment qu'un certain nombre de gens veulent sa peau.

— Un en particulier, en ce moment.

— Norman Estabrook, dit Scoop, débouchant à son tour du couloir.

Lorsque trois visages étonnés se tournèrent vers lui, il se contenta de hausser les épaules.

— J'ai passé quelques coups de fil, dit-il.

Abigaïl remarqua le sourire qui flottait sur les lèvres de son père. C'était un homme peu démonstratif, mais elle devinait qu'il avait un faible pour Simon.

Il pénétra dans l'appartement tout en retirant la veste de son costume sombre.

— Il n'y a pas vraiment de raison de s'inquiéter, dit-il en arrivant dans la cuisine. Ceux qui veulent du mal à Simon finissent toujours morts ou en prison.

Bob, Scoop et Owen — que l'arrivée de John March avait finalement convaincu de rester — semblèrent apprécier cette remarque. Mais Abigaïl nota la pâleur de Keira. Inutile d'être très perspicace pour comprendre qu'elle était amoureuse de Simon.

On pourrait être amies, songea soudain Abigaïl en prenant place autour de la petite table, juste entre Keira et Owen.

— Je peux me joindre à vous ? demanda son père.

— Tu es ici chez toi, répondit-elle.

Avant de s'asseoir, il se tourna vers Keira et posa une main rassurante sur son épaule. Un geste assez rare chez lui pour mettre tous les radars de sa fille en alerte.

— Vous pouvez avoir confiance en Simon, dit-il simplement.

La main sur l'épaule, ce ton grave, cette émotion retenue… Le front d'Abigaïl se plissa. Se pouvait-il que Simon n'ait pas plaisanté, quand il avait écrit qu'elle était pour lui *comme une sœur perdue de vue depuis longtemps* ?

En tout cas, son père venait de parler de lui comme d'un fils.

42.

Péninsule de Beara, Irlande
Le 3 août à 19 heures

Keira ferma la porte du cottage et emprunta le sentier qui menait au village, les bras croisés sur son pull irlandais pour se protéger du vent frais et de l'air humide du soir. Les jours commençaient à raccourcir sur la côte sud-ouest de l'Irlande, l'aube se faisant un peu plus attendre, et le crépuscule un peu moins. Il suffisait d'imaginer les soirées au village avant l'arrivée de l'électricité pour comprendre pourquoi les histoires au coin du feu avaient tenu une telle place dans la vie des habitants de la péninsule.

Alors qu'elle tournait pour s'engager dans la rue principale, elle entendit un joyeux tintamarre en provenance du pub. Des rires, des sifflets, des cris d'indignation.

Son cœur s'emballa.

Simon.

Elle accéléra le pas, puis, n'y tenant plus, se mit à courir. Ses cheveux détachés volaient en tous sens dans la brume humide qui montait à présent du port. C'était une soirée parfaite pour aller se calfeutrer dans un pub, et une soirée encore plus parfaite pour retrouver Simon.

Elle ouvrit enfin la porte du pub, mais n'entra pas tout de suite, se forçant à se calmer, à reprendre sa respiration et à retrouver des couleurs à peu près naturelles. Elle n'avait pas envie d'avoir l'air d'être poursuivie par des fées en colère ou par un chien sauvage, d'autant qu'elle n'avait assisté à aucun phénomène étrange ni croisé d'animal menaçant depuis son retour sur la péninsule. Ces dernières semaines à Beara s'étaient au contraire déroulées dans la tranquillité et la sérénité, et même dans une certaine insouciance, malgré le travail accompli. Keira aimait à croire que le vœu de Patsy avait été exaucé et que, d'une façon ou d'une autre, l'ange de pierre était retourné à l'endroit d'où il était venu.

Elle roula quelques mèches folles derrière ses oreilles et inspira profondément.

Elle avait vu juste. Simon était bien à l'origine du brouhaha qui emplissait la rue paisible.

Il s'arrêta net au milieu d'une phrase et, sa bière à la main, quitta le haut tabouret sur lequel il était juché. Il portait un pull irlandais à larges torsades, et ses cheveux brun foncé, un peu plus longs que le mois dernier, bouclaient sur la laine blanche. Ses yeux, aussi verts que les collines qui s'élevaient au-dessus du village, brillaient d'une joie, d'une force vitale qu'il semblait communiquer à quiconque croisait son chemin.

Il la regarda un moment en silence, et ce fut comme si le pub tout entier retenait son souffle. Puis un large sourire éclaira son visage.

— Je sentais bien que ça serait plus facile de te retrouver, cette fois-ci.

Les conversations reprirent autour d'eux et elle se tourna vers Eddie O'Shea qui essuyait un verre derrière le bar.

— Salut, Eddie.

— Alors, Keira, tu n'as pas eu besoin de te mettre dans le pétrin pour faire venir Simon, cette fois, répondit-il avec un clin d'œil.

Les clients du pub échangèrent des regards amusés. Bien entendu, les tribulations de la belle Américaine avaient alimenté les conversations au village, mais personne ici ne croyait qu'elle avait vraiment vu une statuette dans les ruines. C'était du moins ce qu'ils disaient… A les entendre, le chien noir n'avait été qu'un animal errant, et nul ne savait quoi que ce soit sur un vieil homme avec une casquette à carreaux et des bottes en caoutchouc. Quant à cette pelle et ce sac à dos placés en évidence pour qu'Eddie les trouve… L'évocation de ces mystères engendrait des haussements d'épaules et des moues d'ignorance.

En revanche, ils croyaient au diable.

Au diable qui avait dépecé l'innocente brebis ; au diable qui avait tué Patsy McCarthy à Boston ; au diable qui avait essayé de tuer Keira et sa mère dans une forêt du New Hampshire.

Mais le souvenir de ces événements tragiques s'éloignait chaque jour un peu plus, et la présence de Keira au village n'était déjà plus synonyme de malheur. Elle avait travaillé chaque jour à son nouveau livre, écumant les collines, tantôt exploratrice tantôt touriste, achetant un vase à un potier d'Adrigole, empruntant l'unique cabine du téléphérique qui reliait la péninsule à l'île de Dursey, visitant les châteaux en ruine…

Quelles qu'aient été son humeur et sa destination, son carnet à dessins et ses crayons ne la quittaient jamais.

Colm Dermott était venu lui rendre visite, accompagné de sa femme et de ses quatre enfants, et il l'avait aidée à configurer son ordinateur portable afin qu'elle puisse se connecter à internet.

De retour sur la péninsule pour boucler son enquête, Seamus Harrigan en avait profité pour confier à Keira sa version des faits. Pour lui, Jay Augustine n'avait pas prévu de tuer la brebis. La pauvre bête avait dû s'éloigner de ses congénères et avait croisé la route du tueur. L'occasion avait fait le larron, comme disait l'inspecteur irlandais. Ses hommes avaient retrouvé un seau dont s'était manifestement servi Augustine pour transporter le sang et les viscères jusqu'à la hutte.

Une image perturbante, même pour un policier aguerri.

Toujours selon le scénario d'Harrigan, le chien noir avait attaqué Augustine alors qu'il venait de découvrir la hutte et s'était mis à creuser à la recherche de l'ange. Fuyant l'animal, le tueur sadique s'était caché parmi les arbres d'où il avait aperçu Keira qui arrivait à son tour, se précipitant bientôt à l'intérieur des ruines, persuadée que le chien en avait après elle.

Augustine, pressé de quitter les lieux à cause du molosse, avait décidé d'agir. Profitant de l'instabilité de la vieille structure, il avait alors murmuré le prénom de Keira avant de provoquer l'effondrement de la hutte. Puis il s'était emparé du sac à dos et s'était enfui, laissant la jeune femme ensevelie sous les pierres.

Mais avant de disparaître, il avait pris soin de verser les viscères dans les broussailles, et le sang sur l'arbre qui obstruait l'entrée de la hutte.

Arrivé au bas des collines, il avait fait un détour par le cottage de Keira pour s'assurer qu'elle n'avait pas laissé un mot destiné à guider les secours en cas de problème. Il avait trouvé la note explicative et l'avait subtilisée.

Quant à l'ange… Harrigan doutait que la statuette ait jamais existé.

— Mais libre à vous d'y croire si vous en avez envie, avait-il dit à Keira, tandis qu'une lueur malicieuse faisait briller ses yeux très bleus.

Keira n'avait pas protesté. Après tout, croire ou ne pas croire à l'existence de cet ange était peut-être une question plus personnelle qu'il n'y paraissait.

Harrigan, qui avait de la famille dans le village, lui glissa au passage qu'il avait une ou deux histoires qu'il aimerait bien lui raconter, un de ces jours.

Un de ces jours… Il avait dit ça comme s'il était persuadé que les occasions de se voir ne manqueraient pas, à l'avenir ; comme s'il savait qu'elle reviendrait séjourner sur la péninsule.

Quelques villageois étaient venus la voir pour lui raconter leurs histoires de famille, mais aucun d'eux n'avait admis connaître celle des trois frères et de l'ange de pierre.

Simon posa sa Guinness sur le comptoir de bois.

— Désolé, les gars, mais on reprendra notre débat une prochaine fois. Ça vous donnera l'occasion d'affûter un peu vos arguments.

Tandis que rires et protestations saluaient cette sortie, Keira songea qu'elle avait attendu cet instant depuis le premier jour où elle avait remis les pieds ici. Et sans doute même depuis bien plus longtemps.

Simon marcha vers elle et la souleva dans ses bras. L'instant d'après, il la portait sans effort apparent jusque dans la rue, sous les cris et les sifflets ravis des clients du pub.

Il ne la posa à terre qu'une fois arrivé devant le chemin qui menait au petit port.

— Tu es venu avec ton bateau, dit-elle. J'aurais dû m'en douter.

— Pas avec le mien. Celui-là m'a été prêté.

— Encore par quelqu'un à qui tu as sauvé la vie ?

— Toujours le même.

— Will Davenport, dit-elle. Eddie m'a parlé de lui.

— Will est en train de pêcher en Ecosse, mais il insiste pour te rencontrer. C'est à cause de cette photo sur ton site internet. Celle où tu as des fleurs dans les cheveux. Il ne s'en est toujours pas remis.

— Je crois plutôt que c'est parce que vous êtes amis et qu'il sait que je suis folle de toi.

— Folle de moi, hein ? dit Simon avec un petit sourire. Voilà qui me semble tout à fait approprié pour désigner les sentiments d'une princesse lunatique.

Elle éclata de rire et se laissa conduire par Simon jusqu'à la jetée où il salua des pêcheurs qui semblaient déjà l'avoir adopté. Cet homme pouvait se fondre dans n'importe quel milieu, songea-t-elle. Une fois sur le bateau, il ouvrit la porte de la cabine et la souleva de nouveau dans ses bras.

Quelques secondes plus tard, il la déposait délicatement sur un grand lit. Elle lui passa les bras autour du cou, respirant son odeur avec délice tandis qu'elle s'enfonçait dans le plaid en cachemire qui faisait office de couverture.

— Keira…, dit-il en la regardant droit dans les yeux. Toi et moi, nous sommes des vagabonds.

— Pour le moment, en tout cas.

Ses doigts disparurent dans l'épaisse chevelure de Simon.

— Et si on vagabondait ensemble ? demanda-t-elle à son oreille.

Il prit sa lèvre supérieure dans sa bouche.

— Keira, Keira…, murmura-t-il en la couvrant de baisers. Tu m'as manqué…

Leurs lèvres se joignirent et ils s'embrassèrent longuement, avidement. Elle aurait voulu que ce baiser dure toujours. Laissant ses paumes glisser le long du cou de Simon, elle se mit à pétrir les muscles de ses larges épaules à travers la laine du chandail irlandais. Le baiser se fit plus profond, plus intime encore, irradiant son bas-ventre d'une onde délicieuse et brûlante.

— J'ai rêvé de toi, Simon. Je savais que tu viendrais me chercher. Je n'ai jamais douté…

Elle retira son pull tant bien que mal et il glissa aussitôt les mains sous le T-shirt qu'elle portait dessous. Comme elle aimait sentir ses doigts parcourir sa peau nue !

— J'ai dit que j'étais folle de toi, tout à l'heure… C'est vrai, mais ça ne veut pas dire que je suis amoureuse. C'est bien plus fort que ça, Simon. Je t'aime.

— Durant toutes ces semaines loin de toi, j'ai imaginé cent fois que tu prononçais ces mots. J'avais tellement envie de les entendre…

Ses mains remontèrent lentement le long du corps de Keira.

— Je t'aime, murmura-t-il à son tour.

Quand ses paumes vinrent effleurer la pointe de ses seins, quand ses doigts se déployèrent pour les emprisonner tendrement, elle ferma les yeux et s'abandonna au bonheur de le savoir enfin de retour, de le sentir tout contre elle. Il la débarrassa de ses vêtements, puis fit de même avec les siens. Elle ne songeait plus qu'à se donner à lui, à éprouver la violence de son désir et la douceur de ses sentiments. Jamais elle ne pourrait se lasser de cet homme. Jamais.

Elle frissonna et il la serra aussitôt dans ses bras.

— Tu as froid ?

— Jamais, quand tu es là.

La bouche de Simon se plaqua de nouveau sur la sienne. Un long baiser, profond et voluptueux, qui l'enflamma plus qu'il ne la réchauffa.

— Je me sens à ma place dans tes bras, dit-elle quand il rompit le baiser.

Mais sa langue traçait déjà une ligne humide jusqu'à sa poitrine et elle poussa un cri de plaisir quand il se mit à lui sucer l'extrémité des seins. Tandis qu'il léchait et mordillait ses mamelons avec une allégresse juvénile, Keira entendit le vent irlandais mugir au-dehors. Comme pour leur rappeler où ils se trouvaient. Ils s'étaient rencontrés à Boston, mais c'est l'Irlande qui les avait rapprochés.

— Keira, dit-il, arrête de réfléchir.

Puis il descendit plus bas sans se presser, jouant de sa langue pour vider l'esprit de Keira de toute pensée.

Quelques minutes de ce traitement suffirent à la rendre à moitié folle. Elle se releva sur un coude et agrippa ses cheveux, le suppliant de la prendre. Le visage de Simon apparut entre ses jambes, puis il se redressa jusqu'à ce que leurs yeux soient à la même hauteur. Enfin il s'enfonça en elle, lentement, profondément, sans la quitter du regard. Le sien exprimait désir et tendresse. Elle bougea avec lui, chaque mouvement lui arrachant des gémissements de volupté. Toutes ses terminaisons nerveuses semblaient s'être liguées pour diffuser en elle autant de plaisir qu'un être humain pouvait en supporter. La jouissance vint brutalement, et avec elle, un cri qui répondit au vent qui cognait contre le hublot du bateau. Une fraction de seconde plus tard, Simon balbutiait son prénom avant de s'effondrer, le nez dans son cou. Elle resta un moment amorphe, son cerveau n'enregistrant que le souffle chaud et rapide de Simon contre sa peau. Quand elle retrouva un semblant de conscience, elle se blottit dans les bras de son bel amant, songeant de nouveau qu'elle avait trouvé sa place en ce monde.

Plus tard, alors qu'ils regagnaient le cottage serrés l'un contre l'autre dans leurs pulls à grosses mailles, Keira leva les yeux vers les collines nues. Elle vit une silhouette se découper dans la lumière des étoiles et de la lune. Un homme coiffé d'une large casquette et chaussé de bottes en caoutchouc marchait parmi les rochers et les moutons.

Des ombres dansaient dans son sillage.

« Des fées… », songea-t-elle. Et peu lui importait de savoir si c'était réel ou imaginaire.

Simon la serra un peu plus fort, et elle sut que lui aussi les avait vues.

— Le village natal de mon père se trouve un peu plus haut sur la côte, murmura-t-il à son oreille. J'ai entendu dire qu'ils connaissent de belles histoires, là-bas.

Elle posa la tête contre son épaule, heureuse de sentir sa force et sa chaleur.

— Rien au monde ne me ferait plus plaisir que de naviguer avec toi le long de la côte irlandaise, dit-elle.

— Alors tu es prête pour l'aventure ?

Elle leva les yeux et sourit.

— Avec toi, je suis prête à tout.

Épilogue

Péninsule de Beara
Le 6 août à 19 heures

Bob O'Reilly poussa la porte du pub. Il était trempé jusqu'aux os et ses vêtements gouttaient piteusement sur le sol, mais personne ne sembla s'en soucier. Il faisait bon, à l'intérieur, l'atmosphère douillette contrastant agréablement avec les trombes d'eau qui s'abattaient sur le village. Il avait marché depuis le cottage que sa nièce venait de louer pour un mois supplémentaire. Elle avait acheté un lit d'appoint qu'elle avait placé dans le salon et lui avait envoyé deux billets d'avion pour l'Irlande. Un pour lui et un pour Eileen.

Comment refuser pareille invitation ?

Il avait demandé des congés et avait fait sa valise.

Il retira son imperméable et l'accrocha à un portemanteau où pendaient plusieurs vêtements de pluie tout aussi usés et dégoulinants que le sien.

Le barman et propriétaire des lieux, Eddie O'Shea, jeta un coup d'œil dans sa direction tout en finissant de remplir un verre de bière.

— La promenade a été bonne, inspecteur ? demanda-t-il en relevant la manette de la tireuse.

Il avait dit « inspecteur » comme s'il trouvait amusant que Bob puisse être policier.

Bob secoua la tête à la manière d'un chien qui vient de prendre un bain et passa la main dans ses cheveux pour essayer de les recoiffer.

— Il fait un temps de cochon et l'air sent le mouton mouillé, mais à part ça…

— Allez, avouez que vous adorez ça, dit Eddie avec un petit sourire.

— Je ne parlerai qu'en présence de mon avocat, répliqua Bob en se hissant à côté de sa sœur sur un tabouret.

Les paysages de la péninsule de Beara lui faisaient songer aux cartes postales que Patsy avait punaisées sur les murs de son couloir.

Et puis, ils faisaient remonter des souvenirs d'enfance à la surface. Des histoires que sa mère lui racontait pour l'aider à s'endormir.

Il allait rester une semaine en Irlande. Après, il faudrait reprendre le travail.

En revanche, il ignorait ce qu'avait prévu Eileen. Peut-être s'installerait-elle ici pour de bon ? Elle avait terminé son manuscrit enluminé quelques jours avant leur départ, et Colm Dermott l'avait embauchée pour l'aider à organiser sa conférence. Bob se réjouissait à l'idée qu'elle vive enfin dans une maison avec l'eau courante et des WC dotés d'une chasse d'eau. Et si elle voulait accomplir ses nouvelles tâches avec un minimum d'efficacité, il faudrait bien qu'elle ait internet ou au moins le téléphone ! En tout cas, Eileen semblait ravie de la proposition de Dermott. D'ailleurs, elle avait déjà reçu son premier chèque au profit de l'association Boston-Cork. Il était signé par les Murphy. Horrifiés d'apprendre la véritable nature de Jay Augustine, Jeannette et Billy avaient tenu à faire ce geste à la mémoire de Patsy.

Pourtant, l'affaire Augustine était encore loin d'être bouclée. Elle n'avait pas été confiée à Bob, qui n'apparaissait dans ce dossier qu'en qualité de témoin. Cela ne lui faisait pas plaisir, mais que pouvait-il y faire ? Pour ce qui était de la mort de Victor Sarakis, le rapport d'autopsie complet avait fini par arriver. Il ne contenait rien qui permette de prouver que la noyade était de nature criminelle, mais le médecin légiste avait tenu à réexaminer le corps de Sarakis. La victime avait subi un choc violent au niveau de la tempe, sans nul doute en heurtant le rebord en béton de l'étang artificiel. Cela n'avait pas été suffisant pour le tuer, ni sans doute même pour lui faire perdre connaissance, mais cela avait pu le sonner et le désorienter. Et puis, il y avait cette ecchymose sur son dos, qui pouvait avoir été provoquée par la chaussure ou le genou de quelqu'un qui l'aurait maintenu sous l'eau. Son beau-frère, par exemple.

Les actions funestes de Jay Augustine n'avaient pas été le fruit de brusques accès de folie. Loin de frapper au hasard, le tueur avait suivi un plan. Dieu merci, s'en prendre aux filles d'un inspecteur de police n'était pas entré dans le cadre de sa mission… Il lui fallait une mère et sa fille. Une ascète recluse dans les bois et une jolie illustratrice.

Eileen et Keira…

Bob chassa cette pensée. Cette ordure se trouvait désormais derrière les barreaux, et il y avait toutes les chances qu'il y termine ses jours.

Le jour de leur arrivée, Bob et sa sœur avaient gravi la colline pour aller voir la hutte en ruine où Keira avait failli perdre la vie. C'était la première journée de Bob sur la terre de ses ancêtres. Quant à Eileen, elle n'était pas retournée en Irlande depuis trente ans.

Il avait tenu à voir de ses propres yeux le décor qui avait servi de toile de fond à toute cette histoire. Le chien noir, l'ange de pierre, la pelle, le sac à dos, les viscères de brebis, l'éboulement, l'intervention de Cahill… Cette hutte était-elle vraiment celle de l'histoire de Patsy ? Au fond, cela importait peu. En revanche, il s'agissait bien de l'endroit où sa sœur était restée enfermée trois jours durant, coincée par une violente tempête, lors de sa dernière visite en Irlande.

Mais là encore, peut-être n'était-ce pas si important que ça…

— Keira a appelé ici il y a dix minutes, dit Eileen. Elle a essayé au cottage, mais tu étais sans doute déjà parti. Elle aimerait qu'on passe tous Noël en Irlande. Toi, les filles et moi. Elle tient absolument à nous payer le séjour. Apparemment, elle a déjà prévu de nous réserver des chambres dans des hôtels chic de Kenmare et Dublin. Tu imagines un peu, Bob ?

— J'imagine surtout combien ça va coûter, grommela-t-il.

— Oh, ne fais pas ton rabat-joie ! Elle a de plus en plus de succès dans son travail, et elle n'a jamais été une fille dépensière.

— Et Simon ?

— Je suis certaine qu'il sera là aussi. Je vois mal Keira passer Noël loin de lui.

— Ça me rassure un peu, dit-il, jouant toujours les bougons. Au moins, je ne serai pas le seul mâle de la bande.

Mais en réalité, l'idée ne lui déplaisait pas. Il voyait d'ici la tête de Fiona quand il lui annoncerait la nouvelle. Elle serait tellement heureuse ! Et une fois sur place, elle l'entraînerait sûrement dans des pubs pour écouter de la musique et essayer de le faire chanter. Qu'est-ce qui lui avait pris de pousser la chansonnette, le mois dernier, dans son jardin ? Maintenant, ses filles ne le lâchaient plus. En outre, Fiona faisait du prosélytisme. Elle avait déjà convaincu Madeleine de se mettre au violon, mais Dieu merci, Jayne était plus réticente.

Eileen était tellement enthousiaste à l'idée de passer Noël en Irlande que ses joues s'étaient colorées de rouge. Mais peut-être était-ce plutôt cette bière qu'elle s'était autorisée à commander. Bob ne se souvenait pas de la dernière fois où il avait vu sa sœur boire de l'alcool.

— Tu te rends compte, Bob ? On sera tous réunis en Irlande ! Tous ensemble autour du sapin de Noël !

— Ça oui, je me rends compte ! Je vais me retrouver coincé dans un hôtel pour snobs avec trois filles excitées comme des puces. Sans parler de ma sœur, bien sûr.

Eddie posa un verre de Guinness devant Bob.

— Ah, ces Ricains…, dit-il avec un soupir amusé.

— Ouais, rétorqua Bob en levant son verre avec un clin d'œil. Je suis l'Américain dans toute sa splendeur.

— Si vous trouvez qu'il fait moche maintenant, dit Eddie, attendez de voir le temps qu'on a à Noël. L'humidité va vous ronger les os.

— Vous fermez le pub pendant les fêtes de fin d'année ?

— On sera ouvert tous les jours, sauf le 25 décembre.

— A la bonne heure ! Maintenant, il ne me reste plus qu'à convaincre Keira de renoncer à nous loger dans un palace.

Eddie éclata de rire, et Bob avec lui. Mais quand il se tourna vers Eileen, il vit que ses yeux étaient brillants de larmes. Sans doute pensait-elle à Patsy. Ou à Deirdre. Il plongea les lèvres dans sa Guinness sans prononcer un mot.

Eddie se pencha sur le comptoir, une lueur espiègle dans le regard.

— Ah, Eileen… A vous voir là dans mon pub, j'ai l'impression de remonter le temps. Comment se fait-il que vous ayez toujours l'air d'avoir vingt ans ?

Elle lui sourit à travers ses larmes.

— C'est très mal de mentir, vous savez.

Il rit doucement.

— En tout cas, je suis heureux de vous revoir. Et ça, c'est la pure vérité.

— Je voudrais vous raconter une histoire, Eddie, dit-elle d'une voix mal assurée. Une histoire vraie. Elle est à la fois gaie et triste, et je peux la garder pour moi, si vous préférez.

Bob resta silencieux, mais Eddie l'encouragea à se lancer.

— Comment ça, la garder pour vous ? Non, non, racontez-la, Eileen ! Les soirées venteuses et pluvieuses ont été inventées pour ça. Pour se regrouper au chaud avec des amis et se raconter des histoires.

Il décida de fermer le pub, sans pour autant mettre à la porte les quelques clients qui se trouvaient encore là, en train de discuter autour d'une bière ou d'un café.

D'une voix d'abord hésitante, puis de plus en plus assurée, Eileen raconta l'histoire de sa vie, depuis cette rue où elle et Bob avaient grandi avec Deirdre, jusqu'au pub où ils se trouvaient à présent. Bob n'avait jamais réalisé à quel point sa sœur avait un don de conteuse.

— Deirdre était vraiment un ange, dit-elle au terme de son récit.

— Alors, elle l'est toujours, répliqua Eddie, visiblement touché par ce qu'il venait d'entendre.

— On parlait souvent de partir en Irlande, elle et moi. On imaginait mille aventures qui incluaient toujours une rencontre avec de beaux autochtones…

— Et vous voilà une nouvelle fois de retour parmi nous.

— Grâce à Keira. Deirdre se réjouirait de son bonheur.

— Et du vôtre, ajouta Eddie.

Eileen sourit.

— Oui, du mien aussi. Je ne sais pas qui est l'homme avec qui j'ai conçu Keira. Je sais seulement que j'ai été coincée trois jours et deux nuits dans cette hutte à cause d'une tempête et que j'y ai fait l'amour comme si ma vie en dépendait.

— Mais…, dit Eddie d'une voix où perçait l'émotion. John Michaël Sullivan a été votre grand amour, n'est-ce pas ?

Elle ravala les larmes qui menaçaient d'inonder de nouveau son visage.

— On s'aimait, murmura-t-elle.

Eddie O'Shea posa les coudes sur le comptoir de bois et fixa Eileen d'un regard déterminé.

— Les disparitions de Deirdre et de John Michaël n'ont rien à voir avec ce que vous avez pu faire ici il y a trente ans. Si vous voulez mon avis, votre fille est un cadeau du ciel.

Bob ne put garder le silence une seconde de plus.

— Un cadeau du ciel ? C'est vite dit, mon ami ! Votre cadeau du ciel est en train de naviguer sur la côte irlandaise en compagnie d'un prince charmant taillé comme un rugbyman irlandais, se payant du bon temps pendant que je me morfonds ici au milieu de nulle part…

Il fut cerné par les villageois avant de pouvoir terminer sa tirade. Bob paya immédiatement sa tournée pour se tirer de ce mauvais pas, et les rires ne tardèrent pas à emplir le pub. Eileen ne participa pas aux discutions animées qui suivirent, se contentant d'écouter les hommes débattre de sujets qui sautaient allègrement de la politique aux légendes du pays en passant par l'élevage de moutons, le tout dans une bonne humeur qui avait parfois les apparences d'une dispute. Bon sang ne saurait mentir, songea-t-elle en regardant son frère, particulièrement à l'aise dans ce curieux exercice.

Lui s'en donnait à cœur joie, ravi de cette compagnie qui savait être d'aussi mauvaise foi que lui. Il était d'autant plus à l'aise qu'il sentait Eileen se détendre, son angoisse et son sentiment de culpabilité se diluant dans l'atmosphère chaleureuse du pub. La passion charnelle qu'elle avait connue dans cette hutte appartenait à un lointain passé, et ce qu'elle savait sur le père biologique de Keira ne regardait qu'elle.

Dans la vie, certains événements gardaient leur part de mystère, et c'était peut-être mieux ainsi.

Lorsque, tard dans la soirée, ils se décidèrent à rentrer au cottage, la pluie avait cessé de tomber et Eddie proposa de les accompagner.

Alors qu'ils arrivaient au bout du sentier, ses deux frères surgirent de la nuit et se postèrent à ses côtés. C'était une nuit propice à la magie et aux sortilèges, dirent-ils avant de s'éloigner sur le chemin de terre qui montait vers les sombres collines.

Bob et sa sœur restèrent un moment immobiles face au joli cottage en pierres grises, puis se tournèrent ensemble vers le port. Une brume blanchâtre s'élevait doucement dans l'air humide, suspendue entre l'eau noire et le ciel étoilé.

— Les anges nous entourent, Bob, dit doucement Eileen.

— Oui, petite sœur, répondit-il en passant le bras autour de ses épaules.

Deirdre, Patsy, John Michaël… Il sentait leur présence à tous, là, dans le vent irlandais.

— Oui, les anges nous entourent.

DANS LA MÊME COLLECTION
Par ordre alphabétique d'auteur

BEVERLY BARTON	*Dans l'ombre de l'assassin*
OLGA BICOS	*Nuit d'orage*
OLGA BICOS	*La mort dans le miroir*
LAURIE BRETON	*Ne vois-tu pas la mort venir ?*
BARBARA BRETTON	*Le lien brisé*
JAN COFFEY	*La dernière victime*
JAN COFFEY	*L'accusé*
JASMINE CRESSWELL	*La Manipulatrice*
JASMINE CRESSWELL	*Le secret brisé*
JASMINE CRESSWELL	*La mort pour héritage*
JASMINE CRESSWELL	*Soupçons mortels*
JASMINE CRESSWELL	*Je saurai te retrouver*
CAMERON CRUISE	*La perle de sang*
MARGOT DALTON	*Amnésie*
MARGOT DALTON	*Kidnapping*
MARGOT DALTON	*Le sceau du mal*
MARGOT DALTON	*Crimes inavoués*
WINSLOW ELIOT	*L'innocence du mal*
LYNN ERICKSON	*Le Prédateur*
SUZANNE FORSTER	*Le cercle secret*
SUZANNE FORSTER	*Secrets*
TESS GERRITSEN	*Présumée coupable*
TESS GERRITSEN	*Crimes masqués*
TESS GERRITSEN	*Ne m'oublie pas*
HEATHER GRAHAM	*L'invitation*
HEATHER GRAHAM	*L'ennemi sans visage*
HEATHER GRAHAM	*Le complot*
HEATHER GRAHAM	*Soupçons*
HEATHER GRAHAM	*La griffe de l'assassin*
HEATHER GRAHAM	*Prémonition*
HEATHER GRAHAM	*L'ombre de la mort*
HEATHER GRAHAM	*Danse avec la mort*
HEATHER GRAHAM	*Noires visions*
HEATHER GRAHAM	*Nuits blanches*
HEATHER GRAHAM	*Apparences*
HEATHER GRAHAM	*La crypte mystérieuse*
HEATHER GRAHAM	*Sombre présage*
GINNA GRAY	*Le voile du secret*
GINNA GRAY	*La cavale*
GINNA GRAY	*Les bois meurtriers*
KAREN HARPER	*Testament mortel*
KAREN HARPER	*Le saut du diable*
KAREN HARPER	*L'œuvre du mal*
KAREN HARPER	*Les portes du mal*
KAREN HARPER	*Une femme dans la nuit*

... / ...

DANS LA MÊME COLLECTION
Par ordre alphabétique d'auteur

KATHRYN HARVEY	*La clé du passé*
BONNIE HEARN HILL	*La disparue de Sacramento*
BONNIE HEARN HILL	*Mortelle perfection*
CHRISTIANE HEGGAN	*Miami Confidential*
CHRISTIANE HEGGAN	*L'Alibi*
CHRISTIANE HEGGAN	*Intime conviction*
CHRISTIANE HEGGAN	*Labyrinthe meurtrier*
CHRISTIANE HEGGAN	*Par une nuit d'hiver*
CHRISTIANE HEGGAN	*Troublantes révélations*
CHRISTIANE HEGGAN	*Intention de tuer*
CHRISTIANE HEGGAN	*Meurtre à New York*
METSY HINGLE	*Le masque de la mort*
METSY HINGLE	*La fille de l'assassin*
METSY HINGLE	*Noces noires*
GWEN HUNTER	*Faux diagnostic*
GWEN HUNTER	*Virus*
GWEN HUNTER	*Les mains du diable*
GWEN HUNTER	*Le triangle du mal*
GWEN HUNTER	*La piste du mal*
LISA JACKSON	*Noire était la nuit*
LISA JACKSON	*Dans l'ombre du bayou*
CHRIS JORDAN	*L'étau*
PENNY JORDAN	*De mémoire de femme*
PENNY JORDAN	*La femme bafouée*
R.J. KAISER	*Qui a tué Jane Doe ?*
ALEX KAVA	*Sang Froid*
ALEX KAVA	*Le collectionneur*
ALEX KAVA	*Les âmes piégées*
ALEX KAVA	*Obsession meurtrière*
ALEX KAVA	*Le Pacte*
RACHEL LEE	*Neige de sang*
RACHEL LEE	*Le lien du mal*
RACHEL LEE	*Secret meurtrier*
DINAH McCALL	*Le silence des anges*
HELEN R. MYERS	*Mortelle impasse*
HELEN R. MYERS	*Les ombres du doute*
HELEN R. MYERS	*Mort suspecte*
HELEN R. MYERS	*Suspicion*
HELEN R. MYERS	*La marque du diable*
CARLA NEGGERS	*L'énigme de Cold Spring*
CARLA NEGGERS	*Piège invisible*
CARLA NEGGERS	*La dernière preuve*
CARLA NEGGERS	*Le voile noir*
CARLA NEGGERS	*La nuit du solstice*

... / ...

DANS LA MÊME COLLECTION

Par ordre alphabétique d'auteur

BRENDA NOVAK	*L'étrangleur de Sandpoint*
BRENDA NOVAK	*Noir secret*
MEG O'BRIEN	*Le piège*
MEG O'BRIEN	*En lettres de sang*
MEG O'BRIEN	*Pluie de sang*
MEG O'BRIEN	*La déchirure*
MEG O'BRIEN	*Spirale meurtrière*
SHIRLEY PALMER	*Zone d'ombre*
SHIRLEY PALMER	*Le bûcher des innocents*
EMILIE RICHARDS	*Le refuge irlandais*
EMILIE RICHARDS	*Mémoires de Louisiane*
EMILIE RICHARDS	*Le testament des Gerritsen*
EMILIE RICHARDS	*L'héritage des Robeson*
EMILIE RICHARDS	*L'écho de la rivière*
EMILIE RICHARDS	*Promesse d'Irlande*
EMILIE RICHARDS	*Du côté de Georgetown*
NORA ROBERTS	*Possession*
NORA ROBERTS	*Le cercle brisé*
NORA ROBERTS	*Et vos péchés seront pardonnés*
NORA ROBERTS	*Tabous*
NORA ROBERTS	*Coupable innocence*
NORA ROBERTS	*Maléfice*
NORA ROBERTS	*Enquêtes à Denver*
NORA ROBERTS	*Crimes à Denver*
NORA ROBERTS	*L'ultime refuge*
NORA ROBERTS	*Une femme dans la tourmente*
NORA ROBERTS	*Clair-obscur*
FRANCIS ROE	*L'engrenage*
FRANCIS ROE	*Soins intensifs*
KAREN ROSE	*Le lys rouge*
KAREN ROSE	*Et tu périras par le feu*
M. J. ROSE	*Rédemption*
M. J. ROSE	*Le cercle écarlate*
M. J. ROSE	*La cinquième victime*
JOANN ROSS	*La femme de l'ombre*
SHARON SALA	*Sang de glace*
SHARON SALA	*Le soupir des roses*
SHARON SALA	*Meurtre en eaux troubles*
SHARON SALA	*L'œil du témoin*
SHARON SALA	*Expiation*
SHARON SALA	*Si tu te souviens*
MAGGIE SHAYNE	*Noir paradis*
MAGGIE SHAYNE	*Un parfait coupable*

.../...

DANS LA MÊME COLLECTION

Par ordre alphabétique d'auteur

TAYLOR SMITH	*Le carnet noir*
TAYLOR SMITH	*La mémoire assassinée*
TAYLOR SMITH	*Morts en série*
ERICA SPINDLER	*Rapt*
ERICA SPINDLER	*Black Rose*
ERICA SPINDLER	*Le venin*
ERICA SPINDLER	*La griffe du mal*
ERICA SPINDLER	*Trahison*
ERICA SPINDLER	*Cauchemar*
ERICA SPINDLER	*Pulsion meurtrière*
ERICA SPINDLER	*Le silence du mal*
ERICA SPINDLER	*Jeux macabres*
ERICA SPINDLER	*Le tueur d'anges*
ERICA SPINDLER	*Collection macabre*
AMANDA STEVENS	*N'oublie pas que je t'attends*
AMANDA STEVENS	*La poupée brisée*
AMANDA STEVENS	*Juste après minuit*
TARA TAYLOR QUINN	*Enlèvement*
ELISE TITLE	*Obsession*
CHARLOTTE VALE ALLEN	*L'enfance volée*
LAURA VAN WORMER	*La proie du tueur*
GAYLE WILSON	*Les disparus du Mississippi*
KAREN YOUNG	*Passé meurtrier*

6 TITRES À PARAÎTRE EN JUILLET 2009

MIRA

Composé et édité par les
éditions Harlequin

Achevé d'imprimer en Allemagne
par GGP Media GmbH, Pößneck
en avril 2009

Dépôt légal en mai 2009
N° d'éditeur : 14238